Map Of Chronicle

Swerin

West End Is.

Nord Straits

Cape Of Grand Sea

Red Bay

Reiern C. S.

Mid Mts.

Amerin

Krimwalt

Shawenn Plain

Queens Bay

Green Straits

Silie I.

Grand Sea

Olive Peninsula

Jack Ketch's Coast

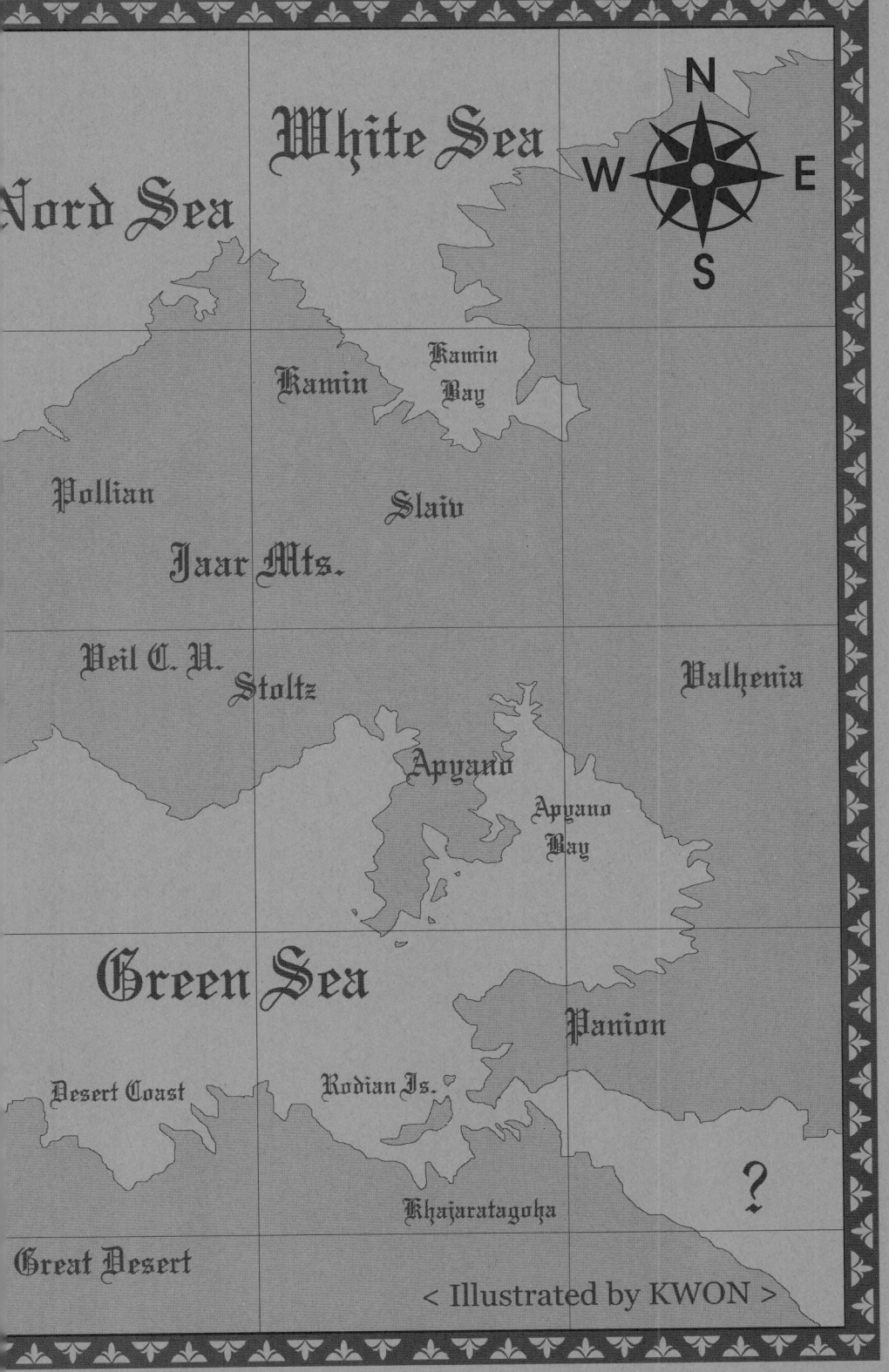

Lancer of Regina

4

여왕의 창기병 4

권병수 판타지 장편 소설

초판 1쇄 찍은 날 § 2001년 7월 10일
초판 1쇄 펴낸 날 § 2001년 7월 20일

지은이 § 권병수
펴낸이 § 서경석
펴낸곳 § 도서출판 청어람
편집 § 문혜영 · 허경란 · 박영주 · 김희정 · 권민정
마케팅 § 정필 · 강양원 · 김규진

등록번호 § 제1081-1-89호
등록일자 § 1999. 5. 31
어람번호 § 제1-0121호

주소 § 경기도 부천시 원미구 심곡1동 350-1 남성B/D 3F ㊷420-011
전화 § 032-656-4452 팩스 § 032-656-4453
e-mail § eoram99@chollian.net

값 7,500원

ISBN 89-5505-097-6 (SET) / ISBN 89-5505-126-3 04810

Lancer of Regina

4
REFRAIN

n. 후렴. 반복구. 첩구. vi. 그만두다. 삼가다. 참다.

권병수 판타지 장편 소설

도서출판 청어람

Lancer of Regina

목 차

Chapter 8

감옥 속의 오페라

〈 1 〉

　"이제 조금만 있으면 여름도 절정에 오를 것 같네."

　에피온 후작은 비단을 씌운 푹신한 안락의자에 앉아서 중얼거리듯
말했다. 섬세한 장미 목 세공과 동방 항로를 통해서 들어온 비단 쿠션
을 덧댄 안락의자는 크림발츠가 아니면 구경하기 힘든 가구였다. 크
림발츠보다 생활 여건이 나쁜 주변 국들은 이런 크림발츠 식 가구를
곱게 보지는 않았다.

　크림발츠에서는 가구들까지 치장시킨다. 아마 식사도 함께할 것이다.

　지나치게 편협한 시각이었지만 크림발츠를 비롯해서 가구를 예술
품의 하나로 생각하는 국가는 그다지 많지 않다. 대부분의 국가에서
가구란 그저 가구일 뿐이었다.

"비도 많이 내리지 않았고 날도 더우니까 포도의 당도가 높아지겠어. 올해는 오랜만에 질 좋은 와인을 빚을 수 있을 거야."

크림발츠의 왕성에서 쫓겨난 왕자들의 계보를 잇기에 부족함이 전혀 없는 에피온 엘지엘 아서 파반트, 흔히 에피온 후작이라고 불리우는 노인은 만족스러운 말투와는 달리 가볍게 혀를 차고 있었다.

"글쎄요. 질 좋은 와인이 생산되는 해가 되었다고 기뻐하는 사람들이 크림발츠 인구 중에서 얼마나 될까요."

"이렇게 병약하고 늙은 노인네가 와인을 즐기는 것이 그렇게 못마땅한가?"

"하하, 그럴 리가 있겠습니까."

하지만 에피온 후작은 무덤덤한, 세상만사가 피곤하고 귀찮다는 표정을 머금고 있었다. 그의 주름진 얼굴 사이사이로 반투명한 피로가 겹겹이 내려앉아 있었다. 다락방 속에 오랫동안 방치된 채 잊혀져 있던 낡은 흔들의자와 같은 표정이었다. 너무나 오랜 시간 동안 먼지를 뒤집어쓴 나머지 먼지까지 가구의 일부분이 된 오래된 흔들의자였다.

"역시 사람은 아무리 오래 살아도 하루하루가 놀라운 법인 것 같네. 자네가 이렇게 초라한 저택에 찾아올 줄은 꿈에도 몰랐네."

에피온 후작의 손님은 빙긋 웃으면서 앞머리를 쓸어 넘겼다. 그는 여유롭고 우아한 자세로 앉아서 찻잔을 기울였다. 뜨거워진 태양이 열려진 테라스 창문으로 들어와 그의 어깨에 눈부시게 부서져 내리며 희미한 잔영을 뿌려대고 있었다.

"한번쯤 인사를 드리고 싶었습니다, 후작님."

"그래, 여왕 폐하는 건강하신가?"

"사실 저도 일이 바쁘다 보니 알현하기도 힘듭니다."

"허허, 여왕 폐하의 부군이자 칙명관 지위에 있는 가시나무 공작이 알현하기 어렵다면 수도에서 폐하를 뵐 수 있는 귀족은 아무도 없겠군."

민트 J. 케언 칙명관은 찻잔에 맴돌이 치는 밀크의 부드러운 소용돌이를 응시하고 있었다. 대륙 남부의 강대국 크림발츠의 살림을 꾸려가는 실력자의 복장은 수수함을 넘어서 초라해 보이기까지 했다. 섬세하고 꼼꼼한 흰색 레이스로 장식된 셔츠에 자줏빛 실크 조끼를 입고, 무릎 길이의 타이트한 크림색 바지에 흰색 스타킹을 신고 있는 케언은 분명 고급스러운 복장이었다. 하지만 그의 지위에 비교하면 지극히 수수한 옷차림이었다. 하지만 궁색스러움 따위는 없었고, 나름대로 옷매무새에 신경 쓰고 있다는 느낌을 주고 있었다.

"알현하기 어렵다니… 참 좋은 조건이야."

에피온 후작은 마르고 건조한 입술 사이로 케언에게는 들리지 않을 만큼 작은 소리로 그렇게 웅얼거려 보았다.

술과 여자를 제외하면 자기 이름도 서명할 줄 모른다는 역대 최악의 슬라임 후작과 침대 머리맡에 그날 죽인 사람들 숫자만큼 금을 긋지 않으면 잠들지 못한다는 가시나무 공작의 티타임은 평온했다. 에피온 후작은 소 생 마리 백작이 방문하지 않은 것을 감사하고 있었다.

"자넨 대범한 건가, 아니면 무딘 건가?"

"네?"

"내가 아무리 슬라임 후작이라는 평가를 받고 있다고 하지만 공공연하게 수도에서 귀족 숙청에 재미를 붙인 칙명관을 암살할 기회를 그렇게 호락호락 놓칠 것 같은가?"

에피온 후작은 케언을 보고 있지 않았다. 다만 부주의한 하녀가 무심코 내온 달콤한 크림 케이크를 먹을 것인지 그냥 둘 것인지를 고민하고 있었다. 건강 때문에 후작의 주치의는 음식을 철저하게 가려서 섭취하라고 히스테리를 부리고 있었다.

'실비아가 또 화를 낼 테지… 역시 먹지 않는 게 좋겠어.'

에피온 후작은 결국 소중한 정부의 뿌루퉁한 얼굴을 상상하면서 입맛을 다셨다.

후작을 보고 있지 않다는 점에선 케언 공작도 별반 다르지 않았다. 케언은 후작의 응접실 벽에 걸려진 풍경화를 보면서 그것이 누구의 그림이었는지를 기억해 내려고 애쓰고 있었다. 하지만 대개의 경우가 그렇듯, 고민함과 비례해서 해답은 기억 저편으로 침몰하고 있었다.

"그럴 줄 알고 대성당에서 오후 타종 소리가 들려올 때까지 제가 이 저택에서 걸어나오지 않으면 근위대 병력으로 깡그리 밀어버리라고 지시해 두었습니다. 근위대원 전원이 지금쯤 대장간에서 검을 손질하고 있을 겁니다."

케언은 찌푸린 표정을 한 채 손끝으로 눈썹 언저리를 문지르고 있었다.

지난 몇 주 동안 칙명관 암살 미수 사건으로 왕자 파 잔존 귀족들이 일제히 수도를 빠져나가 버렸기 때문에 수도의 정치적 알력은 이제 케언을 중심으로 하는 여왕 파와 에피온 후작을 중심으로 하는 후작 파만이 남아 있었다.

칙명관 암살의 배후를 캐기 위한 조사가 시작되었다는 극비의 정보는 누군가 입이 가벼운 왕성 시종을 통해서 수도에 전해졌다. 소문이 퍼진 그 다음날부터 수도에서는 일대 소란이 있었다. 몇몇 귀족들은 자신의 저택을 그대로 대성당과 왕성 재무관에게 기부를 했고, 마차에 몸을 싣고 수도를 등졌다. 대다수의 귀족들은 녹해 건너에 있는 남쪽 대륙 식민지의 별장을 방문하기 위해서 남해 항구 도시로 마차를 몰았고, 몇몇 귀족들은 중앙 대교국이 있는 아피아노로 성지 순례를 떠났다. 그리고 미처 떠나지 못한 귀족들은 재물을 마차에 싣고 에피온 후작이나 소 생 마리 백작의 저택을 방문해야 했다.

그런 소동은 불과 2주일 전에야 끝나게 되었고, 수도는 다시 조용해졌다. 그리고 크림발츠를 뒤흔들기에 충분한 힘을 가진 양대 권력의 우두머리들은 무심하게 각자의 생각에 빠진 채, 용케 대화를 이끌어가고 있었다.

"소문을 듣자 하니 난처한 지경에 빠졌다더군. 라이어른의 특사가 중앙산맥 국경선 안에서 암살당했다지?"

"제가 보고드렸던가요?"

케언은 여전히 속으로 풍경 화가의 이름을 하나하나 되짚어가면서 대답했다. 에피온 후작도 풋내기처럼 케언의 눈치를 살피지는 않았다. 그저 벽장에 놓아둔 와인을 꺼내와야 하는가 고민하고 있었다.

"유감이지만 그런 거창한 서커스 천막 안에서 무얼 고민했는지는 모르겠더군. 근위대 고급 장교들과 소수의 시녀들밖에 개입되지 않았더군."

"새로운 고리대금 이자를 몇 할로 잡을지 토의했었습니다."

"고리대금은 패가망신의 지름길일세."

"알고 있습니다."

"사자왕 베오하이트라면 껄껄 웃으면서 넘어갔겠지만, 아델만 국왕이라면… 어떤 인물이던가? 사자왕의 데릴사위가 되기에 충분한 사내던가?"

"유감스럽게 성깔 사나운 공주의 치마폭에서 징징거리는 사내더군요."

"페나 공주가 왕비가 된 거로군. 소 생 마리 백작이 들으면 당장 발트하임으로 뛰어가겠군."

"백작은 모르는 겁니까?"

"아직은. 조만간 소식을 듣겠지만, 현재로써는……."

케언은 부주의하게 손가락을 튕겼다가 이내 고개를 가로젓고 있었다.

'아냐, 색조 배합이 달라. 게다가 저런 구도는… 저런 구도를 즐겨쓰는 화가가 있었는데…….'

"그래, 페나 왕비는 어떤 꼬리를 감추고 있던가? 아직까지 공식 서한으로 수교 청산 입장을 내세우지 않은 이유가 뭔가?"

"꼬리는 잘 모르겠고, 요즘 들어 중앙산맥에서 북부 광역 주둔군이 비정규 군사 훈련 신청을 해왔더군요. 군대 내의 기강 정비를 한다기에 허가했습니다. 요즘 한창 중앙산맥을 거점으로 기동 훈련에 바쁠 겁니다."

케언은 무심하게 말했지만, 이번만은 에피온 후작도 고개를 기울이며 비스듬하게 그를 응시했다.

"전쟁은… 최악의 정치가가 아내에게 이혼당했을 때나 저지르는 짓일세. 아니면 간밤에 침대 안에서 소변을 지려 버린 늙은이가 생각해 낼 수 있는 짓이지."

"알고 있습니다. 보통 애국심이라는 멋진 꽃다발로 장식하죠. 가끔은 정의라는 리본 장식을 덧붙일 경우도 있더군요. 그리곤 자랑스럽게 미소 짓죠, 평화를 수호했노라고. 그런 농담을 듣게 되면 정말 유쾌하더군요. 세상에 구역질나게 미쳐 버린 인간이 나 혼자는 아니구나 싶은 위안이 들거든요.”

“설마 수도의 예비 연대까지 동원할 생각인가? 올 겨울이면 해체 상태에 들어갈 병사들인데? 고향으로 돌아가 두어 해 동안 농사일을 도우면서 결혼할 꿈에 부푼 병사들에게 검을 들 것을 강요하는 건가? 쟁기 대신에 검을 쥐어줄 생각인가? 가시나무 공작이라는 사내가 고작 그 정도 인간이었던가?”

“예비 연대까지 동원한다는 말은 전면전을 의미하는 겁니다. 서쪽의 아메린이 얌전히 있을까요? 서부 광역 주둔군 쪽으로도 또 하나의 예비 연대를 소집해서 증강해야 하겠죠. 돈 좀 빌려주시겠습니까? 국고가 텅 비어서요. 하하하.”

“정말로 자네 생각처럼 단순한 무력 시위로 끝날 자신이 있는 건가?”

“라이어른은 지금 폴리안과 전쟁 중입니다. 우리에게 시비를 걸 입장은 아니죠. 우리의 여왕의 창기병 깃발과 폴리안의 진홍기사단 깃발이 동시에 라이어른에서 휘날리겠죠.”

케언은 미간을 손가락 끝으로 가볍게 만지작거리면서 심드렁한 대답을 했다.

“자넨 바보인가, 아니면 대범한 건가? 타국 외교관의 암살은 칙명관을 실각시키기에 충분해. 귀족 회의가 껍데기만 남았다고 하더라도 그런 사안이면 칙명관 탄핵 의결이 효력을 발휘하기에 충분해. 여왕의 창기병을 자네 편으로 매수한다면 또 모를까.”

“설마요. 여왕 만세를 떠드는 그 창기병단을 어떻게 매수합니까?”

“허허, 누가 과연 이 수도에서 슬라임인지 모르겠군. 그렇다면 자넨 뭘 믿는 건가?"

"아무것도 믿지 않습니다. 저 자신도. 두 사람… 정도는 믿겠군요."

"정치적 숙적인 나를 찾아와 자신에게 불리한 사실을 주절거리는 의도는 뭐지? 나를 설득할 생각인가?"

"그냥 오랜만에 낚시질이나 해보고 싶었던 겁니다. 어릴 적에는 곧잘 바다에 나가서 낚시를 하곤 했죠. 묵직하게 손을 끌어당기는 그 느낌을 좋아하죠."

"늙디늙은 고기를 낚아서 뭐 하려고?"

에피온 후작의 질문에 케언은 대답하지 않았다. 그저 만족스럽게 웃을 뿐이었다.

에피온 후작과 케언 칙명관은 서로의 카드 패를 쥔 채 미소 짓고 있었다.

'소 생 마리 백작은 과연 이 사내만큼 크림발츠를 이끌어갈 자신이 있는 걸까? 아니면 단지 지나간 모래시계를 뒤집어보고 싶은 걸까?'

에피온 후작은 실비아를 너무 오랫동안 혼자 내버려 두고 있다는 사실을 걱정했다. 하지만 한편으로는 스스로가 생각하기에도 이런 기분은 그동안의 삶 속에서 맛보지 못했던 부분이었다.

검을 쥐기에는 자신의 무릎이 너무 허약하다는 사실에 그는 어린 나이에도 절망했었다. 남들이 갖지 못한 것을 소유한 대가로 남들이라면 누구나 갖고 있는 것을 갖지 못했다는 사실 속에서 그는 눈물 흘렸었다.

웃고 있지만 차가운 시선 속에서, 차츰 여동생에게 곁눈질하는 사람들 속에서 에피온 엘지엘 아셔 파반트는 모멸감을 느껴야 했다. 모멸감이 그의 가슴에 둥지를 틀면서 그에게 미소 짓던 사람들의 얼굴이 역겨운 비웃음이었음을 깨달았다.

　단지 남들보다 병약하다는 이유가 전부였다. 암살을 계획한 성깔 나쁜 시녀가 휘두른 단검에도 죽을 만큼 허약한 육신은 그에게 원죄를 부여했다. 사람들은 병약하게 태어난 것이 죄라고 단정 지었다. 그는 병약한 몸을 힘겹게 부지하면서 밤새워 책을 읽었고, 스스로를 채찍질했다.

　자신은 그저 단점만 갖고 있는 인간이 아니라고 항변하고 싶었다. 사람들은 그가 어린 나이임에도 영민하다고 칭찬했다. 하지만 그들은 이미 여동생의 발치를 혓바닥으로 닦아주고 있었다. 여동생이 산책하는 대리석 복도는 그들의 혓바닥으로 깨끗하게 청소되어 있었다. 하지만 그의 어깨에는 수북한 먼지가 쌓여가고 있었다.

　유모를 제외하고 아무도 간병하지 않는 가운데 7일 밤낮 동안 고열에 시달리며 죽음의 지평선에서 머뭇거리던 그는 깨닫게 되었다. 여동생의 즉위식에 필요한 것은 자신의 피로 요리한 만찬이라는 것을.

　사람이 변화하는 것은 의외로 손쉬운 일이었다. 그는 차근차근 계획을 세웠고, 한 치의 빈틈도 없이 계획에 맞추어 스스로를 타락시켰다. 맨 처음으로 죄없는 시녀를 겁탈했을 때의 죄책감은 횟수를 거듭하면서 빛이 바랬다. 죄책감을 잃어버리는 것도 그의 치밀한 계획 속에 포함되어 있었고, 그는 자신의 의도처럼 차례로 양심과 죄의식, 그리고 도덕성을 잃고 타락했다.

　그는 스스로 더 이상 자문하지도, 자학하지도 않았다. 그저 창가에 세워둔 촛불처럼 미약한 자신의 삶을 부지하기 위해서 열심히 기어다녔다. 사람들은 그의 계획에 호응하여 그를 왕궁에서 추방했고, 여동생이 여왕이 되었을 때, 그는 침실에서 두 명의 여자들 품에 안긴 채 축배를 들었다. 그는 살아남은 것이다.

　그는 자신의 삶을 부끄러워하지 않았다. 도덕성을 잃었기 때문이 아니었다. 그는 벌써 50년이 넘는 인생을 그렇게 부지하면서 살아왔다. 아이러니컬하게 어려서부터 병약하던 자신보다 여동생이 먼저 병사했을 때, 그는 이틀 동안 목 놓아 울었다. 기쁨의 눈물이었는지, 혹은 슬픔의 눈물이었는지는 알지 못했다. 그저 하염없이 눈물이 흘러나왔고, 실비아의 품에 안겨서 서럽게 울었다.

　조카인 카시안 왕자가 동방의 이교도 땅에서 전사했고, 여왕이던 여동생은 그 직후 병사했다. 창가에 놓여진 촛불 같은 생이었지만 에피온 후작은 여전히 살아 있었다.

　에피온 후작은 이제 촛불 같았던, 다락방 속에 버려진 흔들의자 같았던 자신의 삶을 정리해야겠다고 생각하고 있었다. 평생 동안 처음으로 사랑했던 여자인 실비아에게 남겨줄 유산도 이미 유서에 정성껏 적어두었다. 실비아를 정부로 맞아들였을 때, 자신의 초라한 남성이 더 이상 움직이지 않는다는 사실을 이제 감사하고 있었다.

　수도에 거주하는 평민들까지 자신을 슬라임 후작이라고 부를 때, 에피온 후작은 평온함을 느꼈다. 삶이란 그런 것이라고 생각했다. 소생 마리 백작이 조카의 남편과 정적이 되어 권력 싸움에 정신없을 때도 에피온 후작은 지극히 평온했다.

　그는 이미 30년 전에 자신의 침실 열쇠를 부러뜨렸고, 열쇠가 부러진 침실은 더 이상 침실이 아니었다. 에피온 후작은 갈증을 느꼈다. 열쇠가 부러진 침실 문을 박차고 나가야겠다는 생각이 들었다.

　'이 사내는… 가시나무 공작, 아니, 민트 J. 케언이라는 사내는 무얼 생각하는 걸까?'

에피온 후작은 물끄러미 케언의 옆얼굴을 바라보았다. 케언은 가볍게 찡그린 얼굴로 버릇처럼 눈썹 언저리를 문지르고 있었다.

"아쉽지만, 처음이자 마지막 티타임이겠군요."

마침내 케언은 자리를 털고 일어섰다. 에피온 후작은 지팡이를 짚고 일어서려다 마음을 고쳐먹었다. 이 사내에게는 입에 발린 예의가 필요없었다. 케언은 예상했다는 듯이 싱긋 웃었다.

처음으로 케언의 얼굴을 정면에서 바라본 에피온 후작은 가슴이 미칠 듯이 뛰는 느낌 속에서 멍한 기분이 들었다. 부드러운 미소를 머금은, 순풍을 하나 가득 싣고 있는 범선 같은 사내의 얼굴이었다. 허리를 곧게 펴고 모래 빛 머리칼을 쓸어 넘기며 사람 좋게 웃어 보이는 케언의 미소는 단지 미소가 아니었다.

에피온 후작에게는 연륜이 있었다. 그는 케언의 입가에 매달린 승자의 미소를 읽을 수 있었다. 7일 밤낮으로 사투를 벌이다 숙적의 목을 베개 된 기사의 표정이었다. 에피온 후작은 처음으로 섬뜩한 전율 속에서 어깨를 떨었다.

케언이 결코 손해 보는 사내가 아니라는 것을 에피온 후작은 비로소 배울 수 있었다. 문제는 그로서도 그 승리의 의미가 무언지 알지 못한다는 것이다.

"항상 건강하시고 정정하시길 빌겠습니다. 그리고 소 생 마리 백작에게도 제 안부를 전해주시죠. 아! 그리고 하녀에게 다음부터 차를 내올 때는 찻물을 좀 더 뜨겁게 하라고 일러주십시오. 차 향이 제대로 우러나지 않았습니다."

케언은 반듯하게 예를 취했고, 등을 돌려 응접실을 나섰다. 햇살이 그의 넓은 어깨 위로 부서지고 있었다.

"빌로스 카인사르트(Bielos Kainthart)."

"네?"

응접실을 나서던 케언은 어깨 너머로 후작을 바라보면서 의아한 표정을 지었다. 에피온 후작은 무심하게 턱짓으로 벽에 걸린 풍경화를 가리켰다.

"'슬픔 속에서도 노래하는 성당'… 빌로스 카인사르트가 마지막으로 그렸던 그림이지. 그림을 완성하는 순간 붓이 부러졌고, 희미했던 그의 시력은 영원히 어둠 속에 매몰되었지. 삶의 마지막 불꽃을 태운 그림이야. 기회가 된다면 자네에게 선물해 주겠네."

"아아, 카인사르트… 그 사람을 기억하지 못했군요. 감사합니다."

햇살 속에서 케언은 싱긋 웃었다.

〈 2 〉

"좋은 정치란 어떤 것이라고 생각하십니까?"

여름 날씨는 마치 끝나지 않는 가도를 달리는 마차처럼 덜컹거리며 짙어져 가고 있었다. 활짝 열려진 창문으로 무겁고 건조한 바람이 쏟아져 들어왔다. 아피아노산 흰색 실크 레이스 커튼은 투명할 정도로 얇아서 마치 요정의 날개 같았다.

민트 J. 케언 크림발츠 칙명관은 티스푼을 손에 든 채 고개를 들고는 희게 웃었다. 여름 햇살이 쏟아져 들어와 그의 한쪽 뺨에 반사되고 있었다. 케언은 타인과 있을 때는 절대로 햇살을 등지고 앉지 않았다. 햇살을 등지고 앉게 되면 얼굴에 짙은 그늘이 생기고, 맞은편에 앉은 상대가 그의 얼굴을 똑바로 응시하기 힘든 것이 그 이유였다. 타인에게 위압감이나 위화감을 주지 않도록 세심하게 신경 쓰는 것은 그의 오랜 습관 중 하나였다.

잉크를 흘리지 않도록 꼼꼼하게 신경 쓰면서 깃털 펜으로 무언가를 쓰던 옌스터 데일 후작은 고개를 들지 않았다. 케언은 화사한 미소를 지으면서 어깨를 으쓱거렸다.

크림발츠 왕실 근위대 소령은 목 부분에 남아 있는 보랏빛 흉터를 습관적으로 만지작거리면서 케언의 부드러운 시선을 피하지 않았다.

"흐음, 글쎄… 좋은 정치 따위를 알아서 뭐 하려고?"

"별다른 건 아닙니다. 혹시 앞으로 필요할지도 모르잖습니까?"

"그래? 설마 칙명관 자리가 탐나는 건가? 이 자리에 앉아서 '좋은 정치'를 해보고 싶은 건가?"

켓셀 아마인은 눈살을 살짝 찌푸렸다.

"천만에요. 정치란 게 어떤 건지 옆에서 충분히 보고 있습니다. 그런 위험하고 골치 아픈 자리를 탐낼 이유가 없습니다."

아마인의 솔직한 대답에 케언은 빙긋 웃으며 깍지를 끼고서 턱을 올려놓았다. 결혼 전에는 물론, 여왕과 결혼한 후에도 왕성에 출입하는 고급 귀족 영애들의 가슴을 설레게 하는 미소가 그의 입가에 머물고 있었다.

"좋은 정치라는 것은 존재하지 않아. '비교적 바람직한 정치' 정도는 있을 수 있지. 자네의 질문에 맞는 건지는 모르겠지만."

아마인의 곁에 앉아 있던 짧은 머리의 근위대 초급 장교는 무례하게 하품을 했다. 하지만 크림발츠 제2인자인 케언도, 그의 비서관 데일 후작도, 심지어 그의 직속 상관인 아마인조차도 그에게 관심을 기울이지 않았다. 라이너 디케 중위는 왕실 과수원에서 수확한 과일을 먹으며 대화를 흘려듣고 있었다.

"정치라는 것은 본질적으로 그다지 유쾌한 것은 아니야. 정치가 처음 생겨난 것은 다른 부족과 전쟁을 벌여 다른 부족의 재산을 차지하고 부족민들을 노예로 부리면서 자연스럽게 생겨난 것이니까. 원시 권력이 생기면서 더불어 정치가 태어났지. 이를테면 정치란 건 권력의 사생아 같은 거야."

"죄송하지만 역사학 수업을 듣는 대학생이고 싶지는 않습니다."

"정치란 건 보이진 않지만 월등히 예리한 검을 갖고 싸우는 전쟁을 의미하지. 자넨 전쟁이 우수한 사회 장치라고 보는가?"

"말이 통하지 않는 상대라면 검으로 눌러야 하지 않을까요?"

"글쎄… 난 그렇게 생각하지 않아. 내가 보기에 전쟁이란 것은 자제력이 부족하고 인내심이 없는 얼치기들이 의사 전달을 극단적으로 빠르게 주고받기 위해서 택하는 방법이라고 봐. 정치란 건 전쟁보다는 조금 느리고 복잡하지만 과정도, 결론도 같지. 항구까지 마차를 타고 가는 게 전쟁이고, 가마를 타고 가는 게 정치야. 하지만 가장 바람직한 것은 두 다리로 직접 걸어서 가는 거지. 마차는 말을 혹사시키고, 가마는 불쌍한 가마꾼을 혹사시키지. 그렇지만 사람들은 자신의 다리를 혹사시키는 걸 좋아하지 않아. 사람들이 정치를 하는 것은 그것 때문이지."

"걸어서 가기엔 요즘 시내는 너무 복잡합니다. 옷자락에 오물이 튀기 십상이죠. 누군가를 혹사시키더라도 가마를 타는 편이 바람직할지도 모릅니다. 도로망만 제대로 정비되어 있다면."

묵묵히 무언가 서류를 작성하던 비서관 데일 후작은 무심한 말투로 끼어들더니, 이내 자신의 일로 되돌아갔다. 케언은 우유를 듬뿍 넣은 차를 마시면서 조용하게 웃음소리를 흘렸다.

"하페우스 3세가 제국 통치 말년에 이런 말을 남겼지. '바람직한 정치라는 것은 두 가지만 지킬 수 있으면 충분하다. 첫째, 밥을 굶기지 말 것, 두 번째는 정직한 인간이 화내지 않게 만드는 것'. 무슨 의미인지 알겠는가?"

"좀 추상적인 말인 것 같습니다."

"밥을 굶기지 말라는 것은 말 그대로야. 밥을 굶는 사람의 숫자를 가능한 한 최소한의 비율로 줄이라는 거야. 빈민자가 많아지고, 농부들이 농지를 잃고 떠돌게 되면 쟁기 대신에 몽둥이를 들고 도적으로 변하지. 귀족들의 금고에 거미줄이 생기면 다음날 아침 국왕의 아침 식사에는 독이 든 포도주가 나오지. 기사단을 굶기면 수도의 성벽 안으로 불화살을 날리지. 보리 빵이든 귀리 죽이든 뭐든지 먹이는 편이 좋아. 인간이란 생각보다 단순해. 밥을 굶지 않으면 불평하지 않아."

"하긴, 전쟁터에서 열 번 패한 병사보다 한 끼 굶은 병사들의 사기가 더 나쁘다고 전술 이론에 나와 있습니다."

아마인은 고개를 주억거리며 케언의 설명을 주의 깊게 들었다. 케언은 짧게 기지개를 켜더니 가볍게 목운동을 했다.

"정직한 인간이 화를 내지 않게 만드는 것은 좀 어려운 일이야. 이를테면 세금 문제라든지, 혹은 군역 문제, 농부들이라면 저수지 사용권 문제… 뭐, 이건 상당히 전문적인 분야라서 좀 설명하기가 힘들군. 아! 그래, 군대를 예로 들면 쉽겠군. 이를테면 진급 심사에서 장기 근무병을 절대로 누락시키지 말 것. 무슨 소리인지 알겠나?"

"대충은 이해할 것 같습니다."

"전쟁을 할 때는 솜털이 보송보송한 후작 가문 후계자 10명보다는 25년 동안 근무 중인 백인대장 1명이 더 소중한 법이야. 자꾸 진급 심사에서 누락시키면 그 백인대장은 만기 제대를 해버리지. 그럼 누구를 데리고 전쟁을 하겠나? 세금 문제를 그 백인대장과 대입시켜 보게나. 하루하루를 성실하게 군무에 종사하는 백인대장을 무시하면 곤란해. 그게 요점이야. 그게 정치라는 거고. 귀족 가문 후계자 따위는 맘에 안 들면 어디 적당한 들판으로 데려가 파묻어 버려도 상관없어. 하지만 성실하게 근무해 주는 백인대장이나 병사들은 배불리 먹여주고 따뜻하게 재워줘야 해. 그게 군대를 유지하는 비결이고 나라를 이끌면서 정치하는 비결이야."

"제가 공병인 줄은 몰랐는데요?"

"뭐?"

"그럼, 이번에는 어떤 귀족 나부랭이를 들판에다 파묻어야 합니까? 곡괭이는 문밖에 놔두고 왔습니다만."

아마인이 농담을 하는 것은 드문 일이었기 때문에 모두들 유쾌하게 웃기 시작했다.

농담을 하는 아마인도 물론 귀족 출신이었다. 하지만 평민과 다를 바 없는 하급 귀족 출신인 아마인은 준위부터 시작된 기사단 생활 동안 빛을 보지 못하고 있었다. 아마인은 다시 한 번 목덜미의 보랏빛 흉터를 만지작거렸다. 강철 콰렐이 스치고 지나간 목덜미는 흉하게 피부가 일그러져 있었고, 짙은 보랏빛 상흔을 만들고 있었다.

귀족이라는 허울 좋은 가문 때문에 평민들처럼 농사도 짓지 못하고 장사도 하지 못하던 아마인 가문은 가난했다. 켓셀의 아버지는 귀족으로서 요구되는 최소한의 저택을 끝까지 포기하지 못했고, 어렵사리 생기는 돈은 모두 저택 유지비로 쏟아 붓곤 했다.

켓셀 아마인의 여동생은 아주 어려서 영양실조로 폐렴을 얻어 죽었고, 그의 어머니는 항상 병약했다. 하지만 켓셀 아마인의 아버지는 아침마다 꼼꼼하게 수염을 다듬고 초라한 프록코트를 손질하는 것이 유일한 일과였다. 참다못한 켓셀은 아버지의 허영심을 만족시키는 공부를 포기했다. 초라한 저택의 정원에서 저지 미노트 어 문법 책과 역사 책들을 모두 불태워 버린 것이다.

그날 밤으로 아버지와 의절한 켓셀 아마인은 곧바로 크림발츠 중앙 기사단에 입대하고 군인의 길을 걷기 시작했다. 그가 군인을 택한 것은 기사단에서는 매일 식사가 지급되고, 매달 급료가 지불된다는 사실 때문이었다. 하급 귀족인데다 재산도 권력도 없는 가문이었지만, 어쨌거나 귀족이었기 때문에 켓셀 아마인은 크림발츠 왕실 기사 학교에 입학하여 2년 동안 훈련을 받고 3년 동안 의무 복무를 했다. 의무 복무가 끝난 아마인은 곧바로 장기 근무 신청을 했고 직업 군인의 길을 걷게 되었다.

하지만 그의 기사단 생활은 그다지 순탄치 못했다. 그는 평범한 일반 장교였고, '주홍 휘장의 장교'들의 부관 생활을 해야 했다. 백작 가문 이상의 자제들도 역시 군복무를 해야 했고, 그들은 주홍 휘장이 수놓아진 제복을 입었다. 이를테면 엘리트 장교였다.

아마인은 전술 경험이 없는 상관을 모시는 것이 얼마나 위험한 일인지 절실히 깨달았다. 그것도 급소인 목 부분에 위태로운 흉터를 남기는 대가를 치르고 나서 배운 교훈이었다. 그가 몸으로 막아서 지킨 지휘관은 주홍 휘장을 가진 23살의 애송이 백작 가문 장남이었다.

국경선을 침범한 아메린의 악명 높은 국경 수비대 연대를 맞아 크림발츠 중앙 기사단 서부 광역 주둔군은 고전을 겪었다. 소심하고 무능력한 주홍 휘장의 장교는 예기치 못한 혼전 속에서 잔뜩 얼어서 울기 시작했고, 아마인은 필사적으로 흐트러지는 대열을 추스르며 군대를 후퇴시켰다. 아마인의 지휘 덕분에 병사들은 괴멸을 간신히 피했고, 거의 대부분의 전력을 보존한 채 전장 탈출에 성공했다. 그 와중에 아마인은 겁쟁이 상관에게 날아드는 쿼렐을 몸으로 막아냈다. 한 발은 겨드랑이를 관통했고, 한 발은 간발의 차이로 목을 스쳤다.

그렇지만 그런 아마인을 기다린 것은 일 계급 강등과 기사단 지하 감옥 독방행이었다. 주홍 휘장의 장교는 자신의 목숨을 구해준 아마인을 고발한 것이다. 명령권자인 자신을 밀어내고 임의로 '치욕스러운 후퇴' 명령을 내렸다는 것이 그 이유였다.

아마인에게 불운했던 것은 그의 상관이 2개월만 지나면 의무 복무를 마치고 명예로운 만기 제대를 하고 내정부 관직이 예약된 엘리트였다는 사실이었다. 의무 복무 막바지에 치명적인 오점을 남길 수 없었던 것이 아마인에게 지휘 체계 불복종과 전장 임의 이탈죄를 적용시키게 만들었다. 그 상관은 교수형에 해당되는 아마인에 대한 상관 의견권을 이용해 계급 강등과 6개월 간 수감으로 형기를 낮추어주었다.

'내 목숨을 구해준 보답이다. 하지만 어설프게 수다를 떨면 재미없을 거다.'

족쇄를 차고서 썩은 물이 고인 지하 감옥에 앉아 있던 아마인에게 그 상관은 창살 너머로 그렇게 말했다. 아마인은 히죽 웃어주었다.

주린 배를 채우기 위해 시작해서 성실하게 밟아 올라가던 계단은 그것으로 완전히 박살나 버렸다.

'이것이 세상인가?'

반년 동안 악착같이 목숨을 부지하면서 아마인이 수천 수만 번에 걸쳐서 되묻던 질문은 그렇게 짧았다. 독방을 나온 아마인에게 떨어진 것은 녹해 너머에 있는 식민지 주둔군으로의 전출 명령서였다. 그것도 크림발츠 정규 사막 기사단이 아닌, 원주민 보병 부대 지휘관이었다. 쉽게 말해서 평생 동안 말도 통하지 않는 원주민 부대의 일선 지휘관으로 살아가야 한다는 의미였다.

지금 현재의 아마인은 어떻게 자신이 당시 민트 J. 케언 후작에게 편지를 쓸 생각을 했는지 의아스러웠다. 그것은 지독한 우연에 불과했다.

그는 자신의 과거, 자신의 억울함을 구질구질하게 늘어놓지 않았다. 그저 남쪽 대륙으로 근무 명령을 받았는데 자신의 젊은 나이와 가능성을 그렇게 썩히고 싶지 않다. 배신하지 않는, 또한 온갖 더러운 일을 도맡아 처리할 심복이 필요하지 않냐는 편지를 써서 보냈다. 그리고 케언은 그를 받아들였다. 케언이 칙명관 직위에 오르면서 켓셀 아마인은 크림발츠 왕실 근위대 소령으로 진급했다.

한동안 수도에서 '악마'들이 밤마다 귀족 가문을 습격하고 일가를 몰살시켰을 때, 외정관 비서관으로 있던 장래가 촉망받는 젊은 백작이 불의의 사고를 당했다. 장기 요양을 이유로 비서관을 그만둔 그 젊은 백작은 남부 해안 지방에 있던 별장으로 건강을 회복하기 위한 요양을 가던 중 길가에서 도적들의 습격을 받고 살해당했다.

그를 호위하던 병사들은 도적들이 즐겨 쓰는 둔기에 맞아 사망했다. 하지만 젊고 유능한 백작은 목과 심장에 두 발의 콰렐을 맞고 즉사했다.

케언의 친서를 지방 귀족에게 전달했던 임무를 마친 근위대 소령은 이틀 뒤에 수도로 복귀해 케언과의 오전 티타임에 간신히 늦지 않을 수 있었다.

아마인은 목덜미의 보랏빛 흉터를 만지작거리며 물끄러미 케언을
바라보았다.

"그럼, 바람직한 정치가 항상 정의일 필요는 없는 겁니까?"

"비교적 바람직한 정치와 정의는 아무런 상관이 없어. 정의란 건…
흐음, 글쎄… 정의란 건 나도 잘 모르겠군. 살아가면서 한 번도 친해
져 본 적이 없어서. 정의니 도덕이니 하는 것들은 좀 어렵더군."

"자주 말씀드리는 거지만, 이제 슬슬 본론으로 들어가셔야 합니다,
칙명관님."

참다못한 데일 후작은 기어코 잡담을 좋아하는 케언에게 제동을 걸
었다. 케언은 30살이 넘는 나이에 어울리지 않게 어깨를 움츠리며 어
린애처럼 굴었다.

유쾌하지 못한 과거가 떠올라 불쾌해졌던 아마인은 그런 케언 덕분
에 유쾌하게 웃고 말았다. 켓셀 아마인은 케언이라는 사내와 함께 있
으면 무언가 이해하기 힘든 방식으로 수렁 속에서 질퍽거리는 느낌이
들었지만, 그런 것은 아무래도 좋았다. 케언은 유쾌하고 시원스러운
사내였고, 무엇보다 미소가 매력적인 사내였다.

"복잡하고 머리 아픈 이야기는 그만 좀 해주십쇼. 머리 나쁜 놈은
이런 자리에 앉아 있는 것도 괴롭단 말입니다. 까짓거 간단한 거 아닙
니까? 잔머리 굴리는 놈들 모조리 쓸어버리고 홀가분하게 진탕 술을
마시는 걸로 충분하지 않습니까?"

라이너도 고개를 저으며 케언과 아마인의 대화에 불만을 표시했다.
젊고 게으른 근위대 중위는 대낮부터, 그것도 칙명관 앞에서 와인을
홀짝거리고 있었다.

"본론으로 들어가지."

케언은 웃음을 거두고 눈가를 손끝으로 가볍게 문지르며 한숨을 쉬었다.

"판단 착오가 발생했어. 슬라임이 생각보다 교활한 늙은이더군."

"에피온 후작을 말씀하시는 겁니까?"

"며칠 전에 낚시질을 해봤는데, 별 거부감 없이 미끼를 물더군. 뭐랄까… 이젠 굳이 강바닥에 누워서 물이끼나 긁어먹을 필요가 없다는 식이야. 여기저기서 멋진 미끼를 가져다 준다면 죽기 전에 햇볕이나 보고 싶다고 생각하는 것 같아."

"과연 햇볕을 견딜 만하겠습니까?"

"나름대로 생각이 있다고 판단한 것 같아."

"이번 주말에 유례없는 대규모 파티를 주최하는 이유가 그것입니까?"

"소 생 마리 백작 측 인적 자원을 철저히 이용할 생각인 것 같더군. 그 유들유들한 백작 가문 쪽으로 제법 머리가 좋은 인간들이 많거든. 물론 겉으로는 소 생 마리 백작에게 협력하는 노선을 취하는 것 같아. 이를테면… 내가 파반트 성을 가진 왕족 지위를 빌려주마. 네가 알아서 사람들을 모아서 거사를 진행해라. 난 명목상 국왕에 오를 것이고 네가 섭정관과 칙명관 지위를 가져라. 그리고 내가 양녀를 맞이할 테니 네 아들과 결혼시켜라. 그럼 넌 차기 국왕의 아버지가 된다. 뭐, 대충은 이런 계획이 아닐까? 하지만 그건 소 생 마리 백작 쪽 이야기이고, 그 늙은 슬라임은 백작 측 인맥을 자기 쪽으로 흡수시킬 심산이겠지. 나라도 그렇게 하겠어."

"그럼, 우리로서는 에피온 후작과 소 생 마리 백작의 그 위태로운 제휴가 갖는 빈틈을 노려야 하겠습니다. 그다지 쉽지는 않을 것 같습니다. 그들에게 빈틈이 생기는 것은 저희가 실각하고 그들이 왕권을 잡은 이후가 되지 않겠습니까?"

"여자와 술밖에 모르던 후작이 어쩐 일로 그런 생각을 하게 된 건지 모르겠지만, 어쨌거나 상관없겠지. 대충 저쪽의 의도를 파악했으니까. 무엇보다 50년도 넘게 숨겨온 가면 속의 본성을 알아낸 것으로도 큰 수확이야. 왕족의 핏줄만 믿고 파리 떼처럼 몰려든 패거리라고 생각했다가는 큰일 날 뻔했어."

케언은 잡담을 하다가 식어버린 차를 마시더니 눈살을 찌푸리며 고개를 저었다. 식어버려 쓴맛이 감도는 차는 그가 싫어하는 것 중 하나였다.

"라일란 신전 암살자들을 다시 활용하시겠습니까? 현재 대기 중에 있습니다."

케언은 고개를 내젓고는 또다시 버릇처럼 눈가를 문질렀다.

"그건 곤란해. 창기병단의 에드메이드가 창기병단 참모부를 소집했어. 겨울잠을 자면서 풍향 가늠하기를 끝낸 것 같아. 위험해."

"참모부라면……."

"그래. 어제저녁에 여왕의 창기병 중앙 참모부 소집 사실 통보를 보내왔더군. 덕택에 간밤에 지독한 악몽에 시달렸지."

케언은 왼손을 움직여 자신의 머리 위에 밤의 악령 나이트메어가 빙글빙글 맴도는 손짓을 해 보이며 이마를 찡그렸다.

"여왕의 카드를 쓰지 못하는 마당에 조커가 나타난 꼴이야. 카드판이 좀 우습게 돌아가고 있는 거지. 수도에 주둔하는 정규군은 여왕의 창기병뿐이야. 수도 경비대와 근위대 병력을 합쳐도 창기병을 제압하는 것은 무리야. 도대체 어떤 머저리 같은 국왕이 수도에 2개 연대나 되는 병력을 주둔시킬 생각을 한 건지. 창기병이 움직이면 우리 측이나 슬라임 후작 파는 반나절 안에 작살난다고 봐야 해. 그건 무슨 수를 써서라도 막아야 해.”

“에드메이드를 암살하는 방법은 어떻습니까?”

“누구를? 창기병단 기사단장을? 누가? 어떻게? 창기병단은 대륙 최강의 무력 집단이야. 게다가 수도에 무려 2개 연대라는 대병력이 주둔하고 있어. 창기병단의 고급 장교들은 전통적으로 창기병단 내부에서 승진한 자들이야. 국왕께 충성을 맹세하면서 독신 서약을 하고 수도사처럼 검만 휘두른 집단의 두목을 누가 죽일 수 있을까?”

“창기병단의 강점은 지휘 체계가 일사불란하다는 것일세. 기사단장이 죽어도 부단장이 즉시 지휘권을 인수받아. 전장에서 지휘관을 잃어도 지휘 체계 혼란이 없는 것이 창기병의 전통인 것을 잊었나?”

데일 후작은 무겁고 낮은 목소리로 그렇게 말하고는 헛기침을 했다. 분위기는 여름 햇살만큼이나 둔하고 무겁게 가라앉았다.

“여왕 폐하가 즉위하면서 전대 기사단장에게서 지휘권을 인계받은 에드메이드도 보통 사내는 아니야. 우리만큼이나 귀족들 권력 흐름을 정확하게 파악하고 있을 걸세. 지금 저울질을 하고 있을 테지. 후작 파의 저울이 기울면 그쪽을 잘라내고, 우리 쪽 저울이 기울면 우리 쪽을 잘라내고… 마지막에는 양쪽 저울에 아무것도 남지 않아. 그들은 그것이 진정으로 국왕을 위하는 길이라고 믿고 있어. 왕권 찬탈을 노린 반란을 진압하기 위해서 창설된 것이 여왕의 창기병이야. 뭐랄까, 내가 보기엔 광신도들의 집합이지. 나도 그렇고… 난 카시안 왕자의 창기병인가? 핫하하!”

케언의 웃음소리는 그다지 맑지 못했다. 케언은 손바닥으로 얼굴을 연거푸 쓸면서 맥 빠지게 웃었다.

데일 후작은 무언가 마음에 들지 않는다는 표정으로 케언을 힐끔거렸지만, 다시 성실하게 자신의 모습으로 되돌아갔다. 창문 너머에서 쏟아져 들어온 여름 햇살은 케언의 집무실 회의 탁자 위에 뚜렷한 빛과 그림자를 그려내고 있었다. 케언은 찻주전자가 만들어내는 무거운 그림자를 쫓아내려는 듯이 노려보았다.

"현재 군사력 싸움에서 저희가 굉장히 불리합니다. 저희가 가진 군사력은 왕실 근위대뿐입니다. 그나마 수도에 주둔하는 중앙 기사단 예비 연대는 외성 밖의 요새에 주둔하기 때문에 실질적으로 수도에 주둔하는 무력 집단은 창기병 연대밖에 없는 것이 조금 안심입니다. 게다가 창기병의 나머지 연대는 수련을 목적으로 해체된 상태라 2개 연대만 운용 중인 것도 다행입니다."

"일단 예비 연대가 단독으로 수도로 난입할 가능성은 희박해. 그것보다는 서부 광역 주둔군과 북부 광역 주둔군 상황은 어떤가?"

"북부 광역 주둔군은 일단 라이어른 문제를 핑계 삼아서 대규모 군사 훈련과 점검을 하고 있습니다. 아마 겨울이 되어서 새로운 연대와 교대할 때까지 딴생각을 하지는 못할 겁니다. 라이어른 특사의 암살 건은 어쩌면 좋은 기회가 된 것 같습니다."

"그렇겠지. 자신들 근무 지역에서 타국 외교 사절이 암살당했으니까. 라이어른에 대한 군사 압박을 가하지 않는다면 책임 추궁은 자신들에게 돌아온다는 것을 알고 있을 거야. 스스로 자원해서라도 라이어른 국경선 전체에 대한 군사 압력을 넣겠지. 결국 에피온 후작 측에서는 북부 광역 주둔군 카드는 쓰지 못해. 죽은 카드야."

"문제는 서부 광역 주둔군과 예비 연대가 건재하다는 겁니다. 아메린 측은 저희에게는 불운하게도 내전의 후유증 때문에 국경선 도발을 하지 않고 있습니다. 때문에 서부 광역 주둔군의 근무 상황은 상당히 느슨한 상태입니다. 남부 지방도 올해는 유난히 조용하기 때문에 수도에 있는 예비 연대도 할 일이 없기는 마찬가지입니다. 케언님께서 추진하신 정책의 역효과라고 볼 수도 있습니다."

민트 J. 케언은 칙명관 집권 초기부터 곧바로 남부 지방의 두 곳에서 대규모 항만 건설에 착수했다. 동방 원정의 패전으로 생겨난 부상 제대자들과 녹해를 연하고 있는 해안 지방의 강한 지방색에서 비롯된 갈등, 무거운 세금 때문에 농토를 잃은 농민들이 유랑하면서 생겨난 도적들은 급격한 왕권 교체에 따른 왕권 불안정을 부추기는 일이었다.

칙명관에 오른 케언은 우선 전국적인 토지 조사와 세율 감사에 들어갔고, 많은 귀족들이 처벌의 대상에 올랐다. 케언의 그런 정책은 크림발츠 안정을 위한 정책이기도 했지만, 지방 귀족들이 에피온 후작파에게 상납하는 정치 자금을 막아버리기 위한 정치적 목적도 포함되어 있었다.

귀족들의 여유 자금이 줄어들면 수도로 향하는 정치 자금도 줄어들기 마련이었다. 또한 그는 두 개의 항구 도시를 포함하여 남부 지방 전반에 걸쳐서 가도 정비와 대규모 항만 건설을 추진했다. 녹해 너머의 남쪽 대륙 식민지에서 들어오는 특산품과 식량을 보다 효율적으로 크림발츠 각지로 수송하기 위한 목적이었다.

유례없는 대규모 항만이 건설되면서 많은 인부들과 건설 자재를 필요로 했고, 갈 곳 없이 떠돌며 도적질을 하던 유민들이 급격하게 남부 지방으로 몰려들었다.

광산업과 제련업이 발달한 북부 지방에 비해서 낙후되었던 남부 지방의 불만은 항만 건설로 누그러졌다. 사람들이 모여들고 왕실에서 추진하는 대규모 공사가 시작되면서 엄청난 자금이 남부 지방으로 쏟아져 들어갔고, 사람들이 모여들었다. 그리고 가도가 정비되면서 도시 간, 지방 간 교역량이 폭증하기 시작했기 때문에 크림발츠 남부는 현재 가장 활기 찬 지방이 되었다. 당연히 도적들의 숫자는 급감했다. 왕실에서 꼬박꼬박 지불하는 돈으로 먹고 살 수 있는데도 메이스를 휘두르려는 인간은 많지 않았다.

그러한 일련의 정책들 때문에 케언을 비롯한 왕실에 대한 지지도는 눈으로도 확연하게 높아졌지만, 케언에게는 유감스럽게도 후작 파를 비롯한 다수 귀족들의 세력인 중앙 기사단 예비 연대가 할 일이 거의 없어져 버렸다.

케언과 그의 군사 비서관이라고 할 수 있는 켓셀 아마인이 고심하는 것은 놀고 있는 서부 광역 주둔군과 예비 연대를 바쁘게 만들어야 하는 필요, 다시 말해서 딴생각을 하지 못하게 만들 방법이었다.

게다가 슬픔의 탑 속에 은거한 채 국정에 나서지 않는 여왕의 존재는 크림발츠 국민들에게 가슴 저편의 막연한 불안을 심어주고 있었다. 국왕이나 여왕이 앞에 나서서 힘을 쓰지 않으면 항상 끔찍한 권력 다툼이 벌어지곤 했던 전례를 떠올리는 것이다.

케언이 벌이던 동방 원정 뒷수습은 이제 거의 방향을 잡아가고 있었고, 벌써부터 이른 결과를 가져오고 있었지만 불씨는 여전히 숨을 쉬고 있었다.

'좋아. 여기까지는 자네와 내가 구상했던 그대로야, 머저리 영웅주의 녀석아. 이제 자네가 진정으로 하고 싶었던 일이 남았지. 내가 잘

하고 있는 건지 가끔 확신이 들지 않지만, 불평하지는 말아. 그렇게 무책임하게 죽어버린 대가니까. 자네의 불꽃은 너무 일찍 꺼져 버렸어. 아직 자네의 여동생을 위한 새벽은 멀었단 말이야.'

케언은 찻잔을 들고 망설이다가 기어코 내려놓고 말았다. 그로서는 잘 우러난 차를 마시는 것이 가장 중요한 일이었다. 미지근하게 식어버린 차를 마시고 싶은 생각은 전혀 없었다.

"결국 우리 쪽에도 얼마간의 군사가 필요해."

"하지만 방법이 없습니다. 섣부르게 군사를 모집하면 창기병단과 후작 파 양쪽을 자극할 겁니다. 더군다나 현재 의무병 제도로 징집 가능한 신규 병사는 한계가 있습니다. 동방 원정의 손실이 치명적이었습니다."

"아무리 후작 파 세력권이라도 중앙 기사단 내부에 우리 측 세력도 있겠지. 자네의 인맥도 어느 정도 살아 있을 테고."

"어느 정도는 그렇지만, 대규모 군사 활동을 벌이기에는 부족합니다."

"이번 겨울이 고비야. 모처럼 놀고 있던 연대들을 그냥 해체하지는 않을 거야. 아마도 추수가 끝나고 전국이 농휴기에 들어가면 승부수를 띄우겠지. 우린 그전에 준비를 해야 하지."

"네?"

아마인은 이해가 가지 않는다는 표정으로 케언을 응시했다. 케언은 다시 자신의 호흡을 되찾고는 싱긋 웃었다.

"좀 시끄러운 사고가 몇 가지 벌어졌으면 좋겠어. 되도록이면 치명적인 사고로……."

"무슨 말씀이십니까?"

"세금 문제며 토지 문제도 해결했고, 유민 문제도 해결했지. 수도의 정치권도 이 정도면 1차적인 정리 작업은 끝났어. 그럼 남는 건 군대를 뜯어고치는 거지. 하하하!"

"네?"

케언은 빙긋 웃으면서 장난꾸러기처럼 탁자를 똑똑 두드렸다.

〈 3 〉

"그대는 정치가 뭐라고 생각하는 거요?"

"무슨 의미죠?"

발트하임의 수도 아인돌프는 일주일째 내리는 비 때문에 더욱 추레하게 보였다. 아인돌프라는 도시 자체가 허허벌판 위에 세워진 사자성을 기준으로 자연스럽게 생겨난 도시였기 때문에 잘 정비된 구획 같은 것은 꿈도 꾸기 힘들었다.

하이파 제국이 대륙의 과반수를 지배하던 시절에 사자성은 대륙의 정점에 서 있었다. 때문에 누가 강요하지 않아도 농민들은 자연스럽게 사자성 성벽 아래에 농가를 짓고 밭을 일구었다. 사자성이라는 무력 집단의 그늘 아래서 안주하기를 희망하는 사람들이 모여들었고, 자연스럽게 마을을 이루었고, 그들을 상대로 하는 상인들이 모여들었고, 마을은 빠르게 도시로 변모했다.

제국의 절정기 동안에 아인돌프는 따로 방어용 성곽을 건설할 필요가 없었다. 아인돌프는 제국을 통치하는 심장이자 두뇌였고, 제국의 외적은 너무나 멀리 있었다.

아인돌프에 외성 벽이 건설된 것은 교권과 왕권을 놓고 제국이 분열된 '암흑 시대'를 지나면서였다. 자신을 제외한 주변의 모두가 적이었고, 적과 아군은 대륙 북부의 날씨만큼이나 변덕스러웠다.

심지어 한 달 동안 세 번이나 교권과 왕권을 오락가락한 영지가 이례적이지 못할 만큼 불안한 전란의 시대였다. 누구나 공공연하게 대륙의 심장 아인돌프에 단검을 찔러 넣기를 원했다.

아인돌프는 하페우스 3세가 형제들을 죽이고 제국을 건설한 이래로 다시 갑옷을 입었고, 성벽을 건설해야 했다.

하페우스 3세가 형제들과 전쟁을 벌이던 '형제들의 전쟁' 동안 무적을 자랑하며 친위대로 활약하던 기사단은 제국 기사단으로 변모하며 대성당 주교만큼이나 뚱뚱해져 버렸고, 제국을 지탱하던 마지막 의자가 부서지자 스스로의 비만한 체중을 주체하지 못하게 되었다.

제국 기사단은 알레우스 교파의 성당 기사단은 물론 지드 교파의 성당 기사단과도 싸워야 했고, 그것도 모자라 같은 제국 기사단들끼리도 싸웠다. 제국이 무너지는 것은 지극히 당연했다.

알레우스와 지드 교파는 대주교에서부터 일개 수도사까지 성당 기사단을 진두지휘하면서 법황의 정통성과 성서 레비로스의 해석 문제, 아피아노의 수도 아피아노아를 성도로 결정하는 문제를 놓고 칼부림에 여념이 없었고, 제국의 마지막 황제는 누구에게도 그 권력을 인정받지 못했다. 도처에서 국왕을 자처하는 것은 당연했다.

현재 발트하임의 수도가 된 아인돌프는 이런 정황 속에서 조금이라도 안전한, 다시 말해서 패배할 확률이 적은 도시로 모여든 사람들이 키워낸 도시였다. 사람들이 모여들면서 도시 규모가 커졌고, 이전에 건설한 성벽을 자꾸 도시 바깥으로 확장하게 되었다. 때문에 현재까지 아인돌프 시내에는 암흑 시대의 성벽들이 군데군데 남아 있었고, 이런 성벽들은 도시의 가도 정비를 치명적으로 방해했다.

동서남북으로 정비된 도로를 중심으로 정돈된 시가지를 가진 아메린이나 크림발츠의 대도시와는 비교할 수 없을 정도로 복잡한 시가지를 가진 아인돌프였다. 그런 도시 구조는 일정하게 다듬은 마름돌로 포장된 도로를 만드는 것을 결정적으로 방해했다. 아인돌프는 두 배 이상 규모가 거대한 아메린의 수도 에벨리나보다 복잡한 도시였고, 수도의 도로 포장 비율은 3할을 넘기지 못했다. 게다가 덤으로 녹해와 대해의 영향을 받아 적당히 건조한 기후의 해택을 받는 에벨리나에 비해서 아인돌프는 1년 내내 비가 오는 지독한 기후 조건을 갖고 있었다.

아인돌프는 며칠째 계속되는 비에 젖어 흙탕물의 도시로 변해 있었다. 짐수레들이 진창에 빠졌고, 수레를 끄는 말들은 한여름인데도 차가운 빗속에서 더운 김을 피워 올리며 불만스럽게 투레질을 했다. 배수가 시원찮은 지역에서는 집 안까지 밀려든 진흙탕 때문에 탁자 위에서 잠을 청해야 하는 생활의 연속이었다.

페나 라이침버 아델만 왕비는 어깨와 앞가슴이 깊숙이 패어진 드레스 차림을 더욱 빛내주는 진주 목걸이를 가볍게 만지작거리며 눈살을 찌푸렸다. 전투를 목적으로 건설된 사자성은 천장이 낮고 채광이 시원찮아 대낮에도 촛불을 켜야 할 만큼 어두웠다.

레흐 디히트 아델만 국왕은 그늘진 얼굴에 더욱 우울한 그림자를 그리고 있었다. 암살당한 사자왕을 대신하여 왕위에 오른 아델만의 얼굴에는 근래 들어 주름살이 늘었고, 흰머리가 나기 시작해서 10년은 늙어 보였다. 어두운 밤에 본다면 사자왕과 비슷한 연배로 보일 지경이었다. 반면에 페나 왕비는 더욱 원숙한 아름다움의 절정을 구가하고 있었다.

"당신이 생각하는 올바른 정치는 뭐라고 생각하오?"

"요즘 같은 시국에 한가하게 정치란 무엇인가를 논하지 않는 게 올바른 정치라고 생각해요."

페나는 싸늘한 어조로 그렇게 말했다.

"맹약기사단을 움직이는 걸로 부족해서 성당 기사단까지 부추기는 짓이 잘하는 짓이라고 생각하오? 올 여름은 이렇게 비가 많이 오잖소. 이러면 가을 추수 때 수확량이 급감하게 될 거요. 폴리안과의 불필요한 전쟁에 맹약기사단에 성당 기사단까지 움직이다니… 대체 이 나라에 얼마나 많은 군대가 움직이고 있는 거요? 평민들이 얼마나 많은 고통을 받을지 생각해 보았소?"

"나의 사리사욕을 위한 게 아니에요. 우리 발트하임을, 아니, 우리 라이어룬을 재건하려는 거예요. 언제까지 이렇게 분열되어 같은 민족끼리 으르렁대며 싸워야 하나요? 언제까지 폴리안이나 아메린, 크림발츠의 눈치를 보며 살아야 하나요? 아메린과 크림발츠가 배불러 심심할 때마다 국경 분쟁을 벌이면 우리는 어떻죠?"

페나 왕비는 단어 사이에 간격을 두며 또박또박 말하는 특유의 화법을 구사하기 시작했다. 전체적인 억양은 낮고 평온했지만 단어 하나하나가 명확했고, 무거운 힘이 실려 있었다. 유약하고 어눌한 말투의 아델만 국왕은 묵묵히 입을 다물어 버렸다.

"아메린과 크림발츠가 시답잖은 땅 뺏기 싸움을 하는 동안 우리 라이어른은 얼마나 비참해야 했나요? 페임가르트는 아메린을 도와야 했고, 우리 발트하임은 크림발츠를 도와야 했죠. 그동안 혹사당하는 것은 우리 라이어른 백성들이에요. 아메린이나 크림발츠 기사단은 2년 정도만 싸우면 다른 기사단과 교대하고 병사들은 각자의 고향으로 돌아가죠. 하지만 그들 나라로 우리가 파견해 줘야 했던 노동자들은, 인부들은 어떻죠? 그들은 영토 분쟁이 끝날 때까지 서로가 무너뜨린 성벽을 보수해야 해요. 그리고 그들 중 많은 남자들이 말도 잘 통하지 않는 남의 나라에서 전투에 휘말려 죽음을 당하죠. 그들이 군인이던가요? 성벽을 수리하던 곡괭이를 들고 전장을 우왕좌왕하다가 기병대의 말발굽에 밟혀 죽어야 하죠. 왜 그들은 우리의 지원을 요구할까요? 생각해 봤나요?"

"그, 그야… 동맹 관계에 있는 국가가 전쟁에 휘말리면……."

"당신 같은 국왕이 왕위에 앉아 있으니까 우리 라이어른이 이렇게 몰락하는 거예요! 크림발츠도, 아메린도 우리의 도움 따위는 필요하지 않아요. 국경 지방에서 살고 있는 성인 남자들은 모두 중앙 기사단 출신의 예비역들일 테니까요. 그들은 축적된 경험과 단련된 육체를 가진 잠재적인 병사들이에요. 농성전에 들어가면 그들은 검을 들고 현역 병사들과 대등한 전투력을 과시하죠. 그들이 우리 노동력을 필요로 하는 진짜 이유는 '볼모'가 필요했을 뿐이에요."

"어째서 그들이 인질을 필요로 하지?"

"서로가 싸우는 동안에 우리 라이어른이 딴생각을 하지 못하도록 하는 거죠. 후방을 든든히 하고 전쟁에 임하는 건 상식이에요. 그 중거로 라이어른의 기사단에 있는 귀족 자제들을 전투 고문단이라는 이름으로 끌고 가죠. 전투 고문단이라뇨! 대륙 최강의 전력을 가진 강대국들이에요. 누가 누구의 조언이 필요하다는 거죠?"

페나 왕비는 갑자기 거세진 빗줄기 소리를 이기기 위해서 조금 목소리를 높였다. 아델만 국왕은 숨을 죽인 채 물끄러미 촛불만 바라보고 있었다.

"빗속에서 고생하고 있을 백성들을 어설프게 동정할 시간에 라이 어른이 나가야 할 길을 고민해 봐요. 그런 싸구려 감상주의에 빠져서 늙은이처럼 무기력하게 한숨만 내쉴 거면 날씨 좋은 남부 지방으로 내려가요. 거기서 아름답고 찬란한 햇살이여 어쩌고, 넋 나간 소리나 주절거리면서 당신이 좋아한다는 그 문학인지 뭔지나 붙잡고 있어요. 이 사자성에서 귀중한 식량을 축 내며 빌붙어 있는 건 당신 혼자에요."

"무슨 말을 그렇게 하는 거요!"

아델만은 우유부단한 만큼 온화했지만 이번만큼은 참지 못했다. 아델만은 수줍은 소년처럼 얼굴을 붉히며 책상을 내려쳤다. 하지만 페나는 침착한 얼굴로 오랫동안 혼자서 떠든 자신을 추스르고 있었다.

"올바른 정치가 뭐냐구요? 그건 해야 할 일이 있을 때 망설이면서 시간 낭비하지 않는 거예요. 옳고 그름을 따지며 말싸움을 하고 있을 때 정작 고생하는 것은 우리가 아니에요. 당신은 그 점을 명심해야 해요. 종기를 짜내는 아픔이 두려워 방치하면 나중에 팔다리를 잘라내야 하죠. 그 종기를 짜내는 것이 옳은가 그른가를 따지는 동안에도 종기는 계속해서 썩어가는 거예요. 바로 이 나라처럼."

페나는 말을 끊으며 심호흡을 했고, 탁자 위에 놓여져 있던 포도주잔을 들어서 목을 적셨다. 그녀의 뜨거운 심장 부근은 촛불을 받아 짙은 음영을 만들고 있었다. 아델만 국왕은 아내를 정면으로 보지 못했다. 대신에 그는 비가 내리는 수도를 내다보면서 한숨 섞인 목소리로 말했다. 그의 목소리는 피곤했고, 노인처럼 생기가 없었다.

"하지만 종기를 짜내는 동안에 고통받는 것도 우리가 아니잖소? 그리고 먼 하늘만 보고 걷는 사람은 언젠가 보잘것없는 돌부리에 걸려 넘어지는 법이오. 사람은 멀리 보는 것만이 중요한 것이 아니라오."

"모래시계를 뒤집는 사람만이 새로운 시간을 부여받아요. 원래 그렇게 있었던 것이라고 놔두는 사람은 언제까지나 흘러내린 모래만 보고 있어야 하는 법이에요."

"후세 역사가들이 당신과 나를 어떻게 평가할지 모르겠구려."

페나는 다시 한 번 자신과 남편 사이에는 메울 수 없는 깊은 강물이 흐르고 있다는 것을 실감했다. 아버지인 사자왕 베오하이트가 그를 데려왔을 때, 페나는 안도했었다. 무능력한 주제에 욕심만 많은 남자를 남편으로 맞이하면 그녀가 설자리는 없을 터였다. 그러면 그녀가 자신의 젊음과 아름다움을 희생하면서 세웠던 라이어른 통일 계획은 세월의 먼지 속에서 무기력하게 스러져 버렸을 것이다.

그녀는 독서와 미적분학 이외에는 아무런 관심이 없는 수수한 사내가 마음에 들었고, 군말없이 그 남자와 결혼했다. 당연히 연애 감정 따위는 전혀 갖고 있지 않았다. 남편과 첫날밤을 보내는 침대 속에서도 그녀는 왕실 개혁 문제를 고민했고, 어떻게 남편과 잠자리를 했는지는 기억도 하지 못했다.

멀리 떨어져 있는 소중한 것이라면 이곳으로 가져오면 된다는 사고방식을 가진 그녀였지만, 억지로 살을 부비며 살다 보니 남편이라는 남자에게 표현하기 어려운 감정을 갖게 되었다.

너무나 용맹하고 단호한 홀아버지 아래서 소녀 시절을 보낸 페나는 정국을 토론하는 사자왕의 무릎에 앉아서 장난을 치며 성장했다.

조숙했던 그녀는 아버지인 사자왕이 죽은 어머니보다 열렬하게 사랑했던 라이어른이라는 존재를 일찍부터 자각했다. 세월이 흐르며 흐지부지되었던 피의 맹약을 군사력으로 또다시 명확하게 재건한 제노스 라이침버 베오하이트는 중앙 대교국으로부터 사자왕이라는 칭호를 받았다. 페나는 그런 남자의 딸이었다.

그런 어린 시절을 보낸 페나는 다른 여자들처럼 다정다감하게 애정을 표현할 줄 몰랐다. 해마다 갈아치우던 정부들과 땀에 젖어 누워 있다 보면 얼어버린 호수 같은 공허함이 그녀를 괴롭혔다. 그동안 그녀의 남편이라는 남자는 명상실에 틀어박혀서 새로 시작한 역사와 철학 공부에 몰두하고 있었다.

냉정하고 명석한 머리를 가진 페나였지만 그런 종류의 공허함은 주체를 하지 못했다. 페나가 남편을 모질게 다그치기 시작했던 것은 그때를 전후해서였다. 그녀는 알려주고 싶었다. 남편을 만나기 전까지 자신의 젊음을 희생해서 만든 것이 무엇인지. 한 번이라도 남편이라는 남자가 주의 깊게 읽어봐 주길 원했다.

몽상이라고 핀잔을 주어도 좋았고, 울어버리고 싶을 정도로 냉정하게 비판을 해줘도 좋았을 것이다. 하지만 그녀의 남편은 그녀가 스스로의 의지로 저당 잡혔던 시간들을 외면했다. 정확히 말하면 아무런 관심이 없었다. 아니, 그녀가 매년 정부를 갈아치워도 그는 아무런 말도 없었다. 그녀는 그런 종류의 소모적인 쾌락을 좋아하진 않았지만, 고집스럽게 그런 사생활을 계속했다.

옛날의 영광을 잊은 채 고집스럽고 괴팍하게 변해서 신하들을 괴롭

히던 아버지를 왕위에서 내쫓고 우유부단하지만 자신보다도 명석하고 풍부한 지식을 가진 남편을 왕위에 올릴 계획을 세운 것도 그녀였다. 그것이 진정으로 발트하임을 위한 길임을 추호도 의심하지 않았다. 그리고 자신은 충분히 남편의 우유부단하고 나약한 약점을 가려줄 수 있을 것이라고 믿었다.

그녀는 자신이 계획한 라이어른 통일을 남편의 손으로 이뤄내고 싶었다. 하지만 남편은 실종된 아버지를 찾기에 바빴고 권력의 공백이 갖는 위험성을 간과한 채 장인인 사자왕의 안부를 걱정하는 것으로 세월을 보냈다. 남편에게 사자왕의 그늘은 너무나 짙고 어두워서 그녀의 힘으로는 끌어낼 수 없었다. 그녀가 아버지를 암살할 계획을 세우고 야심과 허영심밖에 없는 하일리버를 정부로 맞은 이유는 그것이었다.

페나는 눈물을 흘린다는 것이 어떤 것인지 잘 몰랐다. 그녀는 묵묵히 남편을 노려보았다. 남편은 턱을 괴고 앉아서 창밖을 보고 있었다. 젊고 반듯한 외모를 가졌던 남편은 이제 사자왕만큼이나 늙어 보였다.

석조 바닥을 두드리는 빗소리는 어둡기 짝이 없는 사자성을 더욱 을씨년스럽게 만들고 있었다. 그 속에서 페나와 아델만은 침묵을 지키며 각자의 생각에 빠져 있었다. 페나는 남편과 자신의 사이에 흐르는 검고 차가운 강물에 몸서리를 치고 싶었다. 하지만 그녀의 자존심은 그것을 허락하지 않았다.

"후세 역사가의 깃털 펜을 무서워한다면……."

오랜 침묵을 깨고 입을 연 페나의 목소리는 여전히 낮고 조용했지만 이번만큼은 힘이 실려 있지 않았고 불분명했다.

"사람은 각자의 신념으로 길을 걸어야 해요. 타인에게 길 안내를 부탁해도 결국 길을 걷는 것은 그 자신 스스로예요. 자기가 걸어온 길을 뒤따라오는 사람들의 불평을 두려워한다면… 그 사람은 절대로 길을 걷지 못해요."

"지나치게 강직한 신념은 때로는 그 자신을 구속하기도 하오. 발밑을 살펴야 하는 것을 알면서도 지평선 너머를 보면서 걷지. 그 덕분에 진창에 빠지기도 하는 거고."

아델만은 조금은 명확해진 목소리로 중얼거렸다. 그의 말투는 아내에게 하는 것인지, 스스로에게 하는 것인지 판단하기 어려웠다.

페나는 묵묵히 뒤돌아 섰다. 그녀는 어깨를 펴고 턱을 치켜든 자세로 천천히 출입 문 쪽으로 걸어갔다. 아델만은 대화를 포기하고 멀어져 가는 아내를 붙잡지 않았다. 결혼 전부터 예상했던 일이지만 아내는 결코 자신이 하는 말의 의미를 곰곰이 생각해 보지 않았다.

아델만은 문득 자신이 장인어른처럼 강직한 성품을 가졌다면 그녀가 어떻게 행동했을지를 고민하는 자신에게 조소를 보냈다. 스스로가 던진 조소는 그의 심장을 예리하게 도려내고 있었다.

'비겁한 자가 생각도 많은 법이지. 나처럼……'

아델만은 아내에게 결정적으로 결여된 사실이 무엇인지 알고 있었다. 그것은 스스로가 견고하게 쌓아 올린 석벽 너머를 보지 않는다는 것이었다. 각자가 쌓는 석벽이 견고함에 비례해서 당사자는 석벽 너머를 내다볼 필요를 느끼지 못한다는 것이 그의 지론이었다. 아델만이 살아온 시간들은 다른 의미에서 치열한 투쟁이었다.

그는 살아가면서 어떠한 석벽도 쌓지 않았다. 모두가 스스로를 보호하기 위해서 석벽을 쌓는 동안 그는 기존에 있던 석벽조차도 자기 손으로 무너뜨려 버렸다.

20년도 넘는 시간 동안 속살을 부비며 살아온 아내는 여전히 석벽을 쌓지 않는 자신을 이해하지 못했다. 그녀는 항상 불신이 가득한 눈으로 석벽의 잔해 속에서 일광욕에 열중하는 자신을 바라보았다. 그녀가 기준으로 삼았던 유일한 존재, 사자왕은 누구보다 견고하고 높은 석벽을 가진 인물이었다.

　아델만은 어둠침침한 홀을 가로질러 멀어지는 아내의 뒷모습을 바라보았다. 아내는 예전처럼 아름답지 않았다. 장인어른의 강요에 의해 그녀와 처음 만났을 때 보여주었던, 그런 예리함은 이제 빛을 잃고 있었다. 아내가 예전처럼 아름답지 않다는 사실은 그를 슬프게 만들었다.

　'난파선은 버려야 하는 법이라오… 언제까지 타륜을 잡고 있을 셈이오?'

　아델만은 그녀와의 결혼 생활이 결국 결정적으로 파국을 맞이했다는 사실을 직시하며 슬픔을 느끼고 있었다. 이제 두 번 다시 그녀는 자신과 대화하려 하지 않을 것이라는 예감이 그를 괴롭혔다.

　"혹시……."

　페나는 홀의 출입 문 손잡이를 잡은 채 뒤돌아보았다. 아델만은 고개를 돌렸지만 거리가 너무 멀었고, 아내의 목소리가 낮아서 제대로 알아듣지 못했다. 페나는 무표정하고 차갑게 그를 응시했다.

　"…라고 했던 말을 기억하나요?"

　"뭐라고 했소?"

　두 사람은 대화는 그렇게 끝났다. 페나는 문을 열고 나갔고, 밖에서 경비를 서던 병사들은 황급히 할버드를 비껴들었다. 문틈으로 아델만이 마지막으로 본 것은 제복을 입은 맹약기사단 기사가 아내의 뒤를 따르는 모습이었다.

그리고 문은 닫혔다.

〈 4 〉

"아……!"

케이시 파온 튜멜 남작은 자신도 모르게 멈칫했다. 계절은 여름을 가로지르고 있었지만 대륙 북부 지방의 밤 공기는 차가웠다. 그리고 비가 내려 눅눅한 공기만큼 차갑고 습한 여자가 있었다.

카라는 여관 바깥에 의자를 가져다 두고 혼자 앉아 있었다. 그녀는 단지 소란스러운 것을 별로 좋아하지 않는 성격이었고, 이언에게 애정 표현을 할 때를 제외하면 지극히 조용했다.

하지만 튜멜은 그녀가 이언 곁에 머물지 않고 있다는 사실에 당황했다. 이언이 곁에 있다면 그녀는 보통의 평범하지만 조금 유난스러운 성격의 여자와 비슷했지만, 혼자 있을 때는 전혀 달랐다.

어지럽게 헝클어진 검은 곱슬머리가 어깨까지 흘러내려 있었고, 어둠 속에서 무언가 이질적으로 보일 정도로 희고 창백한 피부의 카라는 밤하늘을 올려다보고 있었다. 카라는 얼굴 가득히 쏟아져 내린 머리칼을 신경질적으로 긁어 올렸다. 그녀의 눈동자는 언제나처럼 어둠 속에서 광채가 많아졌다.

"안으로 들어가든지 옆에 앉든지 결정하렴. 정신 사납게 거기서 머뭇거리지 말고. 뱀파이어는 인기척에 민감하단다."

"아아……."

튜멜은 쭈뼛거리면서 끝까지 결정을 내리지 못한 태도로 슬그머니 앉았다. 하지만 누가 봐도 일행이라곤 생각하지 못할 정도로 거리를 두고 있었다. 쇼와 레이드도 여전히 뱀파이어에 적응하지 못했지만, 튜멜은 정도가 유별나게 심했다.

그는 다른 동료들이 무안할 정도로 극단적으로 카라를 피하고 있었다. 우연히 어깨를 스치기라도 하면 그는 소스라치게 놀라며 롱 소드의 손잡이를 움켜잡았다. 하지만 카라는 성격적으로 튜멜과는 전혀 달랐다. 그저 멀뚱한 눈으로 튜멜을 힐긋거리는 것으로 철저하게 그를 무시했다. 물론 튜멜도 카라에게만큼은 무시당한 것을 걸고넘어가며 화내지 못했다. 일행 중에 튜멜의 신경질을 멈출 수 있는 것은 레미와 카라뿐이었다.

튜멜은 여관의 술집 분위기에 끝끝내 적응을 못하고 도망쳐 나온 참이었다. 그로서는 지금 와서 다시 들어갈 수도 없었다. 골렘과도 친해지는 에피를 선두로 쇼와 레이드 3인조는 단 한 번 건배를 하는 것으로 마을 주당들과 10년지기 같은 친구 사이가 되어버렸다. 그리고 파일런과 이언은 언제나처럼 변함없이 구석에 앉아서 한없이 심각한 얼굴로 무언가 대화를 하고 있었다. 평소와 다른 점이라면 그들 사이에 앉아 있던 튜멜로서는 단 한 마디도 알아들을 수 없는 언어로 대화하고 있다는 점이었다.

라이어른 어는 당연히 아니었고, 크림발츠와 아메린에서 쓰이는 중앙어도 아니었다. 튜멜은 라이어른 식 악센트를 고치지 못했지만 적어도 어렵지 않은 수준에서의 중앙어 회화는 가능했다. 그냥 일상 회화 수준에서의 중앙어는 별로 무리가 없었다. 하지만 두 사람이 쓰는 언어는 중앙어도 아니었다.

저지 미노트 어의 경우에는 이미 고어로 이행되는 과정에 있었기 때문에 회화를 위한 언어라기보다는 공문서와 문학 작품에서나 사용되는 언어였다. 저지 미노트 어가 문어가 아닌 구어로 사용되는 거의 유일한 상황은 교회에서 성무를 집전할 때였다. 물론 외교 사절들이 타국에서 정치 교섭을 벌일 때도 가끔씩 사용되었지만, 평범한 사람들의 일상에서는 쓰이지 않았다.

맥주 세 파인트를 비우는 동안 특유의 인내심으로 참아내던 튜멜은 괴상하기 짝이 없는 발음의 언어를 참지 못하던 참이었다. 튜멜은 모르고 있었지만, 파일런과 이언의 대화에는 사막어가 사용되고 있었다. 녹해 건너의 남쪽 대륙 사막 도시들의 이교도들이 사용하는 언어였다.

대륙인들이 남쪽 대륙을 식민지로 삼고 교역을 하면서 가장 난감해하는 분야는 언어였다. 오아시스나 해안을 중심으로 부족 위주의 촌락이 모여 도시를 이루는 도시 국가 형태의 남쪽 대륙에서는 표준어라는 개념이 아예 확립조차 되지 않았다. 부족이나 씨족마다 쓰이는 언어가 달랐고, 경우에 따라서는 일개 도시에 30여 개의 언어가 혼용되는 경우까지 있었다.

측량학이나 천문학 등 기술 분야의 뛰어난 발전에도 불구하고 남쪽 대륙에 통일 국가가 성립되지 못했던 이유는 오아시스 중심의 사막 기후가 아닌, 언어 때문이었다.

남쪽 대륙에 가장 먼저 발을 디뎠던 아메린 인들은 심지어 같은 집안 안에서도 서너 개의 언어가 난립하는 민족적 특수성에 질려 버렸다. 사막어라는 것은 그런 대륙 안에서 비교적 많이 사용하는 언어를 의미했다.

사막 도시에서 오랫동안 은거하던 파일런은 당연히 많은 종류의 사막어에 능통했다. 그리고 이언이 튜멜에게 했던 말을 빌리자면 '천재이기 때문에 사막어를 할 줄 안다'고 했다. 튜멜이 불신에 가득한 표정을 지은 것은 당연했다.

"저번에 실례를 범한 것은 사과하겠다."

"뭐? 아아, 그거? 후후후."

카라는 머리칼을 벅벅 긁으면서 킥킥거렸다. 튜멜은 괜히 혼자서 무안함을 느끼고는 얼굴을 붉히고 있었다.

"너 말야, 정말 고집스러운 녀석이구나?"

"뭐?"

"우린 네가 무안해할까 봐 그때 일을 화제로 삼지 않았는데, 너 스스로가 그렇게 고지식하게 그때 일을 걸고 넘어갈 필요가 있니?"

튜멜은 발끈해서 카라를 노려보았다. 하지만 턱을 괴고 앉아 있는 카라의 눈매와 입가에는 미소가 머물고 있었다. 비가 그친 밤하늘의 구름 사이로 보이는 초승달만큼 희미한 미소였다. 튜멜은 얼굴을 붉히며 시선을 돌렸다.

"나, 난 알다시피 싸울 줄도 모르고 아무런 쓸모가 없는 존재일지 몰라. 하지만 인간과 인간을 엮어주는 최소한의 조건이 뭔지 알아? 그건 예절이야."

"혹시 그거 Er Eetturke(예절, 규범, 규칙)가 아니라, Ihe Fuhlerto(예절, 절제, 중도)로써의 '예절'을 말하는 거니?"

"……."

튜멜은 카라가 저지 미노트 어를 아는 것에 놀라지 않았다. 튜멜 스스로가 생각하기에 이미 자신의 주변에는 필요 이상으로 저지 미노트 어에 능숙한 동료들이 많았다.

하지만 라이어른 어로 똑같이 '예절'로 번역되는 두 단어가 갖는 미묘한 뉘앙스의 차이를 정확하게 짚어내는 카라에게는 놀랄 수밖에 없었다. 그런 말을 꺼낸 튜멜 자신도 카라처럼 정확하게 두 단어의 차이를 이해하고서 쓰는 말은 아니었다. 확실하게 이해하지 못하면서도 일상적으로 그런 어휘를 남발하던 튜멜은 다시 의기소침해져 버렸다. 자신이 카라보다 나은 점을 찾지 못했던 것이다.

그녀는 뱀파이어였기 때문에 육체적 능력을 포함한 전투력에서 이미 인간의 수준을 넘어서고 있었다. 여행을 하는 동안 지독하게 단련되었어도 여전히 검을 들고 싸움에 임하면 무릎부터 후들거리는 튜멜과는 근본적으로 달랐다. 카라는 목적을 위해서라면 발트하임의 수도를 지옥으로 만들어 버리는 일도 서슴지 않았다. 그에 반해 여행을 하면서 얼굴에 칼자국 흉터까지 남겨진 튜멜이었지만 타고난 성품은 어쩌지 못했다.

튜멜은 더 이상 입을 열지 못한 채 묵묵히 어둠 속에 얼굴을 묻었다. 짧지만 불편한 침묵이 라이어른의 무거운 습기처럼 머물렀다.

'젠장! 이 나이에 어리광까지 받아주라는 거야?'

카라는 자꾸만 흘러내리는 앞머리를 신경질적으로 긁어 올렸다. 밤공기는 차갑고 습했고, 아주 작은 소곤거림까지 유난스럽게 만들었다.

나무 덧창을 열어놓은 탓에 술집에서 흘러나오는 웃음소리와 노랫소리는 밤 공기를 어수선하게 만들고 있었다.

카라는 의자에서 일어나 가볍게 기지개를 커더니 싱긋 미소를 지었다.

튜멜은 카라가 자신의 팔을 잡는 순간 목덜미가 오그라드는 공포를 느꼈고, 심장이 미친 듯이 발악하기 시작했다. 그는 카라에게 이끌려 엉거주춤하게 일어섰지만 뱀파이어와의 신체 접촉이 갖는 불쾌감을 떨치지 못했다. 튜멜은 그녀가 의심할 여지없는 뱀파이어라는 사실을 알고 있었다. 아인돌프에서 단지 노래를 부르는 것만으로 쥐 떼를 불러 모았던 그녀였다. 그리고 언젠가 튜멜이 이언과 카라의 애정 행각을 비난했을 때, 카라는 뱀파이어로서의 본성을 남김없이 보여주었다. 튜멜은 그때의 공포를 잊지 못했다. 차가운 땀방울이 튜멜의 목덜미를 타고 옷깃 사이로 스며들었다.

"우리 산책이나 할래?"

튜멜은 순간적으로 자신의 허리에 묵직하게 매달린 롱 소드의 무게를 느끼며 조금쯤 안도했다. 하지만 곧바로 밀려드는 감정은 자기혐오였다. 한밤중의 시골 마을에서 자신이 뱀파이어에게 공격을 받는다면, 자신에게 아무런 대책이 없다는 것을 누구보다 튜멜 자신이 잘 알고 있었다. 뱀파이어는커녕 시장 바닥에서 칼부림하는 패거리조차도 이길 수 없는 튜멜이었다.

그렇지만 정작 튜멜이 얼굴을 붉히게 만드는 것은 동료를, 순간적으로 동료를 의심했다는 자책감이었다. 뱀파이어지만 동료를 확실하게 구별한다는 것은 지금까지 그녀의 행동이 증명했다. 라트에일에서 경비대에게 쫓기는 일행을 위해서 배를 준비한 것은 그녀였다. 그리고 아인돌프를 탈출할 기회를 제공한 것도 그녀였다. 그럼에도 불구하고 검에 꽂힌 모습으로 여관 바닥에서 밤을 지새운 그녀의 모습을 똑똑히 기억하는 튜멜이었다.

카라는 다정하게 튜멜의 목을 끌어안은 자세로 걷기 시작했다. 여자인데도 카라의 키는 튜멜과 그다지 차이가 나지 않고 있었다. 체온이 낮고 건조한 카라의 피부가 튜멜의 뜨거워진 피부를 스칠 때마다 그는 몸서리치는 공포를 느끼고 있었다. 튜멜은 후들거리는 무릎을 애써 가누며 걸음을 옮겼다.

"난 스톨츠에서 태어났단다. 혹시 스톨츠에 가본 적 있니?"

"어, 없다."

"참 아름다운 나라야. 비록 중앙산맥과 야르 산맥으로 둘러싸인 작은 나라지만. 스톨츠에는 참 아름다운 강과 호수가 많아. 아마 스톨츠의 6할 정도는 하천과 호수로 되어 있을 거야."

'왜 이런 이야기를 나에게 하는 거지?'

튜멜은 카라와 나란히 걸으면서 고민했다. 그는 허리에 차고 있는 롱 소드가 거치적거리지 않도록 자연스럽게 검 손잡이를 눌러주는 것처럼 보이려고 애를 쓰고 있었다. 그러기에는 롱 소드를 잡은 손에 지나치게 힘이 들어가 있다는 것을 튜멜은 전혀 깨닫지 못했다. 물론 카라는 그런 것을 전혀 신경 쓰지 않았다. 그저 낮고 조용하게 자신의 이야기를 했다.

"1년 내내 아름다운 풍경을 가진 나라는 스톨츠밖에 없을 거야. 온갖 들꽃들이 흐드러진 비탈이 끝나면 청수정처럼 맑은 산중호수가 펼쳐지는 봄의 스톨츠, 여름이 깊어가면서 수위가 높아지기 때문에 더욱 짙푸른 색으로 변하는 강줄기가 아름다운 여름의 스톨츠, 절벽 좌우로 빽빽한 나무들이 빨간 단풍을 이룰 때 하얗게 튀어 오르는 폭포가 멋진 가을의 스톨츠, 하지만 가장 멋진 것은 겨울이야. 중앙산맥과 야르 산맥이 온통 희게 변하고, 저 너머가 보이지 않을 정도로 거대한 호수가 햇살 아래 은빛으로 빛나며 얼어붙어 버리지."

카라는 습기 찬 라이어른의 밤하늘을 올려다보면서 스톨츠의 풍광을 더듬었다. 튜멜은 자신도 모르는 사이에 카라가 말해 주는 스톨츠의 모습에 열중하고 있었다. 롱 소드를 쥐고 있던 그의 손이 느슨해졌다.

"내가 태어난 도시는 스톨츠에서 두 번째로 큰 산중호수 곁에 있는 곳이야. 일 년 내내 눈 덮인 산봉우리 사이로 호수가 있는 곳이지. 우리 도시는 산비탈을 중심으로 호수가로 달려 내려가는 듯한 모습으로 집들이며 교회가 모여 있는 곳이었어. 왜 있잖니? 여름이면 물장난을 치기 위해서 호숫가로 뛰어간 애들이 물가를 빙 둘러싸는 모습. 그런 모습의 도시였어."

"참 아름다운 도시겠군."

"그럼. 대륙을 여기저기 떠돌아다녀 봤지만 내 고향 도시처럼 아름다운 곳은 몇 군데 없었어. 남쪽 대륙의 사막 해안(Desert Coast)이나 대해의 곶(Cape Of Grand Sea) 정도나 우리 도시와 비교할 만하지. 후후후."

"그런 이야기를 나에게 하는 이유가 뭐지?"

"이유는 없어. 우린 동료잖아? 단지 좋았던 어린 시절 이야기 같은 건 친한 사이에서는 흔한 거 아냐? 이런 이야기를 하는 게 이상해?"

"아, 아니… 단지……."

카라는 튜멜을 놓아주었다. 그리고는 눈을 감고 밤하늘을 향해 고개를 젖혔다. 자정이 지난 밤과 똑같이 새까만 곱슬머리가 흘러내렸다.

"사실 우리 나라가 내세울 건 별로 없어. 크림발츠나 아메인처럼 국토가 넓은 것도 아니지, 라이어른처럼 역사가 오래되지도 않았지, 아피아노처럼 종교의 본산은 더 더욱 아니야. 하다못해 같은 약소국인 베일처럼 솜씨 좋은 산악병 용병들이나 험한 중앙산맥에 산악 도로를 건설할 만큼의 노련한 기술자들도 없어."

"하지만 스톨츠야말로 진정한 철학과 예술의 나라잖아? 세상은 인간이 이해하지 못하는 미지의 법칙으로 존재한다는 고대 철학에 종지부를 찍고, 수학적인 사고로 삶의 본질을 해명할 수 있다는 현대 철학의 기초를 세운 것은 스톨츠의 에라키 수도회(Erakii)의 철학자들이니까. 그리고 세계 최초의 시문학도 스톨츠에서 나왔지."

튜멜은 희미한 기억을 더듬어가면서 별로 자신 없는 목소리로 말했다. 카라는 빙긋 웃었다. 애인인 이언에게 보여주는 미소와 비슷할 정도로 친근한 미소였다.

"맞아. 하이파 제국과 암흑 시대 동안에 이름을 날렸던 기사들을 노래하는 작품을 쓴 것은 모두 스톨츠 인이었으니까. 대륙 서부를 대표하는 극작가는 헤롤리우스가 유일할걸?"

"천만에. 세르비안 남작도 있어."

"세르비안? 아아, 그 바람둥이 남작? 평생 동안 60명이나 되는 여자들을 농락하고 칼에 찔려 죽은 바보 말이야?"

"35명이었다. 그리고 농락이 아닌 사랑이었다."

카라는 하얀 이를 드러내며 활짝 웃었다. 뱀파이어의 송곳니는 보이지 않았고, 튜멜은 전혀 공포를 느끼지 못했다. 오히려 얼굴을 붉히며 고개를 돌릴 정도로 아름다웠다.

"미완성 회고록을 남겼다. 하지만 내가 보기에 정말 대단한 작가이자 동시에 철학자였고, 역사학자였다. 무엇보다 그는 서자였지."

튜멜은 쓰게 웃으면서 걸음을 옮겼다.

"그는 희생자였어. 질투심과 명예 때문에 눈이 먼 저급한 자들에게 암살당한 거야. 제국이 무너지고 전란에 허우적거렸던 시대가 그의 재능을 이해하지 못했지. 서자 출신에다 바람둥이라는 것만으로 그의 재능을 보려는 자가 없었을 뿐이야."

"인간이란 그런 거야."

"뭐?"

카라는 두 손을 등 뒤로 모으며 성큼 튜멜을 앞질러 걸었다. 튜멜은 어둠 속에서 유난히 희게 빛나는 그녀의 뺨을 물끄러미 쳐다보았다.

"그렇게 아름다운 경관을 갖고, 기사들의 용맹함과 연인에 대한 열렬한 애정을 노래했지만, 정작 그 땅에 발붙이고 사는 사람들은 그렇지 못했어. 아니, 물론 모든 사람들이 그런 건 아니지. 대부분의 사람들은 호수로 나가 고기잡이를 하고 밤이면 항구 부근에 모여서 버터를 발라 구운 스톨츠 식 꼬치구이를 알맞게 녹인 치즈에 찍어 먹으며 술을 마시지. 하지만 모든 사람들이 그렇게 평화롭고 소박했던 건 아니야. 나를 뱀파이어로 각성시킨 것도 그들이었고, 내 부모님들을 죽인 것도 그들이었어. 인간이란 건 본질적으로 같지 않으면서 또한 본질적으로 같아."

"……."

튜멜은 에피처럼 모르는 것을 솔직하게 모른다고 말할 용기는 없었다. 그는 카라의 말을 이해하지 못했지만 묵묵히 듣고 있었다.

"라이어른 인과 스톨츠 인은 분명히 달라. 하지만 착하고 순박한 사람들도 있고, 배신하면서 남을 밟고 올라서는 사람들도 있는 건 똑같지. 너처럼 모든 걸 고민하는 인간도 있고, 반면에 아무것도 고민하지 않는 인간도 있어. 자신이 남들과 다른 것은 부끄럽고 수치스러운 게 아냐. 알겠니? 그건 당연한 거고, 그래야 하는 거야. 파일런처럼 검을 못 다루는 게 부끄러워? 너도 그 늙은이처럼 평생 동안 전쟁터만 미친 듯이 찾아다녀 봐. 다른 사람들 보는 앞에서 펑펑 울어버린 것이 그렇게 부끄럽? 너는 다른 사람들이 너의 일부만 보고서 편견을 갖는다고 말하지? 그러는 너도 그들처럼 타인의 일부만 보고서 그 사람을 평가하잖아? 네가 타인에게 화를 낼 자격이 있을까?"

"…그, 그건……."

"넌 에피가 버릇없고 무례하다고 화를 내지. 에피는 너와 달라서 자기 이름도 쓸 줄 모르고 식사 중에 음식을 튀겨가며 수다를 떨면 예의에 어긋난다는 것도 몰라. 하지만 에피는 타인에게 편견을 갖지 않잖니? 에피가 사람들과 쉽게 친해지는 건 그것 때문이야. 넌 내가 뱀파이어라고, 신의 광휘를 거부하는 악이라고 나를 증오하고 경계하지. 네가 나를 얼마나 알고 있지? 네가 어머니를 잃었다고? 넌 성벽에 매달린 어머니의 모습과 목이 잘려 성문 앞에 효시된 아버지의 모습을 본 적 있니? 난 봤어. 그때 내 나이가 몇 살이었는지 알아? 19살이었어. 겨울이면 사내아이처럼 산비탈에서 호수까지 썰매를 타고 내려오며 놀던 개구쟁이 계집애가 세속 수녀가 되려고 하던 시절이었어. 넌 한 번이라도 내가 어떤 과거를 가진 존재일지 생각해 봤니? 그러고 나서 나를 혐오하고 나를 증오하는 거니? 내가 예전에 어째서 너를 죽이려고 했는지 알아?"

"그, 그때 일은 미안하다."

"피의 마녀였던 나에게 뱀파이어의 본성을 억누르는 방법을 가르처 준 게 이언이야. 뱀파이어로 각성하는 순간 내 인생은 끝났어. 하지만 나에게 살아 숨 쉬는 동안에는 아무것도 끝난 게 없다고 말해 준 게 그 사람이야. 넌 얼마나 깨끗하길래 그를 비난하고 화내는 거지?"

"또다시 그런 토론을 하고 싶지는 않아."

"타인이 너에게 편견을 갖고 차별한다고 화내기 전에 너부터 편견을 버려. 모두들 너를 동료라고 생각하고 있어. 라트에일에서 너를 구해준 게 쇼였던 거 기억하지?"

"알고 있다. 그건……."

튜멜은 대답을 하면서 얼굴을 붉혔다. 그는 잊고 있었다. 포위된 상황 속에서 딱딱하게 굳어버린 육체는 병사들과 싸우기를 거부하고 있었다. 그 순간 쇼는 그를 밀어내고 그의 목숨을 노리던 병사와 싸웠다. 튜멜은 그런 것을 깡그리 잊어버리고 쇼에게 화를 내던 자신이 부끄러워졌다.

"물론, 그런 것은 잊어버리지 않는다."

"다른 사람들은 너를 동료라고 생각하고 있어. 그렇지 않다면 네 목숨을 구해줄 이유가 없겠지. 하지만 너는 아무도 네 친구이자 동료라고 생각하지 않고 있어. 뭔가 불공평한 거래라는 생각이 들지 않아?"

"나도 당연히 그들을 동료라고……."

"가식을 버려. 난 너희들에게 내가 뱀파이어라는 것을 숨기지 않았어. 물론 숨기는 편이 나에게는 더 바람직했을 거야. 가식이라는 것은 스스로 채우는 족쇄야. 스스로 자신의 발목에 족쇄를 채우고 열쇠를 멀리 던져 버리지. 그리고는 자신의 다리가 자유를 박탈당했다고 불평하지. 너처럼, 바보 남작."

"뭐라고!"

튜멜은 우뚝 멈춰 서며 카라를 바라보았다. 카라는 빙긋 웃었다.

"내 말이 아니야. 이언이 너에 대해 내게 말해 줬던 걸 그대로 읊었을 뿐이야. 몰랐던 거야? 내가 했던 말이 그 사람다운 사고방식이라고 느끼지 못했니?"

"……."

"넌 사람들에게 좋은 면만 보이려고 애쓰지. 하지만 그것 때문에 너의 행동은 스스로를 제약하고 부자연스러워. 결국 너의 장점조차도 전혀 보여주지 못하고 있어. 사람들이 너에게 편견을 갖는 것은 그것 때문이야. 네가 어떤 과거를 갖고 있는지는 모르지만 어렸을 때 너를 멸시했던 사람들도 너의 그런 태도 때문에 너의 장점을 보지 못한 게 아닐까?"

튜멜은 카라의 말에 반박하지 못했다. 원래 이언처럼 능숙하게 타인의 말을 비꼬거나 태연하게 받아넘기는 재주를 타고나지 못한 점도 있었지만, 무엇보다 그녀의 말을 반박할 의견이 떠오르지 않았다. 튜멜은 그저 망연자실하게 서 있을 수밖에 없었다.

카라는 만족스럽게 웃고는 여관 쪽으로 발걸음을 돌렸다. 튜멜과 스쳐 지나가면서 그의 어깨를 톡톡 두드린 카라는 마지막으로 한마디를 했다.

"하지만 가장 중요한 것은 배신하지 않는 거야. 네가 주장하는 인간들 사이의 예절은 그것부터 시작하는 거야. 누가 아니, 내가 네 목숨을 구해주게 될런지? 후후후."

〈 5 〉

   크림발츠에서 가장 유명한 것은 최고급 와인과 넓은 식민지, 북부 고지대 도시들을 중심으로 하는 출판 산업 등을 들 수 있었다. 하지만 그것보다 유명한 것이 하나 더 있었다. 그것은 왕실 내부의 섬뜩한 권력 투쟁이었다.

   우리는 이곳에 이 깃발을 세움으로써 새로운 시간을 부여받았다. 그것은 우리가 앞으로 걸어가야 한다는 것을 의미한다.

   크림발츠의 건국 시조 세나이얀 2세가 '2월의 기적' 전투에서 승리하고 분열된 하이파 제국에서 무장 독립을 선언했을 때 내건 슬로건이었다. 대륙 전체가 분열된 하이파 제국을 놓고 종교 전쟁을 벌이고 있을 때, 그녀는 자신을 따르는 기사단을 이끌고 독립 전쟁을 벌였고, 승리했다.

장미여왕 1세 왕성에 있는 대리석상만큼이나 차가운 성품으로 알려진 세나이얀 2세는 독립 전쟁을 벌이는 과정에서 아버지와 오빠들을 숙청해야 했다. 건국부터 형제들의 피로 물들인 크림발츠는 이후 역사 속에서 왕실 내분의 전통을 털어내지 못했다.

왕성 북쪽 별관인 '슬픔의 탑'은 왕실 권력 투쟁의 생생한 현장 중 거였다. 원래 건축 목적과는 별개로 이 탑은 왕권을 위협하는 왕실 인척들을 유배시키는 장소로 사용될 경우가 많았다. 물론 슬픔의 탑이 항상 권력 숙청용으로 사용되지는 않았다. 현재 크림발츠의 여왕은 갑자기 세상을 떠나 버린 카시안 왕자와 선대 에이샤 6세 여왕의 죽음을 애도하기 위해 이 탑을 사용하고 있었다.

하이나 11세 여왕은 단정하게 의자에 앉아서 창밖을 보고 있었다. 더운 여름인데도 목 둘레까지 덮는 검정 드레스를 입고 짙은 베일을 드리운 여왕은 만년설처럼 눈부시게 하얀 크림발츠의 햇살 속에서 이질적으로 보였다. 곱게 펼쳐진 치마폭에는 읽다 만 책이 얌전한 고양이처럼 놓여져 있었다.

"아이델 서약을 수호하며 크림발츠의 빛을 위한 쥬니렌 3세 여왕의 창기병 총기사단장 루퍼스 에드메이드 대령입니다. 저희가 수호해야 하는 빛이 되시는 여왕 폐하를 알현드리옵니다."

올해 나이 45세의 루퍼스 에드메이드는 기사로서 절정의 나이를 구가하고 있었다. 창기병단 하급 장교에서 시작하여 창기병 내에서도 최정예를 자랑하는 중장돌격기병대 지휘관으로 아메린과의 영토 분쟁은 물론, 녹해 너머의 남쪽 대륙에서 이교도들과 싸우며 크림발츠 국경선을 방어하는 것으로 젊은 시절을 보낸 사내였다. 대부분의 창기병단 고급 장교들이 그렇듯 그도 가문 승계의 의무가 없는 차남이었고, 성당 기사단을 능가하는 엄격한 독신 서약을 준수하는 성실한 사내였다.

창기병단에게 원칙적으로 독신의 의무는 없었다. 그것은 단지 창기병단 내부에서 내려오는 오래된 전통이었다. 폴리안 진홍기사단들이 대륙에서 '치마를 입는 바보들'이라는 모욕을 감수하면서까지 예식복으로 진홍색 스커트와 녹색 스타킹 차림에, 특유의 기묘한 털모자를 쓰는 것과 형태는 달랐지만 목적은 같았다. 국왕의 권력이 가장 절대적인 힘을 발휘하는 폴리안에서는 기사들이 투구를 쓰는 것을 꺼려했다.

그들은 갑옷을 갖춰 입고 붉은 술이 달린 전통적인 털모자를 쓰고 전장에 나서는 것을 자랑스럽게 생각했다. 투구를 쓰지 않는 것은 현실적으로 무척 위험한 행동이었지만 그들은 그런 것으로 자신들의 호전성을 과시했다.

마찬가지로 대륙 최강대국인 아메린의 기사단이 독특한 뿔피리 연주에 맞춰서 돌격전을 감행하는 것도 하나의 전통이었다. 아메린의 기사단들은 저마다 전통적인 뿔피리 멜로디를 갖고 있었고, 전장에서 이 소리에 맞춰서 모든 군사 행동이 이루어졌다.

물론 대륙의 다른 기사단에서도 병력 통제를 위해서 나팔을 사용했지만 그것은 단지 신호 전달에 불과했다. 하지만 아메린의 뿔피리는 그 자체로도 이미 훌륭한 전통 음악 연주가 될 수 있을 정도였고, 저마다 훌륭한 완성도를 갖추고 있었다. 의외로 복잡한 화음을 소화할 수 있는 뿔피리 연주에 맞춰서 대열을 맞추고 돌격해 오는 아메린 기사단의 모습은 그것만으로 충분히 적에게 위압감을 심어주었다.

여왕이 집권할 때 유난히 막강해진다는 전통을 가진 창기병단은 최초의 적이 크림발츠의 왕자였다는 전례가 있었기 때문에 왕권 다툼의 역사에서 그 이름이 빠진 적이 없었다. 극단적으로 말해서 창기병단 총기사단장과 사이가 나쁜 왕족은 요절한다고 비꼬는 역사가도 있을 정도였다.

권력의 중심부에 머물고 있는 창기병단은, 당연한 말이지만 항상 바람직하지는 않았다. 크림발츠 건국 이래 왕위 계승을 놓고서 왕실 근위대와 충돌한 예가 적지 않았고, 두 번이나 해체 직전까지 치달은 경험이 있었다. 심지어는 쿠데타의 주도 세력으로 변질된 예도 심심찮을 정도였다. 그럼에도 불구하고 창기병단이 존속하는 이유는 하나였다.

그들은 일단 복종 서약을 한 국왕에게 검을 들이댄 역사가 한 번도 없었다. 왕위 계승 내정자를 강제 유배시키고 그 형제가 왕위에 올랐을 때, 창기병단은 현재의 국왕에게 기꺼이 검을 겨누었다.

'에드앙 1세(Edant 1st.) 내전'이 그 실례였다. 에드앙 1세는 후실에게서 태어난 서자였고, 크림발츠 왕실 역사상 왕가인 파반트 성씨를 물려받지 못한 채 즉위한 유일한 국왕이었다. 그 내전은 어려서부터 국왕의 재목이라고 평가받은 에드앙 1세를 왕위 계승 내정자로 지명한 전대 국왕이 병사함으로써 시작된 전쟁이었다.

크림발츠 왕실인 파반트 가문의 적자인 레카린 에시언 파반트 (Rekkarin Ethian Fahrwand) 왕자는 핏줄의 정통성을 내세워 왕위 계승을 자청했다. 지극히 보수적인 귀족 회의에서도 절대다수 표로 레카린 왕자를 적왕으로 인정하는 결의를 채택했다.

파반트 가문의 친척들도 당연히 레카린 왕자를 지지했고, 대다수

고위 귀족들과 군수권 책임자인 총기사단장도 그에게 충성 서약을 했다. 생명의 위협을 느낀 에드앙 1세는 야음을 틈타 장미여왕 1세를 빠져나가 남부 지방으로 피신했다.

여왕의 창기병이 참모부를 소집한 것은 레카린 왕자가 카렐 8세를 자청하면서 왕위에 오른 지 16일 만의 일이었다. 창기병단 총기사단장 이름으로 공표된 선언문은 지극히 공격적인 어투로 레카린 왕자에 대한 불신임을 밝혔고, 선대 국왕의 유언을 받들어 에드앙 1세를 정통 국왕으로 못 박았다.

그 선언문에는 카렐 8세가 아닌 레카린 왕자라고 표기되어 있었다. 레카린 왕자가 예측하지 못한 것은 수도에 주둔하고 있는 정규군이 창기병단뿐이라는 사실이었다. 그는 자신이 국왕에 선출되면 당연히 창기병단도 자신에게 충성 서약을 할 것이라고 예상하고 있었다. 창기병단이 수도를 제압하는 데 소요된 시간은 3일이었다. 이 전투로 인해서 레카린 왕자를 비롯한 파반트 왕족 다수와 백작 이상의 고위 귀족들이 목숨을 잃었다.

이것으로 창기병단이 처음 창설된 이래로 창기병단의 정신을 여전히 계승하고 있다는 것을 증명했지만 동시에 창기병단이 타락하는 계기가 되었다. 국왕이 자신의 친위대인 창기병단의 눈치를 살펴야 했기 때문이었다. 더불어 창기병단은 국왕 위에서 국왕의 정통성을 승인하는 존재가 되어버렸다.

이런 창기병단의 폐해를 뜯어고친 것은 던햄 2세(Dunhem 2rd)와 창기병단 총기사단장인 알루인 미네스(Aluin Minece) 대령이었다. 미네스 대령은 크림발츠 왕실 전통에 따라서 던햄 2세가 왕자였던 어린 시절부터 왕자의 친구로 성장한 인물이었다.

카메리타스(Kameritath)라는 단어는 원래 '친구'나 '동료', 혹은 기사단에서 총사령관을 보좌하는 '참모진'을 의미하는 저지 미노트 어였다. 일반 귀족 자제들처럼 폭넓은 대인 관계를 쌓기 어려운 왕자들에게는 미네스와 같은 또래 소년을 친구로 붙여주는 것이 관례였다. 이러한 소년들을 카메리타스라고 불렀는데 의외로 평범한 신분 출신들이 많았다. 귀족 자제를 왕자의 친구로 붙여줄 경우 소년의 친가인 귀족 집안이 그것을 등에 업고 비대해질 위험이 있기 때문이었다.

하이파 제국에서 시작된 이 전통은 대부분의 국가에서는 유명무실해졌지만 아메린과 크림발츠에서는 여전히 하나의 전통으로 자리 잡고 있었다.

평범한 지방 관리의 아들인 미네스는 던햄 국왕과 동갑 내기였고, 평생 동안 그의 충실한 측근으로 살았다. 그들은 창기병단의 내규를 정식으로 법제화시켰다. 그리고 그 속에는 창기병의 모든 정치적 활동을 금지했으며, 국왕이 바뀌면 창기병단의 지휘관도 교체되는 규정을 신설했다. 그때까지 성문화된 창기병 내규가 없었기 때문에 현재 창기병의 내규는 그것을 성문화시킨 알루인 미네스의 이름을 가져와 '미네스 규범'이라고 불리운다.

이후로 창기병은 국왕이 직접 지시하는 경우와 창기병단장이 소집한 참모 회의에서 전원 만장일치로 결의되지 않는 한, 일체의 군사 행위가 금지되어 버렸다. 그리고 다행히도 아직까지 미네스 규범을 파기한 창기병단장은 없었다.

"그래, 무슨 일인가, 여왕의 충실한 수호자여?"

베일로 얼굴을 가린 하이나 11세 여왕은 조용히 물었다. 루퍼스 에드메이드 창기병단 총기사단장은 바닥에 한쪽 무릎을 꿇고서 오른손을 심장 부근에 가져간 자세로 차분하게 입을 열었다.

"황공하오나, 미천한 제가 창기병단 참모 회의를 소집했습니다. 미리 윤허를 받지 않은 불충을 용서받고자 합니다."

"참모 회의? 우리 크림발츠의 정세가 그렇게 위태로운 건가?"

"아니옵니다. 다만……."

에드메이드는 잠시 침을 삼키며 말을 끊었다.

"민트 J. 케언 칙명관님과 에피온 후작님께서 조금 과한 신경전을 벌이시는 것으로 생각되었습니다. 수도의 시민들이 동요하고 있사옵니다. 민중들이 평온하게 생업에 종사하도록 하는 것이 저희들, 검을 쥐고 살아가는 자들의 도리입니다."

"내가 보기엔 창기병단 참모 회의 소집 사실이 더 큰 불안을 야기한다고 보는데? 창기병단의 참모진 소집은 전쟁을 의미하지 않던가?"

"내전을 벌일 의도는 없습니다. 단지 저희 창기병단으로서는 우리 크림발츠의 기둥이신 두 분께서 좀 더 신중하게 행동하시기를 권하고 싶은 것이옵니다. 상대가 검을 들기 전에는 검을 들지 않는다는 미네스 규범을 미천한 소신은 잘 알고 있사옵니다."

"그렇지만 국왕 폐하의 신변 보호를 위한 자위권 발동이라는 이름으로 창기병단이 움직인 전례는 예외이겠지, 에드메이드 경."

에드메이드는 눈썹 하나 움직이지 않았다. 그저 누군가 실수로 가져다 둔 대리석상처럼 그 자리에 붙박힌 채 입술만 움직이고 있었다.

"만약에 소신이 폐하께 누가 되는 행동을 했다고 여겨지시면 주저하지 마시고 저를 강제 해임시켜 주시옵소서."

하이나 11세 여왕은 손톱으로 가죽 장정을 가볍게 두드렸다. 그리고 불편한 침묵이 지나고 그녀는 다시 입을 열었다.

"그 말의 의미는 그대가 잘 알고 있을 테지?"

"예, 남쪽 대륙으로 종신 유배를 의미합니다."

"유배를 당하면 그대의 가족들과는 두 번 다시 만나지 못한다는 것도 아는가? 그대는 남은 평생을 홀로 살다가 죽어야 한다는 것도?"

"저는 이미 아이델 서약을 마친 몸입니다. 제 몸은 더 이상 루퍼스 에드메이드의 것이 아닌, 하이나 11세 폐하의 것입니다. 폐하께서 그것을 원하신다면 저는 그저 폐하의 뜻에 복종하겠습니다."

"그대 같은 충성스러운 신하를 저버리지 않는 것이 주군의 덕목이네. 물러가게. 그대처럼 성실한 신하를 잃고 싶지는 않네."

루퍼스 에드메이드는 언제나처럼 같은 결론을 얻으며 물러날 수밖에 없었다. 슬픔의 탑을 내려오는 긴긴 나선 계단을 밟으며 에드메이드는 자신의 가슴이 무거워지는 느낌을 받았다. 증오와 광기와 원한이 대리석 구석구석까지 스며든 슬픔의 탑은 어두웠고 한여름인데도 을씨년스러운 냉기가 감돌았다. 에드메이드는 여왕이 이런 곳에서 머물고 있다는 사실이 마음에 들지 않았다. 하지만 왕성으로 환성해 달라는 의견은 이번에도 꺼내지 못하고 묵살당해 버렸다.

'내가 국왕이라면… 이 망할 탑부터 부숴 버리겠어.'

자신도 모르게 거친 대리석 벽을 만져 보던 에드메이드는 혀를 차면서 손을 움츠렸다. 척추까지 파고드는 냉기를 착각이라고 여기며 애써 머리 속에서 털어버린 에드메이드는 슬픔의 탑을 나섰다.

"이번 알현도 실패로 끝난 겁니까?"

여왕의 창기병 부단장 키올스(Kyohlth) 중령이 테이블 맞은편에 앉으며 한숨 섞인 어조로 물었다.

창기병단의 막사는 귀족 지역이 아닌 외성 시가지에 있었다. 막사라고는 하지만 연병장으로 쓰기 위해 마름돌로 포장한 앞마당을 가진 3층짜리 대형 건물이었다. 원칙적으로 내성 이내에는 국왕의 호위를 위한 왕실 근위대밖에 군대를 주둔하지 못했다. 중앙 기사단 예비 연대의 경우에는 보통 수도에 주둔하고 있다고 말하지만, 정확하게 말하면 외성 밖에 있는 요새에 주둔하게 되어 있었다.

엘야 광장에서 멀지 않은 시가지에 위치한 창기병단 막사는 기사단 특유의 고정관념을 깨고 모두에게 개방되어 있었다. 물론 정문에 위병들을 배치했고, 밤에는 엄중한 경계 근무를 세우지만 일출 이후 시간부터 일몰 시간까지는 모두에게 개방되어 있는 것이 특징이었다.

평민들이 애용하는 시장에서 멀지 않았고, 이 일대 시가지에서 그늘다운 그늘을 찾기 힘들었기 때문에 평민들은 곧잘 연병장 한쪽에 마련된 정원 그늘에서 햇살을 피하곤 했다. 질서 정연한 대오를 갖춰 훈련을 하는 창기병단 모습을 보면서 그늘에서 땀을 식히는 것은 수도에서 그리 낯선 일이 아니었다.

에드메이드는 활짝 열려진 창문을 통해 들어오는 동네 꼬마들의 고함 소리에 피식 미소를 지었지만, 이내 어두운 그늘을 던졌다.

'형수님은 지금쯤 개구쟁이 조카들을 돌보느라 정신없으시겠군.'

45년의 인생 중 절반을 낯선 이국의 전장에서 보낸 사내는 가볍게 얼굴을 쓸었다. 그리고 다시 한 번 자신을 가다듬었다.

"그것보다 대책을 논의하는 게 먼저일 것 같네."

키올스 중령은 직속 상관의 의도를 이해했다. 독신 서약을 하고 절대적인 충성을 바쳐야 하는 존재에 대해서 어떤 잘못도 지적하고 싶지 않을 것이라는 것은 자신도 잘 알고 있었다. 절대적인 충성이라는 것은 충성을 바치는 존재에 대한 절대적인 믿음을 근거로 한다. 이것이 옳은 것일까라는 식의 회의가 들면 믿음은 깨진다. 에드메이드가 괴로워하는 것은 그것이었다.

왕성 회의실에서 바치는 충성과 전장 한가운데서 바치는 충성은 본질적으로 다른 개념이었다. 신하의 충성이라는 것은 잘못된 것을 바로잡기 위한 충언을 하는 것이지만, 기사의 충성이라는 것은 설사 잘못된 명령이라도 한 치의 망설임없이 그대로 수행하는 것에 있었다. 그것에 의혹을 가지면 사납게 으르렁거리는 적의 롱 소드 아래에 자신의 목을 디밀지 못한다.

"에피온 후작의 저택에서 주말마다 벌어지는 연회의 횟수가 부쩍 잦아졌습니다."

"출입하는 귀족들의 명단은?"

"이미 작성해 두었습니다. 예외없이 후작 파 귀족들입니다."

"칙명관 쪽은?"

"그게 좀 이상합니다. 침묵을 지키고 있습니다. 특별히 눈에 띄는 움직임이 전혀 없다는 것이 오히려 이상합니다."

에드메이드는 한층 어두워진 얼굴로 무거운 숨을 토해냈다. 그는 아직도 왕성 도서관에서 있었던 케언과의 만남을 기억하고 있었다. 그리고 그가 어떤 식으로 움직이고 있는지는 너무나 자세히 알고 있었다. 문제는 그로서는 케언의 속셈을 전혀 가늠할 수 없다는 데 있었다.

그는 어려서부터 검을 잡았고, 체질적으로 기사의 전형이라고 불리워도 손색이 없었다. 그런 에드메이드로서는 모래빛 머리에 미소가 매력적인 사내가 어떤 생각을 하는지 전혀 알 수가 없었다.

케언이 여왕을 축출하고 스스로 왕위에 오르려는 움직임은 어디에도 없었다. 오히려 케언 스스로가 생각해 낸 것이 분명한 대규모 공공사업들의 첫머리에는 항상 '여왕 폐하의 명을 받들어'라고 못 박혀 있었다. 평민들은 인자한 여왕과 그녀의 성실한 남편인 칙명관을 칭찬하기에 바빠 목이 쉬는 것도 모르고 있었다. 스스로의 공적을 여왕에게 돌리는 것은 흠잡을 데 없이 충성스러운 행위였고, 케언이 왕위에 오르기 위해서 민심을 얻으려는 술책으로 보기는 어려웠다.

에드메이드도 왕위를 계승하기로 결정되었던 카시안 왕자의 갑작스러운 죽음과 선대 여왕의 서거로 혼란스러운 정국을 수습한 케언의 능력에 감탄하고 있었다. 크림발츠는 엘야 여왕의 치세기에 뒤지지 않는 안정된 번영을 구가하고 있었다. 하지만 그럼에도 불구하고 에드메이드는 불안했다.

"폭풍 전야로군……. 이번에는 어떤 폭풍우가 찾아오려나."

"네?"

"케언은 여왕의 정적들을 모조리 숙청하겠다고 당당하게 밝혔어. 그런데 정작 가장 위험한 정적들이 결집하는 것을 수수방관하고 있어. 행운인지 불행인지 서쪽의 아메린은 유달리 조용해. 덕분에 서부 광역 주둔군은 너무 행복한 근무를 하고 있지."

"더 큰 문제는 서부 광역 주둔군의 총사령관이 르뺄 소 생 마리 백작의 사촌 동생이라는 점입니다. 영토 분쟁을 겪지 않은 중앙 기사단은 너무 위험합니다."

"바로 그 점이야. 우리처럼 검을 휘두르는 것밖에 모르는 인간들도 그 점을 인지하고 있어. 하물며 타고난 정치 감각을 가진 케언이 그것을 모를 리가 없지."

"하지만 칙명관에게는 군수 통제권이 없습니다. 총기사단장도 유감이지만 에피온 후작 파 인물입니다."

키올스 중령은 답답하다는 표정으로 연거푸 한숨을 쉬었다.

"자아, 정리해 보자구. 케언에게 가장 취약한 부분은 군사력이야. 왕실 근위대는 적어도 케언이 장악한 모양이지만 고작 1개 연대야."

에드메이드는 전형적인 무인다운 태도로 종이를 펴고서 상황을 그리기 시작했다. 키올스 중령은 묵묵히 종이를 노려보았다.

"우리 창기병은 현재 2개 연대. 1개 연대가 해체된 상태지만 기량과 실전 경험 면에서 4개 연대 급 전력은 가능해. 그리고 문제의 에피온 후작 파의 경우… 3개 연대를 갖고 있지. 북부 광역 주둔군은 전쟁 중인 라이어른을 압박하기 위해서 죽은 카드나 마찬가지야. 그러면 후작 파에게는 2개 연대라는 결론이지. 자아, 전력비를 보면 케언 측은 절대 열세야. 근위대에게는 치명적으로 실전 경험이 없어. 보기에는 예쁠지 몰라도 실전에서는 정상적인 전력을 기대하기 힘들어. 자네가 케언이라면 어떻게 하겠나?"

"저로서는 창기병단과 동맹을 맺겠습니다. 그러면 3개 연대와 2개 연대의 대결이 되겠죠. 승산이 있습니다."

"그게 보통 사람의 생각이야. 그리고 문제는 케언이 보통 사람이 절대 아니라는 점이고. 케언은 우리와 밀약 따위를 맺으려고 생각하진 않을 거야. 우선 창기병단이 밀약 같은 것에 과민 반응을 보인다는 것을 알고 있겠지. 아마 우리도 일단 적으로 분류하고 있을 걸세."

"승산이 없는 싸움입니다. 상식적으로 1개 연대로 나머지 4개 연대를 격파하는 예는 하페우스 3세의 경우를 제외하고는 없었습니다. 전쟁을 정예 부대만으로 싸우려는 시도는 얼간이나 하는 짓입니다. 그리고 꽃단장하고서 왕성 경비나 서는 근위대는 정예가 아닙니다. 케언 칙명관이 하페우스 3세의 계보를 잇는 천재적인 전략가라면 몰라도."

키올스는 고개를 내저으면서 절대적인 부정을 표시했다. 창밖으로 대열을 맞추는 훈련을 하는 창기병단원들의 고함 소리가 들려왔다. 모처럼 시원한 바람이 불어왔지만 에드메이드의 고민을 씻어주지는 못했다.

"케언은 개인적으로 뛰어난 기사일런지는 몰라도 1개 연대 이상의 전략 단위를 지휘해 본 경험이 없어. 아니, 전술 단위에서도 별로 경험이 없을 거야. 그 점은 배제하기로 하지."

"그럼 방법이 없잖습니까?"

"기사란 존재는 검을 뽑아 든 순간부터 검을 집어넣는 순간까지 불가능과의 끊임없는 싸움을 하는 것일세. 명심하게나. 그리고 케언은 누가 뭐라고 해도 기사야. 루비 십자 훈장은 아무나 받는 게 아닐세."

"혹시 중앙 기사단을 매수하는 방법을 시도할까요?"

"아니. 반년 만에 수도 안에서 카시안 왕자 파를 쓸어버린 인물이야. 후작 파에서 과연 누가 그에게 목숨을 의탁할까?"

"저로서는 도저히 모르겠습니다. 원래 이런 왕실 내부의 권력 다툼은 저희 소관이 아닙니다."

"자아, 케언은 지독하게 불리한 카드 패를 쥐고 있어. 게다가 판돈은 정말 거창하지. 케언은 과연 어떤 카드를 쓸까? 내 생각으로는 두 가지 정도로 압축이 되네만……."

"두 가지나 됩니까?"

"첫 번째, 후작 파 내부의 분란을 조장한다. 혹은 현재 운용 중인 중앙 기사단을 분열시키고 무력화시켜 버린다. 아메린으로 밀사를 파견해서 국경 침범을 부탁할지 모르지."

쾅!

키올스 중령은 자제력을 잃고 탁자를 내려쳤다. 하지만 에드메이드는 전혀 놀라지 않은 표정으로 미소를 지었다. 키올스는 얼굴을 붉히더니 자세를 바로잡고서 예를 취했다.

"여왕 폐하를 모시는 칙명관이라는 작자가 우리 크림발츠의 영토를 더럽히는 짓을 할 수 있습니까?!"

"이건 가설이야. 그리고 자네의 반응처럼 케언도 그 방법은 역효과가 너무 크다는 것을 알고 있을 거야. 따라서 채택 불가. 두 번째 방법은 새로운 군대를 만들어 버리는 거야. 여왕 폐하의 칙명과 3정부 회의의 의결을 거치지 않고서 임시 운용이 가능한 연대는 뭐가 있을까? 하하."

에드메이드는 쓰게 웃으면서 부관을 응시했다.

"설마 슬픔의 기사단을? 슬픔의 기사단이라면 동방 원정 참전 병사들을 대상으로 소집되는 군대니까… 하지만 추모 기사단이라 전투에 참전한 예가 없습니다. 단지 의식을 위한 예식대입니다."

"동방 원정에서 살아 돌아온 정예 병사들의 집단이야. 몇 년 간 검을 놓았다고는 하지만 한두 번의 전투를 치러보면 다시 정예화될 거야. 게다가 슬픔의 기사단은 보통 1개 연대로 편성되지만, 꼭 1개 연대로 편성해야 한다는 조항이 없어. 왕성을 다녀오는 길에 왕실 규정을 확인해 보았네. 적어도 크림발츠에는 2개 연대 정도 소집할 정도의 퇴역 병사들이 있을 걸세. 평균 나이는 35세 전후일 거고. 15년 정도 기사단 생활을 했을 노련한 정예들이지. 어떤가? 소집할 명분도 충분해. 조만간 카시안 왕자 추모일이 다가오고 있으니까."

"창기병 재소집 명령을 내릴까요?"

"참모 회의가 소집된 걸로 케언 측과 후작 파가 긴장하고 있어. 적어도 우리 쪽에서 선전 포고를 하고 싶지는 않아. 더 이상 창기병이 내전의 계기가 되어서는 곤란해. 우리 창기병에게는 너무 많은 군사력과 권력, 그리고 귀족들에 대한 반감을 갖고 있어. 어쩌면……."

에드메이드는 천천히 눈을 감았다. 그리고 무겁게 입을 열었다.

"국왕이 너무 많은 군대를 갖고 있기 때문에 우리 크림발츠에서 형제끼리, 친구끼리 내전을 벌이는 걸지도 몰라. 왕실에서 벌어지는 형제들 간의 권력 다툼도 창기병이라는 무력 집단을 차지하기 위한 싸움일지도 모르지."

키올스는 대답하지 않았다. 그저 묵묵히 상관을 보고 있었다.

"아이델 서약을 만들고 친구들과 함께 우리 창기병단을 창설한 페차 카이슨 자작님은 친구들을 모으며… 이런 것들을 예상했을까? 그들은 초췌해진 여왕 폐하 앞에 무릎을 꿇으며 어떤 생각을 했을까? 국왕만이 다룰 수 있는 무력을 만듦으로써 왕실 반란에 종지부를 찍을 수 있을 거라 생각했을까? 오히려 그 절대적인 무력을 차지하기 위해서 더욱 비참한 친족끼리의 싸움을 반복하게 될 거라는 것을 예상했을까? 난 가끔 생각해, 낭만주의자들만큼 세상을 어지럽히는 인간들은 없다고. 페차 카이슨 자작님은 낭만주의자였어. 어쩌면……."

에드메이드는 결국 입을 다물었다. 마지막 말은 자신의 가슴속 깊이 묻어두기로 결정했다.

'그저 아이델이라는 여자를 사랑한 것에 불과할지 몰라. 카이슨이라는 남자로서…….'

〈 6 〉

"다 죽여 버리겠어!"

"빌어먹을! 정신 차려! 뭐 하는 거야?!"

하지만 말처럼 쉬운 것은 아니었다. 백인대장은 혀를 차면서 한 걸음 물러섰다. 올해 근무가 끝나고 연대 재편성에 들어가면 독립대장으로 진급을 기대하고 있던 그로서는 날벼락이었다. 크림발츠 서부 광역 주둔군 소속 라스카(Lasca) 백인대장은 들고 있던 롱 소드의 손잡이를 으스러져라 움켜잡은 채 이를 갈고 있었다.

"제기랄!! 왜 하필 내 백인대에서 저런 머저리가 나온 거야?!"

라스카 백인대장은 다시 한 걸음 물러서면서 입술을 깨물었다. 올해 나이가 33살. 벌써 15년 이상 크림발츠 중앙 기사단에서 잔뼈가 굵은 백인대장이었다. 내년에 진급을 못하면 결국 죽을 때까지 백인대장에 머물러야 할 거라는 강박 관념이 그를 괴롭혔다.

"오지 마! 이 악마 녀석! 당할 성싶으냐?!"

백인대 안에서도 도박과 잦은 군율 위반으로 지금까지 일개 병사로 머물고 있던 사내는 침을 흘리면서 허공으로 검을 찌르고 있었다. 사내의 등 뒤로는 목조 군량 창고가 불타오르며 밤 공기를 훤하게 밝혀 주고 있었다. 고작 한 사내의 발작 때문에 병사들은 자신들의 식량 창고가 불타는 것을 손 놓고 지켜봐야 했다. 도박 덕택에 잦은 칼부림 경험이 있는 데다 원래 백인대장 정도 지위에 올랐어야 정상인 장기 근무병이었던 사내가 죽기 살기로 휘두르는 검은 쉽사리 진압할 수 없었다.

"백인대장님! 저 녀석의 군장 속에서 이런 걸 발견했습니다."

창을 든 병사 한 명이 뛰어와 백인대장 라스카에게 조그만 가죽 주머니를 내밀었다. 라스카는 멍한 표정에서 허탈한 표정으로, 곧 이어 발작적인 분노로 표정이 다채롭게 변했다. 주머니 안에 뭐가 들어 있을지 짐작을 했기 때문이었다.

"그럼, 저 미친 새끼가 약을 처먹은 거야! 당장 저 자식을 죽여 버려! 궁사대 불러와! 빌어먹을, 재판이고 나발이고 그냥 죽여 버려!"

라스카는 기어코 자제력을 잃으면서 길길이 날뛰기 시작했다. 보병대의 연락을 받은 궁사대 몇 명이 뛰어왔다. 5개의 석궁이 동시에 사내를 겨냥했다. 그리고 백인대장의 고함 소리가 밤하늘을 어수선하게 만들었다.

"발사! 쏴 죽여!"

쐐애액!

두 발이 빗나갔지만 세 발의 쿼렐은 사내의 복부와 가슴을 관통했다. 근거리에서 석궁의 직사는 플레이트 메일도 소용없을 정도로 강력했다. 사내가 입고 있던 허술한 군복은 없는 것이나 마찬가지였다. 사내는 쾌렐에 꿰인 모습으로 나뒹굴었다.

백인대장은 자신의 롱 소드를 땅바닥에 내팽개치고는 곁에 선 병사에게서 모닝스타를 빼앗아 들었다. 혈관이 실룩거릴 정도로 분기탱천한 백인대장이 한 걸음 내디뎠을 무렵, 아무도 믿지 못할 일이 일어났다. 석궁을 세 발이나 맞은 사내가 다시 벌떡 일어선 것이다.

사내는 짐승처럼 포효하면서 일어섰고, 포위망을 짜고 있던 병사들에게 덤벼들었다. 병사들은 일어나면 곤란한 장면을 목격한 사람들 같은 표정을 지으며 포위망을 벌렸다. 일어나면 곤란한, 일어날 수 없는 일이 벌어지고 있었다.

안도하는 표정으로 서 있던 석궁 사수들은 기겁을 하면서 재장전을 시도했다. 하지만 공포는 그들의 손을 떨리게 만들었고, 정확성과 충분한 근력을 앗아갔다. 중기병대의 돌격을 저지하는 순간에도 침착하게 재장전을 하던 궁수들이었지만 이번만은 경우가 완전히 달랐다.

"어? 어? *끄아악!!*"

석궁을 발로 밟고서 시위를 당기기 위해 허리를 숙이고 있던 석궁 사수는 멍청한 탄성과 비명을 한꺼번에 내질렀다. 사내의 검이 가련한 사수의 미간을 정확하게 내려쳐 버렸다. 석궁 사수는 너덜거리는 목을 중심으로 두 개로 나뉘어진 머리에서 피를 뿜으며 무너졌다.

"어… 어… 어떻게 저런 게 가능하지? 아, 악마에게 영혼을 팔았다!"

아무리 무방비 상태였다고는 하지만 일개 병사가 상대의 머리를 정확하게 좌우로 갈라 버리는 것을 목격한 병사들은 포위망을 무너뜨리고 말았다. 백인대장 라스카조차도 움찔거리며 물러서고 있었다.

"뭐 하는 건가?! 아직도 수습을 못했단 말인가!"

백인대장 라스카는 심장이 내려앉는 고통을 느끼며 고개를 돌렸다. 독립대장 율리앙(Juliant)은 자정이 넘은 시간인데도 갑옷을 챙겨 입은 모습으로 나타났다. 그의 곁으로는 독립대장의 직속 부대인 제1백인대 소속 병사들과 제1백인대장이 늘어서 있었다. 같은 백인대장이라도 제1백인대장은 다른 백인대장들과 지위가 달랐다. 그들이 독립대장으로 진급하는 경우는 극히 희박했지만 독립대장이 아닌 대대장인 기사대장조차도 각 급 백인대장들에게는 예우를 보였다. 제1백인대장이라는 지위는 거저 얻는 지위가 아니었다.

"죄, 죄송합니다, 독립대장님."

라스카는 서둘러 오른손을 가슴으로 가져가며 고개를 숙였다. 하지만 독립대장 율리앙은 그런 예절에 관심을 두지 않았다. 그가 풍성하게 기른 콧수염 밑으로 굳게 다문 얇은 입술이 파르르 떨렸다. 고작 미치광이 한 명의 난동인데도 부상자가 속출하고 군량 창고 하나가 전소 직전에 있었다. 그나마 전투를 대비해서 군량 창고 사이마다 충분한 거리를 두었기 때문에 연대 전체의 군량이 타버리는 일은 일어나지 않았다.

"저 미친놈부터 해치워!"

독립대장의 위압적인 지시에 제1백인대장이 서슬 푸르게 구령을 붙였다. 부대 내에서도 가장 군기가 엄격하기로 소문난 제1백인대 병사들은 살기등등한 눈으로 움직였다.

"그물!"

적 기병대가 돌격전을 감행할 경우 사용하는 쇠 그물이 던져졌다. 묵직한 납덩이가 달린 쇠 그물은 단순한 쇠 그물이 아니었다. 가시덤

불을 흉내 내어 예리한 가시들이 촘촘하게 달려 있었기 때문에 그물 속에서 발버둥 쳤다가는 목의 경동맥이 잘려 나가는 수도 있었다.

세 번의 시도 끝에 사내는 쇠 그물 속에 가두어졌다. 사내는 목에 걸린 고함을 지르며 발버둥을 쳤지만 스스로의 출혈을 초래할 뿐 아무런 효과가 없었다.

촤아악!

두 명의 병사가 들고 온 나무 양동이에 담겨진 것을 뿌렸다. 사내는 그물 속에서 흠뻑 젖은 얼굴로 으르렁거렸다. 선임 백인대장은 무표정하지만 어딘지 살기 어린 얼굴로 횃불을 내렸다.

"쿠에에엑!!"

사내가 두 양동이나 뒤집어쓴 것은 공성전에 사용하는 기름이었다. 가시가 달린 쇠 그물에 갇힌 채 사내는 처절하게 비명을 질렀다. 불길이 사내를 먹어치우는 것은 아주 짧은 시간만을 필요로 했다. 하지만 워낙 많은 기름이 뿌려졌던 탓에 불길이 잡힌 것은 어슴푸레하게 먼 동이 터오는 새벽이었다.

"당장 병사들 전원을 연병장으로 집합시켜. 그리고 선임 백인대장은 직속 병사들만을 이끌고 요새 내 모든 병사들의 소지품을 검열한다."

"네, 독립대장님!"

"만약에 그 악마의 약을 소지한 병사가 또다시 발견된다면 즉시 그 자리에서 참수 형에 처하며, 그 목은 요새 출입구에 효시한다. 열장급 이상의 하급 지휘관 중에 소지자가 발견되면 참수 형이 아닌 척살형에 처하라."

척살 형이라는 것은 군대 내에서 참수 형보다 가혹한 형 집행으로 악명 높았다. 한 번에 죽음에 이르게 할 수 있는 메이스 류의 중량급 둔기가 아닌, 부대 내의 병사들이 돌아가면서 묵직한 참나무 몽둥이로 죽을 때까지 때리는 형벌이었다. 고통과 죽음까지 이르는 시간이 워낙 가혹했기 때문에 고급 지휘관에 대한 반란 같은 중죄가 아니면 내려지지 않는 형벌이었다.

참수 형뿐만 아니라 척살 형 집행 명령까지 내려졌다는 소문을 들은 병사들은 핼쑥해진 얼굴로 연병장으로 모였다. 병사들은 악마의 약을 복용한 병사들이 더 있다는 것을 알고 있었다. 더러는 열장 아무개, 혹은 백인대장 아무개도 악마의 약을 가끔 복용한다는 뒷소문이 있던 터였다. 병사들은 곧 이어 벌어질 참살과 척살로 이어지는 피의 축제를 상상하며 핏기가 내려앉은 얼굴로 누구와도 잡담을 하지 않았다. 검열과 군기 정비의 태풍은 서부 광역 주둔군들의 요새 지역들을 일직선으로 덮치고 있었다. 여름도 거의 끝나가는 시점의 일이었다.

"쿠에에엑~ 미련한 인간이여!!"

온몸이 붉은 비늘로 이루어진 레드 드래곤은 긴 목을 흔들며 쇳소리를 냈다. 등 뒤로 돋아난 두 쌍의 날개는 마치 박쥐들의 날개처럼 생겼고, 흉측한 혈관들이 복잡하게 달리고 있었다. 사람의 상반신만한 발톱들이 튀어나온 앞발을 굴리자 지면이 쿵쿵 울려왔다.

"이 추악한 괴물아! 감히 여왕 폐하의 영토를 더럽히는 거냐?!"

사내는 물러서지 않으며 당당하게 외쳤다. 레드 드래곤은 가슴까지 울리는 숨소리를 내면서 고개를 높게 쳐들었다.

"인간들… 미련한 인간들… 핫하하해!"

"여왕 폐하 만세!! 적에게 죽음을!!"

사내는 크림발츠 여왕에게 충성을 맹세하면서 용감하게 레드 드래곤의 머리를 겨냥하고 불화살을 날렸다. 단신으로 흉포한 레드 드래곤을 상대하고 있었지만 두렵지는 않았다.

"저, 미친 새끼가 기어코 쐈어!"

크림발츠의 수도 하리아나 외성 수비병은 망루 기둥에 꽂힌 불화살을 짐승 가죽으로 두드려 끄면서 욕설을 내뱉었다. 다행히 불화살은 미처 화재를 일으키기 전에 꺼졌다. 하지만 불화살은 계속 날아왔다.

"미쳐도 저런 미친놈은 처음 봐! 폐하가 계시는 수도를 향해서 혼자 불화살을 날려 뭐 하자는 거야?"

"성문 경비병 놈팡이들은 뭐 하는 거야? 빨리 나가서 저 미친놈을 쳐 죽이지 않고!"

"저 녀석, 뭐라고 떠드는 거야?"

"어이! 전갈이다! 성문 열기 귀찮으니까 그냥 활로 쏴 죽이란다!"

"게을러터진 놈들!! 내일 새벽에나 조사를 하겠다는 심보야!"

하지만 수비병들은 투덜거리면서도 베일 식 롱 보우를 들었다. 산악 지방인 베일 칸토 연합은 거의 사람의 신장과 비슷한 대형 활을 고안한 민족이었다.

타고난 호전성과 험준한 산악 지방에서 성장한 배경을 바탕으로 베일의 산악병들은 가장 우수한 전투 집단이었다. 각국에서 활약하는 고지대 기사들도 대부분 베일 출생이라는 사실은 의미심장하다. 베일 식 롱 보우는 크림발츠가 자랑하는 밀집 돌격 전술이나 아메린이 자랑하는 탁월한 조직력을 바탕으로 하는 분산 전술 등을 구사하는 것이 불가능한 산악 지방의 조건이 만들어낸 전술이었다. 석궁을 능가하는 사정 거리와 파괴력, 그리고 석궁은 흉내도 내지 못하는 우수한 연사성을 바탕으로 베일 식 롱 보우를 장비한 궁사들은 전투의 새로운 주역이 되었다. 충분한 거리와 지형만 확보된다면 베일 식 롱 보우를 장비한 경보병들이 중기병들의 돌격도 저지할 수 있었다.

베일 칸토 연합에서는 자신들이 고안한 롱 보우를 '애국 활'이라고 불렀는데, 제국이 분열된 이후 스톨츠와 함께 최약소국인 베일의 독립을 지켜준 무기이기 때문이다. 물론 베일의 애국 활은 절대 무적은 아니었고, 이미 크림발츠에서 여왕의 창기병을 이용해 그 불패 신화를 부순 전례가 있었다.

하페우스 3세력 810년에 일어난 델스터 전쟁이 그 전례였다. 크림발츠의 연대장이었던 카눔 델스터 백작이 반란 계획이 들통나자 휘하 연대를 이끌고 베일 칸토 연합의 네제브 칸토로 망명한 사건이었다. 창기병 연대와 토벌군 2개 연대는 선전 포고없이 네제브를 침공했고, 역사상 유례없는 초토화 작전으로 네제브를 지도에서 지워 버릴 뻔했다.

크림발츠가 평지에 첨탑으로 이루어진 고층 건물을 건설하는 건축술로 유명하다면, 베일은 험준한 중앙산맥에서도 도로를 건설하고 다리를 놓는 토목술로 유명했다. 델스터 전쟁은 걸어 올라가기도 벅찬 비탈길에 성곽을 건설한 베일의 자만심이 투석기에 대한 무관심을 불러왔고, 제국 시대에서 사용되던 대형 사각 방패를 들고 밀집한 중보병들의 진 빼기에 패배한 전쟁이었다.

수비병들은 이제 미친 병사 한 명이 성 밖에서 불화살을 날리는 것에 신경 쓰지 않았다. 그들은 횃불에 화살촉을 꼼꼼하게 점검하면서 가장 예리하게 다듬어진 것을 골랐다. 경보병대 소속인 궁사들은 나

름대로 전투의 주역인 중보병과 중기병들과는 다른 성질의 자긍심이
있었다.

"어때? 가장 치명상을 입힌 사람에게 거창하게 술을 사주는 건?"

"당연히 나에게 술을 사겠다는 의미잖아?"

"무슨 소리. 우리 백인대에서 내가 가장 정확하게 활을 쏘잖아?"

"허참, 바보들이 헛소리하는 꼬락서니하고는……."

수비병들은 농담을 하면서 동이 트면 교대를 넘기고 마실 술자리를
상상했다. 상대는 불화살이 떨어졌는지 검을 뽑아 들고 고래고래 악
을 쓰고 있었다.

"이 천박한 레드 드래곤 녀석아! 내 검을 받아라라―!"

"저놈, 아까부터 뭐라고 악을 쓰는 거야?"

시위에 화살을 먹이던 수비병 한 명이 고개를 갸웃거렸다. 발음이
불분명했기 때문에 성벽 아래에서 소리치는데도 알아듣지 못하고 있
었다.

"몰라. 술 취한 거 아닐까?"

"상관없잖아? 준비!"

끼이이―

구령에 맞춰 수비병들의 얼굴에선 장난기가 가셨다. 수비병들은 잘
단련된 근력으로 자신의 키와 비슷한 대형 활의 시위를 당겼다. 시위
가 당겨진 활은 귀에 거슬리는 소리를 내고 있었다.

"조준… 조준… 조준… 발사!"

검을 휘두르던 사내가 성벽 아래까지 다가와 횃불에 모습을 드러냈
을 때, 10개의 활시위가 거의 동시에 놓아졌다. 거의 수직에 가까운
각도로 쏘아져 내려간 화살 중 한 발이 사내의 머리를 관통해 버렸다.

사내의 왼쪽 눈 밑으로 들어간 화살은 사내의 목덜미에서 비죽 모습을 드러냈다. 나머지 화살들도 사내의 목과 심장, 명치를 정확하게 관통했다.

잘 훈련된 궁사들은 조건 반사적으로 두 번째 화살을 먹였고, 이번에는 각자 판단에 의지해 발사했다. 그들의 사격은 겨우 10여 미터 거리에 서 있던 사람 한 명에게 무려 40발이 넘는 화살을 쏘고 나서야 멈췄다. 롱 보우를 이 정도 근거리에서 쏘면 사람의 육체 정도는 엉망으로 너덜거릴 지경이 될 터였다.

"젠장! 빗나갔어!"

궁사들은 항상 어떤 상황에서도 자신의 화살을 쫓도록 훈련받았기에 어두운 밤이었지만 어스름한 횃불만으로도 수비병들은 각자의 화살이 날아간 궤적을 식별할 수 있었다. 전장에서 첫 화살의 궤적을 바탕으로 각도와 힘을 가늠해야 하는 궁사대 특유의 능력이었다.

"젠장! 내가 조준을 잘못한 게 아냐! 시위를 놓는 순간이 조금 늦은 것뿐이지!"

"너, 바보냐? 시위를 놓는 순간이 늦으면 표적이 움직이는 건 당연하잖아. 전쟁터였으면 넌 죽었어. 술값 치를 각오해."

"저 미친놈 시체는 어쩌지?"

"알게 뭐야? 성문 경비대에서 동이 트면 알아서 하겠지. 근데 저놈, 예비 연대 소속 아냐? 복장을 보니 중앙 기사단 같던데."

"그러게… 근데 저 미친 정신으로 요새에서는 어떻게 빠져나왔지? 예비대 주군 요새가 사창굴도 아닌데 저렇게 맘대로 들락거릴 수 있나?"

"흐음… 뭐, 약이라고 먹고 돌아버렸나 보지."

"약? 아아, 그 악마의 약 말이야? 그거 장난 아니라며?"

"뭐가?"

"소문으로 들었는데, 힘이 두 배는 강해지고 피로도 싹 가신다더군. 게다가 먹는 순간 그 황홀감이란……!"

"병신! 그거 먹고 신세 망친 놈들이 한둘이냐?"

수비병들은 그런 잡담을 하면서 각자의 자리로 다시 흩어졌다. 수비병들은 잠깐 동안 요즘 군대 내에서 은밀하게 돌고 있는 묘한 가루약을 생각했지만 이내 머리에서 털어냈다. 별로 자신들과는 상관이 없다고 생각했기 때문이었다.

'바보가 아닌 이상, 그거 먹고 신세 망치는 짓을 왜 해?'

수비병은 다시 자신의 망루로 들어서면서 힐끔 밤하늘을 올려다보았다. 별자리를 보니 아직 동이 트려면 제법 시간이 남아 있었다.

〈 7 〉

"이로써 지난 한 달 동안 벌어진 동종 사건은 도합 154건입니다. 서부 광역 주둔군에서 72건, 수도의 예비 연대에서 80건, 기타 연대 2건입니다."

켓셀 아마인 근위대 소령은 묵묵히 서류를 내려놓았다. 버릇처럼 그의 손은 목덜미에 달라붙어 있는 흉측한 보랏빛 흉터를 만지작거렸다. 옌스터 데일 비서관은 풍성하게 기른 흰 수염을 가볍게 쓸고는 꼼꼼한 시선으로 서류를 검토했다.

"생각보다는 많지 않군."

"각 지방의 자치대원 및 국왕 폐하 직영지의 경비대 숫자는 제외했습니다. 그리고 해군에서 벌어진 사건도 제외되었습니다."

"얼마나 더 잡아야 하는 건가, 그것들까지 합한다면?"

"적어도 두 배는 넘을 거라고 추산됩니다, 비서관님."

"그래?"

옌스터 데일은 서류를 내려놓고 깃털 펜으로 무언가를 기록하기 시작했다. 아마인은 케언 칙명관의 오른팔인 노년의 사내를 물끄러미 바라보고 있었다.

"일반 평민들 쪽으로 물건이 흘러 나가지 않도록 통제는 하고 있습니다만, 쉽지는 않습니다. 이쯤에서 중단하지 않는다면 평민들에게도 그 물건이 흘러 들어갈 여지가 큽니다. 라일란의 신전에서 보내온 암살자들이 불필요하게 물건을 크게 유포시키는 자들을 제거하고 있지만, 그 정도 인원으로는 힘듭니다."

아마인은 솔직한 심정으로 이번 작전이 그다지 마음에 들지 않았다. 가난 때문에 군대에 입대했지만, 운이 좋았던지 기사단 생활은 그의 적성에 잘 맞았다. 하지만 오히려 그 점이 아마인 자신의 인생에는 불리한 요소로 작용하고 있었다.

원칙에 충실한 군인형인 아마인을 부관으로 맞았던 고급 귀족 자제들은 그를 성가시게 생각했다. 그는 언제나 상관의 월권 행위에 그 즉시 제동을 걸었고, 원칙을 무시한 지시에는 기어코 한마디를 건네야 직성이 풀리는 사내였다. 부하들에게는 실전보다 가혹한 훈련을 강요했고, 상관인 고급 장교들에게는 원리 원칙을 고수하며 항상 맞서 싸웠다.

그러한 고지식하고 융통성이 없는 성격 때문에 켓셀 아마인은 부하들과 상관들 모두에게 미움을 받는 존재였다. 병사들을 사병이나 자신들의 하인쯤으로 생각하는 고급 장교들과 번번이 맞서 싸웠지만, 아마인은 그렇게 상관으로부터 지켜주었던 병사들에게도 미움받는 존재였던 것이다.

켓셸 아마인 근위대 소령이 한 가지 깨닫지 못하는 것이 있다면, 인망이라는 것이 실력과 비슷한 비중으로 중요하다는 것이었다. 아마인은 지극히 보수적이고 원칙주의적인 행동으로 초지일관했고, 주변을 배려하지 못했다.

그래서 그는 민트 J. 케언 칙명관이 상대에게 위압감을 주지 않으면서도 공포심을 부여하는 독특한 카리스마를 찾아내는 위태로운 줄타기를 하는 것을 이해하지 못하는 것이었다.

케언은 객관적인 실력이나 능력도 중요하지만 평범한 사람들은 그런 것보다 겉으로 보이는 주관적인 요소들을 더 신뢰한다는 점을 알고 있었다. 그렇기 때문에 케언은 언제나 미소를 머금은 온화하면서 부드럽고, 시원스러울 정도로 소탈하다는 평판을 유지시키고 있었다.

아마인이 케언과 다른 점은, 타인이 비방할 일이라도 스스로가 판단하기에 정당하다고 생각하는 일을 한다는 점이었다. 그렇기 때문에 아마인은 어떤 경우에도 변명을 하지 않았고, 스스로를 합리화하지 않았다. 물론 그가 그런 행동으로 일관한 것은 어떤 고고한 기상이 있어서가 아닌, 단지 꽉 막힌 아버지에게서 물려받은 고지식하고 넓게 볼 줄 모르는 고집스러운 성품 때문이었다.

아마인 본인은 스스로 깨닫지 못했지만 그가 그토록 중오하는 아버지의 성격을 그대로 물려받은 아들이었다.

켓셸 아마인은 스스로가 전혀 깨닫지 못했지만 그의 아버지와 놀랄 만큼 닮았다. 그의 아버지는 귀족으로서의 긍지와 명예는 스스로의 몸가짐에 달려 있다고 생각했기 때문에 스스로의 치장과 체면 유지에 노력했고, 아마인은 거기에 반발했다. 하지만 아마인이 생각하는 군인상이란 그의 아버지가 생각하는 귀족상과 별반 다르지 않았다.

그래서 아마인은 상관을 몸으로 막아내어 상관의 목숨을 지켰음에도 그 상관에게 고발당하는 일을 겪어야 했다. 그가 만약에 상관의 편에 서서 근무를 하는 요령을 갖고 있었다면, 상관은 그를 두둔하고 다른 희생자를 찾았을 터였다. 그랬다면 켓셀 아마인의 인생은 전혀 다른 방향으로 흘러갔을지도 몰랐다. 힘들면서도 충분한 대우를 받지 못하는 중앙 기사단 장교가 아닌, 그 상관 가문의 호위 기사 자리를 얻어 권력이나 부와 결탁할 기회에 한 걸음 다가설 수도 있었다.

하지만 아마인은 결코 아버지의 그늘에서 벗어나지 못한 사내였다. 중앙 기사단 지하 감옥에서 썩는 동안 아마인의 가치관은 많은 변화를 이루었지만 성격 그 자체는 쉽사리 변화시키지 못했다.

"이쯤에서 말씀을 해주셨으면 합니다. 칙명관님께서 생각하시는 목적이 무엇입니까? 귀족 파의 군사력을 약화시키기 위한 방법치고는 득보다 실이 많은 방법입니다. 그 물건이 군대 밖으로 흘러 나간다면 크림발츠의 존립 자체가 위태로울지도 모릅니다. 그리고 현재 주변 국들의 정세가 결코 순탄치 않습니다. 지나치게 군대를 약화시키는 것도 위험합니다."

아마인은 왕성 장미여왕 1세의 비서관 집무실 창문 너머로 보이는 정원을 힐끔거리며 물었다.

"그 정도는 충분히 알고 있는 일이라네. 칙명관님께서 원하시는 것은 크림발츠의 군사력 약화가 아니라 군사력 장악이라네. 자넨 군인이니까 군사 용어는 나보다 더 정확히 이해할 게 아닌가?"

"약화는 힘을 무력화시켜 위험 수위를 낮추는 것을 의미하고, 장악이라는 것은 말 그대로 자기 것으로 만들어 자신의 세력을 강화시키는 것입니다."

자신의 의견을 조금도 첨가하지 않고 교본적인 대답을 하는 것도 지극히 그다운 태도였다. 아마인은 흉터를 만지작거리며 의자 등받이에 기대앉았다. 군인다운 무표정으로 비서관을 보고 있는 그의 얼굴에는 놀라움의 흔적은 없었다.

"그리고 미리 말씀드리지만, 근위대 세력만으로 3개 연대에 달하는 군사력을 장악하지는 못합니다. 더군다나 저희 근위대는 실전 경험이 거의 없기 때문에 힘을 쓰기가 힘듭니다. 솔직히 말씀드리자면, 근위대란 것은 권위에 의존할 뿐 현실적인 물리력은 갖지 못한 군대입니다. 전시에는 오히려 짐이 되는 존재입니다. 그 점은 숙지하셨습니까?"

"알지, 안다네. 그렇기 때문에 이런 번거로운 방법을 쓰는 게야."

비서관 엔스터 데일 후작은 새로운 서류에 서명을 마치고 잉크가 마르기를 느긋하게 기다렸다. 더 이상 번지지 않을 정도로 잉크가 완전히 마른 것을 확인한 비서관은 다음 서류로 넘어갔다.

아마인은 문득 흥미로운 기분으로 그를 관찰했다. 그가 알기로 데일 비서관은 원래 학자였다. 젊은 시절 아피아노에서 신학을 공부하고 라이어른에서 역사학과 철학을 공부했다고 한다. 물론 그것이 뜬소문인지 사실인지는 아무도 몰랐다.

아마인은 예전부터 칙명관을 중심으로 하는 파벌 안에서 유난히 비서관에 관한 과거가 베일에 가려져 있다는 사실을 상기했다. 그에게는 아무런 과거 기록이 없었다. 아마인은 혹시나 싶은 마음에 왕성 문서실에서 군대 기록을 살펴보았지만, 비서관의 군대 기록은 없었다. 귀족들의 군대 경력을 빠짐없이 기록해 두는 크림발츠 전통에 비추어 볼 때 그것은 분명 이상한 일이었다.

귀족, 특하나 후작 지위까지 올라가려면 싫든 좋든 군사적인 실적을 쌓아야만 가능했다. 아메린과 크림발츠, 폴리안이 대륙의 서부, 중부, 동부의 군사 강국으로 군림하는 것은 문관보다 무관, 그리고 군사력에 보탬이 되는 건축술, 측량학, 제련술 등을 우대하는 정책을 강조하기 때문이었다.

아피아노 안들이 유리 잔이나 만들고 있을 때, 우리는 망치를 두드려 검을 만들었다. 유리 잔으로 열심히 국경 방어를 하라고 해라.

크림발츠의 오랜 숙적 아메인 인들 사이에 떠도는 이 경구는 그들 3개 국의 국가 시책을 대변하고 있었다.

군사 경력이 공식 기록에 없는데도 후작의 지위에 오르고 칙명관의 수석 비서관이라는 직책에 오른 엔스터 데일은 분명 이례적인 존재였다.

아마인은 같은 파벌의 실무 책임자를 의심하는 미련한 짓을 하지는 않았다. 단지 그가 고민하는 것은 이러한 사실을 어느 정도 파악하고 있을 에피온 후작 파의 정치적 공세였다. 켓셀 아마인은 상대가 검을 들고 쳐들어온다고 해도 별로 두렵지도, 걱정스럽지도 않았다. 하지만 정치적인 책략과 공세는 그는 배워보지도 못했고, 배울 생각도 없는 분야였다. 그는 정치라든가 귀족들 간의 알력 다툼이라는 것이 몸서리치게 싫었다.

'충분한 군사력만 주어진다면 모조리 쓸어버리고 편하게 지내고 싶어.'

아마인의 소원은 그렇게 한 문장으로 압축되었다.

"조만간 승진을 해야 하겠군. 새로운 직책에 걸맞게 말이야."

"무슨 말씀이십니까?"

"크림발츠 육군 헌병대 초대 창설 지휘관 켓셀 아마인 중령. 어떤가, 마음에 드는가? 좀 거창한가?"

"헌병 연대는 또 뭡니까?"

켓셀 아마인은 각국의 군사 편제를 빠르게 머리 속에서 뒤적거리고 있었다. 헌병대라는 것은 그로서는 들어보지 못한 편제였다.

"쉽게 말해서 가끔씩 임시로 운영되던 감찰대를 2개 연대 규모로 증강해 상시 운용하는 거라네."

"2개… 연대라고 하셨습니까? 중앙 기사단이 3개 연대입니다. 누가 그걸 감찰대라고 생각하겠습니까? 후작 파에서 당장 반군을 일으킬 겁니다."

"처음부터 2개 연대는 곤란하지. 일단은 소규모로 조직하여 점차 '눈부신 전과'를 올리며 증원될 걸세. 조만간 여왕 폐하께서 친히 정식 조직으로 격상시켜 주실 테고."

엔스터 데일은 새로운 서명이 마음에 들지 않는 듯 눈살을 찌푸리면서 깃털 펜을 잉크혼에 꽂았다. 그리고는 잠시 동안 서류를 폐기하고 다시 작성할 것인지를 고민하기 시작했다.

하지만 듣고 있던 아마인은 그가 상당히 강조한 '눈부신 전과'라는 부분을 곱씹고 있었다. 아마인은 고지식한 군인이었지만 머리가 나쁜 것은 아니었다. 비로소 그렇게 무서운 속도로 군대 내부를 잠식하던 물건의 의도를 파악한 것이다.

군대 내의 기강 확립은 헌병대의 첫 번째 전과가 될 것이다. 아마인은 가벼운 한기를 느끼며 어깨를 움츠렸다.

"전술적 입장에서 적과 맞서 싸우기 전에 선결해야 하는 문제가 뭐지?"

"네, 적의 군사력 약화와 아군의 군사력 강화입니다."

"우린 지금 지극히 불리한 카드 놀이를 하고 있다네. 여왕의 카드가 죽어버렸는데 갑자기 조커가 나왔어. 후작 파의 군사력을 약화시키면서 우리 측의 군사적 입지를 강화해야 해. 전쟁은 이미 시작된 것이라네."

아마인은 케언이 항상 한 가지 행동으로 두 개 이상의 결과를 만들어내는 사내라는 것을 알고 있었다. 그리고 이번에 그가 두 가지 결과를 동시에 끌어내려고 하는 일의 전모를 비로소 깨닫고 있었다. 그는 그 두 가지 문제를 따로 해결하려 하지 않고 동시에 추진하고 있었다.

"제가 해야 할 일들이 뭡니까?"

"헌병대는 철저하게 경험자 위주로 창설될 걸세. 주로 갓 복무를 마친 병사들을 주축으로 하겠지."

"실전 경험 능력을 중시하는 것입니까? 하지만 그들로만 구성하면 단위 부대들의 지구력이 떨어집니다."

"어차피 전쟁이 벌어져도 내전일 거야. 장기적인 내전은 불가능해, 아메린이 호락호락하지 않을 테니. 단기 총력전이라면 오히려 우리가 유리할 걸세. 그리고 후작 파의 반발도 만만찮을 거야. 일단은 헌병 연대의 임무가 단순한 중앙 기사단 검열이 아니라는 것을 주지시켜야 해. 일단은 주요 무역항의 경비, 지역별 역참로 관리, 각 지역별 중계 도시의 교역로 안정화 등이 주요 임무로 부과될 걸세."

아마인은 유능한 군인이기 때문에 그 목적을 단순 명료하게 이해했다. 그것은 대륙 내 어떤 국가에서도 생각하지 않았던 제도였다. 아마인은 자신의 의지와 관계없이 신음에 가까운 목소리가 흘러나왔다.

"죄송합니다만… 정확하게 설명해 주시겠습니까? 제가 생각하기에는……."

옌스터 데일 후작은 대화를 하면서도 기록적인 속도로 서류 처리를 마쳤다. 도저히 노인이라고 볼 수 없는 스태미나를 보여주고 있었다. 데일은 가볍게 목 언저리를 두드리며 허허 웃었다.

"이거 나이가 드니 조금 힘들군. 아, 설명이 필요한가? 케언님도 그럴 거라고 하셨지. 쉽게 말하겠네. 우리는 군사력을 제외한 거의 모든 것을 귀족들에게서 박탈할 거야."

"네?"

"크림발츠 국내에 있는 5개의 주요 무역항을 그 지방 자치대나 사병에게 치안 유지를 맡긴 게 현재 상황이지. 해군은 녹해 앞바다의 해적 소탕으로도 충분히 힘겹지. 아무래도 해군은 정규군은 아니니까 말이야. 그걸 왕실에서 장악하겠다는 의미일세. 얻는 게 뭐라고 생각하나?"

"잘 모르겠습니다만… 해외로의 출입구가 봉쇄될 거라고 생각합니다."

"맞았어. 귀족들의 재력이라는 것은 남쪽 사막 대륙의 식민지에 있는 거대 농장에 의존하고 있어. 우리는 귀족들의 자금 줄을 막는 거야. 실질적으로 국가에서 세금을 부과하는 것은 상단의 무역선에 한정되지. 귀족들은 자신들이 거느린 상선을 가지고 본토로 곡물을 반입하고 있어. 물론 그런 것들에게도 세금을 부과하지만 전체 반입량의 3할 정도에 불과할 걸세. 이제 좋은 시절은 끝났어."

"게다가 원주민을 이용한 사병 증강도 힘들 거라고 생각합니다."

"그거야. 그럼 두 번째 문제, 지역별 역참로 관리는 뭘까?"

"지방 귀족들과의 연락망을 끊으시려는 겁니까?"

"흐음, 표면적인 이유는 올해 들어서 유난히 잦아진 연락수 습격 사건을 수습하기 위한 대책이라네."

데일의 말은 크림발츠 영토 내에 그물눈처럼 깔려진 연락망을 앞으로 헌병대에서 유지, 경비, 관리의 임무를 맡는다는 의미였다. 지금까지는 내정부에서 그것을 관리했지만, 휘하 군사력이 없는 내정부의 특성 때문에 각 지역에 산재한 역참들은 사설 경비대를 조직해서 연락수들이 달리는 역참로의 도적 출몰을 막아야 했다.

크림발츠는 집요할 정도로 전국에 깔아놓은 역참로 덕분에 국경 지방에서 수도까지 믿을 수 없을 정도의 신속한 정보 전달 능력을 자랑했다. 하지만 그 역참로를 관리하는 것은 결코 쉬운 일이 아니었다.

"귀족들은 왕실 직속 연락수들을 쓰지 못하기 때문에 지금처럼 사설 연락수를 사용하겠지. 하지만 헌병대가 역참로를 관리하면 적어도 귀족 사회에서 소식이 어느 정도로 오가는지는 파악이 가능해진다네. 예를 들어 수도의 어떤 백작이 국경 수비 도시의 누구와 연락이 잦아졌다는 식으로 말일세."

"왕실이든 사설이든 연락수들은 역참에서 교대를 하면서 행선지 보고 의무가 있으니까 말입니까? 매력적인 점이라고 생각합니다."

케언은 단지 후작 파와 전쟁을 벌이기 위해서 헌병대라는 새로운 군대를 창설하는 것이 아니었다. 아마인은 소규모로 조직되어도 헌병대가 어떤 결과를 가져올지 몸서리치게 실감했다. 그것은 '혁명'이라고 이름 붙여도 전혀 손색이 없었다.

"자네의 임무는 헌병대가 귀족들의 관심권 밖에서 이런 것들을 서

서히 장악하도록 조율하는 것이라네. 자네가 만약에 혈기 왕성하고 전의에 불타는 군인이었다면 맡기지 않았을 걸세."

"하지만 시간이 너무 오래 걸립니다. 모병을 하고, 편제를 갖추고, 주둔지를 선정하는 것은 생각보다 어렵습니다. 군대는 금속 활자처럼 찍어내는 것이 아닙니다."

"벌써 오래전부터 추진되어 왔던 것일세. 이것이 어제오늘 탁상공론으로 나온 대책이라고 보는 건가?"

"누, 누가 언제부터⋯⋯."

엔스터 데일은 잠시 입을 다물고 물끄러미 젊은 군인을 바라보았다. 그의 입가에는 자랑스러운 미소가 맴돌고 있었다.

"고 카시안 루엘 파반트 왕자 폐하. 크림발츠의 전 왕위 계승 내정자. 착안은 그분이 하셨고 실무적인 계획은 케언님의 것이지. 그리고 동방 원정이 패하자마자 이 계획은 시작되었다네. 이제는 준비된 것을 물 위로 끌어올릴 차례라네. 허허허."

〈 8 〉

　　대륙에서도 유명한 한제 도시 연맹의 베렌은 북해를 정면으로 바라보는 항구 도시였다. 같은 도시 연맹 도시인 보덴과 베라인은 야르 강의 하류를 따라 조금 들어간 내륙에 위치하고 있었고, 베렌만이 강을 옆에 끼고 북해를 접하고 있었다.

　　일반적으로 강의 최하류에 항구를 건설하는 것은 지정학적으로 그리 환영받지 못하는 입지였다. 썰물 때는 강에서 바다로 물이 흐르고, 밀물 때는 바다에서 강으로 역류하는 식으로 물의 흐름이 일정치 않다는 문제가 있었기 때문이다.

　　더군다나 중앙산맥에서 출발한 야르 강이 끈질기게 품고 오던 토사를 뱉어내는 것도 이 지점이었다. 어지간히 부지런하게 항구 주변을 준설하지 않으면 항구라고 방심하고 들어오는 대양 무역선을 침몰시키기에 대단히 적합한 지역이기도 했다.

"우왓! 저게 바다야?! 자기야, 저것 봐! 바다야!"

가장 먼저 소리를 지른 것은 에피였다. 에피는 정신 사납게 쇼의 주위를 깡충거리며 난리를 피웠다. 에피와 마찬가지로 생전 처음 바다를 보게 된 쇼는 무릎이 후들거렸지만 태연한 표정을 가장하기 위해서 인상을 쓰고 있었다. 그에게 바다는 신기함보다는 끔찍함으로 다가왔다.

'니미… 물이 너무 많아.'

쇼는 바다에는 관심없다는 식으로 시선을 내리깔았다. 고갯길 저 너머로 대륙 최고의 교역량을 자랑하는 한제 도시 연맹의 수도 베렌이 있었다. 베렌은 원칙적으로 브레나의 일개 지방에 불과했지만, 이곳에서는 브레나 왕실의 입김이 미치지 못했다. 브레나에게 종속된 것은 단지 군수 통제권 한 가지뿐이었다.

"대단한 모습이군요. 책으로 보던 것과는 달라요."

레미도 결국 솔직하게 감탄했다. 그녀도 바다를 본 적이 없다는 것은 쇼나 에피들과 다름없었다. 튜멜은 레미의 말에 고개를 들었지만, 예의 찌푸린 얼굴은 거두지 못한 채 다시 시선을 내리깔았다.

"흠, 과연 천섬의 도시라는 명성에 걸맞는 모습이군."

"그러게 말입니다. 저도 베렌에 와본 것은 처음입니다."

파일런의 중얼거림에 이언이 말을 받았다.

'천섬의 도시'란 베렌은 정말로 천 개의 섬으로 이루어진 도시는 아니었다. 단지 북해의 대부분의 항구들이 그렇듯 미로처럼 복잡한 운하와 다리들로 이루어진 도시였기에 시내에서 가장 효과적인 교통 수단이 도보나 말이 아닌, 작은 배들이었다는 사실 때문에 그렇게 불리워질 뿐이었다.

베렌은 외 알루스 호(Aussen Alus)와 내 알루스 호(Innen Alus)라는 두 개의 석호를 중심으로 그물 모양의 복잡한 운하와 수로들이 도시를 나누고 있었다. 심지어는 건물 한 채가 홀로 운하 한가운데 떠 있고 두 개의 다리로 연결된 경우까지 있었다.

북해 야만족의 배를 축소시킨 듯한 모습의 소형 보트인 더겔더(Dergellder)들이 복잡하게 수로와 운하를 오가며 분주한 일상을 만들어냈다. 대양 무역선이 그 거대한 몸집을 돌릴 수 있을 정도로 거대한 외 알루스 호에는 두 개의 돛을 가진 쾌속선들이 한가롭게 유람을 즐기고 있었다. 운하의 분주함과 외 알루스 호의 한가함은 베렌이라는 도시의 성격을 극단적으로 보여주는 데 부족함이 없었다. 에피는 내항에 떠 있는 대형 무역선들을 가리키며 호들갑을 떨었다.

"자기야, 어떻게 저렇게 거대한 게 물에 떠 있는 거야? 이 거리에서 저 정도 크기로 보이면 실제로 보면 얼마나 더 클까?"

"그렇게 부르지 말랬지. 죽을래? 그리고 베일의 하이 스카우터에게 뭘 질문하는 거냐? 저렇게 큰 물은 내 전공이 아냐."

언제나처럼 에피와 쇼가 정신 사납게 떠들었지만 튜멜은 굳은 얼굴을 펴지도 못했다. 엉겨 붙으려는 에피를 떼어놓던 쇼는 문득 무언가 허전함을 느꼈고, 에피도 금세 그것을 깨달았다.

"왜 다들 그런 눈으로 날 보는 거지? 그렇게 쳐다보는 걸 싫어한다고 말했을 텐데?"

튜멜은 헛기침을 하면서 얼굴을 붉혔다. 늦은 오후의 햇살이 그의 이마를 가로지르는 칼자국 위로 쏟아졌다. 튜멜은 문득 카라의 시선을 느꼈다. 카라는 이언의 등 뒤에 서서 이언의 어깨 너머로 튜멜을 지그시 응시하고 있었다. 얼굴 위로 쏟아진 검은 곱슬머리를 그대로

둔 탓에 그녀의 눈가에는 그늘이 지고 있었다.

"저기, 바보 남작. 짜증 안 내냐? 이쯤에서 '시끄러!'라든가 '경박스럽게 떠들지 마!'라고 소리쳐야 하는 거 아냐?"

쇼가 롱 소드의 폼멜로 머리를 긁적거리며 물었다. 솔직히 튜멜은 쇼가 말했던 말들이 단어 하나 틀리지 않고 목구멍까지 올라와 있었다. 하지만 그는 자신의 뒤통수에 예리하게 쏟아지는 카라의 시선이 불편해 그럴 여유가 없었다. 그날 밤 이후로 튜멜은 묵묵히 여행 길을 재촉했다. 그리고 베렌에 가까워지면서 튜멜의 말수는 더욱 적어지고 있었다. 이미 성당 기사단의 순찰대와 한바탕 맞붙어본 경험이 있는 일행들은 튜멜의 변화에 전혀 신경 쓸 여유가 없었다. 악마의 사술로 오해의 소지가 있는 이언의 마법과 카라의 뱀파이어 능력을 쓰지 않았기 때문에 성당 기사단의 추적은 힘겨웠다.

"쳇……."

튜멜은 고개를 돌려 먼저 발걸음을 떼기 시작했다.

"참 아름다운 도시예요. 저렇게 아름다운 도시가 있다니……!"

레미는 튜멜과 어깨를 나란히 하고 걸으며 감탄했다. 왼손으로 롱 소드의 손잡이를 꾹 누르고 있던 튜멜은 다시 한 번 어금니를 으드거렸다.

"마음이 아름답지 못한 도시죠."

"네? 도시도 마음을 갖고 있나요?"

"물론 갖고 있습니다. 마음도, 그리고 정신도… 아름다운 외모를 지탱해 주지 못하는 천박한 마음을 가진 도시죠."

"남작님도 디르거 경이나 이언 같은 소릴 하시네요? 뜻밖이에요."

레미는 여행에 지쳐 퀭해진 얼굴로 피식 웃었다. 여행은 갈수록 쾌

적함과 거리가 멀었고, 레미는 빠르게 야위어가고 있었다.

튜멜은 흙먼지가 피어 오르는 내리막길을 앞장서서 내려가면서 싸늘하게 웃었다. 레미는 어딘지 섬뜩한 느낌이 들어서 어깨를 움츠렸다.

튜멜의 말과는 달리 베렌은 아름다웠다. 저물어가는 오후의 햇살이 붉은 지붕 위로 하루 일과에 지친 몸을 뉘였고, 운하를 타고 흐르는 강물들은 도시의 창문 아래서 짙어져 가고 있었다. 벌써부터 성급한 더젤더들은 뱃전에 등불을 매달기 시작했다. 사람들은 창문을 열고 처마에 매달려 운하를 비추는 등불에 불을 붙였다. 그리고 운하는 그 등불을 받아 반짝이기 시작했다.

하루 일과에 지친 말들이 힘겨운 듯 투레질을 하면서 오늘의 마지막 도개교를 올리기 시작했고, 운하선의 늙은 선장이 도개교를 담당하는 늙은 마부에게 모자를 흔들어 답례를 했다. 운하선이 지나가자 도개교가 내려졌고, 말이 끄는 도르래에 자물쇠를 채운 마부는 자신만큼이나 늙은 말을 끌고 어깨 위로 쏟아지는 어둠을 피해 사라졌다. 그리고 도시는 어둠 속으로 침몰하기 시작했다.

도시를 향해 걸어가는 튜멜 일행들은 그렇게 천섬의 도시가 저녁에서 밤으로 변하는 과정을 지켜보았다. 그들이 도시의 초입에 도달했을 때는 머리 위로 별빛이 짙어지는 시간이었다.

"정지. 여행자들인가?"

베렌의 외곽 성벽은 아직 열려 있었고, 성문 좌우에 밝혀둔 두 개의 모닥불이 어둠을 밀어내고 있었다. 할버드를 들고 있던 병사들이 경계 자세를 취하면서 튜멜 일행을 막아섰다.

"오늘 입성 시간은 지났다. 내일 아침 일출이 지난 이후에 다시

와라."

"잠깐, 이 밤중에 어디를 가란 말입니까? 여긴 성문 바깥이라 여관도 없는데, 성벽 아래서 자란 말입니까?"

오랜만에 따스한 타베른에서 잘 수 있겠다고 기대하던 쇼가 곧바로 되물었다. 하지만 경비대원은 싸늘한 눈으로 그들을 바라보았다.

"해가 진 다음에는 도시로 진입을 못하는 게 상식이잖나. 자네들, 여행을 처음 하는 건가?"

"그래도 성문이 열렸다면 들여보내는 게 보통일 텐데?"

이언은 피로한 얼굴로 머리를 긁적거렸다. 내뱉듯이 중얼거린 그의 말투는 경비대원의 신경을 긁었다. 경비대원은 할버드를 꼬나쥔 손에 힘을 주었다.

"하아~"

튜멜은 나직이 한숨을 쉬면서 한 걸음 나섰다. 일행은 의아한 눈으로 튜멜을 힐끔거렸다. 튜멜의 얼굴에 있는 칼자국은 불빛 아래서 더욱 섬뜩하게 보였다. 그는 상처 입고 지친 얼굴로 베렌의 성곽을 올려다보았다.

"오늘 밤 경비 장교 불러와. 지금 당장."

"뭐? 장교님이 그렇게 한가한 줄 아나! 너희들 따위와 한가하게……."

"당장 불러오라고 명령했다. 그 나불거리는 입을 찢어줄까?"

튜멜은 모골이 송연할 정도로 무섭게 경비대원을 노려보면서 호통을 쳤다. 일행은 튜멜의 돌발 행동에 황당한 표정을 짓고 있었다.

체인 메일을 걸친 장교는 곧바로 뛰어나왔다.

"누구십니까?"

장교는 미심쩍은 표정으로 일단 신원부터 확인하고자 했다.

"케이시 파온 테멜른이다. 테멜른 영주가의 삼남이다. 확인해라."

튜멜은 손바닥 안에 들고 있던 작은 물건을 장교의 발치에 던졌다. 장교는 무심결에 그것을 집어 들다가 소스라치게 놀랐다. 작은 반지에는 테멜른가의 문장이 새겨져 있었다. 셋째 아들을 의미하는 띠가 둘러진 문장을 확인한 경비 장교는 입술을 적셨다.

영주 가문의 셋째 아들이라는 존재가 가문의 문장을 땅바닥에 던진 행동이 심상치 않다고 직감했기 때문이었다. 가문의 문장이 새겨진 반지는 타인에게 건네주지도 않고 직접 보여주는 것이 전통이었다. 땅바닥에 동전 던지듯 던지는 행위는 그 모든 예절을 내버리는 것과 의미가 같았다.

"테멜른… 테멜른… 어디서 봤는데… 아!"

중얼거리던 쇼는 손가락을 튕기며 자신이 메고 있던 콰렐 통을 확인했다. 검은 평원에서 튜멜에게 빌린 이후로 자신이 쓰고 있던 튜멜의 콰렐 통이었다. 거기에는 꼼꼼하고 솜씨 좋게 테멜른이라는 이름이 적혀 있었다.

"너, 영주의 아들이었냐?"

"영주의 아들이 아니라 테일부룩 영지의 영주다. 그리고 입 다물어."

쇼는 뭐라고 더 이상 말을 붙이지는 않았다. 튜멜에게 말을 붙이려던 레미도 덩달아 입을 다물어 버렸다. 쇼는 폼멜로 머리를 긁적거리며 높은 성벽을 올려다보고 있었다.

"저기요, 이 도시 영주의 아들이면 높은 거예요?"

에피는 카라에게 슬금슬금 다가가 귓속말로 물었다. 그녀도 튜멜에게 말을 붙이기 힘든 상황이라는 것을 알고 있었다.

"흐응, 너, 잘 모르는구나?"

"응, 몰라."

"베렌은 보덴, 베라인과 함께 한제 도시 연맹인 도시야. 그중에서도 이곳이 도시 연맹의 맹주시이고. 다시 말해서 베렌의 영주는 한제 도시 연맹의 맹주라는 의미야. 북해와 백해에 이르는 모든 교역권을 쥐고 있다는 의미지. 도시 연맹이 독립을 마음먹는다면 실제로 독립할 수도 있을걸? 전 세계에 5개 정도밖에 없는 자유 무역 도시 중 세 곳이 여기 모여 있으니까."

"아아, 그래서 튜멜 오빠가 부자였구나?"

"글쎄……."

카라는 마치 어머니 같은 눈길로 튜멜의 뒷모습을 바라보았다. 그녀가 에피에게 설명해 주지 않았지만 도시 연맹의 세 도시와 그 도시들을 잇는 야르 강의 평야 지대는 원래 독립국이었다. 고대 시대에는 중앙산맥 이북에서 유일하게 문명이 발현한 곳이기도 했다.

척박하고 기후가 좋지 못한 대륙 북부에서 어떻게 고대 문명 도시가 발현했는지는 지금도 밝혀지지 않고 있었다. 신화에 따르면 강림자 히리얼이 지상에 강림한 곳은 아피아노의 수도 아피아노아였다. 그곳에서 지상에 있던 세 종족인 인간, 마족, 신족이 공존을 했고, 강림자는 그들을 통치하면서 최초의 국가를 세웠다고 전해진다. 후에 마족과 인간에게 주도권을 빼앗긴 신족들이 북쪽으로 올라가 바다를 건너기 전에 항구를 만든 곳이 이곳이었고, 신족들이 배를 만들어 떠나가고 남은 항구 주변으로 사람들이 모여 살면서 이곳에서 고대 문명이 발현했다고 전해지고 있다. 하지만 이러한 전설은 알레우스 파와 지드 파 양쪽으로부터 사교나 미신으로 매도당하면서 정통성을 의심받고 있었다.

하지만 이런 척박한 기후에 고대 문명이 발현한 것은 불가사의 중하나이다. 북해 해류의 영향을 받아 그나마 북부 지방임을 감안하면 겨울엔 따스한 편이고 눈 대신 비가 내리는 지방이기 때문에, 북해를 지나는 무역선들이 겨울을 나기 위한 거점으로 사용되는 일이 많았다.

한제 도시 연맹의 서쪽으로 북해협을 지나면 거친 대해를 정면으로 받기 때문에 대형 항구가 들어서기 힘들었고, 동쪽의 항구들은 겨울에 결빙이 생기기 때문에 대형 무역선들에게는 치명적이었다. 동위도 상에서는 동쪽이 서쪽보다 해류의 영향을 적게 받아 상대적으로 겨울 기온이 낮았다.

이런 지정학적 입지의 유리함을 간파한 하페우스 3세는 통일 전쟁을 벌이던 당시에 이곳을 무력 병합했고, 이후로는 줄곧 라이어른 맹약국의 영토로 편입되어 있었다. 영토 병합은 성공했을지 몰라도 민족 동화는 이곳에서 철저하게 실패했었다.

이곳 사람들은 자신을 라이어른 인이라고 부르지 않고 베렌 인이라고 불렀고, 심리적으로는 여전히 독립국이라고 생각하고 있었다. 더군다나 북해 지방의 무역권을 노린 아메린과 크림발츠 인들이 대거 이주해서 살아왔기 때문에 정치적으로도 이곳은 민감했다. 아메린이나 크림발츠 인들은 이곳의 정치적 독립이 자신들에게 유리하다고 생각했기 때문에 한제 도시 연맹의 독립을 지지하고 있었다. 결국 자국 영토로 편입하고 있던 브레나의 왕실에서는 이곳의 자치권을 인정해야 했고, 군수권을 편입시킨 것으로만 만족하고 있었다.

현재의 한제 도시 연맹은 정치적으로 독립한 자치 도시이면서도 브레나 왕실의 군대가 주둔하는 미묘한 권력 대치 상태를 아슬아슬하게 유지하고 있는 상황이었다. 대륙의 거의 모든 국가에서 건너온 사람들이 자국별로 무리 지어 살기 때문에 민족 간의 충돌이나 알력이 심했다. 천섬의 도시는 외양적으로는 아름다울지 몰라도 그곳에서 살아가는 사람들은 끊임없이 서로 충돌하고 있었다.

경비 장교가 제의한 마차를 물리친 튜멜은 앞장서서 도시를 걷기 시작했고, 일행들은 중무장한 병사들의 호위, 또는 감시를 받으며 튜멜의 뒤를 따랐다. 병사들은 호위라고 생각했지만 튜멜 일행은 분명히 감시라고 느끼고 있었다.

"아름다워!"

운하를 건너면서 레미가 자신도 모르게 감탄했다. 운하의 좌우로 늘어선 집들은 한결같이 작은 등불을 내걸어 운하를 비추고 있었다. 운하의 좌우로 촘촘히 늘어선 집들의 외벽에 거의 비슷한 높이로 갖가지 형태의 등불이 내걸려 불을 밝히고 있었고, 검게 출렁이는 운하는 그 빛을 받으며 흘러가고 있었다. 운하와 수로가 생활의 일부인 이곳 주민들이 밤늦은 시간에도 운하를 오가는 더겔더들을 배려하는 풍습이었다. 큰 건물들 중에는 운하 쪽으로 출입 문과 계단이 있고, 더겔더 용 선착장까지 갖추고 있는 곳도 있었다.

"도저히 이해를 못하겠어. 한 집 건너서 다리를 건너야 한다니. 왜 넓은 땅을 놔두고 물 위에서 사는 거지? 내가 하이 스카우터여서 나만 이해를 못하는 건가? 난 말야, 깎아지른 중앙산맥 벼랑에서 태어나 자란 몸이야. 이렇게 물이 많으면 멀미한다구."

"야, 너 언제부터 수다쟁이가 되었냐? 피곤해… 그만 입 좀 다물어."

이언은 지친 얼굴로 무겁게 발걸음을 옮기고 있었다. 여행이 오래 지속될수록 이언은 더 빠르게 지치고 있었다.

쇼는 입을 다물려고 했지만, 기어코 탄성을 지르고 말았다. 유난히 폭이 넓은 운하가 있었고, 마차 두 대가 동시에 지나기에 충분한 석교가 건설되어 있었다. 마름돌이 꼼꼼하게 깔린 석교였지만 문제는 그것이 아니었다.

무거운 석교 중간을 지탱하는 기둥이 그대로 건물이 되어 있었다. 3층짜리 석조 건물의 1층으로 폭이 넓은 석교가 관통하는 모습이었다. 석교가 관통하는 1층은 아치 형태로 되어 있었고, 아치 한쪽에 좁은 돌 계단이 만들어져 있었고, 2층과 3층은 평범한 건물이었다.

쇼는 아치를 지나가면서 힐끔 검게 흐르는 운하를 바라보았다. 그리고는 고개를 절레절레 흔들었다.

"이건 뭐지? 감옥인가?"

"미안하지만 여긴 병원인데? 3층은 의사나리의 집이고."

"수술이 실패하면 환자를 창밖으로 던져 버리기 편하겠어. 이대로 바다까지 흘러갈 거 아냐?"

쇼의 중얼거림에 병사들은 킥킥거리고 비웃었다. 보다 못한 레이드가 쇼의 어깨를 가볍게 흔들어 그의 입을 막았다. 하지만 어색해하는 것은 튜멜을 제외한 전원이었다. 그들은 도로를 걷는 것이 아니라 다리에서 다리로 이동하는 느낌을 받았다. 다리를 건너고 나서 서너 걸음을 걸으면 또다시 다리가 나타났고, 또 건너서 서너 걸음 걷기가 무섭게 다시 다리가 나타났다. 물론 그 정도로 심한 것은 아니었지만 튜멜 일행은 모퉁이를 돌 때마다 나타나는 다리에 혀를 내둘렀다.

"이렇게 운하가 많은 도시에서 태어난 주제에 왜 수영을 못하지?"

"닥쳐, 떠돌이! 이 도시에서 운하는 생활의 터전이다. 운하에서 수영하다간 맞아 죽는다. 운하는 놀이터가 아니야. 먹고 사는 생활이지!"

이언은 따지고 싶은 생각이 별로 없었기 때문에 그냥 입을 다물었다.

베렌의 영주이자, 한제 도시 연맹 맹주의 성은 모두의 상상력을 무시하는 형태였다. 외 알루스 호와 내 알루스 호는 거대한 수문과 방조제로 나뉘어져 있었고, 영주의 성은 그 방조제 한가운데 있었다. 마차한 대가 지나가면 좌우로 사람이 피할 수 있을 정도의 폭을 가진 도로아래로 3개의 거대한 수문이 달려 있었고, 반대쪽도 같은 구조였다. 전체적으로 보면 호수 한가운데 섬처럼 떠 있는 건물에 두 개의 다리를 연결한 듯한 모습이었다. 호숫가의 선착장에는 수문을 여닫는 작업선 몇 척이 불을 밝히며 떠 있었다.

"과연, 완벽한 방어적 지형이야. 적이 공격해 와도 쉽진 않겠어."

파일런은 나지막하게 감탄했다. 외 알루스 호 쪽으로 접한 창문 몇개가 불을 밝히고 있었다.

"저게 남작 오빠의 집이야? 정말 부잣집 아들이네."

"후후후."

에피의 솔직한 감탄에 카라는 베렌 영주의 아들이 갖는 권력을 재차 설명해 주는 대신에 가볍게 웃었다. 에피는 카라가 자신의 머리를 쓰다듬자 히죽 웃었다.

튜멜 일행은 접견실로 안내되었고, 이내 차와 갓 구운 쿠키가 나왔다. 모두들 향이 짙은 차에 감탄하는 순간, 튜멜이 내뱉듯 말했다.

"조심해라. 독이 들어 있을지 몰라. 워낙 교활한 아버지거든. 나라면 절대 마시지 않을 거야."

"모처럼 돌아온 집인데 왜 그러시는 거예요?"

"행복한 집이 아니니까요. 저 미친 떠돌이가 행선지를 베렌으로 잡지만 않았다면 이런 집 따윈 절대 오지 않았을 겁니다."

하지만 튜멜은 어째서 자신이 외성 문에서 자신의 신분을 밝혔는지 스스로도 의아해하고 있었다. 그리고 신분을 밝힌 것을 진심으로 후회했다. 단지 더 이상 피해 다닐 필요가 없다고 느꼈을 뿐이었다.

한참 만에 문이 열리고 누군가가 들어왔다.

"아……!"

튜멜은 어색한 표정으로 일어섰다. 접견실로 들어온 여자는 가볍게 드레스 자락을 바닥에 끌면서 걸어왔다. 고래 뼈로 만든 코르셋에 가슴 부분이 깊숙이 패인 고급 드레스를 입은 여자는 화사하게 틀어 올린 머리와 목 둘레에 갖가지 장신구를 달고 있었다.

화려한 차림새에 비해 핼쑥하고 지나치게 깡마른 얼굴 때문에 여자는 아름답다는 느낌은 주지 못하고 있었다. 여자는 묵묵히 튜멜에게 곧장 다가왔다.

"오랜만이네요, 카이… 아니, 케이시 테멜른 도련님. 후후후."

"로젤라인……."

튜멜은 심장을 쥐어짜내듯 그녀의 이름을 부르고는 힐끔 레미를 바라보았다. 레미 아낙스는 평온하고 조용한 얼굴로 두 사람의 재회를 지켜보았다. 튜멜의 사촌 누나인 로젤라인이 천천히 튜멜에게 한 걸음 다가섰다. 튜멜은 다시 레미의 눈치를 살피며 얼굴을 붉혔다.

짜악!

쇼와 에피는 간신히 남의 집 안에서 검을 뽑아 드는 추태를 부리지 않았다. 그것은 그동안 튜멜이 강조해 온 예의의 성과라고 해도 좋았다. 하지만 튜멜은 그럴 정신이 없었다. 튜멜은 벌게진 뺨을 가리며 놀란 표정을 지었다. 로젤라인은 이 세상 사람이 아닌 것처럼 무섭게 그를 노려보고 있었고, 고작 뺨을 한 대 때린 것으로는 분이 풀리지 않는다는 얼굴이었다. 푸르죽죽한 그녀의 입술이 열리며 표독스러운 단어들이 튀어나왔다. 모두가 놀라 정적이 흐르는 가운데 그녀의 목소리가 신경질적으로 몸을 뒤흔들었다.

"더러운… 더러운 살인자! 왜? 이제야 테멜른 가문의 권력이 탐나는 거야? 그런다고 그 더럽고 추악스런 이름이 달라질 것 같아? 케이시 파온 테멜른, 추악한 가문 살해자. 피붙이를 죽이다니! 더러워, 구역질나!"

"……"

튜멜이 발작적으로 롱 소드를 움켜쥐는 순간, 이언은 찻잔을 던질 준비를 했고, 쇼는 두 사람 사이를 가로막기 위해 몸을 굽혔다. 하지만 튜멜은 검을 뽑지 않았다. 그저 떨리는 손으로 검 손잡이를 쥐고 있었다.

'이 모습이 내가 예전에 사랑했던 여자의 모습인가? 허무해. 그때는 좀 더 아름다운 여자였는데…….'

튜멜은 어금니 사이로 피가 고이는 것도 잊은 채 이를 악물고 로젤라인을 노려보았다.

〈 9 〉

"……."

뺨을 스치는 부드러운 감촉 때문에 레미는 잠에서 깨어났다. 이른 아침의 햇살이 부드럽게 들어와 바닥에 조용한 무늬를 그려내고 있었다. 레미는 천천히 잠에서 깨어났다.

"좋은 아침!"

에피가 침대 모서리에 걸터앉으면서 명랑하게 인사했다. 레미는 눈을 껌벅거리며 힘겹게 몸을 일으켰다. 예상을 빗나간 여행과 불편한 잠자리에 지쳐 버린 몸은 모처럼의 안락한 침대에서 벗어나려 하지 않았다. 레미는 맥이 풀려 버린 느낌 때문에 한숨을 쉬면서 간신히 일어나 앉았다.

"카라 씨는?"

"저기… 건드리면 죽일 거래."

에피는 침대 시트를 머리까지 뒤집어쓰고 누워 있는 카라를 턱으로 가리켰다. 레미는 조금 힘겹게 몸을 움직이고 있었다.

"후우, 얼마 만에 이런 침대에서 자보는 걸까."

레미는 차가운 공기가 밀려들자 침대 위에 있던 숄을 두르며 중얼 거렸다. 아침이 시작되고 있었다.

"여어, 이제들 오시나?"

여자들이 간단하게 치장을 끝내고 식당으로 안내되었을 때, 이언이 와인을 마시며 인사했다.

'아침부터 독한 와인을……'

물론 레미는 자신의 생각을 곧바로 말하지 않을 정도의 분별력은 있었다. 두 명의 하녀들이 시중을 드는 가운데 모두들 아침 식사를 시 작했다. 일행들은 튜멜, 아니, 케이시 파온 테멜른의 자리가 비어 있 다는 것을 알고 있었지만 누구도 그 사실을 거론하지 않았다. 그저 묵 묵히 퍼석거리는 빵을 뜯고 벌꿀을 발랐다. 저택에서의 아침 식사였 지만 호화로운 진수성찬이 나오는 것은 아니었다.

일행은 작고 건조한 빵 몇 조각과 버터, 벌꿀, 그리고 따스하게 데 운 양젖으로 아침을 먹고 있었다. 그것만으로도 몇 주 만에 만나는 진 짜 음식이었다. 그 증거로 쇼와 레이드는 자신의 빵을 모조리 먹어치 우고 하녀에게 새로운 빵을 부탁했다. 이언은 빵에는 거의 손대지 않 은 채 와인 병을 혼자서 비우고 있었다.

"저기… 어떻게 생각해요, 남작 오빠의 일?"

일행 중에 가장 자제력이 약한 것은 두말할 나위도 없이 에피였다. 식사가 끝나고 차를 준비해 준 하녀들이 식당을 나가자 그녀는 대뜸 입을 열었다. 이제 식당에는 일행들만 남아 있었지만, 레이드와 쇼는 거의 동시에 주변을 빠르게 살펴보았다. 전직 용병과 전직 하이 스카우터는 천성적으로 위험과 동거 관계에 있는 직업 출신이었다. 눈에 보이는 위험이 없다고 안심하는 것과는 인연이 없었다.

"안심하렴. 누군가 다가온다면 너희보다는 내가 먼저 알 테니까. 여기서 뱀파이어보다 예민한 사람 있니? 후후후."

카라는 다소 저체온 체질 때문에 아침마다 고생했고, 아침에는 신경이 곤두서곤 했다. 카라의 원래 체질 탓인지, 뱀파이어의 특성인지는 그녀 자신도 확실히 알지 못했다. 카라는 아침 특유의 신경질적인 손길로 헝클어진 검은 머리를 긁어 올렸다. 하지만 그녀는 지금 조용하게 웃으며 양젖을 넣은 차를 마시고 있었다.

"허참… 이렇게 거대하고 번화한 도시의 후계자면서, 어디라고 했지? …아아, 그래, 테일부룩. 하여간 그런 듣도 보도 못한 시골 마을의 영주 노릇을 하는 이유가 뭔지. 도무지 속을 알 수가 없군."

"넌 원래 아는 게 없잖아?"

"에피이!"

오랜만에 부녀가 투닥거리는 소리를 들으며 나머지 일행들은 웃을지 말지를 고민했다.

턱!

로젤라인이 두 번째로 튜멜의 뺨을 때리기 위해서 손을 들었을 때, 튜멜은 그녀의 손목을 움켜잡았다. 지난 몇 개월 동안 여행을 하면서 걸어다니는 성채 파일런 디르거에게서 가혹한 훈련을 받은 튜멜은 확실하게 근력이 향상되어 있었다. 튜멜은 묵묵히 그녀의 손목을 으스러져라 움켜잡았고, 로젤라인은 손목이 부러지는 듯한 고통을 느끼며 얼굴을 찡그렸다. 하지만 튜멜은 손아귀의 힘을 풀지 않았다. 물에 적신 가죽을 검신에 감아서 투 핸드 소드 정도의 무게로 늘어난 롱 소드를 봄과 여름 두 계절에 걸쳐서 아침저녁으로 휘두른 훈련의 성과가 보이고 있었다.

"옛날에는……."

튜멜은 로젤라인을 똑바로 쳐다보지 못했다. 튜멜은 얼굴을 붉히며 접견실 벽에 장식된 유화를 보고 있었다.

"이것 놔! 그 더러운 손으로 어딜 만져?! 형제를 죽인 더러운 살인자!"

"…옛날에 당신은 정말 아름다웠습니다. 너무나 아름다워 당신의 모습을 가슴 한구석에 품고 있는 것만으로도 행복했습니다."

로젤라인은 혐오하는 눈빛으로 튜멜의 얼굴을 보고 있었지만, 더 이상 버둥거리진 않았다. 솔직히 그녀는 변해 버린 그의 모습에 공포를 느끼고 있었다. 햇볕에 그을리고 얼굴에 섬뜩한 흉터까지 생긴 튜멜에게 과거의 희고 통통한 얼굴은 찾아보기 힘들었다. 희고 통통한 뺨이 언제나 아이처럼 발그레하게 물들어 있던 튜멜이었지만, 지금은 달랐다. 오랜 여행으로 뺨이 여위었고, 덕분에 광대뼈가 다소 튀어나온 모습이었다. 그렇게 얼굴 윤곽이 바뀐 탓인지 그의 눈 주변은 움푹 들어가 보였고, 예전에 소심하게 이리저리 굴리던 눈빛은 사라지고 가늘게 뜬 눈은 끈질기게 한곳을 응시하고 있었다.

함께 여행을 했기 때문에 그런 변화를 깨닫지 못하는 일행들과는 달리 몇 년 만에 만난 로젤라인은 완전히 달라진 튜멜의 모습에 당황하고 있었다. 그런 변화가 그녀를 불안하게 만들었고, 더욱 신경질적으로 행동하게 강요하고 있었다.

로젤라인은 스스로도 자각하고 있었다. 자신의 남편이었던 케이시 파온 테멜른의 큰형 자크리트 벡스 테멜른보다 훨씬 거칠게 살아온 증거가 켜켜이 내려앉은 모습으로 케이시가 변했다는 사실을. 케이시 테멜른은 갓 기사 서품을 받고 초급 장교가 되었던 자크리트 테멜른보다 강인해져 돌아왔다.

금방 울 것 같은 눈망울을 가진, 통통한 뺨을 가진 심약한 모습의 케이시 파온 테멜른의 모습은 더 이상 존재하지 않았다. 그리고 그런 사실은 그녀를 더욱 분노에 빠뜨렸다. 자신의 남편 자크리트가 가져야 했던 모습을 케이시가 가로채 버렸다. 남편이 살아야 했던 인생까지 포함해서.

"비열한 자식! 지금 그 모습으로 서 있어야 하는 건 너… 케이시가 아니야! 자크리트가 그런 모습으로 서 있어야 하는 거야!"

"자크리트는 죽었습니다. 나를 멋대로 자크리트의 기억에 끌어들이지 말아요. 그 따위 집착으로 몇 년을 살아왔습니까, 로젤라인?"

"그 더러운 입으로 나를 부르지 마!"

"아가씨!"

하녀가 뛰쳐나갔다고 생각하기 무섭게 검을 뽑아 든 젊은 사내가 들어왔다. 튜멜은 낯선 사내를 물끄러미 바라보았다. 젊은 사내는 불타는 눈으로 로젤라인을 보았고, 튜멜을 향해서 검을 겨누고 뛰어들었다.

"우와악!"

튜멜이 탁자에서 집어 던진 과일이 사내의 왼쪽 눈에 호되게 명중했고, 사내는 허리를 숙였다. 튜멜은 전투에 임했을 때 그런 방심이 얼마나 위험한 것인지 매일처럼 위액을 쏟아내며 배웠다. 하지만 사내는 그렇질 못했다.

펵!

튜멜은 검집째 롱 소드를 수평으로 휘둘러 사내의 턱을 매섭게 후려갈겼다. 사내는 피에 젖은 이빨들을 뱉어내며 그대로 정신을 잃었다. 튜멜의 손에서 벗어나게 된 로젤라인은 곧바로 사내에게 뛰어들었다. 튜멜은 실신한 젊은 사내를 끌어안는 로젤라인의 얼굴에서 역겨운 욕정을 읽었다. 갑자기 밀려드는 구토감이 그를 괴롭혔다. 굳이 설명해 주지 않아도 미망인이 된 로젤라인이 젊고 혈기 왕성한 그 사내를 밤마다 몰래 침실로 끌어들이고 있을 거라는 생각이 그의 이성을 어지럽혔다.

"이야~ 멋져!"

지극히 직선적인 성격의 에피가 감탄했다. 언젠가 발트하임의 수도 아인돌프의 타베른에서 에피가 튜멜에게 써먹었던 방법을 튜멜이 고스란히 흉내 내고 있었다. 그리고 검집째 상대의 턱을 후려치는 수법은 파일런과 이언의 전매특허였다.

"시끄러! 남의 집을 방문했으면 예의 바르게 행동해!"

"…하나도 변한 게 없잖아."

에피는 궁시렁거리면서 목을 움츠렸다. 튜멜은 길게 한숨을 쉬면서 로젤라인을 내려다보았다.

지난밤에 있었던 일을 떠올린 일행들은 도무지 종잡지 못할 얼굴로 묵묵히 차를 마셨다.

"제기랄, 이렇게 으리으리한 집에서 살면서 뭐가 그렇게들 불만이야? 누구는 평생을 냄새나는 오두막 속에서 사람 구경도 못하고 살아왔는데."

쇼는 짜증스럽게 투덜거리면서 찻잔을 비웠다.

"그런 집으로 데려와 정말 미안하군."

"어?"

"남작 오빠!"

"남작님."

튜멜은 천천히 방 안으로 들어왔다. 모두의 예상과는 달리 튜멜은 줄곧 여행하면서 입었던 옷들을 깨끗하게 세탁해서 입고 있었다. 실크로 치장된 화려한 복장으로 나타날 것이라는 예상은 빗나가고 있었다. 튜멜은 그저 하얀 셔츠와 테일부룩 영주 시절부터 입었던 실크 조끼를 입고 있었다. 테멜른 가문의 문장이 화려한 튜닉 차림의 튜멜, 아니, 케이시 테멜른의 모습을 기대하던 일행들은 맥 빠진 웃음을 지었다.

튜멜은 거의 한 달 만에 간신히 목욕을 하고 훨씬 말끔해진 모습이었고, 여행 동안 제법 길어진 머리를 단정하게 빗어 넘기고 있었다. 그는 얼굴을 대각선으로 가로지르는 칼자국이 거슬리는지 손끝으로 가볍게 누르며 자리를 찾아 앉았다.

또르르……

테이블 용 화로에서 데워진 모닝 티가 튜멜의 찻잔을 채우는 소리가 들릴 정도로 실내는 조용했다.

"내 정식 이름은 이미 알게 되었다시피 케이시 파온 테멜른이다. 한제 도시 연맹의 맹주 테멜른 가문의 셋째 아들이지만 유감스럽게도 서자야. 아버지가 건드린 하녀들 중 한 명이 우리 어머니셨지. 배다른 큰형 자크리트 벡스 테멜른은 브레나 왕실 소속 초급 장교였지. 소위 계급으로 아메린, 크림발츠 영토 분쟁에서 전사했다."

"원래 네가 나가야 하는 전쟁이었겠지?"

튜멜은 고개를 갸웃거리며 이언을 바라보았다. 이언은 건포도 쿠키를 만지작거리다가 결심한 듯 한 입 베어 물었다.

"너희 같은 라이어른 귀족 집안에서 서자를 데려다 키우는 건 그런 이유잖아? 가문을 승계할 적자가 전쟁터에서 개죽음당하지 않도록 대신 내보내기 위한."

"맞아. 케이시 테멜른이라는 존재는 중요하지 않지. 단지 테멜른 가문의 셋째 아들이라는 사실이 중요한 거야. 친아들을 대신해 전쟁터에서 죽어 가문의 명예를 높여줘야 하는 의붓아들이지. 라이어른에서의 전쟁이라는 건 그렇게 더러운 거야. 귀족들은 멋대로 씨를 뿌리고 다니지. 서자가 많아지면 친아들의 명예가 높아지고 위험도 줄어들지."

"그렇지. 서자가 한 명이면 두 번째 전쟁에는 친아들이 나가야 하지만, 서자가 다섯 명쯤되면 다섯 번의 전쟁을 치를 동안 친아들은 가문을 승계하지. 넌 원래부터 대신 죽어주기 위해서 키워진 거지?"

"잔인해……. 서자와 적자를 그렇게 차별하는 거예요?"

레미는 무거워진 기분으로 부담스럽게 말했다. 튜멜은 찻잔을 들다가 이내 포기하고서 잔을 내려놓았다.

"그래. 나를 비난하고 싶으면 비난하고, 나를 경멸하고 싶으면 그렇게 해. 난 이제 익숙해져 있으니까. 난 무서웠어. 그때 당시 내 나이는 겨우 19살이었어. 그래, 난 기사도 아니었고, 그저 집에서 책이나 뒤적거리는 존재였어. 그런데 내가 대신 전쟁에 나가야 했어. 19년 동안 성장하면서 한 번도 검을 잡아보지 못한 내가 전쟁에 나가야 했다. 내가……."

튜멜은 테이블 위에 올려두었던 두 손을 으스러져라 움켜쥐고 있었다. 그는 수치심으로 얼굴을 붉혔고, 평정을 찾지 못하고 목소리가 떨리기 시작했다. 그것 때문에 튜멜은 스스로가 더욱 증오스러웠다.

"그래… 난 겁쟁이야. 지금도 적과 마주치면 무릎부터 떨려와. 그런데도 그때는 모두들 나를 전쟁터에 내보내기 위한 치장을 준비하고 있더군. 한 번도 입어보지 못한 테멜른 가문의 문장이 새겨진 실크 튜닉이 재단되고, 내가 들고 나갈 롱 소드와 내가 입고 나갈 체인 메일이 준비되었지. 큰형 자크리트의 가정교사는 내게 출정식 때 가문을 대표하게 될 연설문을 꼼꼼하게 작성해 주더군. 제기랄! 마치 이제야 나를 죽이게 되어서 기쁘다는 표정이었다. 이 빌어먹을 집구석에 있는 인간들 모두가. 완전 축제 분위기였어."

"허허, 손님들 앞에서 무슨 추태를 부리는 거냐? 조만간 가문을 '승계' 해야 되는 존재가?"

구부정한 허리의 노인이 건장한 사내들의 시중을 받으며 들어왔다.

"아, 아버지……."

튜멜은 창백해진 얼굴로 더듬거렸다. 기억하기도 싫은 어린 시절, 서재 바닥에 무릎을 꿇고서 책으로 얻어맞아야 했던 기억이 떠올랐다.

한제 도시 연맹의 맹주 테멜른 백작은 나이 때문에 비록 허리가 굽었지만 눈빛만은 여전히 형형한 노인이었다. 거동이 불편하다는 사실을 증명하듯 수염이 엉망으로 흐트러져 있었고, 잔뜩 오그라든 얼굴 덕분에 인상이 좋지 못한 사내였다. 하지만 시내의 일급 재단사가 만들었을 프록코트는 발헤니아산 실크로 만들어져 있었고, 테멜른 가문의 문장에 그려진 보호수들은 금방이라도 포효를 하면서 문장에서 뛰쳐나올 듯이 섬세했다. 테멜른 백작은 불편한 거동을 루비가 박힌 지팡이에 의지하면서도 허리에는 검을 차고 있었다.

백작의 좌우에는 갑옷을 입지는 않았지만 롱 소드로 무장한 건장한 사내들이 백작을 호위하고 있었다.

"못난 놈. 이제 네가 우리 가문을 이어가야 한다. 허우대는 큰형 자크리트보다 좋아진 녀석이 여전히 계집아이처럼 감상에 젖어 그 모양이냐?"

"승계? 백작 가문의 승계? 이 큰 도시의 영주가 된단 말이야?"

에피는 놀란 표정으로 튜멜을 바라보았다.

"누, 누가 스, 승계를 한다는 겁니까? 큰형과 작은형이 죽으니 싸구려 서자라도 아쉽다는 겁니까? 나, 난 싫어요!"

"언제까지 그런 옛날이야기를 붙잡고 있을 거냐?"

"나, 나를 전쟁터에 몰아넣, 넣으려고 한 건 다, 당신이었어."

지금까지 줄곧 평정심을 보여주었던 튜멜은 아버지를 만나는 순간에 허무하게 무너졌다. 튜멜은 다시 예전처럼 말을 더듬기 시작하고 있었다.

"그때의 일이라면 용서받아야 하는 건 오히려 너다. 가문의 명예를 더럽히고 가문의 의무를 저버리고 야반도주를 했던 게 누구지? 하지만 난 이제 모든 걸 용서하고 싶다. 이게 그 증거다."

백작이 턱짓을 하자 건장한 사내가 무언가를 조심스럽게 받쳐 들고 한 걸음 나섰다. 사내가 다가올수록 튜멜은 더욱 창백하게 변했다. 튜멜은 고통스럽게 입술을 적셨다. 사내가 튜멜에게 건네준 것은 가문의 문장이었다. 튜멜이 지금까지 사용하던 셋째 아들과 서자를 나타

내던 띠가 없어지고 가문을 승계할 적자이자 장남을 의미하는 띠가 둘러진 문장이었다.

'시, 싫어… 이런 건 싫어……. 다시 옛날의 지옥으로 되돌아가기 싫어!'

튜멜른 스스로를 견디지 못하고 무릎을 꿇었다. 적자의 문장을 받아 들면 더 이상의 여행은 없었다. 그는 테멜른 가문을 승계할 것이고, 동료들과의 여행은 끝난다. 튜멜른 무력하게 적자의 문장을 부여잡고 어깨를 떨었다.

'누, 누가 제발 도와줘.'

내 눈의 빛을 가져가 버릴지라도
내 육체의 자유를 가져가 버릴지라도…….

난데없이 흘러나오는 노랫소리에 모두가 어리둥절했다. 예전에 발트하임의 수도에서 카라의 노래를 들었던 일행은 끔찍스러운 표정으로 카라를 돌아보았다. 하지만 저택 안에서 쥐 떼가 난리치는 일은 벌어지지 않았다.

카라는 천천히 창가로 걸어가면서 눈을 감고 노래를 불렀다. 한 번 들으면 누구나 잊어버리지 못할 독특한 노랫소리가 그녀의 입술 사이로 흘러나왔다. 카라는 노래를 불렀다.

내 눈의 빛을 가져가 버릴지라도
내 육체의 자유를 가져가 버릴지라도

야만족들의 도끼가 내 가슴을 열지라도
권력에 눈이 먼 자들이 내 심장에 검을 찌를지라도

나에게서 빼앗지는 못할 것이다.

검을 꽂는 순간 나는 맹세했노라,
명예를 지키겠다고.
검을 든 순간 나는 맹세했노라,
사랑을 지키겠다고.

나에게서 빼앗지는 못할 것이다.

내가 지키겠노라 맹세했던 그 약속들을
적들은 어느 것 하나라도 갖지 못하리라.

나, 빼앗기지 않겠다고 맹세한 것들
나와 함께했던 뜨거운 검을 놓고 약속하리라.
내가 지켜야 할 것들, 나는 지키겠노라.

내 눈의 빛을 가져가 버릴지라도
내 육체의 자유를 가져가 버릴지라도

이 차가운 감옥 바닥에 입 맞추노라.
이 차가운 감옥 벽에 새겨두노라.

그대들이 내 눈을 찌르고
그대들이 내 사지를 잘라도

나, 빼앗기지 않겠다고 맹세한 것들
이곳 차가운 감옥 바닥에 누워 지키겠노라.

신이여, 나에게 용기를 주소서.
벗이여, 나를 믿어주소서.
님이여, 나를 사랑해 주소서.

오페라 〈켈라루스의 노래〉 독창 부분을 마친 카라는 부드럽게 허밍을 하면서 돌아섰다. 얼굴 위로 쏟아져 내린 검은 머리칼 아래로 뱀파이어 특유의 안광을 번득이는 그녀의 창백한 얼굴은 단검처럼 예리했다. 남성 독창 부분을 그녀 특유의 풍부하고 허스키한 성량으로 소화한 카라는 인간이라고 믿어지지 않는 가벼운 발걸음으로 일행에게 돌아왔다.

신이여, 나에게 용기를 주소서.
벗이여, 나를 믿어주소서.
님이여, 나를 사랑해 주소서…….

튜멜은 허리를 굽히고 바닥에 무릎을 꿇은 자세로 카라의 노래를 들었다. 그녀의 노래는 몽환처럼 그의 의식 속으로 녹아 들어갔고, 깊숙이 침전했다.

"나를 믿어주겠나?"

"뭐?"

모두를 대신해서 이언이 대답했다. 튜멜은 고개를 들지 않았다. 그는 꽉 막힌 신음 소리처럼 재차 입을 열었다.

"나를 믿어주겠나? 나를 진심으로 신뢰해 주겠나? 대답해!"

"우리는 당신을 신뢰해요. 지금까지 함께한 동료잖아요."

모두를 대표해서 레미 아낙스가 대답했다. 그것으로 충분했다. 튜멜은 천천히 일어섰다. 그리고 그토록 두려워했던 아버지를 노려보았다.

부우욱!

튜멜은 모두가 보는 앞에서 문장기를 찢어버렸다. 전쟁터에서도 목숨을 걸고 지켜내야 하는 것이 가문의 문장이 새겨진 문장기였다. 스스로의 손으로 불태우는 한이 있어도 찢기거나 적의 손에 넘어가지 않게 해야 하는 물건이었다. 튜멜은 테멜른 가문의 문장기를 찢으면서 악귀처럼 웃었다. 튜멜의 얼굴에 새겨진 흉터는 그를 다른 사람처럼 보이게 만들고 있었다.

"내 이름은 케이시 튜멜 남작, 테일부룩의 영주다. 이따위 더러운 테멜른 가문이 몰락하든 말든 내가 알 바가 아니다. 당신이 내 어머니를 죽인 순간, 당신과 나의 혈연 관계는 이미 끝났기야. 하하하!"

나이에 비해서 여전히 정정하고 형형한 백작이었지만, 이번만큼은 부하들에게 부축을 받아야 했다.

"어디서 천박한 인간들을 데려왔다 했더니……! 저들을 체포해!"

백작의 명령에 맞춰서 모두들 검을 뽑아 들었다. 하지만 튜멜 일행은 모두 비무장이었다. 아니, 적어도 백작의 부하들은 그렇게 믿고 있었다.

"우헤헤! 이럴 줄 알았다. 놀아보자! 병신들아!"

쇼는 신고 있던 부츠 안에서 단검을 뽑아 양손에 나눠 쥐었다. 수도원에서 몰래 딱딱한 빵을 자르는 데 쓰던 단검은 롱 소드보다 월등하게 예리한 검신을 푸르게 드러내고 있었다.

빠직!

레이드는 앉아 있던 고급 의자를 발과 주먹으로 부수고 의자 다리 하나를 집어 들었다. 서민들의 반년 치 생활비와 맞먹는 의자는 허무하게 박살났지만 고급스러운 만큼 무겁고 단단한 나무로 만들어져 있었다.

이언과 파일런, 에피도 옷깃 속에 감추고 있던 단검을 하나씩 뽑아 들었다. 레이드와 에피가 반사적으로 레미와 카라를 보호하는 위치에 섰고, 쇼와 이언, 파일런이 튜멜의 좌우에 자리 잡았다.

"단검으로 롱 소드를 상대하겠다는 거냐?"

누군가 롱 소드를 기울이며 비웃었다. 하지만 튜멜 일행이 보여준 빈틈없는 팀워크는 그들을 긴장하게 만들었다.

"이번만큼은 당신 마음대로 되지 않을 거야, 테멜른 백작."

튜멜은 찢겨진 문장기를 바닥에 내던지고 발로 밟으면서 웃었다.

Chapter 9

사랑할 때와 죽을 때

〈 1 〉

　식당은 비좁았다. 테멜른 백작은 애초에 이런 것을 예상했는지 상
당한 인원을 데려왔지만, 그가 간과한 사실이 있었다. 그것은 좁은 지
역에서 한정적으로 싸울 땐 튜멜 일행이 강하다는 사실이었다. 전투
경험이 부족한 테멜른 백작은 좁은 지역에서 싸울 때는 숫자보다 기
술이 우위에 선다는 사실을 알지 못했다.
　그 증거로 첫 번째 격돌만으로 튜멜 일행은 전원 롱 소드를 손에 들
게 되었다. 단지 레이드만이 의자를 부러뜨려 만든 나무 몽둥이를 고
집했다. 그리고 롱 소드의 주인들은 피를 흘리며 식당 바닥에 누워 신
음하고 있었다. 이언은 롱 소드의 무게를 가늠하기 위해서 가볍게 휘
둘러 보았다. 그 서슬에 눌린 병사들이 한 걸음 물러섰다.
　카라는 식탁에 엉덩이를 기대고 앉아서 롱 소드를 바닥에 세워 폼
멜에 턱을 기댔다. 그녀도 에피와 마찬가지로 롱 소드를 지극히 일상

적으로 다루고 있었다. 그녀의 곁에는 레미가 걱정스러운 눈으로 서 있었다.

"괜찮을까요?"

"걱정되니? 후후, 난 뱀파이어라서 예민해. 그런데 소리가 들려."

"네?"

레미는 피를 보는 것이 여전히 익숙치 못했다. 그녀는 시선을 돌려 카라에게 애써 시선을 고정시키고 있었다. 식탁에 기대앉아 롱 소드의 폼멜을 짚고 서 있는 카라는 지극히 평온했다. 레미는 그녀가 다시 특유의 섬뜩한 모습으로 있었기 때문에 불안했다. 그녀는 카라가 좋은 동료라고 생각하고 있었지만 좀처럼 쉽게 뱀파이어에 익숙해지지는 못했다. 아니, 그것은 익숙해지는 것과는 별개의 문제였다.

"두근거리는 심장이 뛰는 소리, 공포가 혈관을 타고 흐르는 소리, 그런 소리가 들려."

카라는 거리낌없이 큰 소리로 말했고, 그 소리는 일행과 대치 중인 병사들에게도 들렸다. 부주의하게 흔들린 검끝이 누군가의 검과 부딪쳐 불길한 울림을 만들었다. 심약한 누군가가 그 소리에 움찔거리며 한 걸음 물러섰다. 카라의 허스키한 목소리는 병사들의 심장을 오그라들게 만들고 있었다.

"전투가 시작되면 인간은 두 부류로 나뉘지. 겁을 집어먹는 자, 그리고 죽음을 즐기는 자. 자아, 이 식당 안에서 나눠볼까? 후후후."

레미는 한참 만에 그녀가 왜 그런 소리를 하는지 이해했다. 식당 한 구석에 앉은 카라의 존재는 모두에게 공포를 부여하고 있었다. 그녀가 입고 있는 검은 드레스와 그녀의 비현실적으로 창백한 피부, 그리고 서늘한 한광을 뿜어내는 롱 소드가 한데 어우러져 공포를 만들어내고 있었다.

'무서워. 솔직히 무서워. 이게 진짜 뱀파이어의 힘일까?'

레미는 구석에 앉아 있는 카라가 지배하는 식당을 둘러보았다. 누구도 섣불리 덤벼들지 못했다. 카라가 거침없이 뿜어내는 공포는 삽시간에 사람들의 의식을 잠식해 들어가고 있었다. 일행 중에 뱀파이어가 있으리라고는 상상도 못한 테멜른 백작의 실수는 좁고 어두운 공간에서 튜멜 일행과 충돌했다는 점이었다.

"이봐."

이언은 장난스럽게 검을 빙글빙글 돌리며 과일을 쇼에게 던졌다. 반사 신경이 가장 빠르다는 이유로 최선두에 서 있던 쇼는 익숙하게 그것을 받아 들었다. 쇼가 쩝쩝거리는 소리를 내면서 과일을 베어 먹는 소리에 담력이 약한 병사들이 움찔거렸다. 그는 과일을 먹으며 검 끝으로 이따금 대리석 바닥을 긁어 소름 끼치는 소리를 만들어내고 있었다. 강철과 대리석이 마찰하는 소리는 형언하기 어려운 소리를 내면서 사람들의 신경을 잔인하게 후벼팠다.

모든 상황이 병사들의 신경을 극단까지 몰아가고 있었다. 파일런은 튜멜의 등 뒤에 서서 마치 튜멜을 수호하는 조각상처럼 미동조차 하지 않았다. 거대한 체구에 한 치의 흔들림도 없는 그의 자세는 움직이는 성채라는 별명을 웅변적으로 보여주었다.

선두에 서 있는 쇼는 모두의 신경을 긁는 소음을 내면서 장난을 치고 있었고, 이언은 정신 사납게 검을 빙글빙글 돌리며 이리저리 어슬렁거렸다. 에피는 검신으로 어깨를 두드리며 하품을 하고 있었고, 스치기만 해도 뼈가 부러진다는 것을 증명해 보였던 레이드도 한가한 모습을 보여줌으로써 병사들에게 무언의 압력을 가했다.

하지만 병사들에게 가장 큰 공포로 다가오는 것은 이해하지 못할 섬뜩함을 내뿜으며 의식을 아득하게 만드는 카라의 목소리였다. 그리고 그녀의 곁에는 마찬가지로 이해하기 힘든 위압적인 시선으로 병사들을 지그시 바라보는 레미가 있었다. 건드릴 수 없는 무언가가 레미의 주변을 맴돌았다. 튜멜 일행에게는 지극히 일상적인 일이었지만 병사들은 그 분위기의 본질을 알지 못했다. 그것은 한여름의 아지랑이처럼 알 듯 모를 듯한 어떤 느낌이었다. 단지 병사들은 그녀가 입고 있는 회색 원피스 차림에는 어울리지 않는 무언가라고 생각하고 있었다.

강대국 출신의 유력자들이 바글거리는 베렌은 그것만으로도 평화를 유지하는 데 문제가 없는 도시였다. 아무리 정신 나간 도적 집단의 두목이라도 아메린이나 크림발츠, 폴리안 인들이 득실거리는 베렌을 습격하지는 못했다. 그런 짓을 했다가는 베렌뿐만 아니라 라이어른 영토 자체가 역사상 전무후무한 전쟁터가 된다는 것을 잘 알고 있던 것이다.

정상적인 라이어른 인이라면 아무도 아메린의 '청기사단'이나 크림발츠의 '여왕의 창기병', 혹은 폴리안의 '진홍기사단'을 라이어른 땅에서 보고 싶어하지는 않았다. 정치적으로는 아슬아슬한 평화를 논할 수 있을지는 몰라도 라이어른 병사들의 질을 논하는 입장이 되면 누구나 회의적으로 변했다.

베렌은 그런 강대국 출신 상인들이 집중적으로 모여 있는 무역 도시였고, 그 상인들의 출신 성분이 가져다 주는 평화에 안주하던 도시였다. 강대국 무역상들이 밀집해 있다는 특성 때문에 외적이라는 대외적 위협 요소가 없었던 베렌은 타의에 의한 강제적 평화에 익숙했다. 때문에 병사들의 역량이 결정적으로 부족한 곳이기도 했다. 그럼에도 불구하고 여전히 평화와 전성기를 구가한다는 점이 베렌을 비롯한 한제 도시 연맹의 결정적인 딜레마였다.

타인에 의한 평화라는 타성에 젖어 있던 병사들은 기본적인 역량 면에서 튜멜 일행의 상대가 되지 못했다. 병사들은 모르고 있었지만 튜멜 일행은 치안 부재 상태의 발트하임과 브레나를 가로질러 온 존재들이었다. 병사들은 이미 심리전에서부터 튜멜 일행에게 지고 있었다. 노련한 지휘관이 있었다면 좁은 지역에서 순간적인 폭발력에 의존하는 튜멜 일행들을 상대로 장기적인 진 빼기 작전으로 가야 한다는 것을 간파했을 터였다. 하지만 그들에겐 불행하게도 최고 지휘관이 가장 이성을 찾지 못하고 있었다.

"이, 이게 무슨 행패냐?! 아버지에게 검을 디밀다니… 태생이……."

"태생이 천박한 서자라서 미안하군요, 백작님. 자기 성욕도 절제 못하고 헐떡거리는 남자에게서 태어났는데 어련하겠습니까, 토끼 백작님?"

튜멜은 자신의 감정 상태가 어떤지 웅변적으로 보여주는 얼굴로 서서 으르렁거렸다. 테멜른 백작은 튜멜이 자신을 토끼에 비유하자 비틀거렸고, 좌우에서 병사들이 그를 부축했다. 노인의 분노는 그를 부축한 병사들이 식은땀을 흘리기에 충분할 정도로 강력했다.

"기억나시나요, 백작님? 언젠가… 아마 제가 6살이나 7살쯤 되었을 때의 일이었죠? 당신은 저의 식사 예절이 엉망이라면서 바닥에 무릎 꿇고 앉아서 식사를 하게 했죠? 그러고 보니 이곳도 추억의 장소로군요. 바로 여기, 여기서 제가 그랬으니까요."

튜멜은 기억하기도 싫은 과거를 끄집어내어 먼지를 털어내고 있었다. 몸서리치도록 자신을 괴롭혔던 감정이 그의 얼굴에 넘쳐흘렀고, 튜멜은 그런 감정의 홍수 속에 서 있었다. 기필코 하고 싶었던 이야기들, 자신이 두렵고 무서워하던 그 모든 것들. 튜멜은 잔뜩 상기된 얼굴로 입을 열고 자신의 인생 동안 빼곡이 퇴적된 그 모든 감정을 분출하고 있었다.

"차디찬 대리석 바닥에 앉아서 개처럼 식사하는 기분… 멋졌습니다."

"그, 그건…….."

테멜른 백작은 할 말을 찾지 못하고 창백한 얼굴로 부르르 떨었다. 레미는 슬픈 눈으로 튜멜의 뒤통수를 보고 있었다. 지금 그의 모습은 그녀가 알고 있던, 테일부룩 영주였던 케이시 튜멜이 아니었다.

"게다가 이 집안 하녀였던 제 어머니와 신분을 뛰어넘는 사랑을 하셨죠? 참 아름다운 사랑입니다. 감동적입니다. 박수 쳐드릴까요?"

"저걸… 어떻게 평가해야 할까?"

쇼는 이언에게 나직하게 소곤거렸다. 이언은 땀에 젖어버린 얼굴로 지친 미소를 지었다.

"장족의 발전이야. 상스러운 욕도 할 줄 알고, 이제는 상대방이 열받게 이죽거릴 줄도 아는군. 다음엔 뭘 배울까?"

"솔직히 난 저런 제자는 두기 싫어. 너무 진지해. 진지하게 생각한 다음에 욕하는 인간은 처음 봐."

"성격 탓이야. 바보 남작이 어디 가?"

이언은 간단명료한 말로 튜멜의 태도를 정의해 버리고는 피곤한 얼굴로 검을 치켜들었다. 언제까지나 이러고 있을 수 없다는 것은 이언도 잘 알고 있었다.

"뭣들 하는 거야? 당장 체포해!"

테멜른 백작은 기어코 참지 못했다.

"백작가에서 무슨 행패냐? 귀족의 권위에 도전하는 건가? 지금 당장 검을 버리고 무릎을… 크악!"

나름대로 권위를 앞세워 문제 해결을 시도하던 병사는 말을 마치지 못했다. 쇼가 던진 접시에 머리를 맞은 병사는 곧바로 날아드는 검에 대응하지 못했다. 병사는 깊숙이 찔린 어깨를 쥐며 바닥으로 넘어졌고, 곧바로 날아든 쇼의 발길질에 코뼈가 내려앉아 버렸다. 병사는 이미 바닥을 뒹굴며 신음하던 병사들의 고통에 동참하며 피가 울컥 쏟아져 나오는 콧뼈를 부여잡았다.

"병신."

쇼는 병사를 비웃으며 바닥에 침을 뱉었다. 그런 쇼의 빈틈을 노리며 한 걸음 나섰던 병사들은 불에 덴 듯 화들짝 놀라며 물러섰다. 이언이 검날을 엄지손가락으로 만지작거리면서 '우연'인 것처럼 쇼의 사각 지대로 걸어 들어왔다. 이언은 자신이 무슨 짓을 했는지 모른다는 듯한 얼굴로 웃었다.

"뭐지, 이놈들은?"

"어디서 이런 훈련을 받은 거야?!"

병사들은 신경질적으로 롱 소드를 고쳐 잡았다. 그렇지만 섣불리 움직이는 병사는 없었다.

잠시 동안 물끄러미 자신이 들고 있던 롱 소드를 응시하던 튜멜은 결심한 표정을 지었다. 그리고 고개를 들었다.

라이어른에서는 보기 힘든 눈부신 아침 햇살이 비치던 오전이었다. 좁디좁은 저택의 창문으로 햇볕이 쏟아지고 있었다. 햇볕은 음침한 식당에 아치형 금빛 폭포를 만들어내고 있었다. 그 햇살 속에서 단정한 옷

차림으로 서 있던 케이시 파온 튜멜, 혹은 테멜른은 걸음을 내디뎠다.

"무슨?! 뭐 하는 거야?"

"남작 오빠!"

튜멜은 웃고 있었다. 하지만 그는 진지했다. 튜멜은 롱 소드의 검끝이 바닥에 끌릴 정도로 검을 늘어뜨린 무방비 상태로 테멜른 백작을 향해 똑바로 걷고 있었다. 그는 아무것도 보지 않은 채 그저 테멜른 백작의 눈동자만을 들여다보고 있었다. 얼떨결에 물러서며 길을 터주었던 병사들은 뒤늦게 정신을 차리고 검을 겨냥했다.

툭!

"어? 어어! 어……!"

튜멜의 목을 겨냥하고 검을 들었던 병사는 바닥에 떨어진 것을 놀란 눈으로 내려다보았다. 그는 휘둥그레진 눈으로 무릎을 꿇더니 바닥에 떨어진 것을 소중한 듯 집어 들려고 시도했다. 하지만 그는 그것을 집어 들지 못했다. 바닥에 떨어진 것은 롱 소드의 손잡이에 매달려 있는 그의 양쪽 손목이었다. 파일런 디르거는 피가 흐르기 시작하는 롱 소드의 검날을 살펴보면서 검날의 이빨이 나간 곳이 있는지 꼼꼼하게 확인했다.

또 다른 병사가 부족한 자제력을 증명하듯 튜멜에게 달려들려고 했지만 이내 바닥을 나뒹굴었다. 그에게는 튜멜에게 뛰어들 무릎이 없었다. 쇼는 사람의 뼈를 잘라낸 충격으로 시큰거리는 손목을 움직이면서 침을 뱉었다.

그리고 다시 전투가 시작되었다. 튜멜은 이 식당에 오직 백작과 자신만이 존재한다는 듯한 태도로 침착하게 걸음을 옮기고 있었고, 그를 보호하기 위해 뛰어든 일행들은 최대한 잔인한 기술들을 선보이기 위해 고군분투해야 했다.

"이 미친 자식! 죽여 버릴 거야!"

쇼의 고함 소리가 난장판이 된 식당을 쩌렁쩌렁 울리게 만들었다.

"여자들을 잡아!"

누군가 소리쳤고, 두 명의 병사들이 카라와 레미에게 덤벼들었다. 모두들 싸움 한복판으로 뛰어든 튜멜을 보호하기 위해 정신이 없는 상황이었다. 카라는 다시 한 번 눈 위로 쏟아진 곱슬머리를 쓸어 올리며 싱긋 웃었다.

"캬아아악!!"

"우우와아악!"

카라에게 덤벼들던 두 명의 병사들은 검을 떨어뜨리며 바닥에 주저 앉았다. 카라는 여전히 식탁에 엉덩이를 걸친 자세로 앉아 뱀파이어 특유의 무시무시한 소리를 내고 있었다. 바로 앞에서 그 공포를 받아 낸 병사들은 허우적거리며 뒷걸음질쳤고, 공포를 이기지 못하고 소변을 지리기 시작했다.

"괜찮은 거예요?"

"응? 뭐가?"

카라는 머리를 긁적거리며 레미를 바라보았다. 병사들은 허공을 바라보면서 비명을 지르고 헛소리를 하면서 식당 바닥 가득히 소변을 보고 있었다. 그들에게는 이미 이성의 끈이 끊어져 버린 상태였다. 카라는 하품을 하면서 레미의 손을 잡았다.

"너도 아직은 내가 본능을 제어하지 못할까 봐 두려운 거니?"

"솔직히 조금은 두려워요."

"후후, 말했잖아? 난 애인의 친구들은 건드리지 않아. 난 뱀파이어라서 친구를 만들지 못하거든. 그래서 너희들이 부러워. 후후후."

카라는 엉망으로 어질러진 식탁을 두리번거리면서 먹을 만한 것을 찾기 시작했다.

"검을 버려라!"

튜멜의 고함 소리가 식당을 채우는 순간 모든 동작들이 일시에 멎었다. 튜멜의 롱 소드는 테멜른 백작의 목젖을 누르고 있었다. 그리고 백작을 경호하던 병사들은 쇼와 이언의 부츠 아래서 신음을 흘리고 있었다. 좁은 식당 안에서 격렬하게 싸우던 레이드와 에피는 안도의 한숨을 쉬면서 이마의 땀을 쓸었다.

"네놈이 이러고도 무사할 줄 알았더냐!"

테멜른 백작은 서재의 의자에 앉은 채 튜멜을 노려보았다. 테멜른 백작을 인질로 병사들을 물리친 튜멜 일행은 저택의 서재에 모여 있었다. 이번에는 체인 메일까지 갖춰 입은 병사들의 거의 전부가 복도에 진을 치고 있었다. 하지만 튜멜은 태연했다.

"이게 지금껏 키워준 은혜에 대한 보답이냐? 그러니까 서자는 자식이 아니라는 소리를 듣는 거야."

"웃기지 마. 난 평생을 증오하면서 살아왔어. 당신을, 당신의 잘난 아들들을, 그리고 이 저주스러운 저택을, 이 추악한 도시를! 그러면서도 죄책감에 시달리면서 발트하임의 시골에 숨어서 살아왔지. 하지만 그런 내 자신이 지금은 화가 나! 내가 왜 바보처럼 슬퍼하고 죄책감에 시달려야 했는지."

"어이, 넌 바보잖아?"

"입 닥쳐, 떠돌이! 농담할 기분이 아니다."

튜멜른 충혈된 눈으로 이언을 노려보았다. 이언은 와인 잔을 흔들면서 웃었고, 롱 소드를 쥔 손을 부르르 떨면서 그를 쏘아보고 있었다.

"죽어 버리면 간단하잖아, 남작 오빠?"

"천박스러운 계집이 어디서 끼어드는 거……."

짝!

테멜른 백작은 유감스럽게도 말을 마치지 못했다. 일행은 어리둥절한 얼굴로 에피를 바라보았다. 에피가 웃지 않고 있었다. 그녀는 얼얼한 손바닥을 흔들면서 눈살을 찌푸렸다.

"남작 오빠하고 어떤 사이인지는 대충 들었어. 만약에 니가 내 아버지였다면, 난 니 팔다리를 하나하나 자르면서 천천히 죽였을 거야. 그래, 난 태생이 천박해서 엄마가 누군지도 몰라. 저기 저 도박에 미친 자식이 내 아빠고, 엄마는 보나마나 용병 생활하면서 스쳐 간 여자 중 누구였겠지."

에피는 피가 흐르는 롱 소드의 끄트머리로 테멜른 백작의 심장 부근을 쿡쿡 찌르며 차갑게 말했다. 테멜른 백작은 당황스러운 얼굴로 움찔거렸다.

"하지만 우리 아빠는 달랐어. 배운 게 누구 죽이는 것밖에 없는 인간이라 평생을 전쟁터에서 박박 기면서 살아온 인간이지. 그러면서도 어린 딸내미가 무서워하고 외로워할까 봐 양손 가득 먹을 걸 쥐어주고 전쟁터로 나갔어. 전쟁터에서 부상을 당해 피가 철철 흐르는 몸으로 돌아와서, 그때까지 양손에 먹을 걸 고스란히 쥐고서 울고 있는 어린 딸내미의 머리를 쓰다듬어 주면서 웃어주었지. 그런 게 어떤 기분인지 넌 알아? 난 내가 철들면서부터 그런 걸 보면서 자랐어. 언제 죽어도 이상하지 않은 용병에게 나 같은 딸은 쓸모없는 존재였어. 그래서 화도 내고 나를 버리려고도 했어. 하지만… 하지만… 옆구리를 찔려 피를 질질 흘리면서 막사로 들어와 웃어주었어. 그게 부모라는 거야, 이 병신 자식아! 넌 뭐가 부족했는데? 누구에게서 낳은 게 그렇게 중요해? 어쨌거나 네 자식이 아니야. 적자를 대신해서 서자인 네가 전쟁터에 나가라? 너, 전쟁터가 어떤지 알아? 난 전쟁터에서 자랐어. 그곳이 얼마나 역겹고 더럽고 무서운 곳인지 알아? 지금도 전쟁터에 나가라면 바지에 오줌을 싸고 말 거야. 그런 곳을 너는… 너는 왜 안 나갔지? 왜 아들을 보냈지? 대답해 봐! 네가 앉아 있는 지위가 네 아들들의 목숨보다 더 중요해? 죽여 버리고 싶어! 너 같은 귀족들을 보면 다 죽여 버리고 싶어!"

에피는 갑자기 복받친 감정을 삭이지 못하고 울기 시작했다. 레이드는 입맛을 다시며 턱을 긁었고, 쇼는 눈길을 돌려 창밖을 내다보았다. 에피는 한 손에 롱 소드를 들고서 씩씩거리며 튜멜을 노려보았다.

"뭐 해? 바보, 멍청이! 그렇게 괴로워했잖아! 여기까지 오면서 그렇게 괴로워했잖아! 뭘 참고 있는 거야? 죽이고 싶다고 했잖아! 증오스럽다고 했잖아! 그럼 죽여! 안 죽이면 내가 대신 죽여 버릴 거야!"

"시끄러! 버릇없게!"

튜멜의 호통에 에피는 입을 다물었다. 에피는 분하다는 표정으로 튜멜을 노려보았고 소매로 눈물을 닦았다.

"내가 결정할 일이다. 너는 가만히 있어."

"분하지도 않아? 억울하지도 않아?"

감정이 격해진 에피는 좀처럼 쉽게 물러서지 않았다. 갑작스러운 감정 분출을 이기지 못하고 울던 에피는 어깨를 감싸는 손길에 흠칫 놀라며 울음을 그쳤다. 카라는 조용하게 웃으며 에피를 끌어안았다.

묵묵히 에피를 바라보던 튜멜은 고개를 돌렸다. 그는 천천히 백작에게 다가가 그의 어깨에 차가운 롱 소드를 올려놓았다. 테멜른 백작은 고개를 들었고 떨기 시작했다.

"두려운가요? 그렇죠, 두렵겠죠. 하지만 혹시 아시나요? 제가 이 방에서 당했던 일들을. 당신은 제가 읽던 책으로 저를 때렸죠. 그래, 이 방이었어요. 그때 무슨 책이었는지 기억하시나요? 물론 기억 못하시겠죠? 어떤 책인진 중요하지 않았으니까요. 단지 제가 읽던 책이라는 게 중요했겠죠. 헤롤리우스를 읽고 있었어도 맞았을 거고, 저지 미노트 어 문법 책을 읽고 있었어도 맞았을 겁니다. 왜 그렇게 나를 미워한 거죠?"

"너, 넌… 다른 아들들에 비하면…….."

"그렇죠. 큰형 자크리트처럼 용맹하게 검술 연습을 하지도 못했고, 작은형 본베르크처럼 명석하지도 않았죠. 그게 그렇게 문제가 되었던가요? 전 지금도 긍지 높은 기사도 아니고, 학문적으로 탁월한 존재도 아닙니다. 그런데 왜 지금은 가문을 이어가라고 하는 거죠? 그때나 지금이나 나란 인간이 변한 것은 하나도 없는데?"

"……."

"대답하실 수 없겠죠. 단지 형들이 모두 죽어버렸으니 대신할 존재가 필요할 뿐이겠죠. 지금 새삼스럽게 자식을 보기도 힘들고, 운 좋게 아들이 태어나도 아들이 성장하기도 전에 당신이 죽을 테니까. 언젠가 당신이 말했죠. 강가의 돌멩이는 그저 강가의 돌멩이일 뿐이라고. 그런데… 왜 강가의 돌멩이에게 대리석처럼 희고 아름답지 않냐고 화를 내는 거죠? 왜 보석처럼 빛나지 않냐고 비난하는 거죠?"

"인간이라면, 귀족이라면 긍지를 가져야 한다. 지금의 네 모습은 추악한 폭도일 뿐이야.”

튜멜은 웃었다.

“재미있군요. 전 지금까지 살아오면서 스스로에 대한 긍지를 갖지 못했습니다. 당신이 남몰래 어머니를 죽인 것을 알고 있었지만 모른 체 했죠. 내가 죽을까 봐 무서웠거든요. 자크리트를 대신해 전쟁터에 나가 야 했을 때, 전 이 도시를 도망쳤습니다. 죽을까 봐 두려웠거든요. 덕택 에 지금껏 하루하루가 고통스러웠습니다. 하지만 생각해 보니 그럴 필 요가 없었군요. 당신을 죽이면 내 과거는 모두 잊혀져 버릴 테니.”

튜멜은 롱 소드를 두 손으로 움켜잡았다. 그리고 검을 머리 위로 치 켜들었다. 참다못한 레미가 그를 말리기 위해서 나서려는 순간, 카라 가 그녀를 제지했다. 레미는 눈을 감아버렸다. 섬뜩한 소리를 내면서 튜멜의 검이 대각선으로 내려왔다.

“살려줘!”

테멜른 백작이 절망적으로 소리치는 순간에 튜멜의 롱 소드는 아슬 아슬하게 노인의 목덜미에서 멈춰 섰다. 튜멜은 한숨을 쉬면서 검을 내던져 버렸다. 그리고 씁쓸한 얼굴을 손바닥으로 몇 번 쓸었다. 그의 목소리는 어느덧 예전의 울림을 되찾고 있었다.

“저는 인간으로서의 긍지 같은 것은 모릅니다. 하지만 저도 나름대 로 살아가는 가치관이 있습니다. 당신을 죽이는 것은 제 자신이 납득 하지 못하겠습니다. 그리고…….”

튜멜은 조금 멋쩍은 얼굴로 일행을 한 명 한 명 둘러보았다. 그리고 다시 백작을 보면서 입을 열었다.

“제 ‘친구’들이 진심으로 원하는 일은 아니라고 생각합니다.”

〈 2 〉

"의외야, 남작 오빠가 그런 멋진 모습도 보이고."

"시끄러! 정신 사납게 얼쩡거리지 말고 저리 못 가?"

튜멜은 어금니를 깨물면서 낮게 으르렁거렸다. 에피는 혀를 쏙 빼
물고 물러났다. 보란 듯이 살랑거리며 물러서는 에피를 보면서 튜멜
은 짜증스럽게 중얼거렸다.

"예의가 부족해, 예의가."

외 알루스 호로 잉크처럼 석양이 번지고 있었다. 한가한 유람선 몇
척이 거울처럼 잔잔한 호수에 몸을 맡긴 채 노을에 흠뻑 젖어 있었다.
한가롭게 펼쳐 둔 돛과 느슨해진 밧줄을 타고 와인빛 석양이 천천히
흘러내렸다.

베렌은 또다시 그 화려한 저녁을 준비하고 있었고, 상인에서부터
귀족까지 온갖 부류의 사람들을 태운 더겔더들이 운하를 타고 분주하

게 오가고 있었다. 이따금 서로 스쳐 가던 더겔더들이 뱃전을 부딪치기라고 하면 더겔더의 사공들은 걸쭉한 북부 지방 사투리로 욕설을 퍼붓기도 했다. 한제 도시 연맹에만 있는 더겔더의 사공들은 야르 강을 오가는 화물선 선원들과는 또 달랐다. 모든 뱃사람들이 그렇듯 그들은 자신의 직업에 자부심이 강했고, 어떤 상황에서도 기가 죽지 않았다. 귀족들이나 평민들이나 같은 더겔더를 이용하는 관습도 그런 분위기를 만드는 데 일조하고 있었다. 이곳에서는 귀족이라고 특별히 편안하게 더겔더를 이용할 수 있는 것이 아니었다.

이언은 서재 한 켠에 있던 파니온 풍의 긴 의자에 앉아서 잠들어 있었다. 발헤니아와 함께 동방 제국으로 유명한 파니온은 국경 너머에 위치한 남쪽 대륙 최고의 무역 도시 카라타고아를 통해 오래전부터 대륙과 무역을 하던 국가였다. 때문에 파니온의 문화는 특이한 것을 좋아하는 귀족들을 중심으로 폭넓게 유행하고 있었다. 의자 높이가 낮으면서 두 사람은 넉넉하게 누울 수 있을 만큼 여유로운 파니온 식 의자는 귀족들에게 인기가 많았다. 그곳에서 이언은 카라의 무릎을 베고 잠들어 있었다.

백작을 인질로 잡고 서재에 틀어박힌 튜멜 일행은 우선 자신들의 짐을 서재로 옮겨오도록 명령했다. 병사들은 백작의 안전을 위해서 섣부른 행동은 하지 못한 채 그들의 요구를 들어줘야 했다.

파일런은 낡디낡은 자신의 하드 레더를 꼼꼼한 손길로 손질하고 있었다. 그때 쇼가 구석에 열려져 있던 창문을 타고 뛰어 들어왔다. 혼자서 테이블 위에 카드를 늘어놓고 있던 레이드는 반갑게 그를 맞이했다. 상대가 없어서 하릴없이 숫자 맞추기를 하고 있던 그로서는 쇼가 백년지기처럼 반가웠다.

"어서 와. 이리 와서 한판 붙어보자구."

"아아, 조금 있다가. 조금 전까지 벽이랑 지붕을 타고 다녔던 몸이라구. 하이 스카우터가 회색 곰인 줄 알아?"

"수고하셨어요."

레미는 와인 잔을 쇼에게 건네주면서 상냥하게 말했다. 쇼는 힐끔 그녀의 얼굴을 응시하다가 잔을 받았다. 그는 어색한 얼굴로 레미의 시선을 피하며 와인을 단숨에 비웠다. 레미는 쇼가 자신을 어려워한다는 사실을 알고 있었기 때문에 잠자코 물러났다.

"역시 자기는 대단해. 어떻게 벽을 기어 올라가?"

"죽을래? 난 못생긴 여자에게는 관심없어. 그리고 베일의 하이 스카우터가 애들 병정놀이인 줄 알아? 단검만 있으면 어디든 기어 올라가는 게 베일의 하이 스카우터라고 누차 강조했잖아. 제발 로 스카우터 같은 풋내기 땅개들과 비교하지 말아줘."

"그래, 상황은 어떤가?"

파일런은 어느새 갑옷을 갖춰 입고 자신의 낡은 클레이모어 검날을 손질하면서 물었다.

"그게… 썩 유쾌하진 못합니다. 건물 외벽 구조 자체는 타 넘고 내려가기가 수월하진 않아도 불가능하지는 않습니다. 그래도 바보 남작이나 아낙스 양에게는 무리입니다. 외벽을 타고 탈출은 불가능합니다. 저택에 깔린 병력을 보니 정면 돌파도 역시 저희들만의 힘으로는 불가능할 것 같습니다. 저택 입구 주변에는 석궁 사수들이 새까맣게 모여 있던데요. 공성용 마차가 없이는 절대로 돌파가 불가능해 보였습니다. 그리고 도저히 이해를 못하겠는 사실이 하나 있는데, 아무리 생각해 봐도 평생 동안 전쟁 한번 일어나지 않을 이런 도시에서 40명이나 되는 석궁 사수들은 어디서 모은 걸까요?"

"40명이면 한 사람당 5발의 콰렐을 피해야 한다는 소리군. 석궁은 재장전이 오래 걸리니까 2차 사격은 제외하고. 그럼 여기서 5발의 콰렐을 피할 수 있는 사람?"

누구도 손을 들지 않았다. 몸이 빠르다고 자부하는 에피와 쇼도 거의 동시에 날아오는 5발의 콰렐을 피하는 데는 회의적이었다.

"저도 몸이 빠른 것을 자부하는 놈이지만, 한두 발은 어떻게 피해도 세 번째 콰렐부터는 고스란히 베일 식 꼬치구이가 될 겁니다. 우리 중에 5발 모두를 피할 수 있는 사람은 디르거 경뿐인 것 같습니다."

"나도 전부 피하지는 못한다네. 두 발 정도는 치명상이 아닌 곳으로 맞는다고 생각해야 할 것 같군. 역시 정면 돌파는 제외."

게다가 쇼와 파일런은 전투 경험이 없는 튜멜과 레미가 한 발의 콰렐도 피하지 못한다는 것을 알고 있었다. 100미터 남짓한 정원을 가로지르는 동안에 콰렐은 충분한 정조준으로 날아올 것이다. 100미터 이내라면 콰렐은 풀 플레이트 메일도 관통한다. 정면 돌파는 불가능했다.

"저기요, 이 창문 아래로는 그냥 호수잖아요. 여기로 뛰어들면?"

"저 바보 남작은 수영을 못해. 그리고 뛰어들 때 모두의 주의를 끌게 될 거야. 물속에서는 콰렐을 못 피해."

"그렇게 부르지 말랬지! 내 이름은 케이시 튜멜이다."

튜멜은 쇼의 멱살을 움켜잡으면서 화를 냈다. 순간 쇼의 단검이 지긋하게 그의 목줄기를 눌렀다. 튜멜은 자신의 급소를 대번에 잘라낼 준비가 되어 있는 단검의 감촉 때문에 소름이 끼쳤다. 그는 머쓱해진 얼굴로 쇼의 멱살을 풀었다. 쇼는 싱긋 웃으면서 단검을 거둬들였다.

"니가 케이시 튜멜이든 케이시 테멜른이든 관심없어. 하지만 내 몸은 내 여동생도 못 건드려. 알아둬."

"앞으로는 좀 더 예의를 지켜라. 이번만은 내가 그냥 넘어가겠다."

튜멜은 목덜미를 타고 흐르는 땀을 느끼며 헛기침을 했다. 쇼는 튜멜의 말에 아무런 불만이 없었다. 그저 싱긋 웃으며 단검을 부츠 속에 꽂아 넣었다.

"저기, 저택에 불을 지르면 어떨까? 이까짓 저택 홀라당 타버려도 상관없잖아?"

쇼는 한숨을 쉬면서 자신에게 엉겨붙는 에피를 떼어냈다. 그는 자신에게 또다시 달라붙는 에피를 발끝으로 밀어내면서 와인 잔을 비웠다.

"난 잘 녹여서 향긋한 치즈를 바른 베일 식 꼬치구이가 먹고 싶지만, 내가 그 요리의 재료가 되는 것은 사양하겠어. 그건 최후의 수단으로 사용하자구."

바로 그때 요란한 소리를 내면서 서재의 문짝이 떨어져 나갔다. 쇼는 의자를 넘어뜨리며 바닥으로 몸을 굴려 피했고, 나머지 일행들도 지금까지 자신이 서 있던 자리에서 튕겨지듯 벗어났다. 레이드는 미처 피하지 못하고 멍하니 서 있는 레미를 왼팔로 감싸 안았고, 에피는 튜멜의 다리를 걸어 넘어뜨렸다. 다행히 그들이 서 있던 자리로 화살이나 콰렐은 날아오지 않았다. 기습을 예상했던 튜멜 일행은 머쓱한 얼굴로 출입구를 바라보았다.

"그대들이 케이시 파온 테멜른의 일행들인가?"

"제기랄!"

"빌어먹을!"

튜멜 일행은 검을 으스러져라 움켜잡으며 식은땀을 흘렸다. 튜멜은 조금 힘겨운 목소리로 간신히 소리를 쥐어짜냈다.

"오, 신이시여……!"

"바보 남작, 성당 기사단을 앞에 두고 신을 찾냐?"

20인의 성당 기사단이 서재로 들어서자 튜멜 일행은 창문 근처까지 물러서야 했다. 성당 기사단은 신부의 사제복을 상징하는 검정색 서코트에 진녹색 십자가 휘장을 갖고 있었다. 전통적인 체인 메일을 입고 전원 롱 소드로 무장하고 있었다. 일반적인 롱 소드보다 검신이 좁고 예리한 템플 소드는 성당 기사단의 상징이자 전유물이었다.

튜멜 일행은 신부들 특유의 짧은 머리에 수사처럼 투박스러운 얼굴의 성당 기사단을 보면서 침을 삼켰다.

성당 기사단원들은 아직 검을 뽑지 않았고, 무표정하고 엄숙한 얼굴로 튜멜 일행을 굽어보고 있었다. 그들은 모두 기사로서는 숙련기의 초입에 들어선 20대 후반의 나이였다.

10대 시절부터 견습 기사로 검을 배우기 시작하고, 10대 후반부터 20대 초반 동안에 예비 기사로서 기사들의 종자가 되어 실전 경험을 쌓은 기사들은 20대 후반부터 보다 많은 실전을 경험하며 기사로서의 완성기에 접어든다.

전술적으로 20대 중반부터 한 사람의 기사로서 가치가 있다고 평가한다. 예비 기사 말년부터 막 정식 기사되는 나이로서, 실전에서 이보다 어린 나이의 기사들은 전술적으로 아무런 가치가 없는 일회성 소모품에 불과했다. 아무리 출중한 실력을 겸비한 역사상 전무후무한 천재 검사라도 10대 후반과 20대 초반의 나이라면 전술적으로 별로 가치가 없다는 것이 정설이었다. 매번 전쟁터에서 살아 돌아온 백전 노장의 늙은 백인대장이 검술을 완벽하게 습득한 10대 천재 검사보다 전술 자원으로 가치가 있었다. 일개 개인의 천재성에 의존하는 시대 는 이미 끝난 과거에 불과했다.

튜멜 일행과 대치한 성당 기사들은 그런 일회성 소모품 기간 동안 살아남아 한 사람의 기사로 성장한 이들이었다. 잔재주로 이길 수 있 는 상대가 아니었다.

"20명의 성당 기사단을 상대할 수 있는 확률은?"

"불가능."

"흐음……."

"난 저 아저씨들하고 싸우기 싫어."

"좋아, 전원 만장일치군."

나직하게 입술만 움직여 질문했던 이언은 공격 자세로 구부렸던 허 리를 펴고서 얌전하게 자신의 롱 소드를 검집에 집어 넣었다. 그것을 신호로 모두들 조심스럽게 자신들의 검을 거둬들였다. 에피는 혀를 쏙 빼물면서 말괄량이가 신부에게 인사하듯 꾸벅 고개를 숙이기까지 했다. 성당 기사단원들은 묵묵히 그런 모습을 지켜보고 있었다.

"저들을 체포… 크헉!"

튜멜 일행이 무장을 거두자 서재로 뛰어들었던 병사가 맨 뒤에 서 있던 성당 기사에게 멱살을 잡혔다. 가장 어려 보이는 성당 기사는 건 틀렛을 낀 손으로 병사의 목줄을 움켜잡았고, 병사는 침을 흘리며 버 둥거렸다. 20대 중반으로 보이는 앳된 성당 기사는 무표정하게 손아 귀에 힘을 주고 있었다. 잘 훈련된 성당 기사에게 목줄을 잡힌 병사는 피가 통하지 않아 핼쑥해진 얼굴로 죽음의 문턱에서 버둥거렸다.

"신의 광휘를 존경하는 성당 기사단이 있는 곳이다. 엄숙하라."

겸허, 존경, 엄숙은 성당 기사단의 3대 구호였다. 그들은 일상에서 겸허하고, 신의 권위를 존경하며, 내적으로 엄숙할 것을 그 가치로 삼았다.

영토 전쟁에 미쳐 있던 암흑 시대 동안에 수도원과 그 자체로도 이미 예술품인 유서 깊은 성당 건축물을 보호하기 위해서 창설된 것이 성당 기사단이었다. 초창기에는 통일된 제복도 없었고, 단지 회색 수도복을 입은 수사들이 검을 든 모습에 불과했다. 하지만 시간이 흐르면서 성당 기사단원들은 성무를 집전하는 신부들처럼 검은색 서코트를 갑옷 위에 입었고, 진녹색 십자가를 자신들의 휘장으로 만들었다. 지금은 빛이 다소 바랬지만 여전히 3가지 덕목은 성당 기사단의 기본 정신이었다.

"저는 하 이언이라고 합니다. 대륙을 방랑하는 초라한 떠돌이에 불과하지만 일행을 대신하여 감히 성당 기사단에게 검을 겨눈 점 깊이 사과드립니다."

이언은 서재의 바닥에 무릎을 모아 경건한 자세로 무릎을 꿇고서 차분하게 말했다. 성당 기사단원들은 무릎을 꿇고 양 손바닥과 이마가 바닥에 닿도록 허리를 숙인 이언의 모습을 보며 감탄했다. 그의 자세는 완벽한 순례자의 기도 자세였고, 그런 자세는 한두 번 성지 순례를 하면서 얻어지는 자세가 아니었다. 이언은 지극히 자연스럽고 겸허한 자세로 바닥에 엎드려 움직이지 않았다.

'저 떠돌이… 배덕자가 아니었나? 저건 순례자의 기도잖아!'

튜멜은 한 걸음 물러선 자세로 이언의 모습을 보면서 혼란스러운 표정을 지었다. 여행하는 동안의 그의 행동을 기준으로 보면 그는 신을 부정하는 배덕자였다. 하지만 지금의 모습은 누가 봐도 신앙심이 투철한 순례자가 중앙 대교국의 상트 페테르 대성당 외벽에 있는 '순례자의 성벽' 앞에서 기도를 드리는 모습이었다.

'어디서 저런 걸 배웠지? 설마 저런 인간이 순례자일 리는 없어.'

"그만 일어나시오, 형제여."

나이가 지긋한 성당 기사단원의 말에 튜멜 일행은 숨죽여 안도했다. 이언이 행했던 순례자의 기도만으로 성당 기사단원들의 적대감과 경계심이 느슨해진 것이다.

성당 기사단원에게서 '형제'라는 존칭은 쉽게 들을 수 없는 것이다. 순례자의 기도는 겉보기에는 쉬워 보이지만 한두 번 연습한 것으로 흉내 낼 수 있는 것이 아니었다. 진짜 발로 걸어서 아피아노까지 여행을 하는 동안 끊임없이 기도를 올리고, 마침내 상트 페테르 대성당에 도달하면 순례자의 성벽에서 3일 간 금식 기도를 올리게 된다. 그리고 마지막으로 대성당 성무에 참가함으로써 순례 여행이 완성되는 것이다. 그런 고행의 시간이 없이는 몸에 익숙해질 수 없는 기도였다.

"우리는 그대들 일행에 대한 이단 혐의를 조사할 의무가 있소. 그대들 중에서 악마의 사술을 쓰는 여자가 있다고 하오만?"

장년의 성당 기사단원은 언제나처럼 맨 뒤에 숨듯이 서 있는 카라를 쏘아보면서 물었다. 카라는 두 손을 앞으로 모으고 천천히 움직였다. 쇼와 레이드는 식은땀을 흘리며 뱀파이어인 그녀가 부디 얌전히 행동해 주길 기원하고 있었다. 성당 기사단원은 그들에게도 벅찬 상대였다. 자신들이 이길 것이라는 어설픈 환상은 없었다.

"그대의 이름은 뭔가?"

성당 기사단원의 질문에 카라는 일단 바닥에 무릎을 꿇고서 성호를 긋고 두 손을 모아 쥐었다.

"저의 이름은 캬린샤 임로프. 스톨츠의 작은 도시 폴밀로스(Vollmilos) 출신이옵니다."

카라, 아니, 캬린샤 임로프(Karinsha Imrov)는 허스키하지만 조용하고 차분한 목소리로 대답했다. 카라가 본명이 아니라 애칭이었다는 사실에 어리둥절한 튜멜 일행은 멀거니 그녀의 뒷모습을 보고 있었다.

"임로프 양, 그대에 대하여 마녀라는 고발이 들어왔소. 그것을 아는가?"

"카라라고 불러주십시오, 겸허하신 검이시여. 네, 알고 있습니다. 마땅히 대주교님을 찾아가 결백을 증명해야 했지만, 나약하고 신앙심이 부족한 제가 두려움에 빠져 도망쳐 버렸습니다."

"그대는 자신이 마녀가 아니라고 증명할 수 있는가?"

"신의 광휘는 그 자비만큼이나 위대하시고 영원하십니다."

"시험해 보겠다."

성당 기사단의 지휘관인 듯한 장년의 기사는 가볍게 눈짓을 했다. 두 명의 성당 기사가 각자 황금으로 만들어진 성수 통과 성향 통을 가져왔다. 지휘관은 성수 통을 먼저 두 손으로 받아 들고는 경건하게 성수 통에 입맞춤을 했고, 두 손으로 그것을 들고 하늘을 우러러보았다.

"신께서 그 위대하신 이름으로 여기서 증명하시니, 세상에 햇살이 닿는 것처럼 그분의 권위도 이곳에 당도하리라. 그대가 만약 고발처럼 사악에 물든 뱀파이어라면 그대는 이 성수의 힘을 이겨내지 못할 것이다. 고백할 것이 있는가?"

"하늘보다 높으신 그분의 은혜와 땅보다 넓은 그분의 사랑에 비하면 나의 기도와 나의 신앙은 먼지처럼 부질없나이다."

튜멜을 비롯해서 나머지 일행들은 뱀파이어인 카라가 도대체 어디서 저런 기도문을 줄줄 외우고 있는지 이해하지 못했다. 신앙심이 깊다고 자부하던 튜멜과 레미도 저런 기도문을 외우지는 못했다. 성무 시간에 저지 미노트 어로 기록된 성무서를 더듬거리며 따라 읽는 정도에 불과했다. 카라는 그런 저지 미노트 어 기도문을 완벽한 라이어른 어로 번역하여 낭송하고 있었다. 뜻을 찾기 위해 머뭇거리지도 않았고, 기도문의 중간을 잊어먹지도 않았다.

성당 기사단 지휘관은 오른손을 성수 통에 조용히 집어넣더니 카라의 이마와 입술, 양쪽 어깨를 차례로 적셨다. 그녀의 유난히 희고 창백한 피부가 연기를 내뿜으며 타 들어가는 일은 일어나지 않았다. 투명한 성수는 조용히 그녀의 피부를 타고 흘러내렸다.

"그분의 말씀이 진리가 되어 나에게 사랑으로 적셔지나이다."

카라는 성수에 젖은 창백한 입술을 조용히 움직여 단어를 만들어냈다. 지휘관은 조용한 얼굴로 다시 성향 통을 들었다. 성수 의식이 진행되는 동안 이미 성향 통에는 불이 붙여져 있었고, 특유의 미묘한 성향이 서재를 채우고 있었다.

"신께서 그 위대하신 사랑을 여기서 증명하시니, 세상에 공기가 충만하듯 언제나 우리 곁에 머물며 호흡되어지리라."

"그분의 사랑이 내 곁을 머물듯, 나의 신앙은 그분께 회귀하나이다."

카라는 가늘게 연기가 흘러나오는 황금 성향 통이 차례로 자신의 눈앞에서 두 번 흔들어지고 양 어깨를 한 번씩 건드리는 동안 입술만 움직여 기도문을 낭송했다. 두 눈을 감고 손을 모아 쥔 자세로 조용히 기도문을 낭송하는 카라의 모습은 지극히 경건했다. 튜멜 일행들은 그 경건한 모습 때문에 잠시나마 그녀가 뱀파이어라는 사실을 망각했다.

"어디서 그런 기도문을 배웠소, 형제여?"

성향 통을 치운 지휘관은 조용한 음성으로 물었다.

"알레우스 교파 상트 이루엘 세속 수녀회의 수련사였습니다."

"그럼 세속 수녀님이신가?"

"죄송합니다. 저의 신앙이 참되지 못해 신앙에 회귀하지 못하였습니다."

"어쩌다 그렇게 되었소, 형제여?"

"저희 부모님들께서 제가 서품받기 보름 전에 돌아가셨습니다. 그 슬픔을 이기지 못하였습니다."

"안타까운 일이오. 혹시 선임 수련사이셨소? 기도문 낭송이 참 아름다워서 묻는 것이오."

"아닙니다. 수련사 성가대에서 독창을 했었습니다."

카라는 여전히 무릎을 꿇고 앉아서 대답했다.

튜멜 일행은 자신들 중에서 가장 반종교적인 성향의 인물 두 명이 가장 종교적인 태도를 보이는 것을 믿지 못하고 있었다. 하지만 기묘하게도 그들의 행동에는 전혀 거짓이나 꾸밈이 없었고, 어설픈 흉내로 성당 기사단원을 속이는 것은 불가능하다는 것을 그들도 잘 알고 있었다.

성당 기사단원들은 가장 직급이 낮은 단원도 일반 신부 급의 서품을 받은 자였고, 당당하게 성무를 집전하거나 포교할 자격을 갖춘 자들이었다. 성당 기사단 기사대장 정도의 직급이면 주교와 서품이 같

있다. 단지 그들은 성무를 집전하는 대신에 검을 들고 성당을 수호하는 기사라는 것이 다를 뿐이었다. 실제로 주교 급의 권력을 갖고 있지는 못했지만 어쨌거나 주교와 비슷한 지위를 가진 자가 성당 기사단 기사대장이었다.

쇼와 레이드, 에피는 그런 것보다는 성당 기사단과 전투할 필요가 없다는 사실에 안도하고 있었다. 그들은 죽다 살아난 것이다.

"두 형제들 모두 이제 일어서시오. 나로서는 그대들의 혐의가 모함이었다고 생각하지만, 일단은 그대들을 라이어른 대성당의 대주교님께 모셔갈 의무가 있습니다. 그대들 모두 우리와 동행해 주시기 바라오. 하지만 그동안 그대들을 우리 죄인이 아닌, 우리 형제로 대우할 것을 약속합니다. 지금 당장이라도 출발이 가능하겠소?"

튜멜은 나직하게 신음을 흘렸다. 간신히 베렌까지 와서 북해를 마주하고 있는데 다시 발트하임까지 되돌아가야 했다. 하지만 그들에게는 선택의 여지가 없었다. 거부하면 형제가 아닌 죄인으로 끌려가야 한다. 그리고 성당 기사단과 함께가 아니라면 이 저택을, 그리고 베렌이라는 도시 자체를 무사히 탈출할 방법이 없었다. 베렌의 영주를 상대로 인질극을 벌였던 튜멜 일행이다.

"잠깐! 저자들을 데려간다는 말씀이오?! 저자들은 내 저택을 더럽힌 폭도들이란 말이오!"

부하들에 의해서 풀려난 테멜른 백작은 살기등등한 목소리로 끼어들었다. 성당 기사단 지휘관은 차가운 눈으로 테멜른 백작의 늙은 얼굴을 찌르듯 노려보았다.

"지금 성당 기사단의 권위에 도전하는 것이오? 우리가 중앙 대교국에 이 도시를 배덕자의 도시로 단정하도록 보고하길 원하오? 과연 대류의 어떤 국가가 배덕자의 도시와 교역을 할 거라고 생각하시오? 원한다면 그렇게 보고하겠소."

테멜른 백작과 병사들도 성당 기사단의 위력은 잘 알고 있었다. 그들이 대규모로 움직이면 한 국가의 왕실도 흔들리게 되어 있었다. 아무리 북해 경제권을 쥔 한제 도시 연맹이라도 중앙 대교국의 권위에 도전할 수는 없었다.

만약 성당 기사단이 베렌을 배덕자들의 도시로 선언한다면, 대륙 전체를 놓고 볼 것도 없이 라이어른 맹약국의 6개 국부터가 솔선수범하여 베렌을 적으로 돌릴 것이다. 특히 브레나의 왕실이 가장 기뻐할 것은 두말할 나위도 없었다. 브레나는 좋아서 한제 도시 연맹의 자치를 인정하는 것은 아니었다. 중앙 대교국의 결정에 코웃음 칠 수 있을 정도로 힘을 가진 나라는 대륙에서 3개 국에 불과했다. 그중에 한제 도시 연맹은 포함되지 않았다.

테멜른 백작은 성당 기사단의 보호 아래에 들어간 튜멜 일행을 두 손 놓고 바라볼 수밖에 없는 입장이었다. 물론 튜멜 일행도 성당 기사단의 보호가 유쾌한 것은 절대로 아니었다. 만약에 대성당으로 가서 재조사와 재판을 받는다면 결과는 어떻게 변할지 아무도 몰랐다. 그리고 발트하임의 수도에는 정예 기사단이 존재하고 있었다. 베렌의 자치대와는 군대의 수준이 전혀 달랐다.

지휘관은 부드러워진 얼굴로 튜멜 일행을 돌아보았다. 안전한 그물에 잡힌 동물을 여유롭게 바라보는 듯한 표정이었다.

"그보다 먼저… 그대들의 무장을 풀어주시기 바라오."

〈 3 〉

튜멜 일행을 발트하임의 수도까지 대동하면서 그들의 신병을 확보하는 임무를 맡은 성당 기사단의 정식 명칭은 상트 아자임(Sant Ajaim) 수도회 제12관구 수도회였다.

'성당 기사단'이라는 세속적 명칭은 일반인들이 상트 아자임 소속 수사들을 지칭할 때 사용하는 이름이었다. 중앙 대교국 이하, 교단을 통틀어 성당 기사단이라는 명칭을 내부적으로 사용하는 경우는 없었다. 상트 아자임 수도회가 성당 기사단이 된 유례는 지극히 희극적인 사건이 계기가 되었다.

하페우스 3세가 일생을 바쳐 건설한 제국이 무너졌을 때, 대륙은 전대미문의 참혹한 전란에 휘말려 버렸다. 역사상 암흑 시대라고 부르는 시대의 시작이었다. 하페우스 3세가 탁월한 정치력과 군사력으로 통일한 대륙이 구심점을 잃고 표류하게 되는 긴 서곡이었다.

상트 아자임 수도회 소속의 작은 수도원도 그 전란에 휘말리게 되었다. 작은 수도원 건물이 영토 전쟁을 벌이는 영주들의 국경선에 있었던 것이다. 영주들의 전투는 수도원 소속의 밀 밭에서 벌어졌다. 그리고 수확 철이 가까웠던 밀 밭을 보호하려던 늙은 수사 한 명이 이름 없는 무지한 병사의 위협머에 맞아 목숨을 잃었다. 수사들은 분노했고, 그 정점에 갓 견습 수사가 되었던 무명의 수사가 있었다.

기록에 의하면 그 수사는 오랜 기사 생활에 염증을 느끼고 수도원에 들어왔다고 알려져 있었다. 풍부한 실전 경험과 대규모 병력을 운용해 본 경험으로 무장된 견습 수사가 이끄는 민병은 귀족들의 전쟁 때문에 생활고에 허덕이는 평민들의 지지를 받았고, 거대한 군사 조직으로 커져 갔다.

각 수도원에서는 수사들의 계급에 관계없이 군사 경험자들을 중심으로 자치대가 조직되었고, 수도원 특유의 빈틈없는 연락망과 조직망을 기반으로 수도회 자치대는 점차로 강력한 무력 조직으로 성장했다. 암흑 시대가 교회와 왕권의 권력 투쟁으로 변질되기 시작한 것이다. 그 후 크림발츠와 아메린이 무장 독립하고 라이어른이 6개 국으로 분열된 채 맹약국이라는 특이한 정치 제도로 결속되면서 암흑 시대는 끝났다.

성당 기사단은 그 당시 대륙 북부와 동부에 걸쳐서 광범위한 세력을 유지하고 있었지만, 교황의 강제 칙령에 의해 해체되었다. 그 후 필요에 의해서 한시적이라는 전제를 달고서 관구별로 성당 기사단이 결성되기는 했지만 예전처럼 강대한 전문 군사 조직으로 부활하지는 못했다. 하지만 지금까지 상트 아자임 수도회는 성당 기사단이라는 이름으로 그 명성을 유지하고 있었다. 단지 일시에 대규모 병력으로 운용되지 못하게 감시를 받고 있었지만, 성당 기사단이라는 조직 자체가 와해된 것은 아니었다.

. "넌 도대체 뭐 하는 놈이냐?"

"뭐?"

이언은 피곤한 얼굴로 빵을 씹고 있었다. 튜멜은 자신의 음식에는 손도 대지 않고서 묵묵히 이언의 대답을 기다렸다. 그들은 이미 브레나의 영토로 되돌아왔고, 최단거리로 발트하임으로 되돌아가기로 결정되어 있었다.

사람들의 눈을 피해 도주하며 북상하던 여정과는 달리, 성당 기사단의 호위를 받으며 가도를 따라 남하하는 여정은 안락했고 굉장히 빨랐다. 일단 성당 기사단의 문장을 보고서 감히 검문을 하려는 담력 좋은 자치대가 없었고, 마찬가지 이유로 롱 소드 이외에는 동전 한 푼 갖고 있지 않을 성당 기사단을 습격하려는 도적들도 없었다. 그럼에도 불구하고 튜멜 일행에게는 그다지 쾌적하거나 유쾌한 여행이 아니었다.

그들이 머물기로 결정된 수도원은 다행히 금욕 수도원은 아니었기 때문에 식사가 어렵지는 않았다. 평범한 보리 빵과 야채를 넣고 끓인 멀건 수프, 그리고 얇게 잘라낸 회색 치즈 한 조각이 저녁 식단이었다. 수도원에서 이 정도 식단으로 식사를 할 수 있다는 것은 그들이 특별한 귀빈 대우를 받고 있다는 증거였다. 물론 튜멜 일행은 역시 이 점도 그다지 유쾌하지 못했다.

"그 순례자의 기도… 어떻게 된 거지?"

"말했잖아, 난 멋으로 대륙을 떠도는 게 아니라고."

튜멜은 그나마 집어 들었던 보리 빵을 내려놓았고, 식탁에 모여 앉은 누구나 들을 정도로 빠득 어금니를 깨물었다.

"넌 항상 그 따위로 어물쩍 대답을 피하는 게 마음에 안 들어. 정말 마음에 안 들어. 난 성실한 대답을 원하는 거야. 농담을 듣고 싶었다면 묻지도 않았어."

"오래전에 중앙 대교국에 잠입해서 늙은 추기경 한 명을 죽여야 했지. 그 추기경이라는 작자가 카드 놀음을 하다가 내 돈을 떼먹고 달아났거든. 난 내 돈 떼어먹는 걸 제일 증오하기 때문에 복수했어. 순례자의 기도는 그때 중앙 대교국에 잠입하기 위해서 배운 거야."

튜멜은 잔뜩 긴장한 얼굴로 주변을 둘러보았다. 하지만 투박하고 거친 마무리로 지어진 낡은 수도원 식당 안에는 그들밖에 없었다. 물론 식당 구석에 누군가 숨어 있다고 해도 훈련받지 못한 튜멜이 알아채기에는 무리가 있었다.

테이블 위에 놓여진 촛대는 식탁조차도 만족스럽게 밝혀주지 못하고 있었다. 그것은 수프의 색깔이 어떤 색인지조차도 구별하기 힘든 어둠이었다. 튜멜은 다른 일행들이 묵묵히 식사하고 있다는 사실에 혀를 차면서 고개를 돌렸다.

"네 녀석에게 진지함을 기대하는 건 무리라는 것은 알지만, 그 따위 말투는 짜증스러워. 넌 항상 그런 식으로 사는 건가?"

"맘대로 생각해라. 난 피곤하니까 말 좀 걸지 마."

"도대체가……."

"이언은 예전에 대륙을 순례하던 늙은 추기경을 수행한 적이 있었단다. 물론 비공식이었지만, 우리 애인은 뭐든지 배워서 자기 것으로 만들어야 직성이 풀리는 성격이라 그때 배운 거란다. 후후."

"뭐? 추기경을 수행해? 저 미친 떠돌이가?"

튜멜은 대륙 안에 추기경이 몇 명이나 있는지 곱씹어보면서 얼빠진 표정을 지었다. 카라는 손가락에 묻은 미지근하고 묽은 야채 수프를 핥으며 피식 웃었다.

"죽여 버린다, 미친 마녀. 쓸데없이 나불거리지 마."

"어머? 자기야, 화났어? 어차피 아무도 믿지 않을 텐데 왜 그래?"

이언은 자신의 목을 휘감는 카라의 팔을 치우며 싸늘한 눈으로 그녀를 노려보았다. 카라는 당연하게도 그런 이언의 시선을 전혀 무서워하지 않았다. 그저 믿기지 않는다는 얼굴을 가진 튜멜의 시선만 하릴없이 두 사람 사이를 바쁘게 오가고 있었다.

'하나도 변한 게 없어. 여전히 다들 으르렁거려.'

레미는 한숨을 쉬면서 스푼을 가만히 내려놓았다. 여행을 계속하면서 불편한 잠자리에는 어느 정도 익숙해진 그녀였지만, 입맛은 여전히 쉽게 적응하지 못하고 있었다.

그녀는 갑자기 치즈와 우유를 듬뿍 넣어 끓인, 녹해식 크림수프가 그리워졌다.

라이어른 지방에서도 북쪽으로 올라갈수록 수프는 투명하고 멀건 국물 형태가 일반적이었는데 레미는 투명하고 멀건 북부식 수프에 좀처럼 적응하지 못하고 있었다. 레미는 자신의 편견이라고 생각했지만 북부식 수프가 비릿하고 멀건 국물 같다는 느낌을 쉽사리 떨치지 못했다. 게다가 보리 빵도 딱딱하고 속은 퍼석거렸기 때문에 수프가 없이는 쉽게 목이 메였다.

'하아~ 파스타가 먹고 싶어.'

레미는 담백한 닭 가슴살과 버섯이 들어가고 깔끔한 크림 소스를 듬뿍 넣은 파스타가 갑자기 그리워졌다. 그녀는 그런 사치스러운 생각을 하는 자신이 부끄러워 얼굴을 붉혔다. 말린 고기조차도 충분하지 못해서 대도시를 만나기 전까지는 늘 굶주리며 여행을 하던 그들이었다.

귀족이라고 해도 여행은 안락함과는 거리가 먼 것이 현실이었기 때문에 아무도 불평하는 사람은 없었다. 레미는 수도원에서 소시지나 파스타를 기대하는 자신이 불현듯 부끄럽다고 여기고 있었다.

'나는 왜 여기에 있는 걸까?'

레미는 물론 그 답을 알고 있었다. '새벽의 기사'.

그녀를 이 세상에 존재하게 만들었던 사람의 이름이었다. 또한 그녀가 사방에서 사람들이 죽어 나가는 광경을 지켜보면서도 야위고 수척한 모습으로 여행을 지속하는 이유이기도 했다.

"언니, 왜 그래?"

"응?"

"역시… 수도원 음식이 입에 맞지 않는 거지? 뭐, 수도원 음식이라는 게 원래 이렇게 고약한 거야? 다른 건 참겠는데 너무 싱거워."

레미는 고개를 숙이며 황급하게 눈가를 훔쳤다. 에피는 다른 사람들이 듣지 못하도록 그녀에게 소곤거리면서도 먹성 좋게 자기 몫의 음식을 말끔히 비웠다. 그걸로도 모자라 그녀는 입맛을 다시며 누가 음식을 남기지 않는지 둘러보며 눈을 반짝거렸다.

"아냐, 그런 이유 때문은… 그런 게 아냐……."

레미는 무거운 목소리로 중얼거렸다. 그녀의 시선에는 튜멜의 옆모습이 뚜렷하게 각인되고 있었다. 여전히 인상을 쓰면서 예의를 부르짖으며 이언과 싸우고 있었지만 그의 모습은 어딘가 달랐다. 레미는 그가 미묘하게 홀가분하게 변했다는 것을 알고 있었다.

'나를 믿어주겠나? 나를 진심으로 신뢰해 주겠나? 대답해!'

레미는 자신이 무슨 생각으로 튜멜의 그런 질문에 대답했는지 부끄러웠다. 그저 바닥에 웅크린 채 헐떡거리는 그의 어깨가 너무 힘겨워 보였을 뿐이었다. 그녀는 그 순간에 대답을 해야 한다는 이상한 의무감을 느꼈고 얼떨결에 대답해 버렸다.

하지만 튜멜이 일어서서 소중한 문장기를 찢는 순간, 그녀는 가슴 한 켠에 아릿하게 맺혀 있던 것이 풀리는 안도감 비슷한 감정을 느꼈다. 힘겨운 모습으로 바닥에 웅크리고 있던 모습과는 너무나도 달라 보이는 모습이었다. 그리고 레미는 그것이 마치 자신의 일인 것처럼 가슴이 뜨거워져 버렸다.

'나는 과연 이 사람들에게 그런 것을 질문할 수 있을까? 그리고 이들을 의지할 수 있을까? 나에게 그럴 자격이 있을까?'

레미는 스스로도 확언을 내리기 어려웠다. 그녀는 옆에서 호기심 어린 눈으로 자신을 보는 에피의 시선이 부담스럽게 느껴졌다. 하지만 레미는 뜻밖의 상대에게 구원을 받았다.

"허허, 벌써 성복을 마치셨습니까? 그렇다면 지극히 세속적인 관습에 젖어봐도 상관없을 듯하군요."

상트 아자임 수도회 제12관구 수도원장, 세속적인 명칭으로는 성당 기사단 제12분견대장 데온(Deon) 신부는 체인 메일을 절그럭거리며 나타났다.

물론 외모로 봐서는 그가 정말로 서품을 받은 신부라고 판단하는 데 어폐가 있었다. 목에 걸린 참나무 십자가와 체인 메일 위에 덧입은 서코트에 새겨진 성당 기사단 휘장만이 그가 기사가 아닌 신부라고 납득할 수 있게 만들고 있었다. 특히 참나무 십자가는 손때가 묻고 가장자리가 번들거릴 정도로 오래된 물건이었다. 그 십자가는 데온 신부가 얼마나 오랫동안 상트 아자임 수도회에 몸담고 있는지를 증명하고 있었다.

고된 고행과 수련, 교육 과정이 끝나고 정식으로 사제 서품식을 받을 때 받게 되는 참나무 십자가는 성직자들의 상징이자 평생의 반려자였다. 서품식 이후로 수도원, 교회, 혹은 성당이나 중앙 대교국에서 신앙 생활을 시작하는 신부들은, 아니, 평생 동안 대륙을 떠돌며 순례를 하는 수사들도 참나무 십자가를 몸에서 떼지 않았다. 물론 추기경이나 대주교 같은 고위 성직자들도 여전히 그 십자가를 갖고 있었다. 그리고 마침내 평생 동안 신앙에 몸담았던 생활을 끝내고 무덤에 매장될 때, 참나무 십자가는 변함없이 망자의 손에 쥐어지게 마련이었다. 어째서 참나무로 십자가를 만드는지 유례는 명쾌하게 밝혀지지 않았지만, 이미 하나의 전통으로 굳혀져 있었다.

십자가의 정면에는 음각으로 '신께서 여기 존재하시니'라는 의미의 저지 미노트 어 머리글자인 'G. H. S.(Gotte Hieh Said)'가 새겨져 있었고, 뒷면에는 관습적으로 서품자의 이름이 새겨져 있었다.

데온 신부는 한 손으로 롱 소드를 누르며 한 손에는 독한 위스키를 들고 있었다. 꼼꼼한 솜씨로 만들어진 밀짚 주머니 속에 들어 있는 위스키 병은 조금 더러웠지만, 수도원에서 만들어진 위스키라는 사실만으로도 그 가치를 증명하고 있었다.

"자아, 무엇을 위해 건배할까요?"

데온 신부는 싸구려 청동 술잔을 들면서 물었다. 체인 메일 옷자락 사이로 드러난 그의 손바닥은 보통 사람의 두 배는 넘어 보였고, 당장이라도 청동 술잔을 구겨 버릴 것처럼 보였다. 쇼와 레이드는 거의 동시에 성당 기사단과 싸우기를 포기한 이언의 혜안에 감탄하고 있었다.

'저런 손으로 휘두르는 롱 소드를 받았다간 어깨가 부러질 거야.'

쇼는 왼손 손바닥을 세워 눈가에 차양을 만들며 고개를 숙였다. 레이드는 턱을 쓰다듬으며 석조 벽면과 목재 서까래가 교차하는 부위를 유심히 살펴보고 있었다. 공통적으로 두 사람은 말없이 식은땀을 흘리며 데온 신부의 시선을 피했다.

"경건하고 독실한 신앙의 실천을 위해서……."

튜멜은 언젠가 수도원에서 머물 때처럼 또다시 성직자와 건배를 하는 것이 마땅찮은 표정으로 말했다.

"바보 남작! 분위기 파악도 못하고……."

순발력 좋고 반사 신경이 빠른 쇼가 제일 먼저 튜멜을 구박했다. 데온 신부도 난처한 표정으로 술잔을 들고 있었다. 튜멜은 얼굴을 붉히며 고개를 숙였다. 그는 전혀 지금의 상황을 납득할 수 없었다.

"자아, 신께서는 잠시 우리의 허물을 덮어주실 겁니다. 왜냐하면 그분의 사랑은 절대적이기 때문입니다. 그러니 다른 것을 위하여 건배하죠?"

데온 신부는 적극적으로 사태 수습에 나서면서 말했다. 그제야 일행은 안도하는 표정으로 유쾌하게 술잔을 받았다.

"우리의 결혼을 위해!"

에피는 쇼의 목을 끌어안으며 잔을 치켜들었고, 단 한 번으로 분위기를 바꿔 버리는 특유의 능력을 유감없이 발휘해 주었다. 물론 쇼도 그녀에게 지지 않도록 그녀를 밀쳐 내면서 데온 신부 앞에서 걸쭉한 욕설을 내뱉는 것을 잊지 않았다.

"귀하는 이름이? 신의 미련한 이정표가 기억력이 나쁩니다만."

"파일런, 파일런 디르거라고 하오만, 신부."

"고지대 기사이시더군요, 그대의 검을 보니."

"기사는 이미 폐업했소."

"좀 늦은 것 같습니다."

파일런은 움푹 꺼져 어두운 눈동자로 데온 신부를 물끄러미 쳐다보았다. 데온 신부는 씨익 웃으며 손가락으로 관자놀이를 툭툭 치면서 다 알고 있다는 제스처를 보였다. 파일런은 농담을 좋아하지 않았지만, 그렇다고 수다를 떠는 성격도 아니었다.

"죄악의 증거가 너무 무거워 심약한 저는 감히 검을 들지도 못하겠더군요. 하하, 정말 놀랐습니다."

"피 냄새를 말하는 거라면 별로 할 말이 없소만, 기사란 사람을 죽이기 위해서 살아가는 존재라는 걸 알잖소? 설마 기사가 사랑을 위한 존재라고 믿는 거요?"

"그러길래 너무 늦게 폐업했다는 말입니다. 도대체 얼마나 많은 불쌍한 영혼들을 우리의 위대하신 분 곁으로 보냈는지 모르겠더군요."

"글쎄… 신의 곁으로 간 영혼들은 별로 없을 거요. 대부분 지옥의 구덩이 속에 처박혀 썩어가고 있을 거요."

데온 신부는 체인 메일을 절그럭거리며 성호를 그었고, 짧게 기도문을 낭송했다. 그리고 다시 활짝 웃으면서 파일런을 똑바로 응시했다.

"죄 많은 자는 있어도 죄 많은 영혼은 없는 법입니다. 악은 육체에 깃들지 영혼까지 침범하지는 못합니다."

"신학 강의는 젊은 시절에 들은 걸로 충분하오, 신부."

"하하, 그러시겠죠. 사실 제 형제들 중에도 혈기를 주체 못하고 본

분을 망각하는 형제들이 많습니다. 기도소나 참회소에 머무는 시간보다는 땀을 뻘뻘 흘리며 죄악을 단련하는 형제들이지요."

데온 신부는 별다른 의미를 두지 않고 하는 말이었지만, 쇼와 레이드는 다른 방식으로 해석했다.

'우리가 신부라고 깔보면 죽는다. 우리는 성당 기사단이다.'

두 사람은 수도복을 입고 롱 소드로 훈련에 열중하는 성당 기사단의 모습을 상상하며 진저리를 쳤다. 물론 데온 신부는 두 사람의 고민을 전혀 이해하지 못했다.

"참 대단한 분들이라고 생각합니다. 상트 아자임 수도회에 몸담은 지 벌써 20년이지만 여러분 같은 일행은 처음입니다."

데온 신부는 넉 잔째의 독한 위스키를 비우며 이빨을 모두 드러내는 표정으로 웃었다. 하지만 튜멜 일행은 잔뜩 긴장하기 시작했다.

"모르셨군요? 이건 두 번째 심문입니다. 자아, 여러분들의 정체가 뭘까요? 신의 미련한 이정표로서는 좀 의아한 일행이더군요. 제가 조목조목 짚어볼까요?"

튜멜 일행은 물론 동의하지 못했다. 하지만 누구도 입 밖으로 그 의견을 개진하지는 못하고 있었다. 그런 가운데 데온 신부는 계속 대화를 이끌어 나가고 있었다.

"여기 이 형제 분. 한 인간이 평생 동안 어떻게 이렇게 많은 영혼들을 그분 곁으로 보낼 수 있었을까 도저히 이해가 가지 않더군요. 저는 평생을 전장에서 보내고 마지막 안식을 위해 그분의 그늘로 찾아온 불쌍한 영혼을 알고 있습니다. 하지만 그 형제도 여기 앉아 있는 이분이 지금껏 행하신 일에 비하면 동네 개구쟁이의 장난에 불과하군요. 그렇지 않습니까, 형제여?"

파일런은 묵묵히 잔을 비우고는 다시 잔을 채울 뿐 아무런 감정도, 의견도 내보이지 않았다.

"기사란… 누군가를 죽이기 위해서 태어난 존재요. 몇 명을 죽이는 가는 별로 중요한 게 아니오."

"좋습니다. 다음으로 넘어가죠. 순례자이셨던 형제와 세속 수녀 수련 사였던 형제는 넘어가고, 어디… 오, 이 형제 분에 대해서 말해 볼까요?"

쇼는 슬그머니 발을 끌어당겼고 의자에 편히 기대는 척하면서 손가락 끝을 부츠 속으로 집어넣었다. 단검의 차가운 손잡이가 그를 강렬하게 유혹하고 있었다. 물론 쇼의 시선은 에피를 향하고 있었다.

"베일의 하이 스카우터였다고 하셨나요? 그대도 역시 피에 물든 가련한 영혼이구려. 형제여, 하지만 이상한 건 그대에게는 보이지 않는다는 것이오. 그대도 다른 형제들만큼 이상한 형제군요."

"저기, 이런 예법은 모르지만… 뭐가 이상하죠?"

"고뇌도 없고, 적의도 없고, 원한도 없소. 그대는 피의 세례를 받은 자들이 갖고 있어야 할 어떤 조건도 갖지 않은 얼굴을 하고 있소. 이상하지 않나요, 형제여? 디르거 형제만 해도 그 엄청난 죄를 어깨에 짊어진 표정이라오. 하지만 그대는 아니오."

"간단하죠. 설명할까요, 신부님?"

"해보시오."

"하이 스카우터라는 인종들은 열에 아홉 명은 정신 나간 인간들이라 그렇습니다. 그중에서도 베일의 하이 스카우터는 그 증세가 심각하죠. 중앙산맥에 처박혀 있다 보면 반년 동안 동료들 이외의 인간들은 구경도 못하죠. 그러다가 성격 나쁜 탈영병이라도 나타나면 너무 기쁘고 반가워서 감격의 눈물을 흘리며 그 자식의 목을 따버리죠. 상대가 즉사라도 하면 얼마나 화내는 줄 알아요? '반년 만에 만난 외부인인데 롱 소드 한 방 맞고 죽어버리면 어떡해? 죽지 마!' 라고 소리치죠. 정상적인 인간은 아니죠. 응급 치료를 해서 일단 살려두고 다시 죽인다는 소문까지 돌고 있을 정도라구요."

데온 신부는 쇼의 수다를 묵묵히 들으며 웃었다. 쇼를 제외한 튜멜 일행은 문득 쇼가 예전에도 그렇게 정신없는 수다를 떨었던 적이 있다는 것을 기억했다. 언젠가 검은평원에서 불쑥 그가 나타났을 때도, 그는 저렇게 수다를 떨었다.

"하하, 좋습니다. 그냥 넘어가 주기를 원하는군요. 그럼 여기 다른 형제 분을 심문할까요?"

"제 이름은 에피구요, 회색 남풍 용병단에서 자랐어요. 이 덜떨어진 개망나니가 제 아빠구요… 잘못한 거 많아요, 신부님. 하지만 적어도 처음으로 사람을 죽인 건 제 잘못이 아니에요. 어떤 얼빠진 자식이 제 바지를 벗기려고 했거든요. 그건 제 잘못 아니죠? 그죠? 신부님?"

"저런… 심한 꼴을 당할 뻔하셨군요. 맞습니다. 형제의 잘못이 아닙니다. 원래는 이렇게 말하면 곤란한데… 그런 얼빠진 영혼들은 위대하신 분께서도 마찬가지로 진노하실 겁니다. 하하, 어디서 신부가 이런 소리를 했다고는 하지 마십시오."

데온 신부가 웃으면서 말하자 에피는 안도의 한숨을 쉬며 히죽 웃고 말았다. 마침내 참고 있던 레미가 대화에 끼어들었다.

"감히 신부님께 이런 소리를 해서 죄송합니다만, 미련한 아녀자에 불과한 제가 묻고 싶은 게 있습니다."

"말씀해 보시오."

"의도가 뭔지 질문하고 싶습니다. 지금 심문이라고 하셨는데, 제가 보기에는 이런 대화는 심문과는 거리가 멀군요. 신부님께서는 저희 일행들의 결속력을 간파하고 계시는 거라고 생각됩니다. 그리고 지금 이런 일련의 행동은 그 결속력을 약화시키고, 저희 일행들이 서로를 의심하게 만들고 있습니다. 신의 대리자이신 성직자께서 교란과 이반의 모략 전술에 관한 서적을 탐독하실 줄은 몰랐습니다만."

레미는 허리를 펴고 단정하게 앉은 자세로 또박또박 말했다. 그녀의 말투는 언제나처럼 차분했고, 상대의 눈을 똑바로 응시하면서 말하고 있었다. 레미의 그런 모습이 낯설지 않은 일행들은 불편한 자리를 벗어날 구실을 만들고 있는 레미에게 고마움을 느끼고 있었다.

'역시 유식한 이야기는 언니가 제일 잘해. 나도 맨날 책을 읽으면 그럴 수 있을까?'

에피는 턱을 괴고 위스키를 태연하게 홀짝거렸다. 레미는 턱을 조금 치켜든 자세로 묵묵히 참을성있게 대답을 기다리고 있었다.

"형제여, 그것은 가당찮은……."

"그럴까요? '전술의 기본은 상대를 이기는 것이다. 그리고 그 첫 번째 작업은 그대의 롱 소드를 날카롭게 벼리는 것이 아니다. 명심하라. 적과 싸우는 첫 번째 단계는 적의 내분을 야기하는 것이다. 적이 서로를 의심하게 만들 유언비어와 기타 합당하다고 판단되는 모든 속임수를 사용하라'. 오래전에 읽은 책이라 별로 정확하지는 않지만, 신부님께서도 이 책을 분명히 읽으셨을 거라고 생각됩니다만?"

"무슨 소리인가요, 형제여?"

"그 책의 어디엔가 이런 구절이 있죠? '적들 서로 간의 과거를 들춰내라. 필요하면 거짓 과거를 만들어라. 그러면 적들은 결백을 증명하는 행동까지 서로 의심할 것이다'. 어떤가요?"

레미는 기억력을 더듬기 위해서 말을 끊지 않았다. 그녀는 데온 신부가 웃는 얼굴로 파일런과 쇼를 상대하는 동안에 이미 자신이 사용할 구절들을 곱씹어보았고, 자신의 논리를 재검토하고 있었다. 그녀가 대화에 끼어든 것은 그런 행동을 더 이상 방치할 수 없기 때문이 아니라, 그런 준비 과정이 끝났기 때문이었다. 레미 아낙스는 이미 데온 신부의 모든 의견에 반박할 준비와 그에 필요한 인용구 준비까지 마친 상태였다.

'검을 들고 싸우는 게 아니라면 나도 할 수 있어.'

레미는 논쟁을 좋아하지는 않았지만, 논쟁에 필요한 요소가 무엇인지 잘 알고 있었다. 그리고 자신의 의견을 제시하고 상대 의견을 반박하기 위한 일련의 사고를 도출시키는 방식에 익숙했다.

"형제께서 너무 과민 반응을 하시는 것이 아닙니까?"

"…라고 말씀하시리라 예상했습니다. 저는 분명 우매한 아녀자입니다만, 여기저기서 주워들은 것은 많습니다. 제가 알기로 상트 아자임 수도회, 보통 성당 기사단이라고 하죠? 성당 기사단 내부 규정에 의하면, 배교 행위, 또는 이단 혐의에 준하는 의심이 가는 특정인을 체포, 혹은 그것에 준하는 신병 확보 절차가 끝날 경우, 성당 기사단원은 그 특정인을 해당 지역 총교구로 최단시간 내에 이송할 책임을 진다. 이때 성당 기사단은 체포, 혹은 신병 확보 이후에 해당 특정인과 일체의 개인적 접촉을 엄금하며, 사정이 여의치 않을 경우 침묵으로 일관하며 일체의 질문과 대답을 금해야 한다. 이런 규정이 있지 않습니까?"

"오오, 놀랍습니다, 형제여. 맞습니다. 과거에 몇몇 우매한 수도원 형제들이 이단자의 감언이설에 현혹되는 사건이 있었지요."

"그렇다면 신부님께서는 지금 성당 기사단 내부 규정을 파기하고 계십니다. 물론 목격자를 없애기 위해서 다른 동료 신부님들을 멀리 물리치셨다고 예상합니다만?"

데온 신부는 가볍게 손바닥으로 얼굴을 쓸고는 허허 웃었다. 그리고는 위스키 병을 들고 가볍게 흔들어 보였다. 레미를 제외한 일행은 불안한 시선으로 데온 신부를 바라보았다.

"고백하겠습니다. 이 위스키에는 다량의 자백제와 중앙 대교국에서 특별히 조제한 극약을 섞었습니다. 이제 슬슬 약 기운이 돌면서 여러 분들은 저에게 모든 것을 자백할 것입니다. 하지만 반항할 생각은 하지 마십시오. 해독제는 저만이 갖고 있고, 그것이 없다면 내일 아침 해가 뜨기 전에 죽을 겁니다. 하하하."

"제기랄! 수상한 맛은 없었는데."

쇼는 혀끝을 다시 음미하면서 절망적인 표정을 지었다. 튜멜은 얼굴을 붉히며 성호를 긋기 시작했다. 에피와 레이드도 편치 못한 얼굴로 앉아 있었다. 그들은 문득 레미가 술잔을 입에도 대지 않았다는 사실을 깨닫고는 심한 배신감을 느꼈다.

"농담과 진담도 구분 못하는 머저리들."

이언은 입 안에 감겨드는 맛 좋은 위스키를 재차 잔에 따르면서 비웃었다. 이언은 파일런과 건배를 했고, 두 사람은 태연하게 잔을 비웠다. 쇼를 비롯한 일행들은 의심스러운 눈으로 데온 신부를 바라보았다.

"하하하."

데온 신부는 웃고 있었다.

〈 4 〉

비는 끝없이 내리고 있었다. 활짝 열려진 들창 사이로 빗물이 들이
쳤다. 야트막한 구릉을 타고 짙은 먹구름이 희미하게 흐르고 있었고,
며칠째 쏟아지는 비는 대지를 흠뻑 적시고 있었다.

언덕 아래쪽으로 농부 한 명이 비에 흠뻑 젖은 모습으로 쟁기를 둘
러메고 진창길을 내려가는 모습도 보였다. 고된 노동의 증거인 더운
김이 농부의 어깨에서 모락모락 피어 올랐지만, 농부는 침울한 얼굴
로 묵묵히 발목까지 빠지는 진창길을 걷고 있었다. 평소에는 마차가
부지런히 오가는 번잡스런 도로였지만, 이런 날씨에 마차를 움직이는
멍청한 인간은 없었다.

언덕 위에서는 밀짚으로 만든 우비를 걸친 사람들이 걱정스러운 얼
굴로 포도 밭 사이를 오갔다. 언덕 위에 서서 사방으로 눈을 돌려도
시선이 닿는 비탈은 온통 포도 밭이 언제까지나 계속되고 있었다.

크림발츠나 아메린이 아닌, 라이어른에서 이렇게 넓은 포도 밭을 보기란 결코 쉽지 않았다. 이 지역은 대륙 전체를 통틀어서 와인용 고급 포도 품종을 재배할 수 있는 북방 한계선이었다. 이곳에서 더 북쪽으로는 사계절에 걸쳐서 비가 너무 많이 오기 때문에 와인용 포도를 재배하기에는 일조량이 부족했다.

여름이 끝나가는 시점인데도 남부 지방에 비가 내리는 이례적인 날씨 덕분에 모두의 마음은 무거웠다. 늙은 사내는 깊게 주름진 얼굴을 타고 흐르는 빗물을 씻어내면서 한숨을 쉬었다.

오랜 노동과 검소한 생활이 몸에 배인 깡마른 손으로 어깨에 두른 밀짚 우의를 추스르던 늙은 사내는 비에 흠뻑 젖어버린 우의 때문에 그런 생각을 하는 것이라고 자신을 합리화시켰다. 그에게는 평생 동안 가꿔온 포도 밭이 무엇보다 중요했고, 그의 삶 그 자체였다.

"끝없는 영광을 보여주시는 그분이 계실진저, 일상을 찬미하라."

늙은 사내는 가볍게 성호를 긋고는 발목까지 질퍽이는 밭고랑을 걷기 시작했다. 새삼스럽게 돼지우리에 비는 새지 않는지가 걱정스러웠던 것이다. 그는 올 봄에 너무나 바빴던 탓에 지난 겨울을 났던 돼지우리를 손보지 않은 것을 후회하고 있었다. 그는 요즘 부쩍 신경질적으로 변한 돼지들이 안쓰러워지고 있었다.

라이어른 맹약국 전체를 어수선하게 만드는 전쟁이 벌어지고 있었지만, 그들의 일상은 전혀 변하지 않고 있었다. 수백 킬로 밖에서 벌어지는 전쟁은 그 먼 거리를 건너오면서 비 오는 날의 진창처럼 어딘지 굴절된 모습으로 왜곡될 뿐이었다. 아무도 진창 따위는 신경 쓰지 않았다.

늙은 사내는 문득 열려진 들창 사이로 들려오는 노랫소리를 듣고는 걸음을 멈추었다. 아름답기보다는 듣기 불편하면서도 어딘지 익살스러운 가락이었다. 늙은 사내는 차가운 빗속에서 피식 웃고는 흠뻑 젖어버린 밀짚 우의를 추스르며 돼지우리 쪽으로 발걸음을 옮겼다.

라라라, 사랑은 흥겨운 것.
어제도 즐겁고 오늘도 즐겁고
내일도 즐겁지.
아가씨도 사랑하고
아저씨도 사랑하고
아버지도 사랑하지.
라라라, 사랑은 흥겨운 것.
부엌 아궁이 앞에서 히죽
빨래터 창고 안에서 히죽
그래서 사랑은 흥겨운 것.
뭐? 흥겹지 않다고?
꼰대 아저씨, 얼굴을 풀어요.
우하하, 그 얼굴 너무 무서워요.
꼰대 아저씨, 얼굴을 풀어요.
사랑에 빠진 앳된 소녀처럼 웃어봐요.
꼰대 아저씨, 여전히 찡그린 얼굴.
찡그린 얼굴에 놀란 암탉은
거위 알을 낳았네.
암탉이 거위 알을 낳은 건 비밀이라네.
왜냐고?

우히히 히히히 헤헤헤…

간밤에 옆집 아저씨가

우리 집 암탉을 덮쳐 버렸네.

꼬꼬댁 꼬꼬댁~

암탉이 거위 알을 낳은 이유를 아직도 모르겠어?

라라라, 사랑은 그래서 흥거운 것이라네.

"시끄럽다! 이 머저리 광대 녀석! 그 주둥아리 좀 닥쳐! 그 따위 노래를 듣자니 머리가 아프단 말이다!"

"우헤헤~ 꼰대 아저씨가 화났… 어랏? 어?!"

바보 광대 와이슨은 정신 사납게 뛰던 동작을 멈추고 얼빠진 얼굴로 노인을 바라보았다. 노인은 창가에 서서 들이치는 비를 맞으며 흠뻑 젖어 있었다. 어느 수사가 빌려준 무거운 수도복을 걸친 노인은 웅크리고 있던 허리를 폈고, 나이에 걸맞지 않게 균형 잡힌 자세로 섰다. 구부정하던 자세를 바로잡자 노인은 오랫동안 세속과 인연을 끊었던 수사처럼 보였다.

노인의 눈은 예리하면서 엄격했고, 길게 다문 입술은 고집스러워 보였다. 노인은 마치 수사처럼 창가에 서서 묵묵히 비가 내리는 광경을 보고 있었다. 오랜 세월 동안 소화된 엄숙함이 그의 주변을 맴돌고 있었다. 수사들과는 또 다른 종류의 엄숙함이었다.

바보 광대 와이슨은 입을 벌리고 비틀거리며 노인에게 한 걸음 다가섰다. 항상 바보처럼 히죽거리던 그의 얼굴은 딱딱하게 굳은 채 파르르 떨고 있었고, 바짝 말라 버린 혀는 쉽사리 움직이지 않았다.

"설마… 설마… 설마……."

"네 녀석을 언젠가는 기어코 광장에서 목매달아 버리겠다. 어디 교수대 밧줄에 매달려서도 나불거릴 수 있는지 보자."

"전하! 사자왕 전하! 사자왕 전하 만세!"

"응? 이 바보 광대 녀석, 또 뭘 잘못 먹고 헛소리를 하는 거냐?"

발트하임의 사자왕 제노스 라이침버 베오하이트 국왕은 도끼눈을 뜨고서 와이슨을 힐책하듯 바라보았다. 대륙을 통틀어서 현재 그보다 유명한 국왕은 없었다. 그것은 국가 간의 권력과는 또 다른 성질의 것이었다.

텅!

와이슨의 손에 들려 있던 광대의 지팡이가 돌 바닥에 떨어져 굴러갔다. 하지만 와이슨은 광대의 상징이자 자존심과도 같은 지팡이 따위는 안중에도 없었다. 구슬 박힌 광대의 지팡이가 바닥을 때리는 순간, 그의 눈가를 타고 눈물이 흐르기 시작했다. 벌쭉하니 벌어져 있던 그의 입은 기묘하게 뒤틀리며 경련을 일으켰고, 툭 튀어나온 광대뼈를 타고서 눈물이 흐르고 있었다. 와이슨은 다리가 풀려 버린 듯 수도원 돌 바닥에 무릎을 꿇었다. 그는 감격에 목이 메여 끅끅거리면서 절을 하기 시작했다.

"제정신이 드셨군요, 사자왕 전하! 전하의 예전 모습을 뵈어 이제 교수대도 두렵지 않습니다. 사자왕 전하 만세!"

와이슨은 벅찬 감정에 목이 막혀 뜻대로 말이 되어 나오지 않고 있었다. 하지만 지금 그런 것은 아무래도 좋았다.

베오하이트는 팔짱을 끼고 차가운 빗물을 등 뒤로, 어깨로 맞으며 마지막까지 자신의 곁을 떠나지 않았던 광대를 묵묵히 내려다보았다.

라이어른의 대다수 건물들이 그렇지만 수도원은 특히 채광이 좋지 않아 어두웠고, 베오하이트는 그런 어둠 속에 늙은 얼굴을 파묻고 있었다. 다듬어지지 않은 흰머리를 산발한 베오하이트는 대리석상처럼 묵묵했다. 수사처럼 엄격한 얼굴을 가진 베오하이트 국왕은 만감이 교차하는 얼굴이었다.

"그동안 고생이 많았다, 바보 녀석. 네 녀석의 상판을 처음 봤을 때부터 네놈이 지독한 바보라는 것을 알고 있었다. 남들처럼 약삭빠르게 그 저주받을 딸년에게 붙었으면 지금쯤 사자성에서 호의호식하지 않을 터냐. 뭐 하러 이런 실성한 늙은이 곁에 남아 있는 거냐?"

베오하이트는 묵직한 저음만큼이나 위압적이고 신랄하지만 따스한 음성으로 와이슨을 위로했다.

"꼬, 꼰대 아저씨… 큭! 바, 바보 광대와 천재 광대의 차이… 크흑! 죄송합니다. 감정이 벅차 이 우둔한 광대가 노래를 못하겠습니다."

"집어쳐라, 바보 광대 녀석. 네놈 노래와 익살은 예전부터 맘에 들지 않았어. 진작 네놈을 목매달아 버렸어야 했는데."

"지금이라도 늦지 않았습니다, 전하."

"뭐, 하지만 지금 내 곁에 있는 건 네놈뿐이구나."

사자왕 베오하이트는 쓰게 웃었다. 왕자 시절부터 전장에 나간 이후로 지금껏 단 한 번도 후퇴나 패배를 몰랐고, 누구보다 엄격한 국왕이었기에 사자왕이라는 칭호를 받는 그였다. 하지만 그는 움츠러드는 어깨를 애써 펴면서 한숨을 삼키고 있었다.

"네놈에게 미안하구나. 이렇게 내 곁에 진심으로 남아주었는데도 해줄 게 없다니… 사자왕이란 이름이 우습구나. 인생사 얼마나 허망한고."

"늦지 않았사옵니다, 전하."

와이슨은 여전히 수도원 바닥에 부복한 채로 감정을 주체하지 못하고 있었다. 베오하이트는 가슴까지 내려오는 수염을 거추장스럽게 쓸면서 묵묵히 와이슨을 응시했다.

"아니다. 난 이제 틀렸다. 기력도 예전 같지 않고, 이 늙고 병든 두뇌가 언제 다시 실성해 버릴지 나도 모르겠다. 한 가지 확실한 것은 내 고단했던 삶도 올해를 넘기기 힘들다는 게야. 그전에 다시 미쳐 버릴 테고. 사자왕의 만년이 우습구나. 광기에 빠져 미쳐 버린 노인으로 이렇듯 허망하게 객사할 거라니."

"아닙니다! 전하께서는……!"

와이슨은 격한 감정을 이기지 못하고 벌떡 일어섰다. 와이슨은 자신의 삶을 잘 알고 있었다. 이름도 모를 어느 도시의 시궁창에 버려진 갓난아기였던 와이슨은 마침 지나가던 광대 패의 손에 구제되었다. 그는 그런 경우에 으레 그러하듯, 당연하게 광대의 손짓과 어투를 배우며 성장했고 광대가 되었다. 젊고 재기 넘치는 광대가 그러하듯 광대가 아닌 여자와 사랑에 빠졌고, 예정된 실연도 경험해 보았다.

이후 그는 광대의 계율을 성실하게 준수하고 재능이라는 축복을 받아 라이어른 왕실의 광대가 될 수도 있었던 사내였다. 그런 와이슨은 지금 광대의 계율을 깨고 울고 있었고, 일반인들이 쓰는 말투를 사용하고 있었다.

엄격하고 고지식했지만 나름대로 자신을 아껴주던 사자왕이 공주에게 배신을 당하고 왕위를 빼앗긴 이후에도 와이슨은 사자왕을 떠나지 않았다. 배신한 광대는 더 이상 광대가 아니라는 것이 광대 패 틈바구니에서 성장한 와이슨의 가치관이었다. 광대는 교수대에 목매달려 죽는 순간까지 익살을 떨며 나불거려야 했고, 자신의 재담에 박수를 쳐 준 사람을 배신할 수 없었다. 와이슨에게 그런 사람은 사자왕 베오하이트였다.

와이슨은 실성한 사자왕을 그저 미친 늙은이처럼 보이게 옷을 갈아 입혔고, 도시를 떠돌며 시장 바닥에서 재담을 보여 얻은 동전으로 미쳐 버린 사자왕을 먹이고 재웠다. 그리고 길 가던 어떤 귀족 일행의 도움으로 와이슨과 사자왕은 라트에일 근교의 금욕 수도원에서 기거하고 있던 상황이었다.

"전하께선 다시 정신을 되찾으셨습니다. 신께서 정녕 자비로우시다면 두 번 다시 전하의 맑은 정신을 거둬들이지 않으실 겁니다."

"아니다. 네가 몰라서 하는 소리야. 난 알 수 있구나. 내가 얼마 만에 제정신을 차린지는 모르겠다만 조만간 다시 실성해 버릴 거고, 이번에 실성한다면 두 번 다시 맑은 의식을 되찾지 못할 게야."

"불패의 국왕 사자왕 전하이시지 않습니까? 그런 약한 모습은……."

"약한 모습이 아니라 약한 거야. 보거라."

베오하이트는 수도복을 걷어 자신의 앙상해진 팔뚝을 보여주었다. 더 이상 사자왕의 팔이라고는 부르기 힘든 모습이었다. 낡은 수도복 아래로는 깡마르고 근력이 부족한 노인의 팔이 있었다.

"이 팔로 과연 내 검이나 제대로 쥘 성싶으냐? 설사 제정신을 찾았다 해도 이런 기력으로 내가 뭘 할 수 있겠느냐? 말해 보거라."

와이슨은 더 이상 말을 잇지 못했다. 그저 멍청하게 서서 눈물을 흘리고 있었다. 사자왕 베오하이트는 한기를 느끼는지 들창문에서 벗어나 서툰 솜씨의 수사가 만든 테이블에 앉았다.

"내가 사자왕이라는 별명으로 불리우던 시절엔 모든 이들이 나를 군주로 받들며 나에게 충성을 서약했지. 아내 없이 홀아비로 키운 공주는 사근사근하게 나를 대했고. 하지만 젊은 시절 전쟁터에서 얻은 병 때문에 내가 기력이 약해지자 그 벼락 맞을 딸년과 사위는 한통속이 되어서 나를 병들고 미친 늙은이로 몰아갔지."

사자왕 베오하이트는 수도원에서 만든 와인을 벌컥거리며 비우고 있었다. 그는 자신이 데려온 사위가 공주와 짜고서 모반을 일으킬 거라고는 상상도 하지 못했었다. 성실함을 높이 평가했던 사위는 공주의 간계를 꾸짖기는커녕 함께 맞장구를 치기까지 했다. 그 점이 베오하이트를 절망과 분노에 빠뜨린 이유였다.

전쟁터에서 피로를 이기기 위해 과용한 약초 때문에 사자왕은 이따금씩 환각과 광기에 빠졌고, 페나 공주는 그것을 빌미로 그를 왕좌에서 끌어내렸다. 그에게 충성을 맹세하던 신하들은 약속이나 한 듯 페나 공주의 편에 붙어버렸고, 그에게 마지막까지 충성하는 존재는 바보 광대뿐이었다.

"이게 사자왕의 비참한 말로인 건가? 멍청한 광대 녀석만 내 곁에 남고, 어딘지도 모를 이런 시골 수도원에서 기력을 잃고 죽을 날을 기다리는 것이? 난 그 오랜 시간 동안 대체 뭘 위해서 싸우고 긍지를 쌓아왔던 것일까. 이렇게 허망한 먼지처럼 스러질 것들을 위해서?"

"전하! 사자성으로 되돌아가시는 것이……."

"이제 와서 되돌아간들 무얼 하겠나? 권력이란 한 번 잃으면 좀처럼 되돌아오지 못하는 법. 권력을 잃은 늙은 국왕은 그저 힘없는 노인네와 다를 바 없지. 바로 나처럼."

"페나 공주는 아버지를 죽이려 했다는 부도덕을 증명해 보였습니다. 어떻게 자식이 부모를 죽이려 할 수 있단 말입니까? 사자성으로 환성하셔서 그 사악하고 부도덕한 여자를 유폐시키셔야 마땅합니다."

베오하이트는 와이슨의 간청을 묵묵히 들으며 분을 삭이고 있었다. 하지만 그는 와이슨의 말이 공허한 희망이라는 것을 알고 있었다. 사자성에서 쫓겨나면서 미쳐 버린 이후, 처음으로 제정신을 차린 베오하이트의 눈에 처음 들어온 것은 포도 밭이었다. 격정적이지는 않지만 완만하고 부드러운 굴곡을 가진 언덕과 시선 끝까지 이어지는 포도 밭을 보면서 그는 이곳이 발트하임의 남부라는 사실을 깨달았다.

누구보다 강렬한 분노와 절망, 그리고 배신감으로 미쳐 버린 그였지만, 포도원의 완만한 굴곡을 보면서 그의 감정은 그 굴곡처럼 완만해졌다. 기적적으로 되돌아온 이성이었지만 예전처럼 격렬하지 못했고, 그의 감수성은 포도원의 굴곡처럼 완만해져 있었다. 삶에 대한 허망함은 포도 밭의 비탈처럼 다가왔다.

누구보다 이성적이고 냉철했던 사자왕이었다. 라이어른 6개 국의 오랜 내분을 잠재운 것은 그의 강철 같은 투지였다. 그렇기에 사자왕이라는 칭호를 받았다. 하지만 노쇠한 나이와 충격 속에서 너무나 쉽게 미쳐 버린 이성은 더 이상 그 투지를 예리하게 담금질하지 못했다.

"너무 오랫동안 담금질한 검은 쉬이 못 쓰게 되는 법. 인간사에도 그 진리가 통용되는구나. 어째서 젊은 시절에는 깨닫지 못했을까?"

베오하이트는 묵묵히 생각에 잠겨 있었다. 언제 다시 제정신을 잃고 미쳐 버릴지는 그 자신도 알지 못했다. 하지만 조금만 더…….

그는 재기를 꿈꾸지 않았다. 그저 물과 불속을 오가던 자신의 지난 시절을 되돌아보고 자신을 단련하던 망치가 과연 무엇이었는지 사색할 시간 동안 그의 의식이 지속되기를 희망했다. 단지 그 정도의 시간이라도 주어지기를 기도했다.

그는 알고 있었다, 사자성으로 되돌아가도 자신의 편에 서서 싸울 이들은 아무도 없음을. 설사 누군가 그의 힘이 되어줘 그가 왕위를 되찾는다면 그는 누구보다 증오하는 자신의 딸을 참수하거나 유폐시켜야 한다. 그는 자신이 더 이상 오래 살지 못한다는 것을 알고 있었다. 발트하임의 왕권은 자신의 대에서 종말을 고할 것이다. 그리고 자신이 젊음을 바쳐 평정한 라이어른은 또다시 길고 지루한 내전을 계속할 것이다. 그는 모든 것을 잃었다. 하지만 젊음을 대가로 치러낸 일들을 무로 되돌리고 싶지는 않았다. 그는 돌아갈 수 없었다.

"멍청한 광대야, 이리 앉아라. 술이나 한잔하고 싶구나."

〈 5 〉

"페나 왕비께서 친히 이끄시는 맹약기사단은 현재 게일의 수도 게일란트(Geilland) 서쪽 80킬로 지점까지 진군했습니다."

"휠더란트(Whielderland) 부근이겠군."

"네?"

비서관은 놀란 얼굴로 아델만 국왕의 눈치를 살폈다. 보름 전부터 급격히 쇠약해진 아델만은 화려한 금박 장식이 들어간 두툼한 실크 가운을 입고 있었다. 그는 벽난로를 등지고 앉아서도 추위를 느끼는 지 실크 가운의 앞섶을 여몄다. 발트하임의 왕위에 오른 이후 급격하게 늙기 시작한 아델만은 아내 페나 왕비가 몸소 전선으로 떠나 버린 이후에는 병까지 앓기 시작하고 있었다.

제국 시대 철학자들의 '자유인' 사상에 심취에 있던 아델만이었다. 그는 왕위를 전혀 원하지 않았고, 왕위에 오른 이후 격무에 시달리며 급격하게 늙어가고 있었다. 부쩍 늘어난 흰머리에 이마와 뺨에는 주름살이 깊어졌고, 눈 주변은 퀭하게 들어가 있었다.

페나 왕비가 사자성을 떠나 몸소 전쟁터로 향하던 날 아델만 국왕은 테라스에서 비를 맞으며 위스키를 비웠고, 위스키와 차가운 비에 흠뻑 젖어버렸다. 그는 무려 사흘 간이나 고열에 시달리다가 겨우 몸을 추스를 수 있었다. 하지만 그때의 영향인지 아델만은 요즘 들어 부쩍 심해진 심한 천식을 앓고 있었다. 언제나 두꺼운 문학 책을 한 손에 들고, 젊고 조용하지만 한편으로 유머가 있던 레흐 디히트 아델만의 모습은 이제 어디서도 찾아보기 힘들었다.

비서관은 이빨 빠진 늙은이처럼 자신감과 의욕을 잃어버린 아델만이 불쑥 던진 말에 조금 당황하고 있었다. 비서관은 확인 삼아 자신이 들고 있던 서류를 검토했다. 서류에는 분명히 휠더란트라는 지명이 표기되어 있었다. 비서관은 행여 소리가 들릴까 봐 조심스럽게 침을 삼켰다.

"어, 어떻게 그걸?"

"지도는 장식으로 있는 건가? 게일란트를 침공하기 위해서는 서쪽의 휠더란트를 지나야 하겠지. 그 멍청한 맹약기사단들이 미치지 않았다면 말야. 그 근방에서 거기 말고 물과 식량을 보급할 곳이 있나?"

아델만은 가슴이 울리도록 심하게 기침을 하면서 어깨를 움츠렸고, 테이블 위에 펼쳐진 게일의 지도를 노려보았다. 쇠약해지는 몸과 늙어 보이는 얼굴과는 달리 아델만의 눈초리는 전에 없던 적의와 매서움을 갖고 있었다.

"국왕 폐하, 맹약기사단은 자긍심을 가진 라이어른의 명예입니다."

"무슨 그 따위 썩어 빠진 소리냐?! 그 긍지 높은 기사단이라는 작자들이 고작 왕비의 헛된 희망에 놀아난다는 말이냐? 무엇이 옳고, 무엇이 그른 것인지 이런 것들을 한 번도 성찰해 보지 못한 자들의 집단이 긍지란 말이냐? 그래, 동족끼리 검을 겨누는 것이 어떤 명분으로 정당화될 수 있다는 말이냐? 어떤 정의가 그것을 허락한다는 말이냐? 힘을 가진 자는 그 힘이 얼마나 많은 이들을 불행하게 만들 수 있는지 성찰해야 하는 법. 그렇지 못한 이들은 단순한 도적과 다를 바… 쿨럭!"

아델만 국왕은 말을 마치지 못하고 기침을 시작했다. 비서관은 당황한 얼굴로 누군가를 부르려 했지만, 아델만은 거칠게 손을 내저었다. 급격히 늙고 쇠약해진 아델만은 실크 가운을 움켜잡으며 기침이 진정되기를 기다렸다.

'사자왕 전하, 저는 역시 국왕의 재목은 아니었나 봅니다.'

아델만은 잦아드는 기침을 한숨으로 끝내며 눈을 감았다. 그는 자조적인 웃음을 짓고 있었다.

'역사는 저를 병약하고 아내에게 휘둘린 무능력한 국왕으로 평가하겠지요. 제가 어떤 생각을 가졌는지는 아무도 관심이 없을 테죠? 하하하.'

원래 젊어서부터 학자로서의 조용한 말년을 기대했던 아델만이었다. 사교적인 예절을 위해서 잠시 검술 흉내나 냈던 아델만은 기사들과는 전혀 달랐다. 그는 기사들만큼 튼튼하고 건강하지 못했다. 평소에 술을 가까이 하지 않던 그였지만, 아내가 전장으로 떠난 이후 과음하기 시작한 것도 그 원인이 되고 있었다.

"괜찮으십니까, 국왕 폐하?"

아델만은 비슷한 연배임에도 불구하고 혈색 좋고 기름기가 도는 비서관을 지그시 바라보았다.

'아직 죽으면 곤란하니 좀 더 살다 죽어라… 라고 생각하고 있겠군. 후후.'

아델만은 피식 웃었다. 그것만으로도 그는 다시 가슴이 아프기 시작하고 있었다.

"괜찮다. 게일 쪽 문제는 그만두어라. 별로 듣고 싶지 않다."

'멋지군. 듣고 싶지 않다라니. 난 이걸로 폭군의 길로 접어들었군.'

"하오나……."

"언제부터 이 나라에서는 국왕의 명령에 토를 달았는가? 응?"

아델만은 스스로에게 넌더리를 내면서 다시 가볍게 기침을 했다. 비서관은 난처한 얼굴로 서류를 뒤적거렸다. 잔뜩 준비해 온 서류들이 쓸모가 없어졌고, 더 이상 떠들 만한 재료가 없었다. 비서관은 재빨리 머리를 굴리기 시작했다. 그는 별로 좋지 못한 기억력을 쥐어짜내면서 특이한 사건을 찾기 시작했다.

"아! 그들이 수도로 압송되었습니다."

"압송? 누구를 말하는 것이냐?"

비서관은 국왕이 힐끗 고개를 들며 건성으로 되묻자 낙담하는 표정을 지었다. 별로 쓸 만한 시도가 아니었다는 증거였다. 비서관은 덩달아 귀찮아진 기분으로 입을 움직였다.

"케이시 튜멜 남작과 그 일당이 체포되었습니다."

"그게 누군가?"

아델만은 기침이 다시 발작하지 않도록 조심스럽게 호흡을 가누며 무심하게 물었다. 그는 짜증스럽게 달라붙는 비서관의 행동을 인내하고 있었다. 그가 뭐라고 떠드는지는 전혀 귀에 들어올 틈이 없었다.

"얼마 전에 있었던 마녀 사건을 벌인 자들 아닙니까?"

"뭐? 아! 그때의 사건을 말하는 건가?"

아델만은 기억을 더듬기 시작했다. 그는 입술 사이로 케이시 튜멜이라는 이름을 곱씹어보았다. 낯설지 않은 이름이었다. 그는 기억력을 더듬기 위해서 눈살을 찌푸렸다.

'심하게 앓은 이후론 기억력도 엉망이군.'

아델만은 한숨을 쉬면서 의자에 깊숙이 기댔다.

"어젯밤 늦게 도착했고, 오늘 정오에 재판을 받는다고 합니다."

"대성당에서 말인가?"

"네, 그렇습니다."

"왕성에서 기록관이 나가 있나?"

"물론입니다."

아델만은 힘겹게 몸을 움직였다. 따스한 벽난로에서 멀어지자 아델만은 어깨를 움츠렸다. 그는 무엇보다 따스한 온기가 그리웠다. 그는 비서관이 듣지 못하게 조용히 한숨을 쉬었다.

"나중에 재판 기록이나 가져오게. 난 이제 들어가서 쉬겠네."

아델만이 힘겹게 걸음을 떼자 기다리고 있던 늙은 시녀가 익숙하게 그를 부축해 주었다. 아델만은 타인에게 의지해야만 겨우 걸을 수 있게 된 자신을 못내 꼴불견이라고 생각했다. 자신보다 건강하고 힘센 늙은 시녀의 부축을 받아 걷는 그의 입가로 차가운 미소가 맺혔다.

"하하하… 하하핫!"

"폐하?!"

집무실을 나서던 아델만이 갑작스럽게 웃음을 터뜨리자 늙은 시녀는 놀란 표정을 지었다. 그는 시녀에게 몸을 의지한 채 기침 섞인 웃음을 뿜어내고 있었다. 늙은 시녀는 도움을 청하기 위해서 주변을 두

리번거렸고, 복도에 서 있던 경비병들은 자세까지 흐트린 채 머뭇거렸다.

"국왕 폐하, 괜찮으십니까?"

젊은 경비병 한 명이 식은땀을 흘리며 잔뜩 긴장한 말투로 간신히 말을 붙였다. 한참을 웃던 아델만의 웃음소리가 잦아들고 기침이 시작되었다. 아델만은 실크 가운의 가슴 부근을 움켜잡고서 밭은기침을 했다. 그리고 마침내 그가 진정하자 복도는 무거운 침묵이 흘렀다.

"케이시 튜멜이라고?"

"네? 아닙니다. 제 이름은……."

"아니다. 신경 쓰지 말아라."

아델만 국왕은 기겁하면서 자신의 관등 성명을 대려던 젊은 경비병을 제지했다. 그는 미간을 잔뜩 좁힌 표정으로 기억을 더듬고 있었다. 희미한 기억은 그의 의식 구석에 침몰한 채 녹슬고 있었지만, 아직은 형체를 유지하고 있었다. 그는 조심스럽게 켜켜이 내려앉은 녹과 먼지를 털었다. 그제야 그는 모든 것을 기억해 낼 수 있었다.

'튜멜 남작이라면 사자왕 전하의 암살범이라고 아내가 그렇게 주장하던 인물이 아닌가. 지금 이 도시에 있단 말인가? 전하를 죽인 자가?'

아델만은 숨찬 가슴을 억누르며 중얼거리고 있었다. 늙은 시녀와 경비병은 거의 절망적이고 난처한 표정으로 서로의 눈치를 살피고 있었다. 여왕이 왕성을 떠난 것을 계기로 건강이 나빠진 국왕은 이제 혼잣말까지 하고 있었다. 그것이 국왕이 미치기 시작한 증거라고 생각한 두 사람은 식은땀을 흘리고 있었다. 비밀을 지키기 위해서 자신들이 지하 감옥으로 끌려가는 수도 있다고 생각한 것이다. 최악의 경우에는 쥐도 새도 모르게 죽임을 당할지도 몰랐다.

"자고로 악마는 그 사악한 꼬리를 감추는 법. 더없이 영광되시고 눈부신 그분의 거룩함을 해치려는 죄악의 근원이 쉽게 정체를 내보이지 않는 것도 당연하다."

에피는 사방에서 눈을 부릅뜨고 자신들을 보는 시선 속에서도 별로 주눅 들지 않은 채 팔꿈치로 쇼의 옆구리를 찔렀다. 쇼는 숯 소드처럼 팽팽하게 긴장하고 있었기 때문에 하마터면 소리를 지르며 펄쩍 뛰는 추태를 보일 뻔했다.

"왜?"

쇼는 시선을 딴 곳에 둔 채 입술도 움직이지 않으면서 속삭였다. 에피는 그가 입술도 움직이지 않으면서 말하는 재주를 가졌다는 것에 순수하게 감탄했다.

"오빠는 입술도 움직이지 않고 말할 수 있어?"

"용건이 뭐야? 이런 상황에서?"

"저 할아버지가 뭐라고 하는 거야? 말이 너무 어려워서 뭐라는지 도통 모르겠어."

"간단해. 한마디로 말해서 우릴 죽여야 개운하게 잠들 것 같대. 우리를 성벽에 목매달아야 시원한 얼굴로 오줌을 쌀 수 있을 것 같다는 말을 어렵고 고상하게 말하는 거야."

쇼는 일이 꼬여서 굉장히 짜증스러웠기 때문에 평소보다 더 냉정한 말투로 속삭이고 있었다. 그의 복화술은 아주 뛰어났기 때문에 입술이 거의 움직이지 않았고, 에피도 다른 곳을 두리번거리며 그의 말을 듣고 있었다. 전쟁터에서 단련된 그녀의 청각은 재판관의 목소리가 쩌렁쩌렁 울리는 가운데서도 쇼의 목소리를 구별하고 있었다.

라이어른 전체를 통틀어 가장 규모가 큰 상트 레쯔엘 대성당은 발트하임의 왕성 사자성과는 비교할 수 없을 만큼 웅장했고 장엄했다.

전통적으로 대륙의 대성당들은 크림발츠나 아메린 출신의 기술자들이 설계한다는 전통을 갖고 있었다. 상트 레쯔엘 대성당도 이미 존재하는 그 자체로써 기술자의 출신이 어디인지 웅변적으로 보여주었다.

정확한 간격으로 늘어선 대리석 기둥들은 4층 높이까지 뻗어 올라가 까마득한 위치에 있는 돔을 지탱하고 있었다. 화려하지만 동시에 숨 막히는 권위를 내뿜는 종교화가 그려진 스테인드글라스로 만들어진 돔 형 천장은 누가 봐도 아메린 출신 기술자가 이 성당을 설계했다는 서명과도 같은 위력을 갖고 있었다.

크림발츠가 거대하고 높은 첨탑 건설에 능숙하다면, 아메린은 거대한 돔을 만들어내는 데 일가견이 있는 민족이었다. 돔을 이루고 있는 스테인드글라스에는 지상으로 강림했던 좌천사와 우천사들이 서로 나뉘어 싸우고 있는 성화가 그려져 있었다. 스테인드글라스라곤 믿을 수 없을 정도로 정교한 성화였기 때문에 대성당 안에 들어선 누군가가 고개를 들어본다면 정말로 하늘에서 천사들이 전쟁을 벌이고 있다는 착각에 빠져 버릴 정도였다.

벽화와 조각으로 장식된 대성당 내부는 소리의 울림과 채광, 조명 등은 물론 시야를 확보하는 점에서도 무척 세심하게 배려되어 있었다. 어느 각도에서나 고개를 돌리지 않고 정면으로 제단을 볼 수 있도록 만들어져 있었다. 그리고 모든 창문들도 라이어른에서는 보기 힘든 값비싼 스테인드글라스로 만들어져 있었다.

제국의 수도였고, 또한 중앙 대교국이 아피아노의 라이노아로 성도를 옮기기 전까지 발트하임의 수도 아인돌프는 정치의 수도였고, 또한 종교의 수도였다. 그런 역사적인 이해 관계 때문에 중앙 대교국에서는 이곳에 대성당을 건축하는 데 무리수를 두게 되었었다. 그리고 그 결과물이 이 거대 건축물이었고, 라이어른의 심장부에 위치하면서도 가장 라이어른 적이지 못한 이질적인 건축물로 자리 잡았다.

4층 높이가 넘는 천장과 거대한 돔, 그리고 외형적으로도 대성당은 거대한 십자가 형태를 갖고 있었고, 아메린이나 크림발츠에나 어울릴 법한 화려하고 섬세한 건축 양식으로 지어져 있었다.

건물 외벽을 전혀 장식하지 않는, 지극히 실용적인 라이어른 식 문화와는 거리감을 갖고 있는 건물이었다. 크림발츠와 아메린에서라면 지극히 일상적이었을 건축물이 라이어른에서는 어깨가 불편한 이질감을 머금고 있었다. 외형적인 모습만이 아니라 건축에 사용된 대리석조차도 대륙 북부식 회색 대리석이 아닌, 남부식 흰색 대리석을 상당한 비율로 사용하고 있었다.

'숨이 막혀.'

케이시 파온 튜멜 남작은 옷깃을 잡아당기며 식은땀을 흘렸다. 그는 태어나서 자신이 이단이라는 죄명으로 종교 재판을 받을 거라곤 상상해 본 적도 없었다. 하지만 그는 종교 재판의 한가운데 있었다. 튜멜 일행은 차가운 대리석 바닥에 무릎을 꿇고 앉아 있었고, 늙은 추기경을 중심으로 구성된 재판관들은 높은 단상에 앉아서 그들을 노려보고 있었다.

튜멜 일행의 뒤쪽으로는 완전 무장한 성당 기사단이 자로 잰 듯 빈틈없는 대열로 정렬해 있었다. 모든 이단 심판이 그렇듯 일반인들은 이곳에 한 명도 없었다. 신앙심이 부족한 일반인들이 악마의 감언이설에 홀려 배교자가 될 위험을 방지한다는 이유였다. 오직 왕성에서 나온 기록관들만이 묵묵히 사무적인 표정으로 펜을 움직이고 있었다.

성서 레비로스에 나오는 구절들을 인용하고 있는 늙은 신부의 연설은 좀처럼 끝날 기미를 보이지 않고 있었다. 튜멜 일행은 빠르게 지쳐가고 있었지만 파일런과 카라, 이언은 전혀 변화가 없었다. 세 사람은 이곳에 들어왔을 때의 표정 그대로 묵묵히 장광설을 인내하고 있었다. 튜멜은 여전히 식은땀에 젖은 괴로운 얼굴로 그들에게 감탄했다.

'설마, 이런 상황이 한두 번이 아니었다는 말이야?'

튜멜은 자꾸만 여기저기를 힐끔거리며 이마에 맺힌 땀방울을 털어냈다. 불안정하게 오가던 그의 시선은 레미에게서 멈춰졌다. 그녀는 무척 지쳐 버린 얼굴이었지만 여전히 자세를 흐트리지 않고 단정하게 앉아 있었다. 그리고 다른 사람들이 재판관의 연설을 거의 듣고 있지 않았는데도 그녀만은 묵묵히 연설을 듣고 있었다. 오히려 그녀는 이따금 입술을 달싹거리며 반론을 제기하고 싶다는 표정을 애써 억누르고 있었다.

덕분에 튜멜은 그녀의 어깨가 움찔거리며 무언가 반론을 말하고 싶어할 때마다 흠칫 놀라며 수명이 줄어드는 고통을 느끼고 있었다. 결과가 어찌 되었든 튜멜로서는 어서 빨리 이곳을 벗어나고 싶었다.

"신께서 이곳에 영광으로 함께 계시니 찬미할지어다."

마침내 라이어른 대주교가 뚱뚱한 몸을 힘겹게 움직이며 일어서 기도문을 낭송했다. 대주교의 복장은 중소 국가의 국왕만큼이나 화려했다.

이언은 과연 저 덩치로 움직일 수 있을까 의구심을 품었던 대주교가 느리지만 힘들이지 않고 움직이자 감탄했다.

"드디어 늙은 구렁이가 움직이는군요."

"흠."

이언의 낮은 속삭임에 파일런은 묵묵히 다른 곳을 보고 있었다. 대주교는 헛기침을 하고는 튜멜 일행을 묵묵히 내려다보았다. 마지막으로 시선이 멈춘 곳은 카라였다. 대주교는 의미심장한 미소를 지으면서 카라를 보고 있었다. 카라는 태연한 얼굴로 고개를 숙이고 있었지만 그녀의 온몸은 극단적으로 긴장하고 있었다.

'여차하면 힘을 써야 하겠지? 성당 기사단을 상대로 살아남긴 힘들거야. 뱀파이어를 상대하는 법을 알고 있으니까. 하지만… 다른 사람들이 탈출할 시간은 벌 수 있겠지. 이언이라면 할 수 있을 거야.'

카라는 문득 이언에게 키스를 하고 싶다고 생각하는 자신을 발견했다. 고개를 숙인 카라의 입가로 희미하게 미소가 머물렀다. 그녀는 이언을 잘 알고 있었다. 본성에 빠져 끔찍스러운 시절을 보내던 자신을 구제해 준 것은 그였다. 그는 자신에게 손을 내밀었고, 자신은 그의 손을 물어뜯었다. 카라는 문득 언젠가 그 빚을 청산해야 할 필요가 있다는 생각이 들었다. 하지만 그 시기가 이렇게 빨리 올 줄은 그녀도 생각하지 못하고 있었다.

"그럼 최종적으로 이단 심판을 시작하도록 하겠노라. 캬린샤 임로프."

대주교의 탁한 목소리가 자신의 이름을 부르자 카라는 천천히 자리에서 일어났다. 이언은 언제나처럼 그 저의를 파악하기 힘든 얼굴을 하고 있었고, 파일런은 이단 심판 자체에 무관심했다. 카라는 조심스럽게 치마의 주름을 펴면서 힐끔 레미를 바라보았다. 레미는 불만스러운 얼굴로, 하지만 걱정스러운 얼굴로 그녀를 보고 있었다. 카라는 왠지 마음이 편안해졌다. 덕분에 그녀는 레미에게 살며시 미소를 짓는 여유를 부릴 수 있었다.

"그대의 이름이 캬린샤 임로프가 맞는가?"

"그러하옵니다, 영광되신 그분의 말씀을 전하시는 대주교님이시여."

"스톨츠의 폴밀로스로 사람을 보내봐야 알겠지만, 그대가 진정으로 상트 이루엘 세속 수녀회 수련사였는가?"

'폴밀로스로 사람을 보내면 끝장이야. 어쩌지?'

카라는 창백한 얼굴로 고개를 숙인 채 걱정스러운 표정을 지었다. 연인인 이언과 똑같다는 생각이 들 정도로 언제나 태연했던 카라를 기억하는 동료들은 그녀가 걱정스러운 표정을 짓자 긴장했다. 더군다나 그녀가 의심할 여지가 없는 뱀파이어라는 사실은 모두가 알고 있었다.

튜멜은 어금니가 부서질 정도로 힘주어 깨물었다. 그는 독실한 신앙인은 아니었지만 성실한 신앙인이라고 생각하고 있었다. 때문에 그는 카라가 뱀파이어라는 사실을 이곳 이단 재판에서 함구하는 것은 신앙인으로서의 기본적인 의무를 저버리는 짓이라고 생각했다.

'진실은 언제나 거짓보다 앞서야 한다. 난 지금 거짓말을 하고 있는 거야. 하지만……'

튜멜은 혼란스러웠다. 그는 자신이 살아가면서 종교 재판에 회부될 것이라는 것을 상상조차 해보지 못했던 인물이었다. 그는 테일부룩의 영지에 머물면서 지극히 상식적이고 건전한 영주로서 살아왔다. 스스로의 비겁한 성격 때문에 의붓 형들을 죽게 만들었다는 자책감이 그를 괴롭혔지만, 그때마다 그는 신앙에 의지하며 자신을 추스르곤 했었다.

그랬던 그가 이제는 대성당 안에서 거짓말을 하고 있었다. 튜멜은 자신이 작년의 케이시 튜멜 남작이었다면 아마 벌써 예전에 모든 것을 고백했을 거라는 것을 알고 있었다. 하지만 현재의 케이시 튜멜은 작년의 케이시 튜멜과는 달랐다. 튜멜 스스로도 그것을 잘 알고 있었다.

'나를 믿어주겠나? 나를 신뢰해 주겠나?'

그가 질문했을 때, 카라는 무언의 동조를 해주었다. 아버지의 욕심 때문에 비참하게 죽어간 어머니를 슬퍼하던 그에게 따스한 자장가를 불러준 존재는 카라였다. 튜멜은 언젠가 카라와 대화를 하던 밤을 기억하고 있었다.

'하지만 가장 중요한 것은 배신하지 않는 거야. 네가 주장하는 인간들 사이의 예절은 그것부터 시작하는 거야.'

그날 밤 산책 길에서 카라는 그에게 그런 말을 해주었다. 그리고 그녀가 자신의 모국인 스톨츠에 대하여 이야기할 때 아름다웠다는 것도 상기했다. 하지만 여전히 그의 가슴 한 켠에서는 정직함과 경건한 신앙심에 한 점 의구심이나 거짓이 없어야 한다는 생각이 머물고 있었다.

튜멜은 심호흡을 하고는 천천히 자리에서 일어났다. 곁에 앉아 있던 레미는 당황스러운 얼굴로 그를 올려다보았다.

"멍청한… 머저리 남작."

쇼는 갑자기 돌출 행동을 하는 튜멜을 보면서 이를 갈았다. 쇼는 반사적으로 다리를 끌어당겨 앉았다. 대성당에서 몸 뒤짐을 당했지만 그는 부츠 속에 숨겨진 단검을 들키지 않고 있었다. 스톨츠의 하이 스카우터들이 신는 부츠 안에 단검을 숨길 만한 곳이 있다는 것을 아는 인간은 흔치 않았다. 쇼는 여차하면 튜멜을 죽여야 할지 모른다고 판단했다. 대부분의 하이 스카우터들이 그렇듯, 그도 사람을 죽여야 하는 상황에서 망설이지 않았다.

카라는 의아한 눈으로 고개를 돌려 튜멜을 바라보았다. 튜멜은 딱딱하게 굳은 얼굴로 모두의 시선을 외면했다. 그는 허리를 펴고 심호흡을 하고는 입을 열었다. 긴장하면 말을 더듬던 그가 이번에는 말을 더듬지 않고 있었다.

"제 이름은 케이시 파온 테멜른. 브레나의 한제 도시 연맹 맹주 테멜른 가문의 삼남입니다. 신의 찬미가 머무는 이곳에서 세속적인 지위는 보잘것없으나, 감히 짧게 한마디만 할 수 있는 기회를 주시기 바랍니다. 대주교님께서 알고 싶어하시는 저 여자에 관한 모든 것을 말씀드리겠습니다."

튜멜의 말은 조각배를 날려 버리는 폭풍과도 같은 위력을 갖고 있었다. 재판관들이 웅성거리기 시작했다. 그리고 절망이 일행들을 강타하고 있었다. 그들 모두가 튜멜이라는 인간이 어떤 인간인지 알고 있었다.

〈 6 〉

"저 여자는 지금 전부 거짓말을 하고 있습니다."

튜멜의 한마디에 대성당 안은 삽시간에 혼란스러워졌다. 이단 심판관을 맡은 수사와 대신부들은 흥분을 참지 못하고 웅성거리기 시작했다. 이단 종교 재판에서 거짓말을 하는 것은 화형당하기에 충분한 사유였다.

레미는 두 손으로 입을 가렸고, 쇼는 반사적으로 부츠 속으로 엄지손가락을 넣었다. 카라가 뱀파이어라는 사실이 증명되면 그녀가 화형당하는 것으로 끝날 수는 없었다. 당연히 그녀의 존재를 옹호한 일행 모두가 이단죄로 몰려 함께 화형당하게 될 터였다. 단 한 사람, 카라의 존재를 고발한 튜멜은 화형을 면할 수 있었다.

'역시 어쩔 수 없는 건가, 저 성격은?'

카라는 고개를 숙인 채 가만히 한숨을 쉬었다. 그녀는 튜멜을 이해할 수 있었다. 자의식이 유난히 강하면서도 소심하고 고지식한 그가 이런 장소에서 거짓말을 할 성격이 아니라는 것을 그녀도 알고 있었다. 게다가 지금의 일행들은 튜멜이 그렇게 도망치고 싶어하는 과거를 자세하게 알고 있는 존재들이었다. 이들이 모두 화형을 당한다면 더 이상 그의 과거를 알고 있는 사람들은 세상에 존재하지 않는다. 튜멜은 아무 일도 없었다는 듯이 테일부룩으로 돌아가 평범한 지방 영주로 여생을 살아갈 수 있었다. 그것이 튜멜이라는 남자가 원하는 삶이라는 것을 카라는 잘 알고 있었다.

"저 여자는 스톨츠의 폴밀로스 태생이 아닙니다. 당치도 않습니다. 하지만 분명 출신에 대해선 거짓말을 했지만 저 여자는 마녀가 아닙니다."

"에?"

카라는 의아한 눈으로 튜멜의 옆모습을 바라보았다. 튜멜은 조금씩 안정을 찾아가고 있었다. 그의 얼굴에서 어느새 식은땀이 사라져 있었고 표정은 보통 때의 표정으로 되돌아가 있었다.

스테인드글라스를 벗어난 빛이 사선을 그리며 튜멜의 뺨에서 부서지고 있었다. 여행 동안 제법 길어버린 머리칼이 그의 이마 위로 흘러내렸다. 튜멜은 이마에 비스듬히 기울어진 칼자국 흉터와 건강하게 그을린 얼굴로 묵묵히 입을 다물고 반응을 기다렸다.

여행 동안 부드럽고 매끈했던 얼굴은 흉터까지 생기고 거칠어진 데다 눈 주위가 움푹 들어가고 광대뼈가 튀어나오도록 야위어 있었다. 하지만 눈과 입가에 머무는 사람의 표정은 그리 쉽게 변하지 못했다. 소박한 변경 시골 영지를 소유한 젊은 영주의 얼굴은 여전히 그의 곁을 떠나지 않았다.

해저처럼 가라앉은 시선으로 그의 옆모습을 보던 이언은 눈언저리를 손가락으로 긁으며 파일런을 힐끔거렸다. 파일런은 이언의 수신호를 스치듯 읽었지만 별다른 반응 없이 그저 처음처럼 묵묵히 침묵을 지켰다. 이언은 수신호를 보내던 행동을 중지했다.

　"그대는 지금부터 원죄에 물든 나약한 인간임을 자각하며 거룩하신 우리 주의 광휘에 겸손하며 오직 진실만을 말할 것을 서약하는가? 만약 그대가 거짓을 입에 담는다면 초고열 업화의 지옥에서 영원토록 그대의 죄 많은 영혼이 고통받게 되리라. 맹세하는가?"

　"맹세합니다. 진실만을 말할 것을 맹세합니다."

　이단 재판 서기가 부지런히 깃털 펜을 서걱거리며 움직이는 소리가 침묵을 대신했다. 재판관들은 조용히 서로의 시선을 맞추며 무언의 토론을 하고 있었다.

　"그대가 누군지 다시 한 번 말해 보겠나?"

　"한제 도시 연맹의 맹주 테멜른 백작 가문의 삼남 케이시 파온 테멜른입니다. 그리고 지금은 발트하임의 변경에 있는 테일부룩 영지의 남작으로 있습니다."

　"언제 저 여자를 만났는가?"

　"5년 전, 제가 테일부룩의 남작이 된 직후입니다."

　튜멜은 두 손을 경건하게 앞으로 모은 자세로 서서 말했다. 그의 억양에는 아무런 떨림도 없었고 머뭇거림도 없었다. 비록 이마에 칼자국이 있지만 온화하고 소심한 청년의 얼굴을 가진 튜멜의 발언은 보수적인 재판관들에게 설득력을 발휘하고 있었다.

　"어떻게 저 여자를 만났는가?"

　"그전에 제가 테일부룩의 남작이 된 경위부터 설명해야 이해하실 수 있을 거라고 믿습니다."

"해보게."

대주교는 무거운 입술을 움직여 허락했다. 튜멜은 망설이지 않고 입을 열었다.

"저는 테멜른 가문의 삼남으로 가문의 영예에 흠집을 내지 않도록 명예를 지킬 의무가 있었습니다. 아시겠지만 거기에는 가문을 승계할 형님들을 대신하여 전장에 참가할 의무가 포함되어 있습니다."

튜멜이 말하는 것은 공식적인 의무는 아니었다. 하지만 고위 귀족 가문에서 장남이나 차남이 가문 승계를 하는 데 위험이 없도록 삼남 이하, 혹은 양자를 들여 대신 병역 의무를 이행하는 경우가 많았다. 비단 라이어른만의 일은 아니었고, 대륙 대다수 국가들의 귀족 사회에서 공공연하게 시행되는 차선책이었다.

폴리안처럼 전쟁 경험을 중시하는 국가에서는 전쟁 경험이 없는 자는 왕위나 가문 승계 자격이 없도록 국법으로 못 박고 있었지만 여타 국가에서는 그렇지 않았다. 특히 자손이 귀한 가문에서는 살아 돌아올 확률이 절반 이하인 전쟁터로 내보내기 위해서 수십 명의 양자들을 들이는 경우가 많았다.

튜멜이 서자이면서도 어려서부터 적자들과 함께 키워진 것은 두 명의 형들을 대신해서 전쟁터로 내보내기 위한 소모품적인 목적에서였다. 테멜른 백작은 신뢰하기 힘든 양자를 들이는 대신에 서너 명의 서자를 만들었고, 무사히 유년 시절을 마치고 성인으로 성장한 서자는 튜멜 혼자뿐이었다.

가문의 품위를 손상시키지 않기 위하여 서자는 적자와 동일한 어린 시절을 보내며 귀족 가문의 아들로서 성장한다. 하지만 그들 서자의 대부분이 적자를 위한 일회용 소모품이라는 것은 변하지 않는 진실이었다.

튜멜은 적자인 두 형들의 품위를 손상시키지 않기 위해서 귀족적인 몸가짐과 태도를 강요받으며 성장했고, 전쟁터에 나가 대신 죽기를 강요받았다. 전쟁터에서 살아 돌아오는 것은 절대 허용되지 않았다. 그것 또한 가문의 수치였다. 서자들은 적자인 배다른 형들을 대신하여 전쟁터에서 목숨 바쳐 싸우고 죽어야 했다.

가문에서 원하는 명예란 바로 그런 종류의 것이었다. 서자라는 출신 성분 자체가 이미 종교적이고 관습적인 계율에 어긋나는 만큼 그들은 전쟁터에서 죽어 없어져 줘야 가문의 명예를 지킬 수 있었다. 튜멜은 바로 그런 관습적인 강요로부터 도망쳐 버렸고, 그 때문에 가문의 배신자로 낙인찍혀 있었다. 하지만 이제 그는 더 이상 도망치지 않았다.

세속과 격리된 성직이라고 해도 교회가 귀족 사회와 분리되기는 힘들었다. 귀족들의 거액 헌금과 영지 헌납은 각 교파의 중요한 수입원이었고, 교회와 귀족 사회는 서로 공생하는 관계였다. 각지 수도원에서 생산되는 와인과 위스키를 비롯한 증류주 양조권도 왕실을 비롯한 귀족 사회에서 간접 헌금 형식으로 허가되었다. 즉, 현금 대신 돈이 되는 땅이나 양조권을 교회에 헌금한다는 개념이었다.

세금이 매겨지지 않는 밀 밭과 오직 수도원에서만 제조가 허가된 와인 양조권, 그리고 '속죄 세'의 명목으로 귀족들이 교회에 헌납하는 보석과 금괴는 대륙 전체에서 엄청난 액수가 되어 중앙 대교국으로 들어가고 있었다.

때문에 교회는 귀족 사회의 이러한 은밀하면서도 반어적으로 공공연하게 자행되는 관습을 묵인하고 있었다. 그들이 교리를 앞세워 귀족 사회를 심판한다면 지금처럼 손해를 무릅쓰고 거액의 헌금과 세금 면제 토지를 교회에 납부할 귀족은 아무도 없었다. 오히려 지금의 교회는 교파를 막론하고 귀족들의 '도덕적 후원자'가 되어 속죄 세 납부를 은밀하게 장려하고 있었다.

물론 소수의 양심적인 수도회에서는 이러한 밀약 관계를 비난하면서 세속과 독립된 교회를 만들자는 개혁 안을 주장했지만, 그러한 시도들은 번번이 알레우스와 지드 교파 양쪽 모두로부터 이단으로 박해를 받았다.

젊은 수도회를 중심으로 불길처럼 번지는 이런 개혁론은 '와인 전쟁'이라고 불리우는, 와인 양조권과 품종별 생산 지역 한정의 황금 같은 이권을 둘러싸고 벌어진 4년 간의 전쟁을 계기로 더욱 거세지고 있었다. 점점 수위를 높여가는 이러한 교회 개혁론으로 교회는 난처한 입장에 처해 있었고, 상트 아자임 수도회의 관구 증설, 다시 말해서 성당 기사단의 대대적인 병력 증강 의견까지 주창되는 상황이었다.

하지만 각국 왕실과 귀족들은 암흑 시대 시절의 성당 기사단의 위력을 알고 있었다. 그런 군대를 대대적으로 양성하려는 교회의 움직임을 묵인할 왕실은 대륙 어디에도 없었다. 명목상으로는 교파 내부의 이단자들을 심판하기 위한 신의 군대라고는 하지만, 성당 기사단도 엄연한 무력 집단이었다. 그리고 마찰도 불사하며 귀족들이 갖고 있는 사병 제도를 없애려 하는 각국 왕실 추세로 미루어 교회까지 군대를 갖는 것을 원치 않았다. 교회가 군대를 갖는 문제는 각국 모두에게 뜨거운 감자였다. 누구도 그 뜨거운 감자를 쥐고 있기를 원하지 않았다.

페나 왕비가 성당 기사단을 끌어들이는 와중에 있었던 귀족들의 반대는 그런 배경을 갖고 있었다.

튜멜 일행들은 아무도 깨닫지 못하고 있었지만, 그들은 수위를 높여가는 수도원 중심의 교회 개혁 움직임과 그들을 탄압하기 위해서 성당 기사단을 증강하려는 중앙 대교국, 그리고 교회가 무력을 소유하기를 원치 않는 각국 왕실의 미묘한 마찰 한가운데 서 있었다. 튜멜 일행의 체포를 위해 성당 기사단이 동원된 일은 생각처럼 간단한 문제가 아니었다. 물론 일개 여행자들인 튜멜 일행은 자신들의 배후에 그런 정치적인 문제가 개입되어 있다는 것을 전혀 눈치 채지 못했다.

재판관들은 그런 미묘한 위치에 서 있던 상황에서 튜멜이 꺼낸 이야기에 당혹스러움을 감추지 못하고 있었다. 튜멜이 하고자 하는 이야기는 튜멜 자신의 치부이기도 했지만 귀족의 부정을 눈감아 주고 결탁까지 하는 교회의 치부였다.

만약에 튜멜이 밝히는 과거가 귀족의 부정과 연관된 것이라면 교회 측에서는 섣불리 이단죄를 물을 수 없었다. 그건 가뜩이나 교회가 군대를 갖는 문제에 대해서 예민하게 반응하는 왕실과 귀족을 자극하는 일이었다. 귀족의 도덕적 타락을 이유로 교회가 군대를 양성한다면 그것은 권력이 왕실에서 교회로 이전한다는 것을 의미했다. 그런 판단이 내려진다면 다시 한 번 왕권주의자들과 교회가 전쟁을 벌여야 했다. 그것은 암흑 시대의 재래였다.

대주교는 눈을 껌벅거리며 발트하임 왕실에서 나온 기록관들을 힐끔거렸다. 왕실 기록관들이 교회 기록관 옆에서 함께 재판 과정을 기록하는 이상 결과는 왕실에 보고될 터였다.

'세속적으로 말하면 꼬리뱀 딜레마겠군. 주의 영광이 함께하사.'

대주교는 소리없이 한숨을 쉬었다. 튜멜 일행에게 이단죄를 묻지 못한다면 성당 기사단 증강 계획도 무위로 돌아갈 수 있었다. '죄없는 귀족'을 체포하기 위해서 라이어른 전국을 발칵 뒤집으며 성당 기사단을 운용한 문제가 제기될 위험이 있었다.

더군다나 지금은 라이어른 전체가 폴리안과 전쟁 중이고, 그것도 모자라 발트하임은 게일을 함락하기 직전이었다. 아무래도 전시 체제의 후방에서 교회가 군대를 움직였다는 비난을 피하기는 힘들었다. 하지만 튜멜 일행에게 이단죄를 물으면 귀족 사회 전체가 교회에게 반감을 품게 될 것이다. 교회가 군대를 키워 왕실과 귀족 사회에 검을 들이대기 위한 포석이라고 생각할 터였다.

수도에서의 쥐 떼 사건이 이단의 확증이라고 믿고 성당 기사단을 움직였는데 일이 복잡해지고 있었다. 대주교는 상트 아자임 수도회 12관구 수도원장 데온 신부의 보고서를 읽고 두통을 느꼈다. 그의 보고에 의하면 카린샤 임로프라는 외국식 이름을 가진 여자가 성향 통과 성수에 전혀 반응을 보이지 않았고, 오히려 일반인보다 월등한 신앙심과 신학적 지식을 갖고 있다고 되어 있었다. 대주교는 분별없이 성당 기사단을 움직인 자신 때문에 혀를 찼다. 신앙심을 논할 자리가 아니었다. 이제부터는 정치적인 공방전을 준비해야 했다.

"당시의 저는 세르비안 남작의 책에 현혹된 죄인이었습니다."

"그런 추잡하고 더러운 책을……."

수사 중 누군가 무심결에 내뱉었다가 대주교의 싸늘한 눈총을 받고 목을 움츠렸다.

세르비안 남작의 저서는 교회에 의해서 금서로 지정되어 있었다. 물론 그의 자유 분방한 애정 편력을 성적 방종함으로 보고 있었다. 하지만 그것은 어디까지나 '권장 사항'이었다. 왕실에 의해서 서책이 압수되어 불태워진 것이 아니었다. 때문에 치명적인 죄목이라고 보기는 어려웠다.

'추잡하다고? 세상에 그보다 떳떳한 자가 몇이나 될까?'

튜멜은 목구멍까지 치솟아오른 말을 삼켜 버리며 묵묵히 입을 열었다. 그는 대부분의 귀족들과 교회가 세르비안 남작을 혐오한다는 것을 알고 있었다. 그가 침실에서 칼에 찔려 죽었을 때 슬퍼한 사람은 그가 사랑했던 여자들뿐이었다.

"나태하고 방종한 죄인이었던 저는 야음을 틈타 가문의 재물을 훔쳐 고향으로부터 달아났습니다."

'그리고 현실로부터…….'

그가 말을 끊을 때마다 무거운 침묵과 스테인드글라스의 빛과 기록관의 깃털 펜이 사각거리는 소리만이 대성당을 지배했다.

"본능적으로 저는 남쪽으로 내려가야 한다고 생각했습니다. 가문의 명예와 귀족으로서의 의무는 원죄에 세속의 죄를 더한 죄인인 저에게는 아무래도 좋다고 생각했습니다."

'그런 건 엿이나 먹으라고 그래.'

튜멜은 이언이나 쇼의 말투를 닮아간다고 느끼지 못했지만 점점 닮아가고 있었다.

"그렇게 해서 이곳 발트하임까지 흘러왔고, 아메린으로 넘어가기로 결심했습니다. 그때 머물게 된 곳이 테일부룩이라는 작은 마을이었습니다. 그곳에서 저는 늙고 병든 튜멜 남작을 만났습니다. 훔쳐 가지고 나왔던 재물이 거의 떨어져 가던 저는 후계자도 없이 죽을 날을 기다리던 늙은 튜멜 남작의 영지가 탐이 났습니다. 부유하지는 않았지만 그곳의 영주가 된다면 살아가는 데 지장이 없을 것 같았고, 아메린과의 국경이 코앞에 있는 작은 영지의 영주에게 주목할 사람은 아무도 없다고 생각했습니다. 그래서 늙어서 분별력이 없어진 튜멜 남작을 꼬드겼고, 영주민들에게 남작의 먼 친척이라고 거짓말을 했습니다. 그리고 얼마 후 저는 테일부룩 영지의 영주가 되었습니다. 그에게서 남작 가문을 승계받았습니다."

튜멜은 끝내 밝히지 않았던 과거의 단편들까지 모조리 밝히게 되는 지금이 조금은 수치스러웠다. 하지만 그는 피하지 않았다. 고개를 돌렸던 그는 카라의 무표정하게 그늘진 얼굴을 보는 순간 까닭 모를 평온함을 느꼈다. '나는 잘하고 있는 것이다!'라는 확신이 그의 얼굴에 짧게 스쳐 갔다.

"정신도 성치 않았던 병든 노인의 영지를 갈취했던 것입니다."

퉁!

튜멜이 갑자기 대리석 바닥에 무릎을 꿇는 소리가 천둥 소리처럼 느껴졌다. 그는 무릎의 아픔도 잊은 채 무릎을 꿇고 성호를 그었다. 그리고 진심으로 눈물을 흘렸다.

'테멜른 가문의 의무도 저버린 제가 어르신의 튜멜 가문조차 지키지 못하는군요.'

카라를 위시한 일행들은 케이시 튜멜이라는 인간에 대해서 잘 알고 있다고 생각했다. 그렇기 때문에 더 더욱 그의 고백을 믿을 수 없었다. 소심하고 말끝마다 예절을 부르짖는 남자가 변경의 하찮은 영지에 탐을 냈다는 말을 믿을 수 없었던 것이다.

그는 마음만 먹는다면 테멜른 가문을 승계할 수도 있었다. 한제 도시 연맹의 세 도시의 맹주가 되어 북해와 백해의 모든 이권을 챙길 수도 있었다. 북해의 모든 어업권과 통행권, 그리고 대륙 북부에 대한 중계무역권을 손에 넣는다는 것은 베일이나 스톨츠 같은 약소국의 국왕이 되는 것보다 확실한 부와 권력을 손에 넣는다는 의미였다. 하지만 그는 그렇게 하지 않았다.

'무엇이 진실이고 무엇이 거짓일까?'

레미는 복잡해진 머리 속을 정리하면서 하나하나 되짚어가기 시작했다. 그녀는 믿고 있었다. 소심한 열등감만이 그의 전부가 아니라는 사실을. 무엇보다 튜멜이라는 남자에게는 답답할 정도로 고지식한 정직함이 있다고 믿었다.

'그 오래전… 죽어가던 나를 받아주었을 때처럼……'

오래전 일이 기억난 레미는 그늘진 표정으로 입술을 깨물었다. 그녀는 기억하고 있었다. 때 아닌 폭풍우가 치던 밤을.

영주민들의 소중한 농토가 물에 잠겨 버릴까 봐 걱정하며 사색이 된 얼굴로 밤새도록 빗속을 뛰던 젊은 영주가 튜멜이었다. 그녀가 알기로 그런 영주는 어디에도 없어야 정상이었다. 그리고 빈사 상태의 가물거리는 의식에 매달려 있던 그녀와 비에 흠뻑 젖은 창백하고 소심한 젊은 영주가 만났다. 레미는 어깨를 떨면서 그때의 기억을 서둘러 털어냈다.

"저 여자는 튜멜 남작의 오랜 친우였던 어느 몰락 가문의 여식입니다. 제가 영지를 빼앗았던 튜멜 남작과 마찬가지로 가난하지만 신심이 깊었던 가문의 마지막 후계자입니다. 가족들이 가난 속에 병들어 죽고 홀로 남겨진 그녀를 제가 영지로 데려왔습니다. 뱀파이어는 무덤에서 흘러나온 썩은 피 속에서 태어난다고 들었습니다. 하지만 그녀는 몰락했지만 신앙심은 버리지 않은 견실한 집안의 마지막 후계자입니다. 어떻게 저런 여자가 뱀파이어라는 겁니까?"

"그것을 어떻게 증명하겠나?"

"제가 그녀를 겁탈했었습니다."

튜멜의 말은 폭풍이 되어 대성당을 뒤흔들었다. 튜멜의 목소리는 좌우로 늘어선 대리석 기둥에 부딪쳤고, 성화가 그려진 돔을 맴돌며 폭풍처럼 대성당의 공기를 헤집었다. 튜멜을 제외한 모두가 위헴머에 맞은 표정을 짓고 있었다. 충격을 받아 재판 기록 서류에 잉크를 쏟은 교회 기록관은 재빨리 잉크를 닦아내며 기도문을 입 안에서 중얼거렸다.

'우, 웃기지도 않아……'

이언은 유쾌하게 웃고 싶었다. 하지만 그는 그 정도로 자제력이 부족하진 않았다. 변함없는 냉소의 그늘이 입가에 머물고 있었다.

"그렇습니다. 세르비안의 저서에 현혹되어 죄악의 무서움을 모르던 저는 어느 선량한 노인의 영지를 강탈했고, 그것도 모자라 저 불쌍한 여인을 겁탈했습니다. 오오! 신이시여! 이 죄 많은 영혼을 구원해 주소서!"

튜멜은 무릎을 꿇은 채 참회의 눈물을 흘리기 시작했다. 대신부와 수사들은 웅성거리며 귓속말을 주고받았다. 대주교는 혈압이 높아져 금식 기도의 필요성을 절감하며 낭패를 맛보았다. 교회의 입장과 성당 기사단의 향방은 차지하고, 우선은 지금 당장 튜멜 일행을 이단 심판하기가 아예 불가능해졌다고 생각했다.

"어떻게 그것을 증명하겠는가? 만약 저 여자가 뱀파이어라면 그대가 뱀파이어에게 피를 빨리고 홀렸을지도 모르지 않는가?"

"제 목에, 아니, 저희 일행의 목덜미에 이빨 자국이 남아 있는지 보시기 바랍니다. 그리고 무엇보다……."

눈물을 훔친 튜멜은 자리에서 일어나 카라에게 다가갔다. 재판관들을 등진 그는 일행 뒤쪽에 서 있는 성당 기사단의 눈을 피해 카라의 눈동자를 응시했다. 카라는 어이가 없다는 얼굴로 그를 보고 있었다.

부우욱!

"무, 무례한! 신이시여! 신의 영토에서 또 다른 죄악이!"

"허! 세상에……!"

"신의 품 안에서 무슨 망칙한 짓인고!!"

노여워하는 재판관들의 고함 속에서 튜멜은 찢겨진 옷자락을 쥐고 물러섰다. 카라는 충격을 받아 멍한 얼굴로 찢겨진 옷자락을 여밀 생각조차 하지 못했다. 튜멜이 옷깃을 잡아 찢었기 때문에 그녀의 쇄골 부근과 가슴 언저리가 드러났다. 레미는 눈을 질끈 감았다.

"요즘 뱀파이어는 이런 것도 갖고 다닙니까?"

"참나무 십자가!"

누군가 흥분해 소리쳤다. 정성 들여 손질한 얇은 가죽 끈에 매달린 반질반질한 참나무 십자가가 카라의 목에 걸려 있었다. 카라의 목에 걸려 있는 참나무 십자가는 성직자들이 서품식 때 받게 되는 것과는 조금 달랐다. 가로와 세로의 비율이 거의 비슷한 대칭 형태의 십자가였고, 정면에는 서품받은 사제들처럼 G.H.S.(신께서 여기 존재하시니)라는 머리글자 대신에 '신의 어린 자녀들'이라는 의미의 저지 미노트어 경구인 K.D.G.(Kinda Dess Gotte)가 음각으로 새겨져 있었다.

재판관들은 카라의 하얀 피부 위에 매달려 있는 참나무 십자가에 새겨진 '신의 어린 자녀들'이라는 글귀는 읽을 수 없었다. 하지만 그들은 십자가의 형태만으로도 그것이 어떤 십자가인지 알 수 있었다.

주교 급 이상의 성직자가 견습 수련을 받는 수련사나 신앙심이 깊은 집안에게 서품을 대신하여 내리는 십자가였다.

찢겨진 옷깃 사이로 얼굴처럼 유난히 희고 매끄러운 속살이 드러났지만, 참나무 십자가의 존재 때문에 누구도 천박한 정욕을 품을 수 없었다. 카라는 입꼬리를 묘하게 떨며 쓴웃음을 지었다. 그녀는 신의 자녀였다.

'승부는 끝났어.'

이언은 마음속으로 회심의 미소를 지으며 겉으로는 놀란 표정을 지었다. 튜멜은 여전히 찢겨 나간 옷자락을 쥔 채 묵묵히 서 있었다. 이런 논쟁을 처음 겪어보는 그였지만, 지금부터는 침묵이 효과적인 수단이라는 것을 본능적으로 깨닫고 있었다. 대주교는 낭패스러운 얼굴로 한숨을 쉬었다.

"어떻게 저런 것을 갖고 있는……."

수사 중 누군가가 낮게 신음을 토하며 말꼬리를 흐렸다.

카라는 고개를 숙인 채 조용히 두 팔로 가슴 언저리를 가렸다. 그녀는 빠르게 머리를 회전시켰다. 이제는 스톨츠의 폴밀로스로 사람을 보내 임로프 가문을 조사해도 문제가 될 수 없었다. 가문의 몰락은 확인될 것이고, 그녀는 단지 집안에서 대대로 내려오는 십자가라고 주장하면 충분했다. 그녀는 가만히 눈을 감았다.

그 순간 튜멜 일행의 뒤쪽에 정렬해 있던 성당 기사단 사이가 소란스러워지기 시작했다. 식은땀을 흘리기 시작한 재판관들은 이번엔 또 뭐냐는 의미로 고개를 들었다. 갑옷이 철그럭거리는 소리와 함께 크지는 않았지만 힘있는 목소리가 들려왔다.

"라이어른 맹약국의 맹약 종주국인 발트하임의 국왕 폐하께서 들어오십니다!"

"아델만 국왕이?! 어째서?"

재판관들이 사태를 이해하지 못하는 상황 속에서 시종장이 옆으로 물러섰고, 왕실 호위 기사들이 들어와 좌우로 사열했다. 아델만 발트하임 국왕은 잔기침을 하면서 천천히 대성당 안으로 들어왔다.

〈 7 〉

비에 젖은 도시는 추레했다. 나즈막한 지붕들 사이로 신경질적으로 솟아 있는 교회의 종탑들이 비에 젖고 있었다. 사자성보다 더 커 보이는 상트 레쯔엘 대성당의 거대한 돔은 혈색 나쁜 늙은이의 얼굴처럼 보였다.

오래전에 건설된 데다 원래부터 전투용 성곽에서 출발한 사자성에는 창문이 많지 않았다. 대륙 전체의 문화를 조망했을 때, 왕성에 비싼 유리창으로 마감된 창문이 사용되는 비율은 대륙의 남쪽으로 내려갈수록, 그리고 동쪽으로 갈수록 많아졌다. 특히 유리 세공의 종주국이라고 할 수 있는 아피아노의 왕성에 비하면 라이어른의 사자성은 밋밋한 성벽이나 다름없었다.

사자성에서 창문이라는 의미는 그저 아치 형으로 뻥 뚫린 공간에 불과했고, 유사시에 석궁을 사격하기 위한 곳이었다. 비가 오거나 겨울을 대비해서 나무 덧문을 달아놓은 창문도 많지 않았다. 원래부터 창문의 숫자가 적은 사자성이었기 때문에 복도에서 눈이나 비가 들이치는 것은 그다지 문제가 되지 않았던 것이다.

사자성은 가뜩이나 좁고 채광이 좋지 않은 구조인데다 라이어른의 날씨 자체가 비 오는 날이 압도적으로 많은 관계로 대낮에도 횃불이 필요한 구역이 많았다. 하지만 제국 시대부터 증개축을 되풀이하며 끈질기게 사용된 이곳은 화려하게 건축된 남부 지방의 왕성들과는 다른 분위기가 감돌았다.

"이야! 이 옷 좀 봐! 너무 이쁘지?"

에피의 호들갑에도 불구하고 방 안의 공기는 무척이나 차가웠다. 사자성의 북쪽으로 기묘하게 튀어나온 구조를 가진 별실은 사자성 전체를 놓고 봤을 때 조금은 특이한 구조였다. 사자성에서도 최근에 건축된 증거로 무려 7개에 달하는 창문이 있었고, 모든 창문에 유리가 끼워져 있었다. 사자성을 외관을 보았던 사람이라면 누구나 이곳이 유별나게 유리창이 많이 사용되었다고 느끼는 것은 어렵지 않았다.

별실의 바닥에는 부드러운 융단이 깔려져 있었다. 다만 회를 바르고 그 위에 실크 벽지까지 바르는 남쪽 국가들의 왕성과는 달리 라이어른 특유의 실용성 내지는 고집스러움 덕분에 밋밋한 대리석이 그대로 드러난 방 안이라 살풍경한 분위기는 어쩌지 못했다.

왕성 깃발로 써도 무리가 없을 만큼 거대한 크기로 만들어진 배너(Banner)와 페넌(Pennon)들이 을씨년스러운 벽을 가리고 있는 것이 그나마 다행이었다. 어찌 보면 전투적인 배너와 페넌들이 벽을 장식하고 있는 모습이 더 스산한 기분을 줄지도 몰랐지만, 적어도 없는 것보다는 훨씬 나았다.

튜멜은 정신없이 돌아가는 상황 덕분에 에피의 호들갑을 들어줄 여유가 없었다. 간신히 화형을 면했다고 생각하는 순간에 전혀 예상치도 못했던 아델만 국왕이 근위대를 이끌고 성당으로 난입했다. 아델만 국왕은 소수의 병사들만을 호위를 이유로 성당 안까지 대동했지만 대성당 바깥의 광장에는 믿을 수 없는 숫자의 근위대 병사들과 근위 기병들이 대기하고 있었다. 라이어른 건국 이래로 교회를 상대로 전례없는 무력 시위가 벌어졌던 상황이었다. 그리고 아델만 국왕은 기록관의 서류를 빠르게 훑어보고는 튜멜 일행을 사자왕 시해 혐의로 체포했다.

물론 이단 재판관들과 성당 기사단 측에서는 교회에 무장 병력이 난입한 행동에 대한 강력한 항의를 했고, 아피아노에 있는 중앙 대교국으로 공식 서한을 올리겠다고 협박했다.

교회에 대한 무력 시위는 그리 간단한 문제가 아니었다. 결과적으로 제국의 분열과 이어진 '암흑 시대'의 시작은 교황이 황제에 대한 파면을 단행했던 사건을 계기로 구체화되었던 전례가 있었다.

교회에 반기를 들었던 3개 국—크림발츠, 아메린, 폴리안—들이 대륙 최강대국으로 군림하는 현재에는 교황의 입김이 크게 작용하는 국가는 대륙 동부의 약소 3개 국—베일, 스톨츠, 아피아노—그리고 대륙 북부의 라이어른 정도였다.

성서의 해석에 따른 정통성 문제와 교권과 황권의 대립으로 북 하이파 제국과 서 하이파 제국이 분열되었고, 기나긴 전란의 시대가 시작되었다. 그 결정적인 기폭제 역할을 했던 것이 교황이 황제를 파문한 사건이었다.

심약하고 무능력한 국왕으로 평가받던 아델만 국왕은 그런 협박에

굴하지 않았다. 그는 왕실 기록관의 서류를 증거로 내밀면서 그들에 대한 이단 혐의가 희박한 이상, 지금부터는 왕실의 문제임을 못 박았다. 그는 튜멜 일행의 혐의가 다름 아닌, 누구보다 중앙 대교국에 충실했던, 그리고 중앙 대교국으로부터 사자왕이라는 칭호를 받은 베오하이트 국왕에 대한 시해 혐의라는 것을 이유로 들어 그들의 신병을 강력하게 요구했다. 교회도 사자왕이 중앙 대교국에서도 인정한 존재라는 것을 알고 있었고, 때문에 아델만 국왕의 주장을 드러내 놓고 반대하지는 못했다.

대주교와 국왕은 밀실이나 다름없는 성서실로 들어가 해질녘까지 나오지 않았고, 조건을 달아서 서로의 견해를 받아들였다.

대주교는 교회로 무장 병력을 난입시킨 국왕에게 고해 성사와 함께 무장 병력의 철수를 요구했다. 아델만 국왕은 기꺼이 고해소로 들어가 대주교에게 신의 영지인 성당 안에 병사들을 투입한 자신의 죄를 고백했고, 3일 간의 '속죄의 기도'와 상당한 액수의 헌금을 보석으로 고해 성사는 간단하게 이루어졌다.

무장 병력은 그 즉시 대성당 바깥으로 철수했고, 튜멜 일행은 성당 기사단의 호위 속에 대성당 바깥으로 안내되었다. 그리고 다시 대성당 계단에서 기다리던 근위대에게 체포당했다.

이런 복잡한 절차가 필요한 이유는 신의 영지 안에서 세속의 죄를 저지른 신의 어린 양이 체포당하는 전례를 만들 수 없다는 교회의 입장을 존중해 준 이유 때문이었다. 아델만 국왕은 국왕으로서 신의 권능에 고개 숙이는 모습을 보여주기 위해서 그 제안에 찬성했던 것이다.

그렇게 체포당한 튜멜 일행은 예상과는 달리 악명 높은 사자성의 지하 감옥에 투옥되지 않았다. 오히려 귀빈을 위한 별실이라고 말할 수 있는 북쪽 별관으로 안내되었고, 아침에 눈을 뜨자마자 시종들이 가져온 깨끗한 새 옷을 앞에 놓고 고민하고 있었다.

"새 옷을 줄 거면 개운하게 목욕할 기회도 주면 좀 좋아?"

이언은 개운한 목욕 대신에 향수를 뿌리고 새 옷으로 갈아입으며 투덜거렸다. 사향 냄새가 압도적으로 강한 향수 덕분에 거의 한 달째 제대로 씻지 못한 시큼한 체취는 조금 누그러져 있었다.

세 명의 여자들에게는 고래 뼈로 치맛자락을 크게 부풀린 남부식 실크 드레스와 진주 목걸이를 비롯한 장신구들이 나왔고, 남자들에게는 눈처럼 하얀 실크 셔츠와 무릎까지 내려오는 남부식 바지와 스타킹, 그리고 앞자락은 짧고 뒤자락은 발목까지 내려오는 예복이 나왔다.

간밤에 테일러가 그들의 치수를 재어 가 밤새도록 준비한 옷들이었다. 이언은 간밤에 왕성 테일러가 몸 치수를 재는 동안에 벌써 수의를 준비하냐고 이죽거리는 것을 잊지 않았다.

"맘에 안 들어… 이걸 숨길 만한 복장이 아니잖아?"

난생처음 예복을 입어보는 쇼는 허공으로 단검을 던졌다 받는 동작을 되풀이하고 있었다. 작위없는 준귀족, 혹은 부유한 상인들이 입게 되는 갈색 예복은 쇼의 얼굴과 의외로 잘 어울렸다. 아무리 봐도 귀족으로는 보이지 않았지만 그저 무난하고 평범한 얼굴의 상인으로 보이기에는 충분했다.

그에 비하여 파일런은 여전히 갈색의 수수한 복장에도 불구하고 단련된 기사로 보였고, 이언은 넉살 좋게 느물거리는 방탕아나 몰락 귀족으로 보였다. 가장 어울리지 않는 것은 레이드였다. 가장 큰 체격에 검게 탄 얼굴의 레이드는 도시로 몰래 잠입한 용병 암살자이거나 뒷

골목 부랑자로밖에는 보이지 않았다.

튜멜은 다시 한 번 소리를 지르려는 자신을 가까스로 억제했다. 그는 도대체 어째서 그동안 쇼의 단검이 용케 몸 수색에 걸리지 않았는지 이해할 수가 없었다. 그는 쇼의 부츠가 특별히 제작된 하이 스카우터 용 부츠라는 사실을 알지 못했다. 이곳이 베일이나 크림발츠였다면 하이 스카우터들이 단검을 어디에 숨기는지 아는 사람이 있을 법도 했지만, 예전에 쇼가 말했듯 라이어른에는 로우 스카우터들밖에 없었다.

쇼는 나름대로 고민을 해봤지만 단검을 숨길 만한 복장은 절대로 아니었다. 일단 바지와 셔크, 겉옷 모두가 타이트하게 몸에 달라붙는 옷이었기 때문에 별로 크지 않은 쇼의 하이 스카우터 식 더크(Dirk)를 감춰도 옷이 불룩해지는 것은 어쩔 수 없었다. 쇼가 잘 모르고 있던 사실이지만, 그들이 입고 있는 방식의 옷이 귀족들에게 유행하는 이유는 그런 옷을 입으면 몸에 암기를 숨기기 힘들다는 이유 때문이었다. 사람에게 치명상을 입힐 정도의 크기를 가진 단검을 어디에도 숨기기 힘들도록 몸에 달라붙는 옷이었다. 과장해서 말하면 암살 방지용 예복이었다.

"그런 걸 갖고 있다가 걸려서 무슨 죄를 뒤집어쓰고 싶은 거냐?"

"시끄러, 바보 남작. 이게 내 목숨을 구해준 게 몇 번인지 알아?"

쇼는 잔뜩 불만스러운 얼굴로 자신의 단검을 만지작거렸다. 튜멜은 못내 불안한 시선으로 실내를 힐끔거렸다. 나머지 일행들은 쇼의 단검에 아무런 흥미도 보이지 않았고, 오히려 그가 계속 단검을 갖고 있어주기를 원하는 경우도 많았다. 대부분이 거칠게 살아온 사람들이었고, 일행 중 누군가는 무기를 갖고 있는 편이 좋다고 생각했다.

"그건 그렇고, 대단해. 그런 임기응변을 쓸 줄도 알고."

"닥쳐, 떠돌이! 네놈들 때문에 난 교회를 상대로 거짓말을 했다. 말이나 되는 일이야? 신앙인이라는 인간이 성직자에게 거짓말을 하다니……!"

"근데 내가 십자가를 갖고 있다는 것은 어떻게 안 거니?"

"몰랐다. 단지 있지 않을까 하는 짐작만 했었다."

카라는 바늘로 찌르면 맥없이 터져 버릴 듯이 불안과 죄책감으로 부풀어 오른 튜멜의 시선을 받으며 조용히 웃었다. 그의 시선은 평소보다 더 심하게 이리저리 움직이며 위태롭게 흔들거렸다. 튜멜은 비가 내리는 수도의 시가지 정경을 내려다보며 낮게 '끄응~' 하는 신음 소리를 내다가, 이내 몸을 돌려 페넌트가 나란히 걸려진 벽을 따라 서성거렸다. 대성당을 나온 이후로 계속 그러고 있었다.

"그런데 정말로 여자를 겁탈한 적이 있던 거냐?"

퍽!

테이블 위에 있던 도자기 찻잔이 이언을 스치고 날아가 페넌트가 걸려진 대리석 벽에 맞아 박살났다. 튜멜은 어깨를 들썩이면서 흐트러진 호흡을 가누지 못하고 있었다. 모두들 동작을 멈춘 채 입을 다물었다. 하지만 이언은 싱긋 웃고 있었다.

"대주교님 앞에서 거짓말을 했다. 내가 왜 그래야 했지? 성직자 앞에서 내가 뭘 얻으려고 거짓말을 했던 거지? 내가 어째서 이런 짓을 하고, 이렇게 죄책감을 느껴야 하지? 응? 내가 어째서? 내가 왜 이런 일들을 겪어야 하는 거지?!"

얼굴이 붉게 달아오른 튜멜은 몇 킬로를 뛰어온 사람처럼 씩씩거리며 쥐어짜내는 말투로 말했다. 이언은 싱긋 웃으며 하품을 했다. 에피만이 파편이 되어 뒹굴고 있는 찻잔을 보면서 '아깝다'라고 희미하게 중얼거렸을 뿐이었다. 침묵이 찾아오자 창밖으로 내리는 빗소리가 들렸다. 꾸준한 속도로 바닥을 때리는 빗소리는 분위기를 한층 우울하게 만들었다.

"칭찬받고 싶어서 했던 일이냐?"

"누가 너 따위에게 칭찬을 받고 싶어한다는 거냐?"

"그럼? 아무도 시키지 않았어. 너 스스로가 했던 거지. 그런데 뭐가 문제야? 지금 네 행동이 얼마나 웃긴지 알아? '나 착한 일 했어. 칭찬해 줘'. 이런 걸로 보여. 너, 어린애냐?"

"웃기지 마!"

"정신 사납게 서성거리며 중얼중얼거린 건 그럼 뭔데?"

"난 너처럼 죄에 대해서 일말의 죄책감도 느끼지 못하는 인간이 아니다. 성직자에게, 그것도 대주교나 되는 분에게 거짓 증언을 하고도 태연한 인간이 정상이라는 거냐?"

"그만두세요, 두 사람 모두."

에피의 스커트 자락을 매만져 주던 레미가 참지 못하고 끼어들었다. 옷이 예쁘다고 호들갑을 떨던 에피였지만, 고래 뼈로 만들어진 코르셋을 입고 나서는 숨이 막힌다고 엄살을 부리고 있었다. 레미는 익숙한 손놀림으로 코르셋을 좀 느슨하게 풀어주면서 입을 꾹 다물었다.

"일단은… 고맙구나. 네가 도와주리라고는 생각도 못했어."

카라의 한마디가 위태로웠던 분위기를 대번에 진정시켰다. 그녀는 유난히 하얀 얼굴의 표정을 바꾸지 않은 채 입꼬리만 살짝 올라가는 특유의 미소를 지었다. 그리고 당연한 예식인 것처럼 희고 가느다란 손가락을 움직여 흘러내린 검은 곱슬머리를 갈퀴처럼 긁어 올렸다.

하얀 얼굴에 붉은 입술이 그려내는 검은 미소는 뱀파이어 특유의 안광과 함께 묘지와 같은 스산함을 풍기고 있었지만, 역설적으로 모두는 안도를 하고 있었다. 그녀는 절대로 변하지 않았다. 그녀가 굳이 말하지 않아도 모두들 그녀가 얼굴로 보이는 것처럼 단지 30여 년을 살아온 것은 아니라는 걸 알고 있었다.

평범하고 유한한 삶을 살아가는 사람의 의식이 닿을 수 없는 수평선 너머의 무인도 같은 존재가 카라, 혹은 캬린샤 임로프라는 이름을 가진 그녀였다.

튜멜은 입을 벌린 표정으로 그 무인도를 보고 있었다. 그녀에게는 무언가 실체를 알 수 없는, 그렇기 때문에 혼란스러운 흡입력이 있었다. 마치 과다한 출혈 뒤에 죽음이 가까워지면서 느낀다는 성적 쾌감과도 비슷한 위험한 매력이었다. 튜멜은 얼굴을 붉히며 서둘러 그런 생각을 털어냈다.

"그, 그냥 단지……."

목소리가 갈라졌다. 그 이유 따위는 모른다.

"다, 단지 누군가를 배신하고 팔아먹는 짓은 일생에 한 번으로 족하다고 생각했다."

"어? 남작 오빠, 설마 진짜로 그 뭐라더라? 아! 그 늙은 노인네를 죽이고 영지를 쏙싹한 거야? 헤에, 제법인… 까악!"

에피는 갑자기 난폭하게 조여진 코르셋에 눌려 비명을 질렀다. 태어나서 지금까지 한 번도 코르셋 같은 옷을 입어보지 못했던 그녀는 숨도 제대로 쉬지 못하고 있었다.

레미는 한숨을 쉬며 다시 코르셋의 끈을 느슨하게 풀어주면서 멋쩍게 웃었다. 일행들은 레미도 가끔은 저런 행동을 보일 수 있다는 사실

을 깨닫고는 심각한 표정을 지었다. 항상 난폭한 언행을 싫어하는 그
녀도 가끔 마음에 들지 않으면 카라처럼 히스테릭한 행동도 보일 수
있다는 발견은 별로 유쾌하지 않았다. 그녀처럼 머리가 먼저 움직이
는 사람들이 화를 낼 때가 가장 무섭다는 것은 다들 알고 있었다. 태
어나서 한 번도 화를 내보지 않았을 것 같은 레미는 태연한 얼굴로 코
르셋 끈을 느슨하게 풀어주었다. 에피는 콜록거리며 자신의 늑골이
부러지지 않았는지 확인했다.

"그런 말은 실례잖니. 그런데……."

레미는 눈을 들어 튜멜을 찾았다. 튜멜은 머쓱하게 애매한 표정을
지었다.

"전부 꾸며낸 이야기죠? 어제 증언했던 내용은?"

튜멜은 곧바로 대답하지 않았다. 그는 문득 자신이 창가에 서 있다
는 것을 발견하고는 고개를 돌려 창밖을 바라보았다. 도시는 빗속에
서 후줄근하고 궁색한 몰골이었다.

"크게 다르지는 않습니다. 어쩌면 사실 그대로였기 때문에 그런 상
황에서 정확하게 말했는지도 모릅니다. 전 그런 인간인가 봅니다. 그
렇습니다. 저번에도 말했듯이 저는 전쟁터가 무서워 무턱대고 도망쳤
습니다. 그것도 한밤중에 집 안에서 제가 건드릴 수 있는 보석과 돈은
모조리 챙겨서 말이죠. 무슨 생각으로 그랬는지는 모릅니다. 그저 무
서웠고, 손은 본능적으로 서랍을 뒤지고 있었죠. 살아남으려면 돈이
필요하다, 그렇게요. 그렇게 고향을 떠나서 본능적으로 발걸음은 남
쪽을 향하고 있었죠. 지금 생각해 보면 배를 타지 않은 것은 잘한 짓
이었습니다. 어떤 배를 타고 항구를 벗어났는지 다음날 아침이면 보
고되었을 테니까요. 배는 바다 한가운데서 도망치지 못하죠. 하여간

그렇게 도망치다가 다다른 곳이 테일부룩이었습니다. 늙은 전대 튜멜 남작이 홀로 늙어가던 곳이죠."

"어떤 분이었나요, 늙은 튜멜 남작은?"

레미의 질문에 튜멜은 눈을 감았다.

"조금은 괴팍스러운 노인이었습니다. 평생을 혼자 살아온 남자가 노인이 되었을 때 어떻게 변하게 되는가 알게 될 정도였죠."

거실로 안내되어 들어갔을 때 노인은 벽난로 가에 앉아 있었다. 라이어른 남부 지방의 겨울은 무섭도록 추웠다. 어깨 위에 쌓여 있던 눈은 미처 녹지 못한 채 무거운 물방울을 매달고 있었다. 과연 귀족의 저택이 맞을까 싶었던 거실이었다.

케이시는 낯선 귀족의 저택을 방문한 것은 이번이 처음이었다. 오랜 눈길을 헤매고 있었던 덕분에 그의 뺨은 벌겋게 얼음이 박혀 있었다. 하지만 선이 가늘고 앳된 얼굴 덕분에 수줍어하는 소년 티를 벗지 못한 청년의 모습으로 보였다.

"이름이 뭔가?"

노인은 안락의자에 몸을 파묻고서 조용히 물었다. 정성껏 왁스를 먹인 장미 목에 두툼한 실크를 씌운 의자에는 코끼리와 온갖 이국적인 그림들이 섬세한 자수로 장식되어 있었다. 이 저택에서 거의 유일하게 값진 물건처럼 보였다.

노인은 옆구리와 목덜미에 두툼한 쿠션을 끼우고 양털로 만든 잿빛 담요로 몸을 말고 있었다. 검게 그을린 벽난로 안에서는 세심하고 꼼꼼한 솜씨로 잘라놓고 잘 말린 장작이 기분 좋게 타고 있었다. 타닥거리며 벽난로 안쪽에 몸을 부딪치는 불꽃은 장난스럽게 거실 안의 그림자를 뒤흔들곤 했다.

"이쪽으로 와서 앉게. 늙어서 눈이 침침해."

케이시가 미처 이름을 대답하기도 전에 노인은 딱딱하고 목에 걸리는 거북스러운 음성으로 명령했다. 그는 머뭇거리며 옻칠을 해놓은 단출한 의자에 앉았다. 어깨에 쌓였던 눈이 녹아서 빗물처럼 흘러내렸다.

"글을 읽을 줄 아는가?"

"네……."

"이것 좀 읽어주게. 죽을 때가 되어서 그런지 글자가 안 보이더군."

"네?"

케이시는 노인이 내미는 얇은 책을 보면서 의아한 표정을 떠올렸다. 늦은 오후에 테일부룩을 지나치던 케이시는 해가 지기도 전에 눈보라를 만났다. 부쩍 빨라진 겨울을 의식하고 있었지만 이렇게 빨리 찾아올 줄은 예상하지 못하고 있었다. 눈발이 날리기 시작했을 때, 그는 단념하고 발길을 돌렸다. 이런 날씨에 밖에서 헤매는 것은 자살 행위였다. 하지만 금방 도착하리라 여겼던 작은 마을은 눈보라 속에서 좀처럼 쉽게 찾아지지 않았다.

동사 직전의 상태에서 불빛을 발견하고 안도하게 된 그가 찾은 곳은 이곳 영주의 저택이었다. 케이시는 영주란 으레 성을 갖고 있어야 한다고 생각하고 있었기 때문에 이 저택이 영주의 저택이라고는 생각지 못하고 있었다. 고향을 등진 그가 절대적으로 주의하면서 피하는 곳이 귀족들의 저택이었다. 자신이 도망친 것보다 소문이 빠르다고는 생각하지 않았지만 혹시나 싶은 마음 때문이었다. 지독한 눈보라가 아니었다면 그가 테일부룩 영주의 저택에 도움을 청하는 일은 없었을 것이다.

 뒤늦게 알게 된 사실 중 하나는, 그가 불빛을 발견한 것이 우연이 아니라는 사실이었다. 노인은 겨울이면 눈보라 속에서 길을 잃은 사람들을 위해서 밤새도록 저택의 출입 문에 등불을 밝혀두게 시켰다. 케이시는 겨울이면 길을 잃은 몇몇 여행자들이나 마을 사람들이 이 저택의 불빛을 보고 찾아드는 것을 목격했다. 노인은 그런 사람들에게 지독한 욕설을 퍼붓곤 했지만, 따뜻한 벽난로 곁에서 재워주고 뜨거운 수프를 주곤 했다.

 '뭐야, 넌? 귀족으로서의 책임도 모른다는 거냐? 쓸모없는 애송이!'

 언젠가 케이시가 겨우내 켜두는 등불 때문에 막대한 기름이 소모되는 것을 지적하자 노인은 얼굴을 붉히며 그렇게 화를 냈었다. 꼬장꼬장하고 성격 나쁜 노인이었지만 악인은 절대 아니었다.

 케이시는 얼었던 손발이 풀리면서 지독하게 가려워지는 통증 때문에 얼굴을 찌푸리면서 책을 받아 들었다. 한밤중에 눈보라를 만나 도움을 청해온 낯선 이를 거실에서 만나며 책을 읽어달라는 부탁을 하는 것은 상식을 벗어났다. 대단한 책도 아니었다. 제목을 확인한 케이시는 어딘지 맥 빠지는 기분이 들었다. 지극히 평범한 서사시집이었다.

 "죄송합니다만, 제가 이겼습니다."
 "흐음……."
 노인은 반점 때문에 보기 흉한 뺨을 문지르며 혀를 찼다. 케이시는 소년스러운 얼굴로 빙긋 웃으며 카드를 섞었다. 겨울이 시작되던 즈음 이곳에 찾아온 케이시는 겨우내 노인의 말벗이 되어주고 있었다. 그는 묵묵히 노인이 원하는 책을 읽어주었고, 노인과 카드 놀이를 했다. 한 번도 카드를 배워본 적 없는 케이시였지만, 눈이 흐려 카드 패를 똑바로 읽지 못하는 노인을 이기는 데는 그리 오랜 시간이 걸리지 않았다.

지금도 노인은 '달의 기사'를 '태양의 기사'로 착각하여 패를 내밀었고, 그 결과 '별의 여왕'와 '별의 광대', 그리고 '별의 기사'를 내밀어 '싱글 로열(Single Royal)'을 만든 케이시에게 패하고 말았다. 케이시는 겨우내 쌓였던 눈이 녹기 시작했는데도 길을 떠나지 않았고, 묵묵히 괴팍하고 신경질적인 노인의 수발을 들고 있었다.

그는 묵묵히 노인보다 먼저 일어나 옷을 갖춰 입었고, 하루 종일 노인의 곁을 떠나지 않으며 노인이 시키는 것을 군말없이 행했고, 저녁이면 노인이 잠자리에 드는 것을 확인하고서 제일 나중에 잠들었다. 서가에 있다던 책을 찾기 위해 반나절을 씨름하는 동안 노인에게 온갖 욕설—주로 '이 똥강아지 녀석!' 류의 욕설이었다—을 듣던 케이시가 그 책을 노인의 발치에서 발견했을 때도 그는 화내지 않았다.

그저 멋쩍게 웃으며 '이 책 여기에 있었네요. 어르신 말씀이 맞았습니다'라고 말했다. 노인은 자신이 서가에 그 책이 있다고 고집 부렸는데도 짜증스러운 어투로 '내가 여기 있다고 몇 번이나 말했나? 왜 서가 따위를 뒤지는 거야?'라고 말했다.

"봄인데 뭘 꾸물거리는 게야? 겨우내 눈 때문에 피해를 본 곳이 없는지 확인하고 파종 준비는 잘되어가는지 확인해야 할 것 아냐?"

카드 놀이에서 연이은 참패 덕분에 토라진 노인은 갑자기 버럭 소리를 질렀다. 겨울이 지나는 동안에 노인의 성격을 파악한 케이시는 바보처럼 웃었다.

"제가 어떻게 그런 일을 합니까? 집사에게 시키시죠."

"못난 놈! 네놈이 여기서 겨울 동안 축 낸 음식들은 다 영주민에게서 거둬들인 것이야! 앉아서 호의호식하는 것밖에 모르면 기생충과 뭐가 다르다는 거냐? 젊은 놈의 정신 상태가 왜 이렇게 썩었어?!"

'이건 제 영지가 아니지 않습니까?'

물론 케이시는 그런 말을 하지는 않았다. 그저 고개를 주억거리며 거실을 나와 저택의 늙은 집사와 함께 영지를 둘러보았다. 노인의 영지는 넓지 않았고, 고작 말을 타고 한나절을 돌자 모든 것이 끝났다. 그리고 저녁 식사 시간쯤에 도착했을 때, 그는 또 한 번 벼락같은 잔소리를 들었다.

"어디를 하루 종일 쏘다니는 게야? 집 안에도 없고! 하루 종일 노인네를 혼자 버려둘 셈이냐? 나 같은 건 아무도 없을 때 그냥 죽어버리면 끝이라는 거냐?"

"그, 그게 말입니다… 죄송합니다."

케이시는 하루 종일 말을 타느라 녹초가 된 몸으로 그 소리를 듣고서 아연했지만 화를 내지도 않았고, 영지를 떠나지도 않았다.

그는 하루빨리 외국으로 도망쳐야 하는 자신이 이렇게 오랫동안 한곳에 머무르는 것이 위험하다는 것을 알고 있었다. 하지만 그는 떠나지 못했다. 살아오면서 두 번째로 자신을 필요로 하는 사람이었다.

태어나서 처음으로 자신을 필요로 했던 사람은 자신의 아버지였고, 그는 배다른 형을 대신하여 전쟁터에 나가서 죽기를 명령했다. 그것이 서자임에도 자신을 키워준 가문에 대한 의무라고 말하면서.

노인은 두 번째로 자신을 필요로 했다. 그는 가문의 명예니 전쟁터에 나가서 죽으라고 요구하지 않았다. 그저 말을 들어주고 지루하기 짝이 없는 카드 놀이 상대를 해주고, 유치 찬란한 책들을 읽어주는 것으로 족했다. 누구에겐가 도움이 되고 위안이 되는 존재. 케이시 파온 테멜른으로서는 태어나서 처음 경험하는 감정이었다. 그저 묵묵히 인내하는 것만으로도 누군가에게는 도움이 된다는 것을 배웠다. 그는 행복했다.

전쟁터에 나가서 생전 처음 휘둘러 보는 검을 들고서 개죽음을 당하는 것은 할 수 없었지만, 삶에 지치고 늙은 노인의 괴팍스러움을 받아주는 것은 할 수 있었다. 그는 조금씩 진심으로 웃기 시작했다.

배다른 형제들의 발길질과 친아버지의 매질 덕분에 온몸에 상처가 끊이지 않는 어린 시절을 보냈던 그의 얼굴은 피 한 방울 섞이지 않은 노인을 닮아가고 있었다. 어쩌면 성격도 닮아가고 있었는지 모른다. 그저 언제나 묵묵히 아무런 말도, 아무런 표정도 없었던 그가 겨울이 지나고 봄을 거쳐 여름으로 접어드는 동안 태연스럽게 웃었고, 미간을 찡그리며 생각에 잠기기도 했다. 흥분하면 노인처럼 말을 더듬기 시작하기까지 했다. 이제는 누가 봐도 그는 레온 튜멜 남작의 아들 케이시 튜멜이 되어 있었다.

"이, 이 망할 자식아! 예, 예절을 보이란 말이야! 예절을!"

"거, 거참! 어, 어르신! 제가 뭘 잘못했다는 겁니까?"

"부, 부끄럽지도 않냐? 새파랗게 젊은 놈이……!"

가을 추수가 끝나고 춥고 고단한 겨울을 기다리는 계절이 되었을 때, 저택의 하인들은 이런 다툼을 주고받는 두 사람의 모습을 태연하게 구경할 수 있었다.

"인간이 세상을 살아가면서 가장 중요한 것이 뭔지 알겠냐?"

"잘 모르겠습니다, 어르신."

두 번째 겨울이 찾아와 벽난로 곁에서 지루한 카드 놀이를 하는 도중에 노인이 불쑥 물었다. 케이시는 하품을 하면서 카드를 섞고 있었다.

"인간에 대한 예의를 지키는 거야. 타인에 대한 예의, 자신에 대한 예의. 그게 가장 중요한 거야."

"어떻게 하는 게 예의를 지키는 거죠?"

"그건 네놈이 살아가면서 스스로 찾아봐. 70년 평생을 대가로 얻은 지혜를 미쳤다고 네놈에게 덜컥 줘버리겠냐? 네놈은 도둑놈 근성으로 썩어 문드러졌구나!"

"그런 대답이 나올 줄 알았습니다. 어르신, 그만 하십시오."

"네놈은 속임수를 쓰는구나!! 어떻게 이번에도 왕실(Royal) 카드가 한 장도 나오지 않을 수가 있는 거야?! 눈도 침침한 노인을 상대로 속임수를 쓰다니, 천하에 버르장머리없는 녀석!"

"카드를 가르쳐 준 건 어르신입니다. 어르신에게 배운 실력으로 어떻게 속임수를 씁니까?"

그들의 대화는 항상 그랬다. 기력이 떨어지고 가끔 기억력도 부정확한 노인 덕분에 어떤 대화든 오래가지 못했고, 뜻밖의 방향으로 진행되기 일쑤였다.

노인이 죽었을 때, 케이시 튜멜은 침대 곁에 앉아서 오열했다. 진심으로 그를 필요로 하던 사람이 세상에서 사라진 것이다. 집안 하인들이 그를 억지로 떼어놓을 때까지 그는 진심으로 울었고 절망했다. 노인은 마지막 순간까지 그에게 욕하고 짜증을 부렸다. 마침내 노인을 마을 교회 뒤뜰에 묻었을 때, 그는 비로소 케이시 튜멜 남작이 되었다.

"내가 테일부룩에 머문 지 3년 만에… 노인은 죽었습니다. 유언은 간단했습니다. 영지를 지켜줄 것. 노인은 평생 동안 나름대로 성실하게 가꿔온 영지를 주변 영주들이 나눠 갖는 것은 원하지 않았습니다. 그 작은 변두리 영지라도 성실하게 애정을 갖고 유지해 줄 존재를 원했죠. 가문의 배신자이자 도망자였던 인간에게 영지를 덜컥 줘버리고 죽다니, 그 노인도 꽤나 괴팍한 사람이었죠."

"그 늙은 튜멜 남작이라는 분은 당신의 성실함을 눈여겨본 것일 거예요. 그렇게 괴팍하고 신경질적으로 굴었던 것은 당신의 인품을 시험해 보기 위함이 아니었을까요? 남작님이 평범한 남자였다면 봄이 되었을 때 국경을 넘어서 도망쳤을 거예요. 그게 안전하니까. 하지만 당신은 그러지 않았잖아요? 노인을 홀로 버려두지 못했던 거죠?"

레미는 이야기를 듣는 동안에 이미 에피의 옷치장을 끝내주고 있었다. 얌전히 의자에 앉아 허리를 펴고 단정한 자세를 유지하는 그녀의 주변에는 의심할 여지 없는 기품이라는 분위기가 맴돌고 있었다. 레미는 여행을 떠난 이후로 모처럼 만에 화사하게 웃었다.

"그 정도로 나는 대단한 인간이 아닙니다. 단순히 돈이 떨어졌는데 굶을 걱정도 없고, 이 정도 시골이면 테멜른 가문에서도 나를 찾지 못할 거라고 생각했을 뿐입니다. 나는 강가의 돌멩이만큼이나 쓸모없는 속물적인 인간일 뿐입니다."

"강가의 돌멩이는 하찮은 존재가 아니에요."

항상 자신을 짓누르던 말을 무심코 내뱉었던 튜멜은 의아한 얼굴로 고개를 들었다. 레미는 잔잔하게 웃으며 두 손을 마주 잡았다.

"네?"

"처음엔 커다란 바위였지만 흐르는 강물에 깎이고 부서지는 고통을 견뎌내고 강물에 순응하는 방법을 깨닫는 존재니까요. 흐르는 강물에 맹목적으로 저항하는 것이 아니라 강물의 흐름에 몸을 맡기면서, 그러면서도 강물에 쓸려 떠내려가지 않은 채 묵묵히 자신의 자리를 지키는 존재가 아닐까요? 강물에 깎여 나가는 고통을 인내하면서요. 하지만 세상 사람들은 강물의 흐름에 아파하거나 제멋대로 강물이 흐르는 대로 떠내려가 버리죠. 노인은 당신에게 그런 것을 가르쳐 주었다고 생각해요."

레미는 치마폭에 두 손을 가지런히 모은 자세로 앉아서 조용히 미소 지었다. 침묵 한가운데서 있는 레미는 항상 그녀가 입던 회색 빛 원피스 덕분에 익숙해진 회색 빛 미소가 머물고 있었다. 빛나지는 않았지만 그렇다고 암흑처럼 어둡지도 않았다. 레미는 그저 미소를 지으며 튜멜을 보고 있었다.

"이름을 튜멜로 바꾼 것은 그 노인이 원했던 거니?"

카라가 물었을 때 튜멜은 묵묵히 고개를 저었다.

"단지… 테멜른이라는 이름이 끔찍했을 뿐이다."

'하지만 가족도 없이 홀로 영지를 지켜오던 어르신의 가문이 끊기는 것은 원하지 않았다. 비록 피가 다를지 몰라도 나를 진심으로 원하면서, 나에게 아무것도 요구하지 않았던 존재였기 때문에…….'

튜멜은 가만히 말을 삼키며 고개를 돌렸다. 빗속 저편에 있는 교회 종탑은 아까보다 더 초라해 보였다. 비에 젖은 종탑이 회색 하늘에 검은 그림자를 드리우고 있었다.

〈 8 〉

 막바지로 접어든 여름 햇살은 지난 계절의 미련을 버리지 못하고 소년처럼 뜨거웠다. 위디렌 강은 묵묵히 그런 햇살을 받으며 흘렀다. 대륙에서 가장 긴 강으로 일컬어지는 위디렌 강의 정확한 수원지는 단순 명료하게 대답하기 힘들었다. 중앙산맥의 고원에서 흐르기 시작한 수많은 급류들은 크림발츠가 인쇄 문화를 자랑하게 만든 원동력이 된 풍부한 북부 산림 지대를 지나면서 하나로 모아져 위디렌 강이 되었고, 대평원을 감싸듯 우회하면서 남으로 내려와 수도 하리야나를 거쳐 녹해에 이르렀다.
 크림발츠를 대표하는 위디렌 강은 크림발츠 최북단의 요새 도시 엘아렝에서부터 중앙 기사단 북부 광역 주둔군의 주둔 도시 세르앙을 거쳐, 크림발츠 중부의 수도 하리야나를 끼고 돌아 크림발츠에서 가장 아름다운 항구라고 칭송받는 상도뉴(Sant-Dogne)까지 이어졌다.

크림발츠 영토를 북서쪽에서 남동쪽으로 대각선으로 가로지르며 흐르는 강이었다.

이외에도 위디렌 강을 끼고 있는 유명한 도시들은 그 이름을 열거하는 것도 쉽지 않을 정도로 많았고, 위디렌 강은 그런 면에서 크림발츠의 대동맥과도 같은 강이었다. 강폭은 별로 넓지 않았지만 수심과 수량에 있어서는 대륙 최대의 하천이라고 할 수 있었다.

켓셸 아마인 중령은 가볍게 찡그리면서 옷깃을 매만졌다. 새로 지급받은 군복은 생각처럼 쉽게 적응되지 않았다. 아메린의 청기사단을 의식한 것이 분명한, 유난히 높고 뻣뻣한 옷깃은 꾸준하게 그의 신경을 긁었다.

뻣뻣하게 가공한 아마 천을 짙은 올리브색으로 염색해 만든 제복은 평시 제복인데도 불구하고 예복처럼 거추장스러운 면이 있었다. 아마인은 올리브색이라는 낯선 색조의 제복에 쉽게 적응하지 못했다. 이런 어중간한 색은 대륙 어디에서도 군용으로는 쓰이지 않는 색이었다. 아마인은 뻣뻣하게 세워져 있는 옷깃 사이로 손가락을 넣어 흉터를 만지작거렸다.

그는 가늘게 뜬 눈으로 라 루즈(La Louse) 시가지를 내려다보았다. 뼈 속까지 군인인 아마인의 시각으로는 어째서 이런 곳에 도시가 건설되었는지 이해할 수 없었다. 서쪽과 북쪽으로 야트막한 언덕을 짊어지고 동쪽으로 위디렌 강을 끼고 있는 라 루즈는 남쪽의 평야 지대를 향해 열려 있는 구조였다.

방어용 성곽도 없었고, 영주의 성도 강가에 덩그러니 지어져 있었다. 영주의 성이 자체적인 성곽을 지니지 않은 것은 라이어른에서는 보편적일지 몰라도 크림발츠와 아메린에서는 이례적이고 파격적인 요소였다.

그것은 이 도시가 '젊은' 도시라는 것을 웅변적으로 보여주고 있었다. 크림발츠가 건국하면서 발전한 도시의 전형적인 모습이었다. 통일을 일궈낸 크림발츠로서는 바다로 뻗어 나가기 유리한 발판을 필요로 했고, 작은 강변 마을이었던 라 루즈에 주목했다.

수도 하리야나에서 한나절 거리에 위치하고 있었고, 복잡한 외성벽 때문에 항구 건설이 어려운 수도와는 달리 넓은 강변을 갖고 있었다. 라 루즈는 수도 하리야나와 녹해의 항구 도시 상도뉴를 잇는 중계 도시였다.

아마인과 그가 몸소 이끄는 크림발츠 육군 헌병 1대대는 라 루즈의 북쪽 루즈뉴(Lousgne) 언덕에 머물렀다. 루즈뉴 언덕은 말발굽 형태를 가진 언덕으로 라 루즈 시가지를 완만하게 감싸고 있었다.

한가롭게 언덕에서 양들을 풀어놓던 양치기가 언덕 너머에서 넘어온 짙은 올리브색 군복을 갖춰 입은 군대를 발견한 시각은 아침 이슬이 햇볕에 마른 직후였다. 창검으로 무장한 병력이 일시에 모습을 드러냈을 때, 선량하고 순박한 양치기는 핼쑥해진 얼굴로 양치기용 지팡이를 들고 서 있었다.

하지만 군인들의 창검에 도륙날 것이라는 순진한 양치기의 상상과는 달리, 그는 군대의 진출을 목격한 불운으로 할버드에 찍히는 일은 경험하지 않았다.

선발대로 소수의 병력을 이끌고 언덕 정상에서 내려온 젊고 긍지 높은 장교는 웃는 얼굴로 양치기에게 집으로 돌아갈 것을 권유했다. 그것뿐만이 아니라 그 장교는 휘하 병사들을 지휘해 양치기가 어려움

없이 양 떼를 모으도록 도와주기까지 했다. 그 젊은 장교가 '이 선량한 양치기에게 양들은 재산이다. 양들이 다치지 않도록 주의해라' 라고 명령했을 때, 양치기는 입을 멍하니 벌린 채 서 있었다.

몇 마리의 양치기 개들이 낯선 병사들에게 으르렁거렸지만, 다른 군대와 비교해 조금 나이가 든 30대 전후의 나이로 구성된 병사들은 히죽 웃으며 양치기 개들에게 마른고기를 던져 주기까지 했다. 양치기가 혼란스러운 마음을 수습하지 못하고 양들을 몰며 언덕을 내려갈 땐 벌써 병사들과 친해진 개들이 꼬리를 흔들며 반갑게 컹컹! 하고 짖기까지 했다.

아마인은 눈을 가늘게 뜨고 하늘을 힐끔거리고는 들고 있던 휴대용 해시계로 현재 시간을 가늠했다. 기름을 먹인 가죽으로 마무리된 해시계는 모서리에 청동 링으로 만든 테두리까지 끼워진 튼튼한 물건이었다.

손바닥 안에 넣기 알맞은 크기의 원형 뚜껑을 열면 해시계가 나오는 구조였다. 뚜껑 안쪽에는 신호를 비롯해 다양한 용도로 사용되는 거울이 붙어 있었고, 상당히 꼼꼼하게 매겨진 눈금을 가진 해시계 문자 판과 나침판이 붙어 있었다. 나침판의 정북을 기준으로 해시계로 현재 시간을 가늠하는 원리였다. 게다가 나침판은 그 나름대로 쓰임새가 많았다.

아마인은 천성적인 군인이었고, 백인대장 급 이상의 지휘관들에게 지급된 이 아메린산 신품의 위력을 충분히 예상할 수 있었다. 측량학을 비롯해 전쟁과 관련된 기술만큼은 대륙 최고를 자랑하는 아메린에서 만들어진 이 물건이 어떻게 크림발츠로 흘러 들어와 대량 제조되었는지는 아마인 자신도 알지 못했다.

한 가지 그가 확신할 수 있는 것은 나침판과 해시계와 거울의 정교한 결합으로 만들어진 이 물건을 갖춘 군대는 크림발츠 안에서 한 군데밖에 없다는 것이다. 바로 최초로 창설된 크림발츠 육군 헌병대 1대대였다. 세워진 바늘은 처음 보는 사람들을 이해하기도 힘든 복잡한 눈금 위에 확실한 그림자를 드리우고 있었다. 양치기를 보낸 지 대략 5시간이 경과했다는 의미였다.

그동안 아마인은 준전시 경계 태세로 병사들에게 휴식을 명령했고, 각 백인대에서는 10명씩 경계 인원을 배치하고 병사들의 대열을 흐트리지 않은 채 그 자리에 앉아서 휴식을 취했다. 아마인은 양치기가 내려가 도시 외곽으로 진입한 군대가 어떤 군대인지 충분한 소문을 낼 수 있도록 기다리고 있었다.

언덕에서 내려다보이는 시가지는 빠른 속도로 사람들이 줄어들었다. 그럼에도 불구하고 도시에서 주민들이 이탈하는 징후는 보이지 않고 있었다. 그저 희미한 불안을 느끼며 집 밖에서 노는 아이들을 단속하고 시내의 광장 여기저기서 벌어지던 시장이 철수하는 정도에 그치고 있었다. 헌병대가 무자비한 군대가 아니라는 소문이 퍼지고 있다는 증거였다.

신무기를 품속에 집어넣은 아마인은 붉은 깃털이 달리고 챙이 넓은 가죽 모자—새로 헌병대의 상징이 된—를 쓰고서 조용하게 부대를 시찰했다. 병사들은 묵묵히 앉은 채 옆 사람과 가끔 낮은 목소리로 잡담을 나누고 있었고, 백인대별로 경계를 맡은 병사들과 장교들이 대표로 그에게 경례를 붙였다. 불안스러운 표정은 어디에도 없었다. 마치 오랜만에 시가 행진에 동원되는 듯한 즐거운 표정들이었다.

아마인은 새삼스럽게 민트 J. 케언이라는 남자에 대해서 섬뜩한 공포를 느꼈다. 그리고 얼굴도 제대로 본 적 없는 고 카시안 파반트 왕자에 대해서도 숨 막히는 경외감을 느꼈다. 어떻게 반대 파 귀족들의 눈을 피해서 이런 군대를 훈련시킬 수 있었는지 그는 알 수 없었다. 그의 관점에서 보면 이들은 말 그대로 '하늘'에서 떨어졌다.

이들은 크림발츠 북동부, 케언 공작의 영지가 있는 쇼앙트(Chauant) 지방의 자치대원들을 통합하고, 남동부 루아르(Loire) 지방에서 도적 토벌의 전과를 올린 자경단을 바탕으로 만기 제대했던 백인대장들과 새로 임관한 젊은 장교들로 구성된 대대였다. 언뜻 보기에는 지극히 급조된 허술한 부대와 같았지만 실상은 달랐다.

크림발츠는 크게 5개 지방으로 나뉘어 있었다. 수도 하리야나를 중심으로 하는 '중부 지방', 중앙 기사단의 북부 광역 주둔 도시 세르앙과 크림발츠 대산림이 있는 '크림발츠 고원', 와인 산지로 유명한 남서부 '투앙 지방', 광산과 수공업이 발달한 북동부 '쇼앙트 지방', 밀 농사로 유명한 남동부 '루아르 지방'을 통틀어서 크림발츠라고 한다.

크림발츠는 이들 5개 지역의 영주들이 동맹을 맺어 서 하이파 제국에서 무장 독립한 국가였다. 아메린처럼 심각한 지방 간 알력과 내전을 겪는 일은 없었지만 크림발츠도 이들 5개 지방 간의 마찰은 불가항력이었다.

특히 나머지 지방들과는 달리 이렇다 할 산업도 없는 중부 지방에 수도가 위치하고 있는 것은 보수적인 투앙과 루아르 지방 출신 귀족들의 불만이었다. 건국 시조 세나이얀 2세가 하리야나를 수도로 정하기 전까지 위디렌 평야, 지금은 수도 평야라고 불리우는 그 지역 일대는 낙후 지역에 불과했다.

크림발츠 역사상 반체제 보수 귀족들이 많기로 유명한 투앙 지방만 해도 상 나엘(Sant Nael), 페린, 클레르상트(Clersant), 상도뉴 등 유서 깊고 유력한 대도시가 4군데나 되었다. 그중 최고급 와인 산지인 페린을 제외한 나머지 도시들은 항구 도시라는 절대적인 이점까지 갖고 있었다.

이런 분위기 속에서 헌병대는 쇼앙트와 루아르 지방 출신 병사들로 구성되었다. 귀족들은 이미 2개 연대나 되는 중앙 기사단이 투앙 지방과 크림발츠 고원 지방에 주둔하는 상황에서 새로운 군대 창설에 회의적인 반응을 보였다.

특히 귀족원 측에서는 군대 창설에 소요되는 자금 사용을 빌미로 압도적인 의견으로 반대했다. 하지만 서부와 북부 광역 주둔군 내부에서 돌기 시작한 마약초 중독 병사들의 난동은 심각한 수준에 이르렀고 자정 기능을 상실한 상태였다.

때마침 귀족원으로 쇼앙트 지방의 자치대원들이 베일 칸토 연합에서 넘어오는 산적들을 소탕하고, 루아르 지방의 예비역들이 자체 조직한 자경대가 디종뜨(Dijot) 항구를 중심으로 도적을 토벌했다는 소식이 들어왔다.

케언은 이들을 중심으로 대외적 군사 활동 능력이 없고 국내 치안 유지 임무를 가진 헌병대 창설을 강력히 주장했고, 귀족원은 헌병대 창설을 승인했다. 쇼앙트에는 케언의 대규모 영지가 있었고, 항구 도시 디종뜨는 케언의 비서관 엔스터 데일 후작의 영지였다.

켓셀 아마인 초대 헌병대 대대장은 다시 한 번 고개를 흔들어 복잡한 정치 상황을 털어버렸다. 그는 귀족들, 특히 에피온 후작 파를 주도하는 르뻴 소 생 마리 백작이 그것을 모를 거라곤 생각하지 않았다.

단지 특별히 반대할 구실을 찾지 못해서 승인했을 거라고 추측하고 있었다.

그는 케언 칙명관을 중심으로 하는 여왕 파에서 군사적 실무를 맡은 장교였고, 칙명관과 비서관 두 명이서 벌이는 정치 공세를 명확하게 파악하진 못했다. 단지 지금까지 임무를 맡아오는 과정에서 조금씩 귀족들의 알력이나 행동 방식을 배워가는 중이었다.

아둔한 자는 영관 급 장교로 진급하기 힘들었다. 군사력을 중요시하는 아메린과 크림발츠에서는 그 점이 무엇보다 확고했다. 더군다나 배경이 없는 하급 귀족 출신인 아마인의 경우에는 더했다.

그는 어떤 과정에서 헌병대가 창설되었는지 대충은 파악했다. 그리고 향후 행보에 따라서 케언의 계획대로 1년 안에 연대 급으로 병력 증강이 이루어질지 자신의 군인 생활이 끝장날지가 결정된다는 것도 알고 있었다. 그는 케언 칙명관이 정치 공세에 몰린 자신을 구해줄 거라고는 생각하지 않았다. 케언 공작이라면 좀 더 실력있는 '소모품 장교'를 찾을 것이다. 아마인은 그 점을 숙지하고 있었다.

'이럴려고 군인이 된 것은 절대로 아닌데.'

아마인은 쓰게 웃으며 다시 옷깃 사이로 손을 넣어 흉터를 만지작거렸다. 그러면서 케언의 배후에 망령처럼 떠도는 고 카시안 왕자의 존재를 생각했다. 왕자의 유해는 수도에 있는 왕실 묘지에 안장된 지 오래였다. 카시안 왕자의 장례식을 주도한 것은 왕실 근위대 장교였던 아마인 자신이었다. 그럼에도 불구하고 카시안 왕자의 이름은 역대 파반트 왕족 누구보다도 집요하게 현실 속에서 망령처럼 맴돌고 있었다.

부대를 점검하던 아마인은 발걸음을 멈추고 모자의 챙을 조금 밀어

올렸다. 눈부신 햇살이 눈가로 정신없이 쏟아졌다. 그의 시선을 끈 것은 어떤 일가족의 모습이었다. 헌병대 병사들은 의례적인 경계 이상의 경직된 태도 없이 언덕 아래 숲에서 일가족을 데려오고 있었다.

"무슨 일인가?"

"넷! 저쪽 숲에서 머뭇거리길래 데려왔습니다. 일체의 가혹 행위는 없었습니다."

나이 지긋한 백인대장은 긴장감없이, 하지만 잘 훈련된 말투로 대답하며 경례를 붙였다. 40대 중반의 백인대장이라면 실전 경험 면에서 아마인을 능가하고도 남을 군인이었다. 헌병대가 기존의 군대와 다른 점은 이들 백인대장의 지위를 앞도적으로 높였다는 점에 있었다. 일개 병사로 시작해 백인대장까지 오른 자들의 실전 경험은 군대 내에서 비교할 상대가 없었다.

그들에게는 장교에 준하는 제복이 지급되었고, 선임 백인대장은 참모 회의 출석 자격이 주어졌다. 제복 가슴에 새겨진 헌병대 문장에 자부심이 가득한 얼굴의 백인대장은 웃고 있었다.

눈을 가린 천사가 저울과 칼을 들고 있는 문장이 헌병대의 상징으로 결정되었다. 남성형 천사인 4번째 우천사 노바엘(Novael)이었다. 우천사인 노바엘은 마법, 계약, 정의를 주관하는 천사였다. 신의 감시자인 좌천사장 에이샤린(Aeisharin)과 함께 세상의 옳고 그름을 주관하는 천사였다.

여담이지만 케언 공작은 헌병대의 상징으로 배반, 모함, 증오, 복수를 주관하는 4번째 좌천사 오르젤(Orsel)이나 질병, 고통, 공포를 주관하는 6번째 좌천사 에게린(Jhegerin)을 적극 주장했었다. 물론 데일 비서관은 절대로 그것을 허락하지 않았다. 귀족들을 불필요하게 자극할 필요가 없다는 이유에서였다.

"헌병대 대장 켓셀 아마인 중령이라고 하네. 무슨 일인가?"

"그게 말입니다요… 저, 저 도시로 가는 길인데…….."

늙은 사내는 당황스런 얼굴로 굽신거리며 더듬거렸다. 헌병대 병사들은 아무도 이곳을 힐끔거리지 않았지만 그는 대대급 2,000명의 병사들이 뿜어내는 위용에 질려 있었다. 아마인은 최대한 부드러운 표정이 되도록 미소를 지으려고 애썼다. 하지만 그는 케언처럼 자연스러운 미소를 짓지는 못했다.

"군대가 머물고 있어서 놀란 모양이군. 어디에서 오는 길인가?"

"그, 그게 말입니다요… 베, 베르뉘(Berny)에서 오는 길입니다."

"베르뉘? 거기도 꽤 살기 좋은 도시일 텐데?"

"그, 그게… 빚을 갚지 못해서 농지를 몰수당했습니다요. 영주님의 비위에 거슬러서 다른 소작농에게 소작권을…….."

"저런, 힘들겠군. 그런데 왜 라 루즈로 오는 건가?"

"저희 같은 사람이 감히 여왕 폐하께서 머물고 계시는 수도 근방에서 살 자격이 있겠습니까… 그저 이쪽으로 오면 일자리나 찾지 않을까 해서…….."

"이름이 뭔가?"

"네? 저희는 잘못한 게 없습니다요. 단지 어르신의 앞을 지나가기 죄송스러워서 숲에서 기다리던 참입니다요. 정말입니다요."

아마인은 눈을 가늘게 뜨고서 소작에서 쫓겨난 사내의 일가족을 둘러보았다. 이들도 부쩍 늘어난 난민 중 한 가족일 터였다. 그리고 요즘 경기가 좋아진 상도뉴나 클레르상트 같은 남부 항구 도시로 일자리를 찾아서 내려가려는 부류의 대표적인 모습이었다.

실패로 돌아간 동방 원정의 뒷수습의 일환으로 케언 공작이 강력히 추진하고 있는 남부 항구들의 항만 확장과 가도 정비는 이런 난민들에게 일말의 희망이었다. 특히 클레르상트와 상도뉴의 급격한 부흥은 남부로 내려가는 길목에 위치한 위디렌 강변 도시들, 오제(Auxe)나 라 루즈 같은 도시들에게도 활기를 불어넣었다.

지금 아마인 앞에 서 있는 난민 가족의 존재는 케언이 칙명관으로서의 역량을 제대로 발휘하는 증거인 동시에, 그의 세력 확장을 경계한 귀족들이 권력 충돌을 대비해 자신들의 영지에서 소작농을 쥐어짜내면서 자금 조달에 미쳐 있다는 증거이기도 했다.

늙은 사내와 그의 가족들, 아내와 10대 후반의 남매들은 겁먹은 눈을 내리깔고 당황해하고 있었다. 아마인은 아직 익숙해지지 않은 가죽 모자의 챙을 만지작거리며 웃었다.

"자네들을 체포하려는 게 아니라네. 그냥 궁금해서 묻는 거라네."

"밀로라고 합니다요, 어르신."

"라 루즈에서 여행비를 벌어서 상도뉴 같은 곳으로 내려가려는 거겠지?"

"어떻게 아셨습니까?"

"유감이지만 좀 늦은 것 같군. 이제 거길 가봐야 제대로 뿌리내리긴 틀렸어. 초기에 찾아갔던 자들은 번듯하게 집까지 구입했던 모양이지만 요즘은 좀 늦었지. 뭐, 최소한 밥은 굶지 않을 테지만. 부관."

"넷! 중령님!"

밀로의 어린 남매는 부관이 허리를 펴는 서슬에 철그럭거리는 롱소드의 쇳소리에 흠칫 놀랐다. 물론 남매에게는 그것이 훈련으로 몸에 익은 의도된 연출임을 간파할 능력은 없었다.

"예비 식량이 얼마나 있지?"

"넷! 현재 병사 1인당 3일 치 식량을 휴대 중입니다. 직속 독립대에 약간의 예비 식량이 있습니다. 식량 사정이 썩 좋지는 못합니다."

"그래도 이들 가족이 일주일 정도 먹을 식량을 나눠줘. 다들 군인이니까 4인 가족이 일주일 먹을 식량을 빼더라도 문제는 없겠지. 베이컨 같은 고기 위주로 나눠주도록."

아마인의 명령을 받은 부관은 재빨리 경례를 붙이고 등을 돌려 사라졌다. 물론 그것도 거짓말이었다. 헌병대대는 병사 1인당 7일치 식량을 선지급 받은 상태였고 예비 식량도 아주 넉넉했다. 케언이 구체적으로 의도한 연출은 정확하게 먹혀 들어가고 있었다. 아마인은 새삼 케언이라는 남자가 얼마나 위험한 남자인지 확인했다. 식량이 부족한데도 선뜻 나눠주겠다는 아마인의 명령에 늙은 사내는 감격 어린 표정을 숨기지 못했다.

그는 문득 나이가 지긋한 병사 한 명이 자신의 눈을 피해서 여자 아이에게 마른고기를 슬쩍 건네주는 것을 목격했다. 아마인은 피식 웃으며 고개를 돌렸다. 그가 보기에도 조금쯤은 안쓰러울 정도로 난민 가족들은 핼쑥하고 기운이 없어 보였다.

그는 문득 어려서 죽은 여동생의 기억이 되살아났다. 허울 좋은 귀족 체면에 빠진 아버지라는 사람이 쓸모없는 저택 유지비로 돈을 쏟아 붓는 동안에 그의 여동생은 영양실조가 원인이 된 폐렴으로 죽어야 했다. 귀족의 교양이라던 문법 책을 불태우고 군인이 되던 날 밤의 그 분노는 지금껏 그의 가슴에 머물러 있었다.

'헌병대의 가장 중요한 행동 지침은 평민들의 호응을 얻어야 하는 거야.

평민들이 헌병대는 자신들의 편이라는 착각을 갖도록 노력하게나. 사실의 유무는 중요하지 않아. 그런 착각이 의심할 여지 없는 진실처럼 보이는 게 중요한 거야. 정치란 그런 거야.'

수도를 떠나오기 전에 케언 칙명관이 해준 말이 그의 귓가를 맴돌았다. 그는 자신이 이들 난민을 돕는 이유가 단지 케언이 자신에게 해줬던 명령을 수행하는 것뿐이라고 자위했다. 무책임한 아버지 때문에 죽은 여동생의 기억 탓이라는 것은 당치도 않았다. 이제는 얼굴도 기억나지 않는 여동생과 병약했던 죽은 어머니를 기억할 만큼 그는 한가하지 않았다.

"자네 아내는 요리를 잘하나?"

"네? 저희 같은 무지렁이들이 어르신이 드시는 음식 재료 같은 걸 구경이나 했겠습니까?"

"닭을 요리해 본 적이 있는가?"

"하, 한두 번 해봤습니다요… 어르신."

밀로의 아내가 기어 들어가는 목소리로 대답했다. 아마인은 처음으로 진짜로 피식 웃었다. 그는 목덜미에 남겨진 보랏빛 흉터를 만지작거리며 웃었다. 처음으로 꾸밈없는 미소가 그의 입가에 머물렀다.

"다행이군. 난 닭 요리를 좋아해. 멀리 상도뉴까지 갈 거 없이 헌병대 장교들 요리나 하면서 사는 건 어떤가?"

"네, 네?!"

"무식한 군인 놈들이 요리하는 걸 먹는 것도 질려 버렸거든. 시내에 내려가서 하룻밤 자고서 내일 아침에 영주의 저택으로 찾아오게나."

"저곳 말씀이십니까요?"

밀로는 언덕 아래로 보이는 영주의 저택을 보면서 물었다. 아마인은 고개를 끄덕이며 돌아섰다.

"내일 아침부터는 크림발츠 육군 헌병대 주둔 기지로 사용될 거야."

아마인이 이끄는 헌병대대 2,000명이 라 루즈를 점령하는 데 어려움은 전혀 없었다. 영주였던 엘 고슈(El' Gotche) 남작은 근래 들어 귀족과 군인들 사이에서 은밀히 나돌던 마약초에 중독되어 있었다. 남쪽 대륙에서 흘러 들어오는 것으로 추정되는 '악마의 약'은 요즘 그 확산 속도가 주춤했지만 여전히 뿌리 뽑히지 않고 나돌고 있었다. 그리고 귀족원에 보고된 바에 의하면 라 루즈는 오제와 함께 그 마약초의 유통 중계 기지였다. 당연한 것이지만, 엘 고슈 남작이 마약초에 중독된 것은 케언의 지시를 받은 집단이 몰래 뒷공작을 벌인 성과였다.

라 루즈 시민들은 이미 오전에 퍼진 소문 덕분에 아무도 얼씬거리지 않았다. 그저 굳게 닫힌 덧문 사이로 시내로 진주한 헌병대의 모습을 훔쳐보고 있을 뿐이었다. 헌병대원들은 백인대 별로 분산하여 라 루즈의 거의 모든 도로를 통해서 시내로 진입했다.

케언과 카시안 왕자에 의해서 동방 원정 이전부터 비밀리에 훈련되었던 헌병대원들은 잘 훈련되어 있었고, 이런 경우 흔히 보이게 되는 방화나 약탈은 하지 않았다. 굳게 닫혔던 문을 부수고 들어가 재물을 빼앗고, 심심풀이로 사람을 죽이며 여자를 겁탈하기는커녕 대열 하나 흐트리지 않았다. 하지만 라 루즈 시민들은 그렇게 훈련되었기 때문에 더욱 두려워하고 있었다. 잘 훈련된 군대는 마음만 먹으면 가장 효율적으로 도시를 초토화시킬 수 있는 존재였다. 군사 문제에 무지한 시민들도 그 정도는 알고 있었다.

"정말 어디서 이런 병사들을 만들어두었던 걸까요?"

부관인 롤러프 시펠(Ruilof Tiffel) 대위는 혀를 차면서 중얼거렸다. 왕실 근위대 출신은 아마인과 그뿐이었다. 그럼에도 불구하고 헌병대 병사들과 백인대장들은 알력을 행사하지 않고 지휘부의 명령에 복종했다. 갓 임관해 경험이 부족한 젊은 장교들도 노련한 백인대장들의 도움 덕분에 빠르게 적응하고 있었다.

"백인대, 앞으로!"

어디선가 백인대장이 검을 치켜들면서 소리 질렀다. 라 루즈 영주의 저택인 고슈 저택을 점령하는 데에는 아마인을 비롯한 고급 지휘부의 명령은 필요조차 없었다. 라 루즈 자치대원들은 기강조차 없을 정도로 문란했고, 영주는 지금 이 순간까지도 약에 절어 제구실을 못했다.

헌병대 병사들은 아메린과의 영토 분쟁에서 닳고 닳은 백인대장들의 지휘 속에서 일사불란하게 움직였다.

"커헉!"

헌병대원은 혀를 차면서 롱 소드를 당기고 자치대원을 걷어찼다. 자치대원은 목에서 피를 뿜으며 바닥을 뒹굴었다. 헌병대원은 어이없는 얼굴로 바닥에 침을 뱉었다.

"미친 자식! 근무 중에 술을 처먹어? 이거 완전히 미친놈일세!"

"백인대장님이 뒤처지는 놈은 죽여 버린대. 빨리 뛰어."

"이 자식들, 근무 시간에 술 처먹었어."

"병신들이잖아! 그 뙤약볕에서 무력 시위를 했는데 술이나 처먹다니. 영주란 놈부터 모조리 정신이 나갔어. 죽여달라고 떼를 쓰는군, 아주."

헌병대원들은 구겨진 모습으로 저택의 계단에 널려 있는 시체를 밟으며 현관 안으로 진입해 들어갔다. 그들은 웃고 있었고, 잡담을 주고받을 정도로 여유를 느꼈다.

"백인대장이 그러는데……."

"크악!"

헌병대원은 기둥 뒤에서 나타난 자치대원의 무릎을 자르며 말했다.

"오늘부터 여기서 주둔한대."

"그래?"

잡담을 주고받던 다른 헌병대원이 넘어진 자치대 병사의 목에 검을 찔러 넣으며 진짜냐는 표정을 지었다. 목을 찔린 병사는 부들부들 떨었고, 헌병대원은 꿈틀거리는 병사의 몸을 밟으며 검 손잡이를 빠각 돌렸다. 말을 꺼냈던 헌병대원은 롱 소드를 타고 흐르는 피를 털어내면서 웃었다.

"다행이다. 반년 동안 천막 생활만 해서 지겨웠어."

"훈련의 일환이라잖아."

"아악!"

그들이 잡담을 주고받는 동안에 또 다른 자치대원이 피를 뿜으며 버둥거렸다. 전혀 서둘지 않은 채 포위 섬멸전으로 나가는 헌병대를 상대로 유력 가문의 자치대원이라는 지위를 믿었던 병사들은 상대가 되지 않았다. 일방적인 학살에 불과했다. 돌입하던 헌병대원들에게 백인대장이 내린 명령은 '죽이고 싶은 만큼 죽여라!' 였다.

"네, 네놈들! 이러고도 무사할 줄 알아?! 지휘관 불러와!"

엘 고슈 남작은 입가로 흐르는 침을 닦으며 소리를 질렀다. 그는 한 손에 롱 소드를 들고 있었지만 약에 취해서 몸도 가누지 못하고 있었다. 흐트러진 실크 가운 사이로 맨가슴을 드러낸 몰골이 조금 전까지 무엇을 하다 왔는지 여실히 보여주었다.

남작의 침실로 진입했던 헌병대 병사들은 자신들이 오전 내내 그늘 한 점 없는 언덕에서 무력 시위를 했던 이유가 무엇이었는지 회의를 느꼈다. 조금쯤은 자치대원들을 추스려 임전 태세를 갖추고 있으리라고 기대했던 저택이었다. 하지만 자치대원들은 척후병들이 정찰했던 때와 다름없이 대낮부터 술에 취해서 마을 주민들에게 난동을 부리고 있었고, 남작은 침실에서 마약에 절어 여자나 희롱하고 있었다.

"난 수도에서도 유력한 가문의 먼 친척이란 말이다! 네놈들이 이름을 들으면 깜짝 놀랄 거다! 지휘관 불러와! 당장 파면시켜 버리겠어!"

"백인대장님!"

남작은 롱 소드를 짚고 기우뚱하다가 양탄자가 깔린 바닥을 뒹굴며 여전히 고래고래 악을 쓰고 있었다. 병사들이 돌아보자 백인대장은 헛웃음을 날리며 한 걸음 나섰다.

"내가 그 지휘관이오."

"뭐? 작위도 없는 평민 자식이 죽고 싶어!"

백인대장은 대꾸하지 않았다. 롱 소드를 부하에게 넘긴 그는 바닥을 울리며 남작에게 걸어갔다. 그리고 남작의 멱살을 잡아 들어 올렸다. 남들보다 머리 하나가 더 큰 백인대장은 마약에 절은 깡마른 귀족 사내를 번쩍 들더니 창가로 걸어가 집어던져 버렸다.

값비싸기로 악명 높은 유리창이 박살나면서 남작의 몸이 허공을 날 있다. 그리고 그의 비명은 병사들의 함성에 파묻혀 들리지 않았다. 백인대장은 고개를 내밀어 4층 아래로 떨어진 남작의 모습을 찾아보았다. 몇몇 헌병대원들이 대리석 바닥 위에 누워 있는 남작에게 모여들었다가 어깨를 으쓱하면서 멀어졌다. 머리가 깨지고 허리가 부러진 남작은 즉사하지 못하고 피를 쏟으며 꿈틀거렸다. 백인대장은 그런 모습을 확인하고는 만족스럽게 웃으면서 뒤돌아 섰다.

"대대장님이 묵으실 침실에 피를 흘릴 순 없잖아?"

"창문이 박살난 건 어쩌죠?"

"뭐, 주무실 때 시원하고 좋지."

백인대장은 피에 젖은 롱 소드를 받아 들면서 시원스럽게 웃었다. 헌병대원들이 시내에 숨어 있던 자치대원들까지 모조리 소탕하는 데 걸린 시간은 겨우 4시간이었다. 그리고 라 루즈는 하루 만에 치안을 회복했다.

카시안 왕자가 구상하고 케언 칙명관이 만든 헌병대가 첫 번째 전과를 올린 날이었다.

〈9〉

　"인생사라는 것은 알고 보면 참 덧없는 것이지."

　아델만 국왕은 턱을 괴고 앉아서 무겁고 탁한 음성으로 중얼거렸다. 사찰부장은 식은땀을 흘리며 국왕의 눈치를 살폈다. 열려진 나무 덧문 사이로 빗방울이 쏟아져 들어왔지만 누구도 감히 창가로 걸어가 덧문을 닫지 못했다. 움직이는 것은 고사하고 마른침조차 삼키지 못하는 사람들은 핼쑥해진 얼굴로 서로의 눈치를 살폈다. 체인 메일을 갖춰 입고 할버드로 무장한 병사들은 갑옷을 입고 물속에 들어가는 것과 같은 절망적인 기분을 맛보고 있었다.

　가슴이 울리도록 격한 기침을 하면서 옷깃을 쥐어뜯던 아델만 국왕은 간신히 기침을 멈추고서 핏기없이 창백한 얼굴로 쓰게 웃었다. 그는 낮고 귀에 거슬리는 목소리로 시니컬하게 중얼거렸다.

　"이 사자성이 얼마나 오랜 세월 동안 저런 빗물에 씻겨 나가며 이

땅에 머물고 있었을까? 그동안 얼마나 많은 사람들이 이곳에서 살아왔을까? 이곳에서 사랑한 자도 있을 테고, 이곳에서 증오한 자도 있을 테고, 이곳에서 즐거워한 자도 있을 테지. 그리고 이곳에서 죽은 자도 많을 테지. 그렇지 않은가? 하지만 그들이 여기서 그렇게 살아왔다는 흔적은 아무것도 없지. 그렇게 힘들게 사랑하고 증오하며 살아가고, 죽어 보잘것없는 흙먼지가 되었는데도 이곳에는 그들의 흔적이 없지. 얼마나 부질없는 짓들일까? 나도 역시 이곳에서 살고 있지만 내가 죽으면 그들처럼 흔적조차 남지 못하겠지. 고작 왕실 기록에 내 보잘것없는 이름과 너절한 문장으로 기록된 나의 행적과 그리고 내 흉상과 초상화가 남겠지. 그런 종이 쪼가리와 돌덩이를 위해서 살아가야 하는 것이 무슨 의미가 있을까?"

아델만 국왕은 가슴팍을 움켜쥐며 안개가 자욱한 늪 지대 같은 말투로 혼자 중얼거렸다. 사자왕의 암살을 계기로 국왕의 자리에 오른 아델만은 국왕의 격무와 페나 왕비와의 불화 덕분에 빠르게 늙어갔고, 과음을 하기 시작했다. 페나 왕비가 사자성을 떠나 게일과의 전쟁터 한복판으로 나갔을 때 아델만 국왕은 비를 맞으며 위스키를 마시다가 고열과 심각한 천식을 얻었다. 온화하고 일견 유머러스한 성품 덕분에 왕성의 신하들에게 덕망이 높던 현명한 학자 아델만은 그렇게 변했다.

거뭇거뭇해진 눈 주변은 퀭하니 흐려진 눈빛이 감돌았고, 핼쑥해진 뺨은 광대뼈가 튀어나올 정도로 야위었다. 나날이 심해지는 천식은 이제 밤마다 각혈을 하기에 이르렀고, 한낮에도 추위를 느껴 항상 벽난로를 지피고 겨울용 실크 가운을 두세 겹씩 껴입어야 했다.

건강이 악화될수록 아델만의 말투는 허무하게 변했고, 아내인 페나 왕비처럼 예리하지는 않았지만 굳건하고 건전하던 그의 지성은 세월에 삭아버린 고서적처럼 변해 버렸다.

아델만 국왕은 서가 한쪽 구석에서 먼지를 뒤집어쓰면서 좀먹고 삭아버린 낡은 책과 같은 존재가 되어버렸다. 점점 더 아름다워지고 정력적으로 변해가는 페나 왕비와는 대조적인 모습이었다.

부주의하고 성급한 시녀들은 식량 창고를 정리하면서 건강이 악화된 국왕이 죽으면 왕비가 왕위를 승계하게 되는지 궁금해했다. 사자왕에게는 인척이 없었고, 사자왕의 사위였던 아델만과 친딸이었던 페나를 제외하면 정통 왕가의 피를 이은 자가 없었다.

그런 부주의한 상상을 하던 시녀들은 곧잘 시녀장의 무서운 호통에 찔끔거리며 눈물을 흘려야 했다. 문제는 어느 곳보다 규율이 엄격한 사자성에서 그런 소문이 오가고 있는 현실이었다.

"아무것도 남지 않는다는 불안감 때문에 사람들은 더욱더 타인을 증오하고 때론 사랑하는 것 아닐까요?"

레미 아낙스의 말은 아무리 호의적으로 들어주어도 한 나라의 국왕에게 하는 말이 아니었다. 튜멜 일행은, 특히 튜멜 남작은 레미가 입을 열 때마다 자신들의 생명이 뭉텅이씩 잘려 나가는 느낌을 받았다. 자제력이 부족한 근위대원 중 누군가가 위협적으로 철그럭거리는 소리를 냈고, 움찔 놀라며 어깨를 움츠린 튜멜의 뺨으로 차가운 땀방울이 흘러내렸다. 튜멜은 이마에 맺힌 땀을 털어내고 싶었지만 감히 이런 분위기 속에서 부주의하게 손을 움직일 용기가 없었다. 그는 핼쑥해지고 겁에 질린 눈으로 눈치를 보았다.

"이런 발칙한 년이, 어디 국왕 폐하께 그 따위 말투를……."

자신의 존재 의의에 위협을 느낀 사찰부장은 늙은 얼굴을 일그러뜨리며 당장이라도 레미를 쳐 죽일 듯이 소리쳤다.

두 손을 치마폭 앞에 모르고 허리를 곧게 편 자세로 서 있던 레미는 물끄러미 사찰부장을 바라보았다. 눈앞에서 누군가 피를 흘리며 손목이 잘려 나가는 광경을 보면 지금도 휘청거리며 구역질을 하는 그녀였지만 지금의 모습은 그렇지 않았다.

　레미는 그녀가 고집하는 회색 빛 드레스와 같은 무채색적인 시선으로 사찰부장의 시선을 받았다. 그녀의 회색 빛 시선은 사찰부장의 마음을 회색 빛으로 얼려놓았고 그의 입을 굳게 만들었다.

　"국왕 폐하와 이야기를 하고 있습니다. 신하 된 입장에서 감히 국왕 폐하의 대화에 그렇게 멋대로 끼어들어도 좋은가요?"

　그녀의 목소리는 조용했고, 공손했지만 무거웠다. 사찰부장은 이해가 가지 않는 얼굴로 숨을 삼켰다. 그 이해할 수 없는 말의 무게는 그를 질식시키기에 충분했다. 사찰부장은 식은땀을 흘리며 한 걸음 물러섰다. 게다가 초라한 복장의 여자가 왕실 규범에 해박한 것도 의심스러웠다.

　레미는 카라처럼 체격이 좋은 여자도 아니었고, 한눈에 보기에도 에피처럼 싸움터에서 살아왔다고 보여지지도 않았다. 그녀의 몸은 여행을 하는 동안에 더욱 가늘어져 있었고, 금방이라도 휘청 꺾여 버릴 것만 같았다. 하지만 그녀의 눈빛은 여행을 하는 동안에 어둡지만 짙고 단호하게 변해가고 있었다.

　"…그래, 사람들은 흙먼지로 사라져 버리는 게 두려워 타인의 기억 속에 자신을 남겨두려고 그렇게 바둥거리며 살아가는 거겠지. 사랑할 수 없다면 증오하면서, 그리고 죽어가겠지. 그대는 누구를 증오하는가?"

　"……."

레미는 묵묵히 아델만의 차가운 시선을 받았다. 아델만은 가슴속에서 기어 올라오는 기침을 뱉어내기 위해서 허리를 굽히고 격하게 기침을 했고, 다시 고개를 들어 그녀의 대답을 기다렸다. 레미의 시선은 희미하게 흔들렸지만 그 흔들림은 너무나 희미했다. 그녀는 힐끔 고개를 돌렸다.

파일런은 가만히 두 손을 내리고 그녀의 시선을 마주했다. 움푹 들어간 그늘 속에 감춰진 그의 늙은 시선은 좀처럼 그 의중을 가늠하기 힘들었다. 옆으로 옮겨진 그녀의 시선 끝에는 카라가 서 있었다.

카라는 오래된 의식처럼 흐트러진 곱슬머리를 긁어 올리며 조용하게 웃었다. 얇고 붉은 입술이 좌우로 갈라지며 입꼬리가 살짝 올라갔다. 카라의 눈동자 속에는 그녀도 레미의 대답이 궁금하다는 의미가 담겨져 있었다.

"…잘 모르겠습니다, 국왕이시여."

"그대는 거짓말을 하고 있군. 그대의 눈빛은 나와 비슷한 것 같은데? 사람은 누구나 똑같아. 누군가를 미치도록 사랑하며, 똑같은 가슴으로 또한 누군가를 미치도록 증오하지. 그대가 증오하는 사람과 그대가 사랑하는 사람은 같은 사람인가?"

"…그럴지도 모릅니다."

"폐하! 아뢰옵기 황송하오나, 이들은 사자왕 전하를 시해한 암살자들입니다. 저자들의 감언이설에 현혹되지 마시옵소서. 저들은 악마에게서 받은 흑마술로 폐하의 심기를 어지럽히고 있는 것이옵니다. 지금 명령만 내려주신다면 저들이 스스로의 입으로 모든 죄를 실토하게 만들겠습니다. 뜨겁게 달군 인두는 천사의 권능처럼 절대적입니다. 악마의 흑마술 따위는 흔적도 없이 날아가 버릴 것입니다."

아델만 국왕이 보는 앞에서 멋지게 튜멜 일행의 죄를 밝혀내 자신의 입지를 굳히고 싶었던 사찰부장은 초조한 기분으로 끼어들었다. 페나 왕비의 명령에 의해 하룻밤 새에 사찰관에 오른 로펠스 바덴 자작은 지금 왕비를 보좌하여 전선에 있었다. 사찰부의 제2인자인 사찰부장은 직속 상관이 없는 동안에 업적을 쌓아둬야 한다는 강박 관념에 시달리고 있었다.

"제가 폐하의 위치에 있다는 무례한 가정을 한다면, 저는 우선 저 귀족부터 감금하겠어요."

"흐음… 이유가 뭐지?"

"저는 폐하가 저같이 소견이 짧은 아녀자의 말에 준엄하신 판단이 흐려질 거라고는 생각하지 않습니다. 그래서 이렇게 무례하게 떠들고 있는 것입니다. 하지만 폐하의 신하 되는 자는 폐하를 믿지 못하는 모양입니다."

"버릇없는 년이 뭐라고 지껄이는 거냐?!"

얼굴이 붉게 달아오른 사찰부장은 침을 튀기며 소리를 질렀다. 레미는 무표정한 얼굴로 그를 무시하고 아델만을 올려다보고 있었다. 아델만 국왕은 잠시 동안 기침을 하다가 희미하게 웃었다.

"사찰부장, 그대는 지금 피곤한 나를 여기에 앉혀두고 벌써 오랫동안 시간을 낭비하고 있지 않은가? 저들이 버릇없고 무례한 자들이라는 것은 둘째 치고, 이들이 어찌하여 암살자들이 될 수 있다는 말인가? 그대는 우선 나를 먼저 설득해야 할 것 같군."

"폐, 폐하… 그, 그건……."

당황한 사찰부장은 떨리는 손으로 서류 뭉치를 뒤적거리기 시작했다. 그는 초조한 얼굴로 글자들을 읽어 내려가다가 갑자기 멈추며 고개를 들었다. 사찰부장의 늙은 얼굴에 일순간 화색이 돌았다.

"남부 지방에서 정체 불명의 게일의 기사단이 움직이는 것을 목격했습니다. 그리고 라트에일 경비대의 보고에 따르면, 그들이 사라진 방향과 이들이 나타난 방향이 일치한다고 합니다. 즉, 이들은 게일의 병사들과 접촉하여 모종의 임무를 부여받은 것입니다."

"그런 머리로 잘도 그 나이가 되도록 살아 있군요."

"닥쳐라! 이년이 어느 안전이라고 입을 함부로 놀리는 건가?!"

"입을 다물어야 하는 것은 당신이에요."

레미는 말을 끊으며 고개를 돌려 아델만 국왕을 올려다보았다. 아델만은 피곤하고 힘겨운 얼굴로 레미의 시선을 받았다. 레미는 예의 바르게 고개를 숙이며 다시 입을 열었다.

"우선 게일의 병사들 문제는 제 동료들이 보고드릴 수 있습니다. 저는 평범한 아녀자에 불과해 군사적인 문제는 잘 모릅니다."

레미는 고개를 돌려 이언을 바라보았다. 지루한 얼굴로 무심하게 서 있던 이언은 그녀의 시선을 받자 눈살을 잔뜩 찌푸리며 이빨을 드러냈다. '왜 하필 나야?'라는 정도의 의미를 가진 이언의 시선을 받은 레미는 희미하게 웃었다.

이언은 한 걸음 앞으로 나서며 예의 바르게 고개를 숙였다. 그가 한 걸음 앞으로 나섰을 때, 근위대원들은 잔뜩 긴장하며 할버드를 고쳐 잡았다. 하지만 그가 국왕에게 덤벼드는 일은 일어나지 않았다.

"구름처럼 흐르는 게으른 마음을 주체 못해 세상을 떠돌고 있는 하이언이라고 합니다. 제게 설명을 드릴 기회를 주셨으면 합니다. 저희는 그 문제의 게일 병사들과 조우한 적이 있습니다."

이언의 말에 홀 안은 조용하게 술렁거렸다.

"게일의 병사들은 자신들의 모습을 목격한 저희를 공격했습니다. 하지만 저희 측에는 다행스럽게 용맹한 회색남풍 용병대 출신의 용병 두 사람과 은퇴 기사, 그리고 전직 베일의 하이 스카우터가 있었기 때문에 어렵지 않게 그들을 격퇴했습니다. 그들의 유해는 검은평원 근교의 어느 버려진 농가 뒤뜰에 묻혀 있습니다."

"거짓말! 한통속인 주제에!"

"이런 인원으로 어떻게 훈련받은 병사들을 이긴다는 거지? 꾸며낸 이야기라 앞뒤가 안 맞잖아?!"

이언은 싸늘한 눈으로 좌중을 둘러보았다. 떠들던 사내들은 일제히 입을 다물었고, 할버드를 쥐고 있던 사내들은 섬뜩한 냉기를 느꼈다. 한겨울의 얼음 밑을 흐르는 강물 같은 이언의 눈빛은 차가웠다. 이언은 비죽 웃으며 가늘어진 눈으로 그들을 바라보았다.

"문제는 그들이 진짜 게일의 병사들이냐 하는 문제입니다. 첫 번째, 그들은 분명 게일의 기사단 복장을 하고 있었습니다. 그런데 그들의 실력은 전혀 그렇지 못했습니다. 자아! 질문을 하겠습니다. 거기, 자네."

"뭐어?"

할버드를 들고 있던 병사는 발끈하면서 할버드를 이언에게 겨눠 들었다. 이언은 빙긋 웃으면서 머리를 벅벅 긁었다.

"바로 저 자세입니다. 보통 무겁고 느린 할버드를 사용할 때는 왼손은 무게 중심 바로 아래쪽을 잡고 오른손으로는 창대 아래쪽을 잡으며 균형을 잡습니다. 그리고 찌르기 위주의 스피어를 잡을 때와는 달리 베기에 쓰기 위해서 창머리(Spearhead)를 조금 높은 위치에서 준비합니다. 모범적인 자세죠. 자네, 그 상태에서 양손을 한 뼘쯤 위로 잡아보게나. 그래, 그 정도. 그리고 창머리를 좀 더 높이 들어. 그렇게.

소감이 어때?"

"하, 할버드를 이렇게 쓰는 인간이 어디 있어! 이건 마치… 아! 설마?"

병사는 할버드를 다시 고쳐 잡다가 아차 싶은 얼굴로 이언을 바라보았다. 이언은 빙긋 웃었다.

"그 게일의 병사들이 할버드를 그렇게 잡고 작대기처럼 휘두르며 달려들었습니다. 어이, 자네. 그걸로 근접전을 할 수 있을까?"

"누가 그런 바보 짓을… 할버드는 잘만 쓰면 검을 쓰는 기사도 한 번에 쓰러뜨릴 수 있어. 왜 사정 거리를 포기하겠어?"

"할버드를 훈련받지 못한 사람이라면 당연히 그걸 이해하지 못하지. 그들은 게일의 병사들이 아니었어."

"그리고 여기서 한 가지 의문이 생깁니다. 그들이 정말로 게일의 병사들이라면 어째서 발트하임 땅에서 게일의 제복을 입고 돌아다닐까요?"

레미는 이언에게 고개를 끄덕여 보이고는 고개를 돌려 아델만 국왕을 돌아보며 말을 받았다. 그녀의 말은 조용했지만 힘있는 울림을 만들어냈다. 빈틈없고 차분한 말소리에 눌린 사람들은 일제히 입을 다물었다.

"과연……."

"그들이 밀명을 받은 게일의 군사들이라면, 혹은 전쟁을 대비한 척후병이라면 상식적으로 그들은 눈에 띄지 않는 평민 복장을 하거나, 최소한 발트하임의 제복을 입는 게 정석이 아닐까요? 실제로 그런 전례가 있었습니다. 하페우스 3세가 제국을 통일하기 이전에 벌였던 전투 중에 그런 상황이 있었습니다. 하페우스 3세는 정예 선발대를 뽑아서 그들에게 적의 제복을 입혀 성안으로 패주해 들어가는 병사들 틈에 섞여 성안으로 잠입시켰습니다. 농성전을 준비하는 동안에 적의 군복을 입은 선발대는 재빨리 성문을 열었고, 기다리고 있던 하페우스 3세의 중장기병대가 성안으로 돌입했습니다."

"흐음, 그런 일이 있었지. 뜻밖에 많은 것을 알고 있군."

"과찬이십니다. 그런데 자칫 외교 분쟁으로 비화될 소지가 있는데도 게일 측에서 과연 제복을 입은 병사들을 발트하임으로 파견했을까요? 그리고 보란 듯이 사람들 눈에 띄게 움직였을까요? 너무 작위적이라는 생각이 들지 않습니까? 그리고 만약에 저희가 진짜로 사자왕 전하를 암살했다면 저희가 지금까지 살아남아 있을까요?"

레미는 좌중을 둘러보면서 물었다. 모두들 의아한 눈으로 그녀의 시선을 가늠하는 동안에 아델만은 희미하게 웃었다.

"제가 만약에 누군가를 시켜서 정치적인 암살을 했다면, 그 암살이 성공하는 시점에 또 다른 암살자들을 투입해서 기존의 암살자들을 죽일 겁니다. 그게 안전하니까요."

"자신에게 불리한 증거를 가진 존재는 입막음해 두는 편이 뒤탈이 없겠지. 그대들이 정말로 사자왕 전하를 암살했다면 그대들도 또 다른 누군가에게 이미 죽임을 당했을 터. 맞는 말이야."

"설령 그렇지 않다고 하더라도 저라면 재빨리 제3국으로 도망치는 방법을 선택하겠습니다. 사자왕 전하의 높은 덕망을 생각한다면 라이어른 6개 국 중에서 안전한 곳은 어디에도 없습니다. 결국 발트하임에서 도망칠 수 있는 외국이라면……."

"아메린, 또는 크림발츠겠지. 베일은 좀 멀겠고."

"그렇습니다, 국왕 폐하. 어째서 일개 여행자들인 저희를 지목하여 그런 허술한 혐의를 뒤집어씌우는지는 모르겠습니다만, 저분의 설명을 듣다 보니 솔직히 좀 웃음이 나왔습니다."

레미는 조용하게 말을 끊으며 사찰부장을 바라보았다. 사찰부장은 식은땀을 흘리며 고개를 돌려 아델만 국왕의 눈치를 보았다. 아델만 국왕은 턱을 괴고 피곤한 얼굴로 앉아서 '그래서? 자네 의견은?' 정도 의미의 시선을 그에게 보냈다. 사찰부장은 절망적인 심정으로 서류를 뒤적거렸지만 탈출구는 없었다. 그는 레미의 말을 한마디도 반박할 수 없었다.

"저희가 사주를 받은 것이 아니라, 주도했을 가능성도 있습니다."

레미의 말에 사찰부장은 '바로 그거야!' 하는 표정으로 그녀를 노려보았다. 조금씩 안도하던 튜멜 일행은 뜨악하는 얼굴로 그녀를 돌아보았다. 하지만 레미는 조금도 동요하지 않은 채 자세가 전혀 흐트러지지 않은 모습으로 서 있었다.

"이런 두 번째 가설도 설득력이 없습니다."

"무슨 소리! 방금 자신의 입으로 실토했잖아!"

"사찰부장! 한마디만 더 지껄이면 그대를 파면 조치하고 투옥하겠네."

"구, 국왕 폐하!"

아델만 국왕은 흥미가 당긴다는 얼굴로 묵묵히 레미의 설명을 기다렸다. 레미는 고개를 살짝 숙이면서 말을 이었다.

"한 나라의 국왕이라 함은 가정에 비유하면 엄격하지만 인자한 아버지와 같습니다. 백성들은 그 아버지 밑에 있는 자식들이겠지요. 어찌 함부로 한 가정의 아버지를 자식 된 자가 해하겠습니까? 만약 그런 경우가 있다면 보통 자식들은 무엇을 바라고 그런 엄청난 죄를 범하는 걸까요? 다시 저의 우매한 가설로 되돌아가겠습니다. 사자왕 전하가 승하하셨을 때, 저희 같은 시골 남작의 일행에게 득이 되는 것이 무엇이 있습니까? 저희가 왕위를 승계하는 것도 아니고, 또한 국왕 폐하께서 왕위를 승계하시는 것은 기정사실화되어 있던 것이 아니던가요? 사자왕 전하를 암살해도 저희에게는 변하는 것이 아무것도 없습니다. 혹시 국왕 폐하께서 저희에게 무언가 약속하셨습니까?"

"무, 무엄한!"

"확실히 그렇군. 만약에 우리 발트하임 왕실에서 권력 투쟁이 벌어지고 있었다면 나를 대신해 국왕이 될 수 있는 정적의 소행이라고 할 수 있을 테지. 하지만 그럴려면 사자왕 전하뿐만 아니라 나도 암살해야 하겠지. 하나, 그렇게 해도 지금 왕실에는 아무런 친인척도 없는 상태. 누구도 쉽게 다음 왕위를 물려받진 못해."

"네, 제가 들은 바에 의하면 현재 발트하임 왕가 내부에서 권력 투쟁은 있을 수 없습니다. 그렇다면 어째서 저희가 사자왕 전하를 암살해야 할까요? 실패하든 성공하든 라이어른 6개 국 모두를 적으로 돌리게 되고, 잡히면 참수 형에 처해질 텐데요."

"그렇다면 외국의 사주를 받았을지도 몰라!"

"맞아! 그럴 가능성이 있었지!"

레미는 좌중을 차갑게 둘러보며 예의 회색 빛 미소를 지었다. 그녀의 시선에 다시 한 번 좌중들은 움찔하며 그녀의 시선을 서둘러 피했다. 레미는 가볍게 한숨을 쉬면서 입을 열었다.

"현재 라이어른 정세에 개입할 가능성이 있는 국가가 어디에 있습니까? 아메린? 내전 이후 아메린은 철저하게 자국 복원 사업에 몰두하고 있다고 들었습니다. 해외로 눈을 돌릴 여력이 있을까요? 크림발츠? 왕위 계승자 카시안 왕자가 죽은 이후 크림발츠는 내부적인 권력 투쟁으로 정신이 없습니다. 베일? 그들이 섣불리 강대국들의 정세에 관여하려고 할까요? 여차하면 누구의 도움도 받지 못한 채 전 국토가 유린당할지도 모릅니다."

"폴리안이야! 폴리안의 미친개들 소행이야! 저들은 폴리안의 스파이들이야! 틀림없어!"

"시끄럿! 고작 그 따위로밖에 생각하지 못하는가!"

레미가 미처 입을 열기도 전에 아델만이 소리를 질렀고, 다시 격렬하게 기침을 하기 시작했다.

"그대들은 지금 폴리안과의 전쟁이 이상하다고 느끼지 못하는가?"

"예옛?"

"이 나라에서 폴리안의 진홍기사단을 막을 군대가 있는가? 자네들은 그들과 맞서 싸울 자신이 있는가?"

"……."

"아메린의 청기사단은? 크림발츠의 여왕의 창기병은? 그대들은 그렇게 강력한 군대와 싸울 용기나 있는가? 그들이 뭐가 아쉬워서 그렇게 복잡하고 힘든 공작을 펼친다는 건가? 지금 당장이라도 전선에 진홍기사단이 투입된다면 라이어른 영토 전체가 그들에게 짓밟힐 터! 하지만 폴리안은 전혀 움직이지 않고 있다네. 라이어른 연합군이 폴리안 영토로 한 발도 들여놓지 못하고 있지만, 그들도 어쩐 일인지 라이어른으로 진군하지 않고 있는 게 이상하다고 생각하지 않았나?"

"그, 그야… 저희 라이어른 연합군이 워낙 용맹하여……."

"그대들 따위가 이 나라의 신하라고 국고를 낭비하고 있으니 라이어른이 이 모양으로 돌아가는 거야! 이 전쟁의 배후에 무언가 있는데도 그것을 밝혀낼 생각도 없이 용맹 따위를 운운하고 있다니! 전쟁을 용기와 긍지로 한다는 말인가?! 전쟁이 뭔지도 모르는 작자들이! 모두 물러가라! 지금 이 순간 이후로 나 발트하임의 국왕 아델만의 이름으로 튜멜 남작과 그 일행에게 씌워진 모든 혐의를 부정하노라! 국왕의 명령에 거역할 자신이 있는 자는 지금 이 방에 남아 있도록. 내 손수 그자들의 목을 베겠다. 알아들었는가!"

"국왕 폐하!"

사찰부장을 비롯한 신하들은 일제히 고개를 조아리며 외쳤다. 하지만 아델만이 불편한 몸을 이끌고 벽에 걸린 검을 뽑아 드는 순간 모두들 자신의 목이 벌써 바닥에 나뒹구는 끔찍한 공포를 느꼈다. 아델만 국왕이 쇠약해지면서 난폭한 조짐을 보이는 것은 어제오늘 일이 아니었다. 그들은 일단 목숨을 부지하기 위하여 서둘러 홀 안을 빠져나갔다.

"그대들은 뭔가? 내가 알량한 기사들 한두 명 당해내지 못할 정도로 쇠약해 보이는가?"

아델만은 경호를 위해 서 있던 병사들을 노려보면서 으르렁거렸다. 책임 장교가 한 걸음 앞으로 나서며 뭐라고 간하려고 하는 순간 아델만은 머리 위로 검을 치켜들고 성큼성큼 걸어가기 시작했다. 머리 위로 치켜든 국왕의 검을 보는 순간 책임 장교는 눈을 질끈 감으면서 출구 쪽으로 뛰어갔다. 미적거리며 장교의 눈치를 보던 사병들도 위협 삼아 휘둘러진 검에 놀라 홀을 빠져나갔다.

아델만은 대리석 바닥에 검을 지팡이처럼 짚으며 쿨럭거리는 기침을 했다. 튜멜은 입을 멍하니 벌린 채 상황을 이해하지 못하는 표정을 지었다.

"폭군 연기가 서투르십니다. 그런 검으로는 닭 한 마리 잡기도 힘듭니다."

"미, 미친 떠돌이!"

"입 다물어!"

이언이 특유의 빈정거리는 말투로 말했을 때, 튜멜과 쇼가 거의 동시에 소리쳤다. 아델만은 고개를 들어 이언을 보더니 어색하게 웃었다. 그는 검을 바닥에 던져 버리고 자신의 의자로 돌아갔다.

"연기가 서툴다는 것은 나도 알고 있네. 거기 구석에서 의자들을 가져다가 이리 와서 앉게나."

"그, 그럴 순 없습니다. 하찮은 신하 되는 입장에서 어찌 국왕 폐하와 함께……."

"국왕의 명령일세, 케이시 튜멜 남작."

튜멜은 아델만이 희미하게 웃는 모습을 보고 다시 깊숙하게 고개를 숙였다. 그동안 그런 말이 나오길 기다렸다는 듯이 재빨리 의자를 날라 온 사람들의 선두에는 당연히 에피가 있었다.

"씨이! 다리 아파서 죽는 줄 알았어."

"멍청아, 우린 정말로 죽다 살아난 거야."

에피가 입속으로 궁시렁거리며 앉았을 때, 쇼는 그녀의 곁에 의자를 두고 앉으며 대꾸했다. 평소의 습관으로 돌아와 잡담을 하던 두 사람은 살기등등한 시퍼런 눈빛의 튜멜과 시선을 마주치자 재빨리 입을 다물었다. 그들은 튜멜이 길길이 날뛰며 소리 지르지 않는 이유가 국왕이 앞에 있기 때문이라는 것을 알고 있었다.

"자네들이 사자왕 전하 암살과 관계없다는 것은 진작에 알고 있었지. 유감이지만, 내 아내 페나 왕비가 꾸민 일이야."

"네? 어째서 그런 일을?!"

"신하들 앞에서는 차마 한 나라의 왕비가 그런 어리석은 짓을 꾸몄다고 말하지 못해서 입을 다물고 있었다네. 이해해 주게나. 자, 사과하는 뜻에서 한잔씩 들게나."

아델만 국왕은 잠시 동안 움직인 피로에 젖어 한층 탁해진 음성으로 크리스털 병에 담겨진 와인을 권했다. 국왕의 안락의자 옆에 놓여진 탁자에는 사자상을 본따서 조각된 크리스털 병이 놓여져 있었고, 안에는 피처럼 붉은 와인이 있었다.

아델만 국왕은 떨리는 손으로 가슴을 부여잡으며 심하게 기침을 토해내기 시작했다. 튜멜 일행은 창백한 국왕의 얼굴을 보면서 불안한 시선을 교환했다. 이 상황에서 국왕이 죽는다면 그들은 이번에는 정말로 국왕 시해 혐의로 참수 형을 당할지 몰랐다. 지금 국왕의 모습은 당장 죽어도 이상하지 않을 정도였다.

"살아가는 게 이렇게 허무할 줄이야……. 아내는 미련한 신하들의 눈을 가리며 그렇잖아도 단순한 그들의 판단을 흐리게 만들고, 남편이라는 자는 병에 찌들어 술이나 마시며 점점 능숙하게 폭군 행세를 하고. 인생이란 정말 우스운 거야. 미분학과 역사학 따위를 뒤적거리고 이따금 시를 쓰겠다고 시작에 몰두하던 남자가 졸지에 국왕이 되었지. 그리고 끝내 아내의 마음을 돌리는 데 실패했지. 자네들에게는 미안하지만, 나는 아내를 막을 방법이 없었다네. 하지만 그녀를 이해해 주었으면 하네."

"사랑하시나요?"

레미는 레이드에게서 와인 잔을 받으며 아델만에게 물었다. 아델만은 찰랑거리는 와인 잔을 들고서 물끄러미 들여다보았다. 짙고 풍부한 와인의 향기는 알싸한 느낌으로 스며들었다. 그는 폭풍 속의 바다처럼 맴도는 와인을 들여다보았다.

'사랑이라.'

아델만은 그녀를 처음 만났을 때의 모습을 그려보았다. 도도하고 한

없이 벅차고 높던 목표를 향해서 자신의 모든 것을 희생하던 여인. 그녀는 그랬다. 그리고 이렇게 오랜 시간 동안 부부로 지내면서도 그녀는 변하지 않았다. 그녀는 항상 저 먼 곳을 바라보고 있었고, 그 곁에 서 있던 자신에게는 눈길 한 번 주지 않았다. 그녀는 자신을 사랑하지 않았을 것이다. 그의 사랑은 그녀에게 이해되지 못했고, 이해받지 못했던 사랑은 세월 속에서 무력하게 바스라졌다. 그랬다고 믿고 싶었다.

'…라고 했던 말을 기억하나요?'

아델만 국왕은 아내가 자신을 떠나던 날 마지막으로 물었던 질문을 기억했다. 그녀는 문 앞에 서서 낮고 알아들을 수 없는 말로 그렇게 물었다. 철의 여왕이라고 불리우기에 손색이 없는 페나는 그때 떨리는 목소리로 한 가닥 희망을 붙잡듯 그렇게 질문했다.

하지만 그는 그녀의 말을 알아듣지 못했고, 과거에 자신이 그녀에게 뭐라고 했었는지도 역시 기억하지 못했다. 그는 그녀를 붙잡을 수 있는 마지막 기회를 그렇게 놓쳤다. 그녀는 그의 대답을 기다리고 서 있었다. 자신이 뭐라고 대답을 했었다면, 그랬다면 그녀는 떠나지 않았을 것이다. 하지만 그는 대답하지 못했고, 그녀는 떠났다. 그는 두 번 다시 그녀와 대화를 나누지 못했다.

"그녀와 나는 이곳에서 서로 사랑하기 위해서 만났을까? 아니면 서로 증오하기 위해서 만났을까? 그녀는 한 번도 나를 바라보지 않았다네. 그녀는 평생 동안 라이어른의 미래를 구상하고 고민하면서 살아온 여자라네. 남을 사랑하는 행복, 남에게 사랑받는 행복을 포기한 여자였지. 나는 그녀의 곁에 머물렀지만 한 번도 그녀의 미소를 볼 수 없었지. 그녀는 자신의 가치관으로 나를 설득하려고 했었지. 미안하네만, 자네들은 그런 그녀의 계획을 위해서 희생된 거라네. 자아, 쓸데없는 소리는 관두고 한잔하고 싶군."

아델만 국왕은 말을 길게 해서 피곤한 얼굴로 잔을 들었다.

챙!

잔과 잔이 부딪치는 소리는 티없이 맑았다. 아델만 국왕은 천천히 잔을 입에 가져가며 아내의 얼굴을 떠올렸다. 한없이 냉랭했던 여자였다.

"썅! 모두 잔 버려!"

갑자기 쇼는 와인 잔을 바닥에 던져 박살 내면서 입 안에 물었던 와인을 뱉어냈다. 입가로 잔을 가져갔던 레이드는 화들짝 놀라며 와인을 옷자락에 쏟았다.

획—

단검이 날카롭게 허공을 날아가 아슬아슬하게 아델만의 손에 들려 있던 와인 잔을 스치며 박살 냈다. 아델만은 흠칫 놀라며 와인에 젖은 오른손을 움츠렸다. 단검은 섬뜩할 정도로 아슬아슬하게 그의 손바닥을 관통하지 않았다.

"너, 그거 어디서?!"

튜멜은 벌떡 일어서면서 쇼에게 달려들었다. 그는 쇼가 미쳐 버렸다고 생각했다. 국왕을 만나는데 단검을 몰래 휴대하고 있었다는 충격 때문에 튜멜은 흥분해 있었다. 단검을 소지하고 있다가 걸려도 국왕 시해 혐의를 뒤집어쓰는데, 쇼는 그걸 국왕에게 던졌다. 튜멜은 붉어진 얼굴로 쇼의 멱살을 잡았지만 그는 그렇게 호락호락하지 않았다.

쇼는 자신의 멱살을 잡은 튜멜의 손목을 마주 잡으며 재빨리 튜멜의 무릎을 걷어찼다. 튜멜은 한쪽 무릎이 꺾이는 충격을 받으며 휘청거렸고, 곧바로 쇼의 팔꿈치가 그의 턱에 작렬했다.

"가만히 있어, 이 병신아! 와인에 독이 있단 말이다!"

"뭐라고?!"

모두의 동작이 일순간에 굳었다. 튜멜은 바닥에 주저앉은 채 멍청한 눈으로 쇼를 올려다보았다. 쇼는 아직 탁자 위에 놓여 있던 레미의 잔을 들어 신중하게 냄새를 맡았다.

"급성 맹독은 아니야. 얼핏 맛을 봤을 때 식물 독 같았는데… 어디…….."

쇼는 손가락에 와인을 찍어 입속으로 집어넣었다. 잠시 동안 그렇게 손가락을 입에 물고 있던 쇼는 바닥에 침을 뱉었다. 그는 차가워진 눈으로 아델만 국왕을 바라보았다.

"전 무식해서 국왕에게 어떤 예절을 취해야 하는지 잘 모릅니다. 게다가 전 베일의 하이 스카우터입니다. 이해하십시오. 언제부터 몸이 쇠약해지기 시작했죠? 혹시 처음으로 술을 마시기 시작한 이후가 아닌가요?"

"그러니까… 페나 왕비가 게일의 전선으로 떠나고 혼자서 위스키 한 병을 비웠네. 그때 비를 맞아서 천식과 고열을 얻게 되었지."

"아까 처음 뵈었을 때, 눈 밑이 암녹색으로 죽어 있길래 뭔가 이상하다고 생각했습니다. 그거 아무리 생각해도 만성 독에 중독된 증세거든요."

"그걸 어떻게 아나?"

"저 사람을 믿어도 좋습니다, 국왕 폐하. 저 사람은 오랫동안 하이 스카우터로 일했고, 각종 독에 대해서 해박합니다."

레미는 가만히 아델만의 손을 잡으며 차분하게 말했다. 보통 때 허락없이 국왕의 몸에 손을 대면 불경죄로 죽음을 당하기에 충분했다. 하지만 아델만은 힐끔 레미를 보고는 고개를 끄덕였다.

쇼는 잔뜩 찡그린 얼굴로 와인 병을 꼼꼼하게 확인했다. 촛불을 가져와 와인의 색깔을 살펴보던 쇼는 다시 한 번 와인의 맛을 보았다.

"오빠, 괜찮아?"

"나는 독에 내성이 있어서 어지간한 맹독이 아니면 죽지 않아. 그리고 이건 즉시 효과가 나오는 급성이 아니라 천천히 효과가 나오는 만성 독이야. 이거 안 좋아. 한 종류의 독이 아닌 것 같아. 맛을 봐도 좀처럼 뭘로 만든 독인지 모르겠어. 최소한 두 가지 이상의 만성 독을 섞은 것 같아. 고열과 천식, 그리고 어떤 증세가 있죠? 각혈은 합니까?"

"요즘 들어서 밤에 가끔 한다네. 정말 그 와인에 독이 있는 건가?"

쇼는 아델만이 의외로 별로 놀라지 않는다는 사실에 감탄했다. 울고불고 하며 대뜸 독이라면 해독제부터 찾는 사람들과는 질적으로 달랐다. 그는 이것이 국왕이라는 존재인가를 생각하며 다시 머리 속으로 자신의 지식을 뒤적거려 보았다.

"다른 증세는 없습니까?"

"관절이 약해졌어. 요즘은 걷는 것도 힘들다네."

"뼈를 삭게 만드는 독이라면 시파잔(Thifhazan) 열매의 즙일 거고. 도대체 어떤 자식이 이런 독을 만든 거야? 솔직히 말해서 어떤 자식인지 찾아내서 레시피를 받아내고 싶어. 이건 정말 잘 만든 독이야. 이런 독이라면 골렘을 가져다 놔도 닭처럼 시름시름 앓다가 병으로 죽은 걸로 보일 거야. 평범한 사람이라면 아무도 살아남지 못해. 틀림없이 이건 이 왕성의 누군가가 지속적으로 꾸미는 짓이야. 처음엔 위스키라고 했죠? 그렇다면 처음에는 아주 농도가 짙었을 겁니다. 위스키는 대부분의 독약이 섞여도 맛의 차이를 감지하지 못해서 위험한 술로 분류됩니다. 저라도 멋모르고 벌컥벌컥 마셨을 겁니다. 게다가 희미하지만 마약 성분도 남아 있어. 이건 좀 흔한 마약인데… 덕분에 자주 술을 마셨군요? 하루라도 술을 마시지 않으면 괴로웠죠?"

아델만은 묵묵히 고개를 끄덕였다. 쇼는 고개를 저으며 한숨을 쉬었다.

"그건 술을 원한 게 아니라 독과 함께 첨가된 마약 성분을 찾는 거였을 겁니다. 만성 독이란 건 지속적으로 계속 먹이지 않으면 곤란하기 때문에 가장 흔하게 쓰이는 게 음식에 넣는 건데, 이건 발각되기 쉽죠. 술에 마약을 함께 넣으면 술이 자꾸 마시고 싶은 걸로 착각하게 됩니다. 그럼 꾸준하게 만성 독을 먹일 수 있게 되는 거죠. 또 주변 사람들에게는 술에 중독되어서 몸이 망가졌다고 착각하게 만들 수 있죠. 농도가 이렇게 옅은 걸 보니까 꽤나 자주 술을 드셨군요?"

"농도를 더 높여야 하는 거 아니야?"

레이드가 난처한 표정으로 묻자 쇼를 고개를 조금 흔들었다.

"그건 위험해. 차츰 독약의 효력이 듣기 시작하면 적은 양으로도 더 강한 약효를 볼 수 있어. 인간의 내성이라는 건 한계가 있으니까. 그리고 독약에 찌든 시체를 본다면 누구나 '암살'이라고 생각하게 되지 않겠어? 어느 정도 투약하면 투약을 멈춰도 그 다음부터는 망가진 내장 때문에 독약이 없어도 죽어. 내장을 충분히 망가뜨린 상태에서 투약을 멈추고 죽을 때에 이르면 몸 안에 독약은 거의 남지 않아. 완벽한 암살이 되겠지. 이 정도에서 발견한 건 기적이야. 지독한 우연이지."

아델만은 떨리는 손으로 가슴을 부여잡고 기침을 했다. 평정심이 무너지는 순간 기침은 한층 격렬해졌다. 레미는 안타까운 눈으로 국왕의 왜소한 모습을 바라보았다.

"중요한 것은……."

이언이 천천히 자리에서 일어나 차가운 미소를 지었다.

"누가 어떤 목적으로 이런 형편없는 희극 대본을 썼는지를 찾는 거야."

"찾을 필요 없네."

아델만 국왕은 식은땀을 소매로 닦아내면서 희미하게 웃었다. 튜멜 일행은 의아한 얼굴로 국왕을 바라보았다. 아델만 국왕은 의자에 깊숙이 앉으며 튜멜 일행에게 미소를 지었다.

"당연하지 않겠나? 이건 내 아내가 나를 죽이려고 한 거야."

아델만의 말에 튜멜 일행은 목덜미가 차가워지는 느낌을 받았다. 그들은 자신들이 휘말린 이 일련의 사건들이 자신들이 생각하는 것 이상으로 복잡하다는 것을 비로소 실감했다.

"비를 맞으시면 곤란합니다, 왕비 전하."

하일리버의 말에 물끄러미 지평선을 바라보던 페나 왕비는 한숨을 쉬었다. 차가운 비가 내리고 있었기 때문에 그녀는 왕비의 드레스 위에 두꺼운 털가죽 외투를 입고 있었다. 빗물이 섞인 차가운 바람이 옷깃 사이로 드러난 그녀의 가슴팍에 부딪혔다. 바람은 그녀의 가슴에 작은 물방울들을 만들어냈다. 페나는 차가워진 가슴을 움츠리며 눈을 감았다.

누구보다 용맹하기로 이름난 사자왕의 무릎에서 라이어른의 정국에 대해 들으며 자란 그녀였다. 사자왕은 하나밖에 없는 외동딸을 귀여워하면서 그녀를 무릎에 올려두고 중신 회의를 했었고, 그녀는 전혀 알아듣지도 못하는 정치 논쟁을 들으며 성장했다.

그녀는 철이 들면서 화려한 드레스보다는 발트하임의 미래를 고민하며 자신의 젊음과 아름다움을 기꺼이 지불했다. 여자로서 가장 아름다웠던 시절을 그녀는 조금도 망설이지 않고 소모해 버렸다. 그러다가 결혼하게 된 남자가 아델만이었다.

그녀는 자신이 세웠던 라이어른 통일 계획을 남편의 손으로 이뤄내고 싶었다. 통일된 라이어른 위에 그녀의 남편이 당당하게 서게 되길 바랐다. 하지만 남편은 한 번도 그녀의 계획을 귀담아듣지 않았다. 그녀가 처녀 시절의 아름다움을 희생하며 쌓은 탑에 눈길조차 주지 않았다. 그런 그가 미웠다. 그녀는 자신이 세운 탑을 봐주지 않는 남편이 미웠다.

사자성을 떠나던 날, 마지막 구원을 바라는 심정으로 물었던 질문에 남편은 대답하지 못했다. 그녀는 지금껏 한 번도 울어본 적이 없었고, 어떻게 하면 울 수 있는지조차 몰랐다. 그녀는 나오지 않는 눈물을 애써 훔치며 전쟁터로 달려왔다.

'우리는 서로 사랑했던 걸까요? 우리는 사랑할 때 헤어져 죽을 때 만나야 하는 걸까요? 그게 우리의 운명일까요?'

페나 왕비는 고개를 돌려 비에 젖은 서쪽 하늘을 바라보았다. 흐릿한 회색 빛으로 젖은 하늘은 뿌옇게 변했다. 그녀는 비에 젖은 하늘 저편에서 죽어가고 있을 남편의 모습을 상상했다. 그녀의 뺨에 처음으로 뜨거운 무언가가 흘러내렸다.

Chapter 10

Yoke The Lover

〈 1 〉

    희미한 선율이 비에 젖은 회색 빛 대기의 틈새를 비집고 스며들었다. 라이어른 특유의 오랜 비에 젖은 공기는 눅눅한 곰팡이 냄새가 났고, 햇볕에 바짝 마른 흙냄새가 나는 멜로디는 그 눅눅한 공기와 뒤엉켜 묘한 소용돌이를 만들었다. 손끝을 움직이는 것으로도 바삭 부스러져 흙먼지로 되돌아갈 것만 같은 멜로디는 습하고 차가운 공기를 타고 흘러가 눅눅한 대리석 벽에 반향했다.

    "라라라… 라라… 라라라… 라라라라……."

    카라는 눈을 감은 채 조용하게 그 흙냄새 나는 멜로디에 맞춰서 그녀 특유의 허스키한 음색으로 허밍을 했다.

오래고 오랜 옛날

나를 사랑했던 연인

그대를 사랑했던 연인

이제는 세월의 기둥 아래 지친 눈을 감을 때

나를 사랑했던 연인

그대를 사랑했던 연인

지금 뒤뜰의 어디에서 잠들어 있을까.

그대의 손은 더 이상 내 손에 온기를 전하지 못하네.

나의 입술은 더 이상 그대의 입술에 사랑을 전하지 못하네.

그대의 심장이 멈추고 우리 사랑 여기 잠드네.

나의 호흡이 멈추고 우리 사랑 여기 잠드네.

세월의 지친 기둥 아래서

우리는 눈을 감고 지난 시절을 회상하네.

세월의 덧없음이여,

나를 사랑했던 연인

그대를 사랑했던 연인

이제는 여기서 나란히 잠드네.

세월의 저편으로 가면

우리가 나란히 묻힌 이 뒤뜰에서

또 다른 연인이 사랑의 입술과 뜨거운 손을 교환하리라.

오래고 오랜 옛날

나를 사랑했던 연인

그대를 사랑했던 연인

이제는 세월의 기둥 아래서 지친 눈을 감을 때

나를 사랑했던 연인

그대를 사랑했던 연인

지금 뒤뜰의 어디에서 잠들어 있을까.

카라의 노랫소리는 흙냄새 나는 멜로디 속에서 허스키한 울림으로 내려앉았다. 한 점의 파문조차 없는 고요한 호수 바닥으로 조용히 침전해 들어가는 듯한 모습이었다. 끊어질 듯 희미한 멜로디는 계속 흘러나왔다.

언젠가 이곳 수도에서 진혼곡을 부르며 쥐 떼를 부렸던 그녀의 모습을 기억하는 튜멜은 이따금 어깨를 움찔거리며 노래를 들었다. 성가대에 있었다는 그녀의 목소리는 성가대의 맑은 울림과는 어울리지 않았지만, 애잔하면서도 어딘지 관능적인 느낌의 허스키였다.

피에 물든 검이 마침내 멈추고 전란이 끝났을 때 하페우스 3세는 폐허의 한가운데 서 있었고, 그의 형제들은 시체가 되어 벌판에 버려져 있었다. 그는 자신을 암살하려 했던 형제들을 권력 숙청이 아닌, 전장에서 비참한 죽음을 맞이하도록 만들었다.

하페우스 3세는 폐허가 된 땅에 훗날 제국의 수도, 그리고 그때의 영화를 그리워하며 발트하임이라는 약소국의 수도로 전락할 아인돌프라는 도시를 재건했다.

그가 검은평원에서 발견한 제국의 별이 무엇인지는 아무도 정확하게 알지 못했다. 그는 형제들에게 생명의 위협을 느끼며 검은평원으로 도망쳤고, 그곳에서 제국의 별을 발견했다. 그리고 그는 대륙을 통일하고 제국을 건설했다.

'인간은 누구나 그 자신의 평원에 홀로 서게 되면서 왕이 된다. 누구나 제국의 별을 볼 수 있지만, 또한 누구나 제국의 별을 볼 수 있는 것은 아니다.'

튜멜은 희미하게 귓가에 남은 노래의 여운에 취한 얼굴로 언젠가 이언이 그에게 들려주었던 말을 회상했다. 많은 천문학자들이 검은평원에 머물며 별을 관측하던 시절이 있었다. 제국이 분열되고 대륙 전체가 탐욕에 젖어 서로 다투는 전란의 시대, 희망도 빛도 없었던 암흑 시대의 오랜 전쟁에 지친 자들은 제국의 별을 찾기 위해 검은평원으로 몰려들었다.

제국의 별을 보게 되면 그 자신의 왕이 되고, 또한 검은평원의 왕이 된다는 하페우스 3세의 말을 떠올린 것이다.

나는 그 별을 보았다. 나는 내가 군주로서 필요한 덕목을 깨달았고, 제국의 별은 그 덕목을 증명해 주었다. 제국의 별이 눈부시게 빛날 때, 신께서는 그자의 군주 됨을 증명하리라.

하페우스 3세의 저서 '군주론'에는 제국의 별에 관하여 그렇게 기술되어 있었다. 때문에 아버지가 아들을 찌르고, 아들이 아버지를 베는 끔찍한 살육의 시대에 진저리친 많은 자들이 제국의 별을 찾기 위해서 검은평원을 찾았다.

혹자는 제국의 별이란 몇백 년마다 한 번씩 나타나는 불길한 혜성이라고 말했고, 또 혹자는 고대 이전 시대의 신의 권능을 가진 14천사들이 서로 패를 갈라 싸우던 시절의 마력이 봉인된 보석이라고 말했다. 하지만 아무도 제국의 별이 가진 실체를 알지 못했다.

아델만 국왕은 또다시 터져 나오려는 기침 소리에 아련한 멜로디가 부서질까 봐 입술을 깨물며 기침을 참았다.

카라가 부른 노래는 하페우스 3세에 관한 노래 중 유일한 연가였다. 대륙 통일이라는 전무후무한 업적을 세우고, 달력을 뜯어고치고, 정치 제도를 뜯어고치고, 지도를 뜯어고친 하페우스 3세의 업적을 노래한 글들은 많았다. 하지만 그중에서 그의 사랑을 노래한 글들은 없었다. 마치 태어나서 한 번도 사랑 따위를 해본 적 없다는 듯이.

카라가 부른 노래는 후세에 의해서 창작된 노래가 아니라 하페우스 자신이 창작한 노래였다. 군주의 덕목을 설명한 군주론을 저술한 하페우스 3세는 군주론의 마지막 페이지에 저 뜻 모를 사랑 노래를 적어두었다.

피를 나눈 친형제들까지 죽이며 평생 동안 전쟁을 했던 그가 군주의 덕목을 설명하던 군주론 마지막 페이지에 뜬금없이 자신이 직접 창작한 연가를 적고, 그 악보까지 적어둔 의중은 아무도 알지 못했다.

기록에 의하면 대륙 통일 전쟁을 벌이던 시절의 하페우스 3세는 때때로 숙영지 모닥불 곁에서 피에 젖은 검을 눕히고 저 노래를 불렀다고 전해진다. 거의 모든 기록들이 그 광경을 온갖 미사여구로 미화시키고 과장했지만—예를 들어, 그가 저 노래를 부를 때면 들판에 버려진 시체들을 보고 눈물 흘리던 페어리들이 모여들어 그의 노래를 귀 기울였다고 한다—그가 저 노래를 직접 만들고 즐겨 불렀던 것은 사실이었다. 덕분에 저 노래는 대륙의 모든 나라를 통틀어 가장 유명한 연가였다.

현재까지 거의 모든 국가에서 하페우스의 저 유일한 자작 연가를 자국어로 번역해 즐겨 부르고 있었다. 심지어는 오직 저 노래의 시구를 감상하기 위해 두껍고 비싼 군주론을 구입해 서가를 장식하는 귀족도 있었다.

저 노래에 관한 또 한 가지 풀리지 않는 의문은 하페우스 3세라는 남자가 평생 전쟁터를 헤매는 동안에 즐겨 불렀던 저 사랑 노래의 대상이 되는 여자가 누구였는지 명확하게 밝혀지지 않았다는 것이다. 앞길을 막는 자는 악마라도 죽였다는 냉혹한 사내가 바친 사랑 노래의 주인을 아는 사람은 아무도 없었다. 피와 시체 속에서 평생을 소모한 남자가 누군가를 사랑했을 것이라고는 누구도 상상할 수 없었다.

어떤 낭만적인 음유 시인은 검은평원에서 하페우스 3세가 만난 것은 무리에서 버림받은 여자 엘프였다고 노래했다. 형제들과의 권력 투쟁에서 밀려나 암살자들을 피해 검은평원으로 도망친 그가, 역시 어떤 알려지지 않은 잘못으로 인하여 엘프의 군락에서 쫓겨난 여자 엘프와 우연히 마주쳤다는 것이다.

그와 엘프는 사랑에 빠졌고, 인간과 엘프라는 이루어질 수 없는 사랑에 슬퍼하던 엘프가 밝아오는 아침 햇살을 보며 눈물을 흘렸다고 한다. 제국의 별이란 희미한 새벽의 첫 번째 햇살 속에서 흘러내렸던, 불가능한 사랑을 슬퍼하던 엘프의 눈물이었다는 것이다.

예로부터 엘프의 눈물은 믿을 수 없는 기적을 행사하는 마력이 깃들어 있다고 전해지고 있었다. 하페우스 3세는 그 엘프의 눈물에 깃들어 있는 축복에 힘입어 대륙을 통일했다는 추측이다.

'하페우스 3세와 엘프'라는 제목의 이 낭만적인 서사시 덕분에 가난했던 음유 시인은 평생 동안 다 쓰지도 못할 부와 명예를 얻었다. 그 음유 시인의 이름은 헤롤리우스였다.

노예 출신의 가난한 음유 시인이었던 헤롤리우스는 이 서사시 한 편으로 부유한 시인이 되었다. 그 후, 그는 하페우스 3세를 노래하는 많은 서사시들을 남겼고, 말년에는 자신만의 독특한 작품들을 창작했다.

비극 연작을 비롯한 많은 작품들은 지금도 저지 미노트 어의 정수라고 칭송받고 있었다. 단순히 그 정도에서 그치는 것이 아니라, 현재에 이르러서 헤롤리우스는 귀족들의 필수 교양이었다. 하페우스 3세에게 엘프의 눈물이 축복이었는지는 정확하게 몰라도, 헤롤리우스라는 역사상 최고의 극작가이자 서사시인이었던 사내에게 엘프의 눈물은 구원이었고 축복이었다.

음악이 멎었다. 들이치는 빗물에도 아랑곳하지 않고 축축한 창틀에 걸터앉아 오카리나를 불던 쇼는 흙으로 빚어 불에 구워서 만든 이 독특한 도자기 피리를 만지작거리며 어색하게 웃었다.

쇼가 제목이 없어서 그저 '하페우스 3세의 연가'라는 애매한 제목으로 불리우는 노래를 오카리나로 연주하고, 카라가 허스키한 그녀 특유의 목소리로 노래를 부르는 동안에 아득한 공상에 잠겨져 있던 사람들은 일제히 현실로 되돌아왔다.

오카리나의 멜로디에 묻혀 있던 빗소리가 현실이 되었고, 다시 차갑고 싸늘하게 사자성의 대리석들을 적셨다. 비에 젖은 사자성은 오래된 골동품처럼 곰팡이 냄새를 피우며 비에 젖어 검게 번들거렸다. 쇼는 비에 젖은 차가운 냉기에 어깨를 움츠리며 오카리나를 두툼한 가죽으로 감싸 허리에 매달았다.

'하페우스 3세가 검은평원에서 보았던 것은 무엇일까? 정말로 버림받은 엘프였을까? 혹은 누구보다 현명했지만 이름없던 노인의 인도를 받아 혜성을 목격한 것일까?'

레미는 멍한 표정으로 생각에 잠겨 있다가 뒤늦게 현실로 되돌아왔다. 의자에 앉아서 꾸벅거리며 졸고 있던 이언은 쇼의 오카리나 연주가 끝나자 하품을 하면서 잠에서 깨어났다. 그는 거칠어진 손바닥으로 자욱하게 어둠이 내려앉은 얼굴을 쓱쓱 문지르며 정적을 깼다.

"한가하게 음악이나 즐길 상황이 아닐 텐데?"

튜멜은 배신당한 표정으로 이언을 노려보았지만 뭐라고 토를 달지는 않았다. 모처럼만의 여운을 무참하게 깨버리는 이언이 짜증스러웠지만, 그가 지독하게 냉정하고 현실적이라는 것은 이미 충분히 배우고 있었다. 이언의 말처럼 그들이 한가하게 음악에 취해 있을 여유는 없었다.

"이제 어떻게 하실 겁니까, 국왕이시여?"

아무도 모르게 독에 중독되어 쇠약하게 병들어 버린 초라한 국왕은 핼쑥한 얼굴로 한숨을 쉴 뿐 좀처럼 쉽게 입을 열지 않았다.

레미는 조심스럽게 손을 뻗어 늙어버린 국왕의 앙상한 손을 가볍게 쥐었다. 한때 건강하고 유머러스했던 아델만이라는 이름의 사내는 이제 뼈와 가죽밖에 남지 않은 손을 갖고 있었고, 피부는 독에 중독되어 당장 오래된 미라처럼 바스라져 버릴 것만 같았다.

"그대들에게 이제 사자왕 전하 암살에 연루된 혐의는 없다. 나는 그대들이 가고자 하는 길을 막지 않을 것이다."

"분명……."

레미는 잠시 말을 끊고 동료들을 둘러보았다.

"분명히 저희도 나름대로 여행의 목적은 있습니다. 하지만 국왕 폐하의 문제를 수수방관한다면 신하 된 도리가 아니겠지요. 저는 그렇게 생각합니다. 비록 저는 국왕 폐하의 백성은 아닙니다. 그리고 제 동료들도 대부분은 국왕 폐하의 은혜를 입은 이 땅의 백성들은 아닙니다. 그렇지만 국왕 폐하께서는 더없이 충직한 신하를 두고 계시고, 저희는 그 신하의 동료들입니다. 그 신하가 모든 것을 결정하겠지요."

레미는 대답을 원하는 시선으로 튜멜을 바라보았다. 일행의 시선은 그에게 집중되었고, 힘겹게 쿨럭거리던 아델만 국왕은 모두의 시선을 쫓아 고개를 들었다.

갑자기 모두의 시선을 받게 된 케이시 튜멜 남작은 헛기침을 하며 마땅히 시선 둘 곳을 찾지 못해서 바닥을 내려다보았다. 그의 얼굴이 대번에 붉게 달아올랐다.

"하… 하지만 우리는 여행의 모, 목적이… 아낙스 양."

"저는 괜찮아요. 남작님이 전정으로 하고 싶으신 일을 말해 보세요. 어떻게 하고 싶으신가요?"

"하지만 펴, 편지가… 아낙스 양은 가야 할 곳이……."

'편지?'

편지에 관하여 알지 못하는 에피와 레이드, 쇼는 의아한 얼굴로 레미와 튜멜을 번갈아 힐끔거렸다. 창가에 앉아 창밖을 구경하던 쇼는 고개를 돌려 레미의 옆모습을 물끄러미 지켜보았다. 지독히 단조롭고 개성없는 그의 얼굴에는 아무런 감정도 없었고, 일말의 흥미조차 보이지 않았다. 그저 박제된 듯한 눈으로 물끄러미 레미를 바라보고 있었다.

레미는 희미하게 웃었다. 여행이 거칠어지면서 그녀가 웃는 횟수는 나날이 줄어들었다. 눈 밑에 거뭇거뭇하게 기미가 생기기 시작한 레미는 부쩍 야윈 얼굴로 희미하지만 다정한 미소를 보여주었다.

"날짜도 적혀 있지 않은 무도회 초대장이잖아요? 얼마쯤 더 늦은들 문제가 되진 않을 거라고 생각해요. 이미 우리는 충분히 느리게 여행하고 있잖아요?"

정상적인 상황이라면 튜멜 일행은 지금쯤 폴리안에서 미족 왕국 카

민으로 들어갈 방법을 고민하고 있어야 했다. 하지만 뜻밖의 사건에
연루되면서 그들은 카민은 고사하고 폴리안으로 가는 국경 근처에도
다다르지 못한 상황이었다.

"소, 소, 솔직히 말하자면… 저는 신하로서의 의무를 다하고 싶습
니다, 존경하는 국왕 폐하. 이 우둔한 존재는 사실 발트하임의 귀족이
아닙니다. 나약하고 비겁한 과거를 숨기기 위해서 국왕 폐하의 충성
스러운 신하가 갖고 있던 시골 영지를 약탈해 버린 것입니다. 하나,
지금이라도 그러한 대죄를 씻고 잠시 저와 동료들의 여정을 접고 국
왕 폐하의 진정한 신하가 될 기회를 갖고 싶습니다. 허락하여 주시기
바랍니다."

"하여간 남작 오빠의 저 미련한 성격은 알아줘야 해. 다 지난 일을
언제까지 곱씹으면서 살려는 거야?"

뒤쪽에서 낮게 투덜거리던 에피는 레이드가 옆구리를 찌르며 눈을
부라리자 오히려 짜증스러운 얼굴로 그를 올려다보았다. '어디 다 큰
딸의 몸을 만져?' 에피는 그 정도 의미가 담겨진 시선으로 레이드를
쏘아보았고, 레이드는 턱을 쓱쓱 문지르며 시선을 돌렸다.

"후후후……."

묵묵히 튜멜 일행의 대화를 듣고 있던 아델만 국왕은 괴롭게 숨을
몰아쉬면서 쉿소리로 웃었다. 자주 각혈을 하는 동안에 그의 폐와 식
도는 상당히 손상되어 있었다. 아델만 국왕은 추위를 느껴 실크 가운
의 옷깃을 여미며 쓰게 웃었다.

"삶이라는 것이 이렇게 허무한 것일까? 내가 사랑했던 아내는 나의
사랑을 보지 못하고 나를 독살하려고 하고, 나는 나를 신뢰해 주시던
사자왕 전하께서 바라시던 국왕이 되지 못하고 어설픈 폭군이 되었지.

나에게 충성을 맹세하던 신하들은 왕비의 선동에 넘어가 주군인 나를 독살하는 계획에 가담했고 무익한 전쟁을 벌이고 있지. 그리고 더 아이러니한 사실은……."

아델만 국왕은 잠시 기침을 하기 위해서 말을 끊었고, 그의 기침은 좀처럼 쉽게 사그라들지 않았다.

"어쩌면 나와는 상관없는 자들이 내 곁에 머물고 있는군. 내 신하들이 나를 배반하고, 나와 상관없는 손님들이 나에게 충성을 맹세하는군. 그대들 중에 이곳 발트하임 출신은 아무도 없지 않은가?"

아델만 국왕은 흐려진 눈으로 튜멜 일행을 둘러보면서 물었다.

"에… 용병들이란 게 워낙 여기저기서 굴러먹던 자들이라 출신이란 게 별로 중요하지는 않습니다, 국왕 폐하."

레이드는 머쓱하게 대답했다. 아델만의 시선을 받은 쇼는 곤란하다는 얼굴로 눈을 돌렸다.

"아시다시피 난 베일 출신의 하이 스카우터요, 국왕 나으리. 솔직히 말해서 내가 당신에게 충성을 서약할 의무는 없소."

"보고 있는 것도 괴로워 죽겠군. 다들 머리가 돌아버린 거냐?"

묵묵히 입을 다물고 있던 이언이 마침내 끼어들었다. 이언은 의자에 앉아서 다리를 까딱거리며 혀를 찼다.

"우리들 중에서 발트하임 출신이 아무도 없는데 지금 뭐 하는 거야? 언제부터 다들 이렇게 왕실 문제에 관심이 많았지? 모조리 돌아버렸나?"

"용병이 누구에게 충성하는 거 봤나? 우린 돈만 주면 누구하고도 싸우는 놈들이라네. 허허허."

"난 충성을 맹세한 적 없어. 한몫 잡으려고 하이 스카우터도 관두고 라이어른까지 넘어온 놈이야. 이 재수없는 성에서 한시라도 빨리 나가고 싶은 건 오히려 나야."

튜멜은 난처한 얼굴로 일행들을 돌아보았다. 그는 아델만 국왕이 희미하게 웃으며 화를 내지 않는 덕분에 한층 불안해져 있었다. 그는 이언을 똑바로 바라보았다. 그는 전혀 마음에 들지 않았지만, 이언이 현재 거취에 관한 결정권을 갖고 있다는 것을 알고 있었다.

이언은 튜멜의 시선 따위는 신경조차 쓰지 않으며 푹신한 의자에 앉아서 튜멜을 노려보고 있었다. 튜멜은 어금니를 깨물며 잠시 동안 망설였다. 그의 눈동자는 마땅히 시선 둘 곳을 찾지 못하고 산만하게 움직였고, 몇 번이고 헛기침을 하면서 목소리를 가다듬었다.

"나한테 할 말이 있냐, 바보 남작?"

튜멜은 '그렇게 부르지 말랬지!' 라고 소리 지르지 않았다. 대신에 다시 한 번 헛기침을 하면서 뜸을 들였다.

"지금 내가 하는 말이 비이성적이라는 것은 나도 알고 있어. 나도 솔직히 왜 이런 생각을 했는지 모르겠다. 어쩌면……."

튜멜은 말을 끊으며 이언을, 그리고 차례로 동료들을 바라보았다. 이언은 여전히 그대로 앉아 있었고, 쇼는 창가에 서서 이따금 어깨 너머로 창밖을 내다보았다. 그의 시선이 레미와 마주쳤을 때, 그는 얼굴을 붉혔다. 레미는 국왕의 곁에 앉아서 조용히 웃으며 튜멜을 보고 있었다. 그녀의 차분한 표정을 발견한 튜멜은 다시 입을 열었다. 그의 목소리는 얼마간 생기가 되돌아와 있었다.

"어쩌면 네가 언젠가 말했던 것처럼 쓸모없는 정의감을 들먹거리는 내 한심한 속물적인 자만심 때문일지도 모른다. 하지만 그래도 상관없어. 나는 지금까지 평생을 망설이고 도망치면서 살아왔다. 잘난 척하고 싶어서 이런 말을 하는 거라고 생각해도 좋아. 하지만… 하지만 이제는 내가 진심으로 해야 한다고 생각하는 일을 하고 싶다."

"언제 끝나냐?"

"뭐?"

"언제쯤이면 본론으로 들어가는 거냐? 그래서? 뭘 원하는데?"

"나를 도와줬으면 한다."

튜멜은 다시 말을 끊으며 벽 쪽으로 걸어가 고개를 들었다. 홀의 한쪽 벽에는 발트하임의 국기가 걸려 있었다. 튜멜은 잠시 동안 국기를 올려다보았다.

"난 케이시 테멜른이 아니라, 보잘것없지만 케이시 튜멜이라는 이름으로 살아가기로 결정했다. 너희들도 알다시피… 난 베렌에서 테멜른 가문의 문장기를 찢었다. 빌어먹을 북해의 상권을 지배하는 것 따위는 관심도 없어. 나는 테멜른 가문을 버렸고, 그곳은 더 이상 나의 고향이 아니다. 나는 이곳 발트하임의 변두리 테일부룩 영지의 늙고 병들었던 튜멜 남작에게 구원을 받았고, 이제는 내가 케이시 튜멜이라는 이름으로 테일부룩의 영주로 살아가고 있다."

"다시 말해서, 넌 이제 발트하임의 귀족이라는 거지?"

튜멜은 고개를 돌리지 않았다. 그저 여전히 고개를 젖히고 국기를 올려다보면서 말을 이었다.

"내가 신하로서의 의무를 다하도록 잠시 동안만, 아주 잠시 동안만 나를 도와주지 않겠나? 나는 아낙스 양이 무사히 여행을 마치도록 에스코트를 해야 하지. 하지만 그전에 신하로서의 의무도 간과할 수 없다. 비록 나는 이곳 왕실과 아무런 관련도 없는 일개 남작이고, 또한 베렌에서의 지위를 버렸는데 새삼 왕실에서 지위를 얻고 싶은 욕심도 없다. 이언, 자네가 보기에는 내가 위선으로 가득 찬 가식적인 인간이라고 생각되겠지. 그래, 난 가식적이고 위선적인 인간이야. 하지만 그래도 좋아. 중요한 건 어떻게 보이는가가 아니라 어떻게 살아가는가라고 믿어."

"그런 생각이 든 이유가 뭐지? 정의를 위한다는 거창한 수식어가 붙어야만 직성이 풀리던 녀석이?"

이언은 튜멜이 드물게 자신의 이름을 불렀다는 것을 알고 있었다. 이언은 다리를 까딱거리며 물끄러미 튜멜의 뒤통수를 바라보았다.

"이제야 깨달았다. 내가 그 추웠던 겨울에 테일부룩 영주의 저택에서 겨울을 나면서 무엇을 배웠는지를……."

튜멜은 가만히 눈을 감았다. 고개를 한껏 뒤로 젖힌 튜멜의 이마 위에서 길어진 갈색 머리가 흘러내리고 그의 이마에 남겨진 흉터가 드러났다. 그는 묵묵히 고개를 젖히고 잠시 동안 침묵을 삼켰다.

"어떻게 보이는가를 생각하기보다는 어떻게 살아가야 하는지를 고민하면서 살아왔어야 했다. 그분은 나에게 그걸 가르쳐 주었지만, 난 그것을 이제야 깨달았다. 난 디르거 경처럼 능숙하게 검을 쓸 줄도 모르고, 너처럼 많은 것을 알고 있지도 못하다. 선대 튜멜 남작은 나에게 살아가는 방법을 가르쳐 주었는데도 나는 그걸 이제야 깨달았다. 그리고 알았다. 내가 얼마나 초라하고 형편없는 인간인지를. 내가 예절을 강조하던 행동은 내 초라한 실체를 은폐하고 싶어서 허세를 부리는 것에 불과했던 거야. 얼마나 한심한가."

"구제 불능인 녀석이군, 네놈은."

비로소 튜멜은 눈을 뜨고 고개를 돌렸다. 이언은 물끄러미 튜멜의 시선을 받아들이고 있었다. 뺨까지 흘러내린 긴 머리 사이로 보이는 그의 눈동자는 얼음처럼 차가웠다.

"이제야 깨달았다고? 웃기지 마. 네놈이 지금까지 잘나서 주절거리던 귀족으로서의 예의는 뭐였고, 검 하나 똑바로 들지 못하는 주제에 불의를 참지 못해서 어쩌고 떠들던 것과 뭐가 다르지? 어떻게 보이는가보다 어떻게 살아가는가가 중요하다고? 야, 꼬맹이!"

이언은 고개를 돌려 에피를 바라보았다. 갑자기 시선을 받은 에피는 과일을 입에 물고 있던 자세 그대로 눈을 휘둥그레 뜨면서 손가락으로 자신의 얼굴을 가리켰다. '나 불렀어?'라는 정도 의미의 표정이 그녀의 갈색 얼굴에 머물러 있었다.

"넌 전쟁터에서 그런 걸 생각하냐? 어떻게 보이는가, 혹은 어떻게 살아가야 하는가?"

에피는 일단 입에 물었던 과일을 마저 씹으며 멀뚱한 표정으로 이언과 튜멜을 번갈아 바라보았다. 그리고는 잔뜩 찌푸린 얼굴로 입을 열었다.

"씨이! 내 나이가 몇인데 꼬맹이라는 소리를 들어야 하는데? 20살은 벌써 예전에 넘겼는데. 그런 거 생각할 정신이나 있겠어? 이언 오빠도 전쟁터에 있었다며? 어떤 미친 인간이 지옥 한가운데서 그런 어려운 일을 생각해. 솔직히 지금 여기는 전쟁터가 아니지만, 난 그런 거 몰라. 말했잖아! 난 못 배워서 무식하다고. 난 무식해서 그런 거 생각해 본 적 없어."

"끼어들어서 미안하지만."

레미가 불쑥 입을 열었다.

"남작님은 지금으로도 충분하다고 생각해요. 저는 아직도 기억하고 있어요. 제가 처음 남작님을 만났을 때를……. 지독한 폭풍우가 치던 밤이었죠. 그때 남작님은 불어난 물이 영주민들의 농토나 집으로 넘치지 않는가를 확인하기 위해서 밤새 뛰어다니셨죠. 비에 흠뻑 젖은 몰골로 병사들을 다그쳐 습지대의 제방을 몇 번이고 확인시키던 그 모습을 기억해요. 남작님이 그때 보통의 평범한 영주처럼 따스한 벽난로 곁에 머물렀다면 저는 누구에게도 발견되지 못하고 습지대 구석에서 비를 맞으며 죽었을지 몰라요. 남작님은 이미 예전부터 어떻게 살아야 하는가를 고민하는 게 옳다는 것을 알고 계셨던 거예요."

레미는 희미하지만 확실한 미소를 튜멜에게 건네주었다. 튜멜은 얼굴을 붉히며 고개를 돌려 버렸다. 지금까지 묵묵히 대화를 듣고 있던 파일런은 주름진 얼굴을 약간 찌푸리며 이언을 바라보았다. 파일런의 시선을 느낀 이언은 고개를 돌려 늙은 은퇴 기사의 얼굴을 확인했다.

"결국 문제는 한 가지인 것 같군."

"그렇습니다, 디르거 경. 개입하느냐, 혹은 개입하지 않느냐. 왕실 내부의 권력 문제에 개입하는 것은 좋아하지 않습니다만……."

"문제를 확실하게 정리하고 여행을 떠나는 것도 나쁘지 않을 것 같네. 뒤통수에 단검을 놔두고 떠나지 말라는 말도 있잖은가? 언제 또다시 혐의를 받고 체포될런지도 모르지. 혹은… 암살당할 수도 있겠지."

"우리 모두를 죽여 버린 다음에 '이자들이 사자왕 전하를 암살한 범인들이었다. 체포 과정에서 반항하다가 죽임을 당했다'라고 말하게 될지도 모르죠. 그런 건 별로 제 취향이 아닙니다."

"결정된 건가?"

"우선은 왕비와 만나야만 어째서 우리가 사자왕 암살범이라는 누명을 써야 했는지 알 수 있을 겁니다. 알아두는 것도 나쁘지 않을 것 같습니다. 게다가 지금처럼 사방에서 전쟁을 하고 있으면 여행이 너무 위험합니다. 양쪽에서 날아오는 화살을 맞으며 여행하고 싶은 마음은 없습니다."

이언은 의자에서 일어나 길게 기지개를 켰다. 그리고 고개를 돌려 모두를 차례로 훑어보았다. 이언은 차갑게 웃으며 아델만 국왕을 바라보았다. 지금까지 묵묵히 튜멜 일행의 대화를 듣던 국왕은 지친 눈으로 이언의 말을 기다렸다.

아델만은 이언이 자신에게 하고자 하는 말이 무엇일지 이미 짐작하고 있었다. 그리고 그것을 승낙해야 하는 슬픔을 느꼈다. 그는 가만히 눈을 감았다. 병든 육신에도 불구하고 그의 이성은 차갑게 식어 있었다. 하지만 가슴 한 켠에서 아련하게 아파오는 감정이 점차 격렬하고 뜨거워지기 시작하고 있음을 느꼈다.

'그래야 하겠지. 어쩔 수 없는 것일지도 몰라. 그리고 나는 사자왕 전하라도 이렇게 했을 거라고 나 자신을 합리화하겠지.'

아델만 국왕은 눈을 감은 채 그런 생각을 했다. 그의 귓가로 이언의 차가운 목소리가 들려왔다.

"만약 국왕께서 원하신다면 미력하지만 저희가 도울 수 있을지도 모릅니다. 하지만……."

이언은 더 이상 말하지 않았다. 그는 그것으로 충분하다고 생각했다.

아델만 국왕은 천천히 눈을 떴다. 몸이 나빠져 시력이 약해져 있었고, 사물이 제대로 인식되는 데 시간이 걸렸다. 아델만 국왕은 북받쳐오는 감정 때문에 심하게 기침을 했다. 그는 가슴을 쥐어뜯으며 잔뜩 울리는 기침을 하다가 간신히 숨을 가눴다. 아델만 국왕은 천천히 고개를 들어 이언을 똑바로 바라보았다.

"많은 사람들이 다칠지도 모르지. 그리고 내가 소중히 여기는 사람들이 죽임을 당할지도 모르지. 하지만 이 혼란스런 전쟁을 멈추고 왕실이 다시 내정에 힘쓰게 만들기 위해서는 어쩔 수 없을지도 모르겠네. 만약에 페나 왕비를 죽여야 한다면… 죽여도 좋다네. 아니, 암살을 하는 한이 있더라도 그녀를 죽이지 않으면 이 혼란은 끝나지 않겠지. 그리고 더 많은 사람들이 고통받으며 죽어가고, 어쩌면 발트하임이나 라이어른 전체의 존재가 흔들릴지도 모르겠군. 그래야겠지. 그녀를 죽여야 하겠지. 페나 왕비를 죽여야 할 거야. 하지만 만약에 자네들이 그녀를 죽일 수 있게 된다면 한 가지 부탁이 있네. 제발 그녀가 고통과 공포를 느끼지 못하는 동안에 죽을 수 있도록 해주게. 자신의 죽음을 미처 의식하지 못하는 동안에 죽도록 해주게. 그걸 약속해주게. 새삼 그녀를 변호하고 싶지는 않네만, 그녀도 나름대로 불행한여자라네. 더 이상 그녀가 좌절감을 맛보게 하고 싶지는 않아. 그건너무 잔인해."

아델만 국왕은 다시 눈을 감았고, 뜨거운 눈물이 독에 찌들어 망가져 버린 얼굴을 타고 흘렀다.

〈 2 〉

　사자성에서의 저녁 식사는 생각 이상으로 화려했다. 튜멜 일행은 사자성에 있는 8개의 식당들 중에서 가장 검소한―하지만 그들 일행 정도의 숫자가 식사하기에 알맞은―식당으로 안내를 받았다. 식당은 서쪽 성벽을 향해 두 개의 창문이 있었고, 사자성 대부분의 공간이 그렇듯 천장이 낮고 바닥과 내력벽, 천장의 대리석이 그대로 드러나 있었다.

　식당의 네 모서리에는 날개를 펼친 천사 상이 세워져 있었는데, 천장에 닿을 만큼 키가 큰 조각들이었다. 식당에는 두 개의 벽난로가 있었고, 벽난로 위에 걸려진 그림들이 식당을 꾸미는 장식의 전부였다.

　"이거 너무 맛있어!"

　에피는 특유의 카랑카랑한 목소리로 호들갑을 떨었다. 중앙산맥 이남의 남부 국가들과는 달리 라이어른 지방에서는 전채 요리의 개념이 없이 곧바로 요리들이 나왔다. 네 명의 시녀들이 식탁에 요리들을 차리는 모습을 보던 튜멜 일행은 잠시 동안 멍한 표정을 지어야 했다. 여행을 하던 이래로 한 번도 경험하지 못한 진수성찬이었다.

갓 구운 빵이 가득 담겨진 바구니와 몇 가지 과일들, 네 종류가 넘는 치즈와 두 종류의 와인만으로도 충분히 화려한 식탁이었다. 빵만해도 소맥(참밀)과 대맥(보리), 호밀 등 세 가지 곡물로 만든 종류와 남부 크림발츠 식 브리오슈와 크루아상까지 있었다.

거기다 주 요리는 살찌고 건장한 수탉을 레드 와인과 마늘, 양파, 후추, 버섯을 넣고 오랫동안 쪄낸 요리와 강에서 잡은 송어 비슷한 민물고기를 담백한 크림 소스로 튀겨낸 요리, 그리고 숲에서 잡은 토끼를 맥주와 자두를 함께 넣고 쪄낸 요리 등이 나왔다. 거기다 라이어른 특유의 소시지들이 종류별로 쏟아져 나왔다.

에피와 레이드는 서로 경쟁이라도 하듯이 놀랄 만한 속도로 엄청난 양의 요리를 먹어치우며 와인을 비웠고, 쉴 틈 없이 요리에 대해서 온갖 찬사와 미사여구를 쏟아내어 불안한 얼굴로 서 있던—국왕의 손님이 되어버린 튜멜 일행이 음식에 대한 불평을 하면 그는 살아남기 힘들었다—요리사들과 음식 시중을 들던 시녀들로 하여금 안도의 한숨을 쉬게 만들었다.

"나 태어나서 이런 음식 처음 먹어봐!"

에피가 호들갑을 떨었을 때, 곁에 앉아서 무섭게 음식을 먹던 레이드는 힐끔 그녀를 바라보았다. 평소와는 조금 다른, 도박에 미쳐 있고 매사에 무사태평한 그의 얼굴과는 조금 다른 어두운 얼굴이었다. 그는 희미하게 그늘진 얼굴로 에피가 생선 요리를 기록적인 속도로 비우는 광경을 잠시 동안 물끄러미 바라보았다. 그의 그런 표정은 에피의 호들갑에 묻혀 누구의 눈에도 뜨이지 않았다.

에피는 반짝거리는 은제 포크를 입에 물고서—당연히 여기서 튜멜의 '포크를 입에 물고 있지 말아!'라는 잔소리가 터져 나왔다—레이드를 흘겨보며 고개를 갸우뚱했다.

"뭐 해? 모처럼 근사한 음식이 나왔는데, 멍청한 얼굴로?"

"맛있냐?"

"맨날 독한 밀주나 퍼마셔서 혀가 맛이 갔지? 이건 천국의 맛이야! 너처럼 무능한 아빠를 만나서 고생하는 딸이 불쌍하지 않아?"

레이드는 평소처럼 소리를 지르며 화를 내지 않았다. 그는 멋쩍게 웃으며 와인 잔을 단숨에 비웠다. 에피는 모처럼 고급스러운 음식들을 앞에 두고서 와인만 비우고 있는 레이드를 보며 혀를 찼다. 에피의 시선은 금방 레이드에게 흥미를 잃고 쇼에게로 건너갔다.

쇼는 메인디시에는 거의 손도 대지 않은 채 삶은 돼지고기가 들어간 샐러드를 조금 먹고 있었다. 그의 얼굴은 잔뜩 찌푸려져 있었다.

"오빠는 왜 안 먹어?"

"너도 내 상황이 되어봐라. 먹을 기분이 나는가."

"아아……."

쇼는 식탁 위에 올려진 모든 음식들과 빵, 와인에 행여 독약이 없는지 확인하는 것만으로 녹초가 되어 있었다. 그는 테이블 위에 있던 그 많은 음식들을 모두 한 번씩 맛을 보는 고생을 해야 했고, 그것만으로도 그는 에피와 비슷한 양의 음식을 먹은 셈이 되었다. 그는 음식 따위는 보기도 싫다는 얼굴로 와인을 마셨다.

"라이어른의 왕실 요리는 다른 국가들에 비해서 떨어진다고 하지만 별로 그렇지도 않은 것 같군요."

레미는 모처럼 활짝 웃는 얼굴로 능숙하고 세련된 솜씨로 나이프와 포크를 사용하면서 밝게 말했다. 어느새 두 여자들의 큰언니 노릇을 하게 된 카라는 피처럼 붉은 레드 와인을 삼키고 다시 나이프를 움직이면서 레미의 밝아진 목소리에 귀 기울였다.

"그러니? 맛있기는 한데, 대부분 요리가 크림발츠 식 아니니?"

"네. 와인이나 후추, 마늘을 많이 사용하는 것이 크림발츠 식 귀족 요리이긴 해요. 음식 문화가 가장 발달한 나라는 크림발츠와 아메린 이니까요."

"무슨 소리! 스톨츠의 생선 요리를 한 번도 못 먹어봤구나? 스톨츠가 내 고향이라서 편드는 건 아닌데, 한창 물오른 생선을 잘 손질해서 질 좋은 장작으로 훈제를 해서 그걸 담백한 소스로 쪄내면 얼마나 맛있는데! 어렸을 적에 어머니가 직접 요리해 주신 그 맛을 아직도 기억한단다."

'비록 성벽에 매달려 돌아가셨지만……'

카라는 뒷말을 속으로 삼키며 특유의 차가우면서도 어딘지 관능적인 미소를 지었다. 그녀는 레미의 성격을 잘 파악하고 있었고, 그런 이야기를 해봐야 모처럼 밝은 얼굴로 수다를 떠는 레미가 다시 우울해질 거라는 것을 알고 있었다. 카라는 닭 요리의 살코기를 발라내던 나이프를 내려놓고는 짜증스러운 손으로 흘러내리는 머리칼을 긁어 올렸다.

"언제 기회가 되면 스톨츠 식 요리도 먹어보고 싶네요. 이 요리들 분명히 크림발츠 식이긴 하지만 크림발츠 요리와 완전히 똑같지는 않아요. 예를 들어, 이 향긋한 버섯은 크림발츠에는 없어요. 맛있네요."

레미는 활짝 웃으며 닭 요리에 곁들여진 버섯을 입에 넣었다. 카라는 웃으면서 나이프 끝으로 토끼 요리를 가리켰다.

"저건 라이어른 전통 요리인 것 같은데? 어떻게 맥주를 요리에 사용할 생각을 한 걸까?"

"아까 요리사가 요리를 설명할 때 저도 놀랐어요. 라이어른에서는 맥주를 넣은 요리가 많은 모양이에요?"

"흐음, 맥주란 걸 만든 것도 라이어른이니까, 당연히 그걸 요리에 넣을 생각도 여기서 나왔겠지. 쩌낼 때 자두를 넣어서 달콤하면서도 은은하게 신맛이 도는 게 토끼 고기와 잘 어울려."

카라는 토끼 고기를 조금 잘라 다시 먹어보면서 만족스럽게 웃었다.

"안 먹고 뭐 하나?"

이언의 목소리에 정신을 차린 튜멜은 얼굴을 붉히며 헛기침까지 했다. 그는 어색하게 웃으며 다시 나이프를 움직였지만, 그의 시선은 여전히 레미에게 머물러 있었다. 그의 저택에 머무는 동안에도 그녀가 저렇게 밝게 웃으며 수다를 떨었던 적은 없었다. 뱀파이어라는 특성 때문인지 카라와 대화를 하게 되면 긴장이 느슨해져 필요 이상으로 말이 많아지는 경향이 있었지만, 레미의 입가에 머무는 밝은 미소는 별개의 문제였다.

튜멜은 레미와 테이블을 사이에 두고 맞은편에 앉았기 때문에 낮게 소곤거리는 목소리로 카라와 대화를 하는 레미의 목소리를 알아들을 수 없었다. 하지만 그녀의 눈매에는 식사 시간 내내 미소가 머물고 있었고, 이따금 대화의 중간중간에 단정하게 나이프와 포크를 내려놓고서 어깨를 움츠리며 웃기까지 했다. 고른 치아가 드러나도록 웃는 레미의 모습을 처음 보는 튜멜은 지금 자신이 무얼 먹고 있는지조차 깨닫지 못했다.

튜멜은 그녀가 어째서 이렇게 밝아졌는지 궁금했지만 그런 것은 아무래도 좋았다. 중요한 것은 모처럼 레미가 활짝 웃으며 그에게 들릴 정도의 목소리로 웃고 있다는 것이었다. 그는 레미의 웃는 목소리를 처음 들었다. 그의 영지 테일부룩에서도 볼 수 없었던, 위험하고 힘들던 여행 도중에는 더 더욱 불가능하던 웃음이었다.

"저 노처녀, 잘도 웃는군. 그렇게 신경질을 부리던 주제에."

"아낙스 양이 즐거워 보여서 다행이라고 생각해. 뭐가 그렇게 즐거운 걸까? 저런 웃음은 한 번도 본 적이 없어."

"흐음… 음식 때문일걸?"

"응? 음식?"

"바보는 모르는 게 좋아."

튜멜은 '이 망할 자식이!' 라고 소리치려는 걸 간신히 참았다. 그 자신 스스로가 전에 없이 욕설을 자주 남용한다는 것을 깨닫고 있었고, 모처럼 즐겁게 웃고 있는 레미의 기분을 망가뜨리고 싶지 않았다. 튜멜은 이언의 말을 무시하면서 다시 레미를 훔쳐보았다.

레미는 일행 중에서 가장 세련되고 우아한 태도로 식사를 하고 있었다. 꼿꼿하게 편 허리와 손목만을 이용해서 나이프와 포크를 다루는 매너는 물론, 튜멜 일행들로서는 좀처럼 사용해 보지 못한 냅킨을 사용하는 방법도 능숙했다. 카라가 또 무언가 즐거운 이야기를 했는지 카라의 '우후후' 하고 웃는 특유의 웃음소리 사이로 레미가 '호호호' 하고 웃는 소리가 들려왔다. 두 여자의 시선이 거의 동시에 이언에게 향하자 이언은 곧바로 그 웃음의 근원이 자신이라는 것을 깨달았다.

"죽을래? 너, 무슨 이야기를 한 거야?"

이언은 나이프를 단검처럼 휘두르며 어금니로 고기를 빠득 씹었다.

"후후후, 난 자기의 첫사랑 이야기를 한 게 아니야. 그렇지 않니?"

"쿡쿡… 네, 맞아요."

레미는 나이프와 포크를 내려놓고서 냅킨으로 입을 가리며 킥킥거렸다.

"너어… 설마… 말했냐!"

"후후, 글쎄에?"

"우와! 이언 오빠의 첫사랑 이야기?"

한 뼘이 넘는 길이에 갓난아기 손목만큼이나 두꺼운 소시지를 절반으로 잘라 용케 한 입에 넣고 우물거리던 에피가 음식을 가득 문 채로 소리쳤다. 곁에 앉은 레이드는 자신의 접시 위로 음식이 튈까 봐 화들짝 놀라며 한 팔로 접시를 가렸고, 튜멜은 기어코 '그 입에 처넣은 거 먹고서 말해! 예의도 모르냐?!' 하고 소리 지르고 말았다.

"카라 언니, 상대가 누구였어? 저 차가운 오빠가 첫사랑도 했어?"

"반 토막! 너도 죽을래?"

"씨이! 그래, 나 여기서 가장 키가 작아! 전쟁터에서 자라서 발육 부진이야. 이건 다 이 무능한 아빠 때문이야! 근데 언니, 그래서?"

"못 믿겠지만 이언의 첫사랑은 청순 가련형 여자였단다. 우후후."

"그만 하랬지?!"

"저 미친 떠돌이도 사랑이란 걸 했군요? 그런데 어떤 여자였어요?"

레미까지도 연신 킥킥 웃으며 대화에 끼어들었고, 남자들도 못내 궁금하다는 표정을 지었다. 그 소동에 휘말리지 않은 사람은 당연히 파일런 디르거 한 사람뿐이었다.

"르하 피세라흐(Rukhja Fyuitherhach)라는 여자였지. 이언보다 네

살이 많은 여자였는데, 예쁘기보다는 아주 지적인 여자였어. 성격도 시원시원하고 시끄러운 면도 있는 여자였는데, 다행히 그 여자보다 내가 훨씬 아름답고 멋진 여자라서 나와 사랑을 하게 된 거지. 우후후."

"맘대로 해라! 다 말해 버려!"

모두가 호기심 어린 눈으로 카라를 지켜보는 가운데 이언은 와인을 잔에 가득 채워 단숨에 비워 버렸다. 그리고 눈을 들어 별이 뜨기 시작한 하늘을 내다보았다.

"알다시피 난 뱀파이어이잖니? 지금이야 저 사람의 애인이기는 하지만 예전엔 아니었거든. 그때 알게 되었지. 너희들, 저 사람이 여자 앞에서 얼굴을 붉히며 말을 더듬는 게 상상이나 가니?"

"근데 이언 오빠랑 그 르… 아우~ 이름이 어려워서 기억 못하겠다. 암튼 그 여자랑 왜 헤어졌어요?"

"그냥 집안 문제에 얽혀서 헤어져야 했어. 저 사람, 그래도 씩씩하게 보내주던데. 다른 남자와 만나서 행복하게 잘 살라고 하면서."

"우와~! 이언 오빠도 보기보다는 낭만적인 구석이 있네요?"

에피는 턱을 괴고서 용케 음식을 우물거리며 말했다. 이언은 와인 잔을 들어 건배를 하면서 차갑게 웃었다. 예의 빙하처럼 싸늘하고 차가운 미소였다. 얼음이 박힌 미소를 지으며 이언은 와인을 단숨에 비웠다.

"미안해요, 정말 미안해요."

그녀는 우울한 눈으로 그렇게 말했다. 사내는 암담한 기분으로 망연자실 서 있었다. 비릿한 냄새를 풍기는 검붉은 피가 검신을 타고 흘러내려 방울져 바닥에 떨어졌다. 사내는 눈가로 흘러드는 피 때문에 한쪽 눈을 찡그렸다. 세상이 붉게 보이며 일그러졌다.

그녀는 언제나처럼 단정한 드레스 차림으로 창가에 서 있었다. 정원은 붉게 타오르며 어둠을 밝혔다. 언젠가 그와 그녀가 나란히 앉아서 차를 마시며 웃던 정원이었다. 눈부신 햇살이 쏟아지던 오후면 먹이를 찾던 새들이 날개를 펴고 뜨거운 바람에 몸을 싣고 한낮의 달콤한 꿈에 젖던 장소였다. 그곳에 앉아 차를 마시던 그녀는 누구보다 냉철했고 명석했다.

'대륙 전체의 정서에 대해서 자세히 배워두는 게 좋아요. 충분한 시간을 두고 대륙을 정처없이 떠도는 것도 좋은 공부가 될 거라고 생각해요. 물론 힘들고 위험할지도 몰라요. 하지만 직접 눈으로 확인하고 판단하는 것도 나쁘지 않아요. 당신만큼은 좀 더 넓은 시야를 가졌으면 해요.'

그 정원에서 언젠가 티타임을 가지며 그녀는 그렇게 말했었다. 바람이 스치듯 그녀의 긴 머리채를 지나갔을 때, 그녀는 가만히 눈을 감으며 미소를 지었다. 얌전히 닫혀진 그녀의 눈꺼풀 위로 바스라진 수정 조각 같은 햇살이 쏟아졌다. 그녀는 미소를 지으며 말했다.

'좋은 바람이에요. 여행을 떠나기엔 정말 좋은 바람이에요.'

그녀는 눈을 뜨고 웃으며 장난스럽게 그의 뺨을 꼬집었다. 그는 피식 웃으며 눈가를 손가락으로 긁적거렸다. 그런 그녀였다.

"미안해요. 정말 미안해요. 나를 이해해 달라고 하지는 않을 거에요, 하지만 당신을 배신한 것은 정말 미안해요."

그녀는 정원이 불타오르던 그날 밤, 창가에 서서 어색하게 웃었다. 그녀는 울지도, 애걸하지도 않았다. 그저 슬픈 눈으로 희미하게 웃었다. 사내는 그래서 더욱 슬펐다.

"배신이라고 생각한 적은 없어. 단지 상황이 좋지 않았을 뿐이라는 거 알고 있어. 나라도 그랬을지 몰라. 가문의 긍지가 더 소중했던 것일 테지."

"나를 만났던 것을 후회하지는 않죠?"

"후회하지 않아. 그리고 당신을 이해할 수 있어."

"고마워요. 이제는 이별해야 할 시간이군요. 나를 살릴 방법을 찾는 그런 눈으로 나를 보지 말아요. 반대의 입장이라면 저는 스스럼없이 당신을 죽였을 거예요. 당신에게 누구보다 냉정하라고 가르쳐 준 것은 저예요. 얼음처럼 차가워지세요. 그리고 모든 것들을 당신의 그 눈으로 확인하세요, 세월이 흘러가는 모습을."

그녀는 눈을 감으며 웃었다. 그녀의 표정은 한결 밝아졌다. 그는 망설였다. 며칠 전까지 한가하게 차를 마시며 사랑했던 여인이 불타는 창가를 등지고 서 있었다. 그리고 이제는 그 여인이 자신의 적이 되어 있었다.

"아가씨!"

누군가 그녀를 구하기 위해서 뛰어들었다. 그는 비스듬히 뒤쪽으로 물러서며 검을 내리찍었다.

툭!

투구조차 갖춰 입지 못했던 사내의 머리가 뜯겨져 저편으로 날아갔고, 머리를 잃은 몸은 둔중하게 쓰러졌다. 다시 한 번 비릿한 피를 뒤집어쓴 그는 현실로 되돌아왔다. 그는 입술을 깨물며 걸음을 내디뎠다.

부질없었다. 모든 것이 부질없었다. 모든 것이 짜증스러웠고, 모든 것이 의미를 잃었다. 그녀와의 한가로웠던 티타임을 회상해 봐야 되돌려지는 것은 아무것도 없었고, 그는 현실과 과거 어느 쪽에도 소속되지 못한 채 낙오되어야 했다.

지나가 버린 과거를 부여잡고서 방황하기보다는 차라리 차갑고 섬뜩한 현실에 두 발을 담그고 걸어야 했다. 그의 눈동자는 더 이상 슬퍼하지 않았다. 그는 차갑고 어두운 눈동자로 자신이 사랑했던 여인을 노려보았다. 그가 사랑했던 여인은 피로에 지친 얼굴로 모처럼 활짝 웃었다.

"당신을 아프게 해서 미안해요… 하지만 저도… 아뇨. 그것보다 저를 웃으면서 보내주겠어요?"

푸욱!

그의 검이 그녀의 몸을 관통했고, 그녀의 등을 뚫고 나온 검끝은 그녀가 등지고 서 있던 유리창을 박살냈다. 부서진 유리 조각이 그녀와 그의 어깨 위로 쏟아져 내렸다.

"사랑해요……."

그녀의 마지막 말이었다. 그는 망연자실하게 피가 흐르는 검을 쥐고서 불타오르는 정원을 내려다보았다. 정원을 집어삼키는 불길은 피에 젖은 심장처럼 꿈틀거렸다. 그는 얼음처럼 차가운 눈으로 언젠가 그녀와 차를 마시던 테이블을 찾았다. 어두운 하늘을 붉게 물들일 정도로 거센 불길이었는데도 테이블은 어디에도 보이지 않았다.

그는 검을 쥔 채 입을 다물고 가만히 서 있었다. 검은 제복을 입은 병사들이 함성을 지르며 오가고 있었고, 살아남기 위해서 발버둥 치는 병사들의 안타까운 호흡을 마지막으로 끊어놓았다. 햇살 아래 그렇게 아름다웠던 저택도 한 켠에서 불이 타오르고 있었다. 타오르는 불꽃처럼 그의 아픈 사랑도 끝났다.

"괜찮으십니까?"

그는 고개를 돌렸다. 낯익은 병사가 걱정스러운 눈으로 그를 바라보고 있었다. 그는 무겁게 입을 열었다. 그의 목소리는 긴장 때문에 갈라져 있었다.

"전투를 끝낸다……. 국왕 친위대 제4돌격대 농담의 기사단(Knights Of Joke)은 이 시간을 기해서 반란군의 마지막 거점 피세라흐 성을 진압했음을 선언한다. 거점의 수장 르하 피세라흐 영애는 죽었다. 또한 부상자와 포로를 인정하지 않는다. 반란군의 확실한 멸절이 확인되면 보고하라. 화염의 기사단(Knights Of Flame) 쪽으로도 전령을 보내라."

"네, 알겠습니다!"

피를 뒤집어썼지만 상처 하나 없던 병사는 기운차게 대답을 하고는 서둘러 메인 홀을 빠져나갔다. 그는 피에 젖은 자신의 검을 내려다보았다. 가드 부분에는 그가 이끄는 국왕 친위대 농담의 기사단 마크가 양각으로 조각되어 있었다. 단검을 입에 물고서 실눈을 뜨고 웃고 있는 카이트 실드(Kite Shield) 형 가면은 농담의 기사단 문장이었다. 그는 피에 젖은 가면의 미소를 내려다보면서 싸늘하게 웃었다.

하 이언은 화사하게 웃고 있는 레미의 모습을 물끄러미 바라보았다. 카라의 말에 즐겁게 웃던 레미의 시선이 그에게 와 닿았다. 이언은 예의 냉소적이고 차가운 미소를 입가에 물고서 와인을 마셨다.

"그녀는 지금쯤 뭐 하고 있을 거 같아?"

"글쎄… 지금쯤 한창 아이 키우는 재미에 빠져 있겠지."

이언은 지루한 얼굴로 하품을 하면서 대답했다.

〈 5권으로 이어집니다 〉

Part 0

크로니클 단편집

◈ 'Part 0' 이라는 것은 '크로니클 시리즈' 의 일부분입니다. 흔히 말하는 외전이기도 하고, 또한 Part 1~3까지 기획된 일련의 장편들과는 별개로 진행되는 단편들이기도 합니다. 이미 통신상에 발표한 것들도 있고, 아직 발표하지 않은 단편들도 있습니다. 그냥 편안한 마음으로 부담없이 읽어주십시오.

크로니클 시리즈를 읽으며 모든 내용을 머리 속에 암기할 필요는 없습니다. 그냥 자연스럽게 읽고 재미를 느끼시면 그것으로 충분합니다.

멜과 마리스

사내는 묵묵히 바다 저편의 항구를 노려보았다. 눈부신 녹해의 햇살이 푸른 바다 위로 녹아들면서 화사한 빛의 포말을 이뤄냈다. 사내는 뱃전의 밧줄을 잡고 서서 묵묵히 항구를 보고 있었다.

엉망으로 자란 긴 머리를 선원식으로 묶은 사내는 남루한 선원 복장을 하고 있었다. 10대 초반의 여자 아이만큼 변덕스럽고 괴팍하기로 이름난 녹해의 바람이 사내의 꺼칠한 턱을 쓰다듬어 주었다. 사내는 뱃전에 서서 피겨헤드라도 된 것처럼 움직이지 않은 채 항구를 노려보고 있었다.

필레스터(Pielester)는 녹해(Green Sea)에서도 유명한 항구였다. 아메린(Amerin) 남단의 샤웬(Shawenn) 평야 끄트머리에 위치한 이곳은 녹해와 대해(Grand Sea)를 잇는 녹색 해협의 입구에 있는 도시였다.

필레스터에서 서쪽으로는 대해와 녹해의 수위 차가 무수한 섬들과 부딪혀 만들어내는 거친 바다가 시작되었다. 필레스터는 안전한 항해의 종착지이자 위험한 항해의 종착지이기도 했다. 안전한 항해가 끝나고 위험한 항해가 시작되는 곳이며, 또한 위험한 항해가 끝나고 평온하고 안전한 항해가 시작되는 이중성을 가진 항구 도시였다.

이곳은 지형적으로도 독특한 구조였다. 바다에서 내륙 쪽으로 움푹 들어간 초승달형 지형 자체는 항구로서 천혜의 지형이었지만, 해안의 경사가 너무 심했다. 바닷가 선착장을 제외하고 도시 자체는 굉장한 급경사를 이루고 있었다. 극단적으로 말해서 앞집의 3층이 뒷집의 1층보다 낮을 정도였다.

바다 쪽에서 보면 집들을 두서없이 계단형으로 차곡차곡 쌓아둔 모습으로 보였다. 계단과 오르막길로만 구성된 도시였다. 이런 불리한 지형임에도 불구하고 이곳에 항구가 형성된 것은 이곳에서 서쪽으로는 바다 쪽으로나 육지 쪽으로나 더 이상 항구가 건설될 만한 지형이 없기 때문이었다.

"돌아왔어……."

바다만큼이나 푸른 바람이 갑판 위를 맴돌다 지쳐 등을 돌릴 무렵, 사내는 낮고 탁한 목소리로 중얼거렸다. 입항 준비에 바쁜 선원들은 아무도 그의 말에 귀 기울이지 않았다.

널판을 밟고 항구 선착장으로 내려온 사내는 돌 바닥에 무릎을 꿇었다. 그리고 가볍게 바닥에 입을 맞췄다. 변덕스러운 풍향 때문에 뱃사람들이 '수다쟁이 그리니'라고 부르는 바람이 불어오는 녹해를 오랫동안 떠도는 선원들이 항구에서 입을 맞추는 것은 흔한 미신이었다.

수다쟁이 그리니와 몇 달, 혹은 몇 해 동안 어울리던 선원들은, 오랫동안 집을 비워둔 가장이 아내와 자식이 기다리는 오두막에 돌아오는 것처럼 항구로 돌아와 감사의 키스를 했다.

이것은 또 다른 '가출'을 허락해 달라는 의미이기도 했다. 두 번 다시 그리니의 품으로 돌아가지 않을 사내들은 키스를 하지 않았다.

사내는 뱃짐을 부리기에 여념이 없는 항구 한복판에서 그렇게 서 있었다. 수다쟁이 그리니는 필레스터를 아쉬운 듯이 맴돌고 있었다.

"이름이 뭐지?"

"에?"

12월의 필레스터에는 차가운 겨울 비가 내리고 있었다. 배들은 필사적으로 항구에 매달려 있었고, 빗줄기가 섞인 찬바람이 항구 쪽에서 골목길을 따라 거슬러 올라왔다. 선원들은 따스한 타베른 구석에 잔뜩 웅크리고 앉아서 맥주를 비우고 럼주를 비웠다. 밝은 갈색 머리를 짧게 자른 사내는 비스듬히 등을 기댄 자세로 파이프 담배를 피우고 있었다. 차가운 겨울인데도 이마에 송골거리는 땀을 훔치던 여자는 의아한 얼굴로 고개를 돌렸다.

뒤늦게 겨울 폭풍우를 피해 입항한 배들은 접안을 하지 못한 채 내항에 위태롭게 머물러야 할 정도로 많은 배들이 갑작스럽게 이곳으로 몰려들었다. 항구의 모든 술집과 타베른들은 선원들로 넘쳐 났고, 대다수의 선원들이 그렇듯 한겨울 수다쟁이 그리니와 흔들리지 않는 바닥에 대한 불안감으로 예민해져 있었다. 선원들은 흔들리지 않는 바닥을 본능적으로 싫어했다.

술에 취해 싸움을 벌이던 선원들이 곤죽이 되도록 얻어터지고 차가운 겨울 비가 내리는 골목으로 버려졌다. 술에 취해 뻗어버린 선원들도 차가운 겨울 비에 젖은 쓰레기 더미로 버려지던 밤이었다. 겨울 비는 선원들의 옷을 우울하게 적셨고, 선원들은 그 무목적적인 우울함에 흠뻑 젖은 채 술에 취했다.

그런 혼란 때문에 쉴 틈 없이 뛰어다니던 여자는 힘겨운 일상에 흠뻑 젖어 있었다. 여자는 자신에게 말을 건 사내를 바라보며 이마를 타고 흐르는 땀을 소매로 닦았다. 사내는 지극히 평범한 뱃사람의 몰골을 하고 있었고, 동방 항로를 타는 선원들의 상징과도 같은 파이프 담배를 줄창 피우고 있었다.

"마리스예요."

여자의 대답에 사내는 피식 웃더니 담배 파이프 입부리로 머리칼을 벅벅 긁었다. 그는 지극히 뱃사람식으로 그을린 갈색 피부에 젊은 나이에도 불구하고 뱃사람 특유의 잔주름이 눈가에 잡혀 있었다. 사내는 앞으로 여밀 수 있는 노치드 라펠 식 칼라가 달린 굉장히 두꺼운 선원 코트를 입고 있었다.

여자는 히죽 웃고 있는 젊은 선원이 입을 열기를 기다렸다. 사방에서 끊임없이 새로운 주문과 불평이 터져 나오는 상황이었기 때문에 여자는 오래 기다려 줄 생각은 전혀 없었다. 여자는 그런 의미로 손가락으로 나무 쟁반을 똑똑 두드리며 사내를 재촉했다.

"녹해 항구 도시에 사는 여자들을 붙잡고 이름을 물어보면 10명 중 10명이 모두 마리스라고 대답하더군."

여자는 그제야 사내의 용건을 알겠다는 듯한 표정으로 사내를 내려다보았다. 어려서부터 선원들을 상대하며 살아온 여자는 남자에 대해서는 무지했지만 선원에 대해서는 해박했다. 그녀는 벌써 3년 전부터 지금까지 자신이 몇 명의 선원들과 잠자리를 함께했는지 헤아리는 것을 포기했다.

"당신, 고향이 어디죠?"

"내 고향? 당연히……."

"녹해죠. 흐음, 빠져 죽기 딱 좋은 바다 따위를 자기 집이고 고향이라고 우기는 덜떨어진 남자들에게 굳이 내 이름을 알려줄 필요가 있나요?"

"하… 하하……."

사내는 멋쩍은 얼굴로 머리를 긁적거리며 웃었다. 뱃사람들은 그저 뱃길을 따라 항구에서 항구로 옮겨 다녔고, 한결같이 입을 모아 수다쟁이 그리니가 자신의 아늑한 오두막이라고 우겼다. 그들은 모두 녹해가 고향이었고, 그들의 이름은 멜(Mell)이었다.

그리고 녹해가 고향인 멜들이 항구에서 만나는 여자들의 이름은 한결같이 마리스(Maris)였다. 얼음처럼 차가운 겨울 비가 내리던 필레스터 항구의 좁고 퀴퀴한 타베른에서 멜과 마리스는 그렇게 만났다. 그리고 이름없는 선원이던 멜과 이름없는 타베른 종업원이던 마리스는 밤을 함께 보냈다.

그녀가 아침에 눈을 떴을 때 겨울 비는 그쳐 있었고, 모처럼 맑은 겨울 하늘이 기다리고 있었다. 그리고 당연히 그 이름 모를 멜은 없었다. 물론 그녀는 전혀 당황하지 않았다. 누구나 그렇듯, 멜은 언제나 말없이 마리스를 떠나간다.

하지만 그녀는 탁자 위에 놓여진 짧은 메모와 시세보다 두 배는 많은 돈을 보고 피식 웃어야 했다. 짤그락거리는 금화들을 손에 쥐고서 그녀는 메모를 들여다보았다.

"머저리! 마리스 따위가 글을 읽을 줄 안다고 생각한 거야?"

그녀는 항구의 마리스에게 메모를 남긴 이름 모를 멜의 행동에 웃음을 터뜨렸다. 하지만 그녀는 그 메모를 버리지는 않았다. 글을 읽을 줄 아는 것이 삶의 유일한 자랑거리인 가게 주인에게 메모를 읽어 달라고도 하지 않았다.

위험한 바다를 상대로 목숨을 판돈으로 걸고 도박하는 선원들에게 마리스는 구원이었다. 상어 이빨 타베른의 마리스, 고래잡이 타베른의 마리스, 후안의 타베른의 마리스. 선원들은 저마다 같으면서 다른 이름의 마리스들을 선원들의 방식으로 사랑했다.

그녀는 메모와 금화들을 가죽 주머니에 집어 넣고 옷을 입었다. 바쁜 하루가 시작되고 있었다.

이교도의 밤은 잔뜩 세워진 검날처럼 예리했다. 껄끄러운 붉은 흙이 바람 속에 묻어나 입속으로 스며들었다. 모든 것이 끝났다.

많은 인간들이 주린 배를 움켜쥐고 도시를 떠도는 가련한 광대처럼 싸구려 무대 위에 올라왔고, 한 편의 거창한 익살극이 끝나자 가련한 광대처럼 무대에서 쫓겨났다. 검은 장막이 내리고 익살극이 끝난 무대 뒤로 사람들은 어둠 속에 침몰하며 기억 속에서 잊혀져 갔다.

"크아악!! 사, 살려줘!! 살려줘! 컥―!"

"그륵! 아! 그륵! 사려져……."

처절한 비명이 사막의 밤을 찢었다.

사내는 쇠사슬에 매달린 몸으로 힘겹게 고개를 들었다. 피가 딱딱하게 엉겨 붙은 사내의 얼굴은 냉소가 어른거렸다. 거창한 익살극에 동원되었던 가련한 광대다운 냉소였다. 그는 포도즙을 짜기 위한 압착기처럼 생긴 형틀에 묶여 하체가 뭉개지고 있는 동료의 비명을 들으며 시니컬하게 웃었다.

형틀의 죔쇠가 조여지면서 뼈와 살점이 하나로 우두둑 뭉개지는 소리와 목 막힌 비명 소리가 지하 감옥을 지옥으로 만들어주었다. 그 속에서 동료들은 산 채로 눈이 뽑히고 혀가 뽑히고, 해부를 당하며 죽어갔다.

붉은 사막의 뜨거운 햇살이 찢어놓은 등허리에 달라붙는 채찍질의 고통은 현실만큼이나 비현실적이었다. 하지만 고통은 지극히 현실적이었다. 사내는 반복되는 고통 속에서 지독하게 또렷해지는 의식을 부여잡았고, 그에 비례해서 현실은 지극히 이질적으로 변해갔다.

'내 이름을 알고 싶다면 다시 찾아와요. 그전까지는 그저 마리스예요.'

이교도들의 지하 감옥 속에서 멜은 필레스터에서 만났던 마리스를 생각했다. 대부분의 마리스들이 그렇듯 그녀도 이렇다 할 특징이 없는 여자였다.

하지만 사막의 지하 감옥 속에서 그는 필사적으로 그녀를 떠올렸다. 그가 시세보다 두 배나 많은 금화들을 내려놓고 방을 나설 때, 침대 속에서 피곤한 얼굴로 자던 마리스의 얼굴은 쉽게 잊혀지지 않았다. 어째서 지금 이 순간 마리스를 생각했는지는 그 자신도 몰랐다. 단지 차가운 겨울 비에 젖어 있던 필레스터 항구에서 만난 '마리스'를 떠올리는 것 이외에는 아무것도 생각할 수 없었다.

멜이라고 불리워진 이후로 그가 필레스터를 찾은 것은 그때가 처음이었다. 때 이른 겨울 비가 수다쟁이 그리니의 신경을 긁지 않았다면, 무장 상선 '엘제이머(El-Jeimer)'가 필레스터 항으로 피항하지 않았을 터였다. 그리고 '엘제이머의 3등수병 멜'이 '필레스터 타베른의 마리스'를 만나지는 못했을 것이다.

'바다에 뼈를 묻는 뱃놈들의 인생은 지독한 우연뿐이다.'

멜은 선실 벽에 이름 모를 노수병이 칼로 새겨둔 낙서를 중얼거리
며 마리스를 그리워했다. 이교도들의 땅, 붉은 사막의 지하 감옥에서
멜은 그렇게 밤을 지새웠다.

"어서 오세요."

멜이 테이블에 앉았을 때, 주근깨가 가득한 필레스터의 마리스는
웃으면서 럼주 잔부터 가져왔다. 멜은 단숨에 뜨거운 럼주를 비웠고,
가볍게 기침을 했다. 뱃사람이 럼주를 마시고 기침하는 농담을 목격
한 주근깨의 마리스는 쿡! 하고 웃었다. 멜은 안도하는 표정으로 입가
로 흘러내린 럼주를 소매로 닦아냈다.

"마리스는 어디 있나?"

멜은 손짓으로 반 병짜리 럼주를 주문하면서 물었다. 주근깨의 마
리스는 의아한 얼굴로 멜을 바라보았다.

"어떤 마리스를 말하는 거죠?"

"전에 이곳에서 일하던 여자인데… 머리가 길고……."

"혹시 큰언니를 말씀하시는 거예요? 쿡쿡거리면서 웃는 버릇이 있는?"

멜은 꺼칠해진 턱을 문지르면서 고개를 갸우뚱했다.

"그건 모르겠고, 3년 전에 이 가게에서 일하던 마리스인데……."

"그럼, 큰언니가 맞네요. 누구라고 전해드릴까요?"

"멜… 엘제이머의 멜이 필레스터 타베른의 마리스를 찾아왔다고
전해줘. 지금 기다리고 있다고."

주근깨의 마리스는 고개를 갸웃거리며 안쪽으로 들어가 버렸다. 엘
제이머의 멜은 럼주을 비우며 묵묵히 탁자를 노려보았다.

"마리스예요."

멜이 고개를 들었을 때, 조금 야윈 얼굴의 마리스는 지그시 그를 내려다보고 있었다. 멜은 미간을 좁히며 그녀의 얼굴을 찬찬히 살펴보았다. 마리스는 팔짱을 끼고 턱을 만지작거리며 멜을 응시했다.

"당신이… 무장상선 엘제이머의 멜인가요?"

"이름이 뭐지?"

"마리스예요."

여자는 희미하게 웃었다. 그리고 텁수룩한 수염과 뒤엉킨 긴 머리의 멜은 목쉰 웃음소리를 냈다. 마리스는 언젠가 겨울 비가 내리던 타베른에서 파이프 담배를 피우던 이름없는 멜의 얼굴을 가만히 내려다보았다.

"당신 고향이 어디죠?"

"그야 당연히 필레스터. 필레스터 타베른의 마리스가 내 고향이지."

"옛 애인 수다쟁이 그리니와는 헤어졌나요?"

"일단은. 하지만 앞으로 바람 피울지도 몰라. 배에서 내리면서 항구와 키스를 했거든."

"목소리가 변했군요. 얼굴도 전혀 달라졌고. 설마 돌아올 줄은 몰랐어요."

"뱃놈이 땅굴 속에 있다 보니 변하더군. 붉은 사막이 체질에 맞지 않아서 이사 왔어. 이름이 뭐지?"

"유스(Yuth). 성은 없는 그냥 유스예요, 멜."

"히페릭스, 히페릭스 에드케이먼(Hyfehrix Adkeimond). 전직 무장상선 엘제이머의 1등수병."

"3등수병이지 않았나요?"

"승진했지."

유스는 가만히 손을 내밀었다. 히페릭스는 그녀의 손을 잡으며 일어섰다. 유스는 쿡! 하고 웃더니 눈을 가늘게 뜨면서 미소를 지었다.

"우선 머리부터 자르고 면도를 해요. 옷도 좀 갈아입고. 딸아이가 낮잠을 자고 있는데 놀라겠어요. 태어나서 처음으로 아빠를 보는 건데."

"딸아이? 이름은?"

"지금부터 생각해 봐야죠. 근데 당신 딸이라고는 장담하지 못해요."

마리스, 아니, 유스는 사내의 팔을 끌어안으며 웃었다.

"맞을 거야."

히페릭스는 유스의 허리를 끌어안으며 그녀의 입술에 키스했다. 누군가 휘익― 휘파람을 불며 야유했다.

✻

'바다의 남작' 히페릭스 에드케이먼의 젊은 시절에 관해서는 거의 알려져 있지 않다. 대부분의 역사적 사료는 그가 녹해를 중심으로 명성을 떨치기 시작한 30대 초반의 행적을 기록하고 있는 데 그친다.

때문에 그가 20대 시절, 발헤니아의 붉은 사막 지하 감옥에 있었다는 사실을 알고 있는 이는 그다지 많지 않았다. 히페릭스 에드케이먼은 평생 동안 그 시절의 이야기를 전혀 언급하지 않았다.

〈 크로니클 이야기 끝 〉

Reiern C.S. 라이어른 맹약국

◆Illustrated by KWON◆

Swerin

Nord Straits
북해협

Nord Sea
북해

Kenigs Is. 케니히스 섬
Keniggart 케니히가로트
Klain Is. 클라인 섬
Tur Is. 루르 섬   Kielath
킬라스
Holden Is. 홀덴 섬
Putz Is. 푸쯔 섬

Brena
Beren 베렌
Boden 보덴
Eisenbach 아이젠바흐
Berain 베라인

Kreuzen 크로이젠
Jagerheim 야거하임

Grand Sea
대해
Tegel 테겔
Ergensheimer
에르겐스하이머
Jutland 유틀란트
Cux Bay 쿡스 만

Bergen 베르겐
Mannsburg 만스부르크
Cuxhaven
쿡스하펜

Peimgart   Osna 오스나
Luimak

Krombach 크롬바흐
Odensa Kenig
오덴사 케니히
Ruiburg 뤼부르크

Gernshaven 게른스하벤
Landgart 란트가르트
Altarheim 알타하임
Jaar R. 야르 강
Kappele 카펠레
Uls
울스
Nord Geil

Ernsburg 엔스부르크
Wuppertal 부퍼탈
Effendorf 에펜도르프
Enshenden
엔스헨덴

Bochshaven 보흐스하벤
Ruiken-Staten 뤼켄슈타텐
Waldheim
Schrenswig-Bolstrin 슐렌스비 볼스트린

Grooruhe 그로스루에
Mensenswig
멘젠스비

Wecks 벡스
Glucks 글룩스
Eindoff 아인돌프
Hafeus-Hein Staten
하페우스 3세 슐랜 시
Ressen R.
레센 강

Wensheim 벤스하임
Ihar R. 이하르 강
Ekewald Forest
에케발트 대삼림
Ekewald 에케발트
Geil
Whielderland 뷜더란트
Geilland 가일란트

Teritz 테릿츠
Achsen 악센
Rattell 라트엘
Riesen 리젠

Teilburg 테일부르크
Black Plain
검은황원
Braun 브라운
Osterstaten
오스터슈타텐

Pinneberg 피네벡
Weinburg
바인부르크
Heutefrau
호이테프라우

Oppenbach 오펜바흐
Jungshorn
융스호른
Ende-Staten
엔데슈타텐

Mid Mts. 중앙산맥

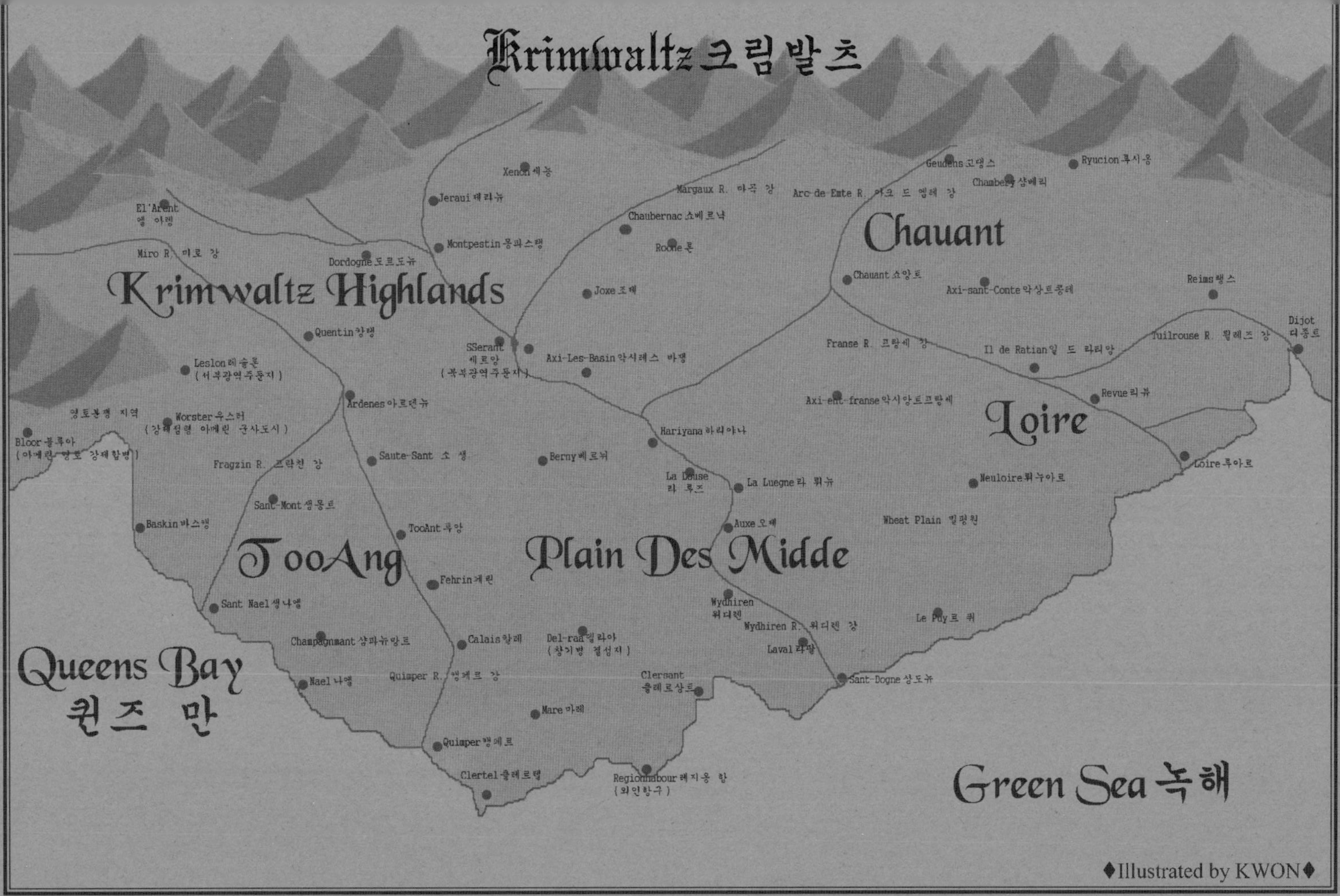
Krimwaltz 크림발츠
Krimwaltz Highlands
Chauant
Loire
TooAng
Plain Des Midde
Queens Bay
퀸즈 만
Green Sea 녹해
El'Arent 엘 아렝
Miro R. 미로 강
Xenon 세농
Jeraui 제라뉴
Montpestin 몽파스탱
Dordogne 도르도뉴
Margaux R. 마곡 강
Chaubernac 쇼베르낙
Roone 론
Arc-de-Emte R. 아크 드 엠테 강
Geudens 고댕스
Chambery 샹베리
Ryucion 루시옹
Chauant 쇼앙트
Axi-sant-Conte 악상트콩테
Reims 랭스
Joxe 조제
Quentin 캉탱
SSerant 세르앙 (북부광역주둔지)
Axi-Les-Basin 악시레스 바쟁
Leslon 레슬론 (서부광역주둔지)
Franse R. 프랑세 강
Il de Ratian 일 드 라티앙
Tuilrouse R. 튈레즈 강
Dijot 디종트
Revue 리뷰
Ardenes 아르덴뉴
Axi-ent-franse 악시앙트프랑세
영토분쟁 지역
Worster 우스터 (강제점령 아메린 군사도시)
Bloor 블루아 (아메린 영토 강제합병)
Hariyana 하리야나
Loire 루아르
Fragzin R. 프락친 강
Saute-Sant 소 생
Berny 베르뉘
La Deuse 라 루즈
La Luegne 라 뤼뉴
Neuloire 뉘누아르
Sant-Mont 생몽트
Wheat Plain 밀평원
Baskin 바스캥
TooAnt 투앙
Auxe 오쎄
Fehrin 페린
Sant Nael 생나엘
Wydhiren 위디렌
Le Puy 르 퓌
Wydhiren R. 위디렌 강
Champagnmant 샹파뉴망트
Calais 칼레
Del-ran 델라아 (창기병 집성지)
Laval 라발
Nael 나엘
Quimper R. 캥페르 강
Clersant 클레르상트
Sant-Dogne 상도뉴
Mare 마레
Quimper 캥페르
Clertel 클레르텔
Regionnabour 레지옹 함 (외인항구)
◆Illustrated by KWON◆